KB067987

나에겐 100퍼센트

1

나에겐 100퍼센트

강리은 장편소설

1

Terrace Book

Vol.1

악연과 인연, 그 미세한 차이점에 대하여_ 7

'불능설'에 대처하는 그 남자의 자세_ 34

악마도 가끔은 호의를 베푼다_ 61

연애할 때 필수 요소 : 연애 계약서_ 88

그녀가 개가 된 사연_ 121

쓰레기가 재활용될 수 있는 방법_ 175

반짝거리기 시작하다_ 214

그녀는 바퀴벌레 약을 좋아해?_ 256

그 남자는 그날 밤, 왜 거기에 갔을까?_ 290

일 말고는 잘하는 게 없나 봐요?_ 314

달콤하고, 또 달콤하게_ 363

클럽 나이트메어_ 386

사랑도, 키스도 연습이 필요해_ 421

Vol.2

남자가 사랑할 때_ 7

첫눈이 내리던 날_ 46

질투는 나의 힘_ 92

그대에게 사내 연애를 허락하노라_ 141

너에게 해주고 싶은 일_ 171

그녀의 과거 1_ 204

그녀의 과거 2_ 243

사랑한다는 말_ 271

뜻밖의 사건_ 296

예쁘게, 핫하게_ 328

보통이 아닌 여자_ 360

오늘은 여기까지_ 388

Epilogue_ 딸기야, 사랑해_ 422

Epilogue_ 평범한 그들의 하루_ 438

Writer's Note_ 452

악연과 인연, 그 미세한 차이점에 대하여

"성과도 없는 일에 왜 계속 투자를 해야 하는지 설명해보시죠."

차가운 남자의 목소리에 회의실 안이 무거운 침묵으로 가득 찼다. 그런 침묵이 우습기라도 한 듯 태성은 입꼬리를 비틀어 올렸다. 누구도 이 말도 안 되는 예산에 대한 설명을 하려는 움직임이 없어 보이자 태성이 다시 입을 열었다.

"그럼 이 투자처에 대한 예산을 없애는 데 동의하는 걸로 알고 있겠습니다."

노길웅 전무가 태성의 말에 고개를 들었다. 무언가 한마디라도 해야 했다. 대표 자리에 앉은 태성의 뜻대로 그렇게 쉽게 예산을 없앨 수는 없는 일이었다. 만약 이 예산을 없앤다면 어려움에 허덕이고 있는 이들은 더욱더 힘들어질 것이 분명했다. 노 전무는 그들의 얼굴을 떠올리며 용기를 냈다.

"……그렇다고 하루아침에 그렇게 잘라버리기에는 너무……."

그때 태성의 칼날 같은 눈빛이 노 전무를 향했다. 이 상황에서도 할 말이 있는 사람이 있을 줄은 몰랐다는 듯, 태성의 눈이 더욱 날카롭게 빛났다.

"진즉에 처리하셨어야 할 예산이지요."

"……기업 이미지와 복지 사업의 일환으로 투자가 된 곳들입니다."

"기업 이미지라고 하셨습니까?"

태성의 말에 노 전무가 움찔했다.

기업 이미지라는 것도 기업이 제대로 돌아갈 때의 일이다. 복지라는 말 자체가 우스운 상황이었다. 지금처럼 재정 악화로 인수 합병된 회사에서 나올 말은 아니었다.

"기업 이미지의 문제가 아니죠. 지금 본인들 처지를 알고는 있습니까?"

핵심을 찌르는 말에 노 전무는 더 이상 말을 잇지 못하고 고개를 숙였다. 적대적 인수 합병이었다. 태성의 말이 맞았다. 기업 이미지의 문제가 아니라 당장 자신들의 자리도 지키기 힘든 상황이었다.

"그렇게 안타까우시면, 노 전무님이 다시 예산 짜서 편성하시죠. 물론 그 전에 자금이 제대로 돌아가도록 해놓으셔야 한다는 건, 따로 말씀드리지 않아도 아실 거라 믿겠습니다."

태성의 말에 모두들 침묵했다. 그런 모습에 태성의 눈빛이 서릿발처럼 한 층 더 차가워졌다. 기본도 안 되어 있는 양반들이 임원 자리에 앉아 있으니 회사가 이 꼴이 되는 거다. 비틀어 올라간 태성의 입꼬리가 내려올 생각을 하지 않고 있었다.

"제 뜻은 전달했으니 마무리 잘 지어주시리라 믿습니다."

할 말을 마치고 회의실 밖으로 나서는 태성의 뒤로 4명의 수행 비서가 따라나섰다.

그가 밖으로 나가자, 최근 합병을 당한 중역들의 목소리에 좌절감

8

이 묻어났다.

"그래도 그렇지, 후원하던 곳들을 어떻게 단칼에 자릅니까?"

불만 섞인 목소리나 나오자 여기저기서 한마디씩 말을 거들기 시작했다.

냉정하고 차가운 사람으로 정평이 나 있는 한태성이었지만, 그래도 대표로 오자마자 복지에 관련된 예산부터 쳐낼 줄은 몰랐다. 따뜻한 심장 한 조각이라도 있는 사람이었다면 앞에 놓인 예산안을 보며 그렇게 냉정하게 말하지는 않았을 것이다.

보육원, 양로원…… 대부분의 시설들이 정부 지원금을 받고 있긴 했지만, 그것만으로 운영되기에는 한계가 있었다. 모두 외부에서 도움의 손길이 있어야만 제대로 돌아가는 곳들이었다.

"선정한 곳들은 우리 회사의 후원이 아니면 돈 나올 데가 거의 없는 곳들이에요."

"후원을 철회하면 심각한 재정난에 처하게 될 곳들인데……."

안타까운 목소리들이 흘러나왔다.

처음 회사가 설립되었을 때 많은 회의를 거쳐서 선정된 곳들이었다. 규모가 큰 곳이나 많이 알려진 곳들은 굳이 그들이 도울 필요가 없었다. 리스트에 있는 곳들은 모두 규모가 작고 시설이 허름한 곳들로, 그 어떤 개인적인 후원도 제대로 받지 못한 채 나라에서 나오는 예산으로 근근이 운영되고 있었다.

넉넉한 형편에서 시작된 후원이 아니었기에 많은 지원을 해주지는 못했지만, 그래도 그들의 회사가 아니었다면 그곳의 사람들은 진즉에 어떻게 되었을지 모를 일이었다.

"한태성 대표 말이 틀린 건 아닙니다. 지금 우리가 다른 사람들 걱정할 처지가 아니란 말입니다."

"그렇긴 합니다만 너무 냉정하잖아요."

"일단 우리부터 살고 봐야 하지 않겠습니까? 우리가 살아야 후일을 기약이라도 하죠. 회사 사정이 나아지면 그때 다시 생각해볼 수 있습니다."

한 부장의 말에 다들 수긍하는 분위기로 흘러갔다. 안타깝긴 하지만 냉정하게 현실을 바라보면 지금 다른 사람들을 걱정할 처지가 아니었다.

"그리고 어차피 우리가 이렇게 이야기한다고 해서 한태성 대표의 마음을 돌릴 수 있는 것도 아니지 않습니까."

"결국 그의 뜻대로 흘러가겠지요."

"우리 걱정이나 합시다, 우리 걱정이나. 지금은 보육원 예산이 삭감되었지만 다음에는 어떤 예산이 없어질지 감조차 잡히질 않는군요."

"아마도 직원 복지와 우리 연봉이 위태위태하겠죠."

그 말을 끝으로 잠시 침묵이 흘렀다. 노 전무의 눈길이 리스트의 마지막 부분에 머물러 있었다. '청솔 보육원'이라고 쓰여진 글자가 그의 눈을 놓아주지 않았다. 오랜 인연으로 그가 적극 추천해서 리스트에 올라갔던 곳이었다.

청솔 보육원.

건물이 낡고 전체적으로 수리가 이루어지지 못해 비가 오면 지붕에서 물이 새는 일이 다반사였다. 특히 올해는 강하게 불어온 봄바람에 낡고 부식된 곳들이 여기저기 망가지기까지 했다. 수리할 예산이 없어서 비가 오는 밤이면 좁은 방에 아이들이 다닥다닥 붙어

새우잠을 청해야 하는 곳이었다.

그런 보육원에 이제는 작은 온정의 손길조차 베풀 수 없는 상황이라니. 노 전무는 진심으로 안타까웠다. 그런 그의 심정과는 상관없이 회의는 계속 진행되고 있었다.

"그럼 이곳들에는 누가 연락할 겁니까?"

노 전무의 말에 다들 이리저리 시선을 피하기에 바빴다.

한태성 대표가 없는 자리에서 길고 긴 회의가 이어졌다. 꽤나 긴 시간 동안 회의실 문은 열리지 않았다.

태성은 넥타이가 답답한 듯 거칠게 풀어헤쳤다. 망할 노친네들이 하나같이 꽉 막혀서는 별것도 아닌 일에 힘을 쏟게 만들고 있었다.

이번에 인수 합병한 회사들은 하나같이 정에 이끌려 사업을 하고 있었다. 회사가 망하는 데는 다 이유가 있는 법이다. 애초에 이런 사소한 일조차 그가 신경 써야 할 회사였다면, 인수 합병 책임을 맡는 게 아니었다.

원래 자신은 이런 일에 나서지 않지만 인수 조건에 들어 있던 항목이 그의 발목을 잡았다.

회사를 최상의 상태로 만들어놓을 것.

한마디로 가지치기를 제대로 해놓으라는 것이었다. 상관인 제임스가 적임자는 태성뿐이라며 입에 발린 소리로 한국으로 갈 것을 요청했을 때, 이렇게 될 줄 알았어야 했다.

앞으로 얼마 동안만 대표 노릇을 해내면 될 일이었다. 이제 제대

로 가지치기를 시작했으니, 곧 성과가 나올 것이다. 지금 이 회사의
재정 상태로는 버티기조차 힘든 상황이었다. 그럼에도 불구하고 투
자 가치가 있는 회사였다. 하지만 회사를 제대로 살려내려면, 임원
들이 저런 썩어빠진 정신 상태에서 벗어나야 하는데 한낱 보육원
후원 문제로 열을 올리고 있는 꼴이라니.

태성의 입가에 비릿한 미소가 흘렀다.

"다음 스케줄이 어떻게 되지?"

"오늘 공식적인 스케줄은 다 끝났습니다."

비서인 호진의 말에 태성은 의자 깊숙이 몸을 기대어 앉았다. 근
며칠간 소처럼 일했더니 그의 등과 어깨 근육들이 아우성을 치고
있었다.

"그럼 난 이제 쉬어도 되는 건가?"

"한성 호텔에 예약이 되어 있습니다."

호진의 말에 태성의 미간이 찌푸려졌다.

"한성 호텔? 스케줄 다 끝났다며."

"공식적인 건 다 끝났는데, 아직 비공식적인 게 한 건 남아 있습
니다."

태성은 머리가 지끈거렸다. 비공식적인 스케줄을 소화해야 한다
면 그건 아마도 그가 짐작하는 그것일 것이다.

"이번 건 누구 작품인데? 한성 호텔 사장이 직접 초대한 건가?"

"네. 명목은 사업 투자 설명이지만 실상은 저녁 식사 자리죠. 조
금 더 디테일한 설명을 드리자면 저녁 식사를 가장한 맞선 보기 자
리입니다."

호진의 보고에 태성은 이마에 손을 짚었다. 집에 가서 쉬고 싶은

마음이 굴뚝같았다. 그는 이 간단한 일조차 자신의 마음대로 되지 않는 현실을 부정하고 싶었다.

"왜 거절하지 않은 건데?"

"뒤에 윤 여사님이 버티고 계셔서요. 이번에도 거절하시면 윤 여사님께서 직접 방문하시겠답니다."

"직접 방문?"

"네. 댁이 아니라 회사로 찾아오시겠답니다."

"노인네가 제대로 찔러 들어오는군."

자신을 친손자처럼 생각하는 윤 여사였다. 회사로 찾아올 생각까지 하다니. 자신을 너무 잘 알고 있는 사람이 곁에 있는 건 성가신 일이다. 맞선 자리도 무시하고 싶었지만 그리 녹록지 않은 상황이었다.

윤 여사를 쉽게 무시할 수 있는 사람은 그가 알기로 한국에 몇 명 없었다. 그녀의 방문을 고스란히 당하는 것보다는 차라리 한 시간 죽은 듯 있다 오는 것이 나을 것이다.

"망할."

태성은 작게 중얼거렸다. 그러고는 숨죽여 웃고 있는 호진을 날카로운 눈초리로 바라보았다. 호진은 아무 일도 없었다는 듯 반듯한 자세로 태성을 바라보고 있었다.

"재미있어 죽겠지?"

"재미있다고 죽기야 하겠습니까?"

"말을 말자. 거기 음식은 맛있대?"

"네. 맛있답니다."

호진의 대답이 그나마 태성에게 위안을 주었다. 음식까지 맛이 없으면 더욱 격하게 성의가 없어질지도 모를 일이었다.

태성은 재킷을 들고 자리에서 일어섰다. 하기 싫은 일은 얼른 해치우는 게 속이 편한 법이다.

"한성 호텔로 가실 겁니까?"

"내가 무슨 힘이 있나. 차 대기시켜. 그런데 말이지……."

"네, 대표님."

"거기 뚱쟁이들 없는 거 확실해?"

태성의 말에 호진이 웃음을 터뜨렸다. 천하에 무서울 게 없는 태성도 두려워하는 존재들이 바로 뚱쟁이라는 이름의 아줌마들이었다. 태성을 매물로 내놓으려는 집요한 마담뚜들의 집단행동에 태성은 치를 떨고 있었다. 올해 서른네 살인 태성을 붙들고 해를 넘기면 몸값이 바닥으로 떨어진다고 하면서 끈질기게 따라붙는 아줌마들의 열성은 혀를 내두를 정도였다.

그녀들에게 태성은 매력적인 인물이었다. 남자로서 전성기를 누리고 있는 나이와 추정 불가한 연봉을 자랑하는 전문 CEO 타이틀. 이 모든 조건을 다 물리치고서라도 180cm가 훌쩍 넘는 키에 호리호리하지만 탄탄한 몸매, 그리고 가히 조각이라 할 만한 얼굴까지……. 빛나는 외모 하나만으로도 태성은 그녀들에게 매우 탐나는 먹잇감이었다.

한국에 들어온 지 석 달 남짓한 시간밖에 지나지 않았지만 태성은 어서 일을 마무리하고 다시 뉴욕으로 돌아가고 싶었다. 대한민국 아줌마의 힘은 결코 우습게 볼 수 있는 게 아니었다. 열정으로만 따지면, 아까 회의실에 시체처럼 앉아 있던 중역들보다 훨씬 나아 보였다.

이참에 물갈이를 해야 하나?

이내 뚜쟁이들이 회의실에 들어앉아 그의 맞선에 대해 격렬히 토론하는 모습이 떠오르자 태성은 고개를 절레절레 저었다. 생각만으로도 끔찍한 일이었다.

"오늘은 부디 내가 무사하길 기도해 보자고."

태성의 입에서 나온 농담에 호진은 참고 있던 웃음을 터뜨리고야 말았다.

"부디 무사하시길 빕니다."

"후원이 끊기다니요. 그게 무슨 소리예요, 노 전무님?"

세나는 자신도 모르게 목소리가 커졌다.

[미안하구나. 회사 사정이 나아지길 기다려보자.]

"……전무님이 미안해하실 일은 아니에요. 그동안 얼마나 많이 노력해주셨는데요."

[정말 미안하구나, 세나야.]

보육원 동생인 윤성의 갑작스러운 전화를 받고 세나는 노 전무님께 전화를 걸었다. 떨리는 마음으로 건 전화 뒤에 흘러나오는 노 전무님의 말에 세상이 빙빙 돌아가는 것만 같았다.

그녀가 살고 있는 소중한 집, 청솔 보육원은 노 전무님이 일하고 계신 유승 기업의 부지에 지어진 시설이었다. 노 전무님과 회사 측의 배려로 오랜 세월 별탈 없이 살고 있었는데 갑자기 회사 사정 때문에 나가야 한다니. 그녀는 막막하기만 했다. 자신과 아이들, 그리고 어머니까지…… 대체 어디로 가란 말인가?

청솔 보육원을 후원하던 유승 기업이 합병되었다는 사실은 알고 있었다. 그래도 설마 했었다. 새로 합병을 한다 해도, 후원은 사람에 관한 문제였다. 보육원 사정을 아는 한 그렇게 쉽게 후원을 끊을 수는 없을 거라 생각한 게 잘못이었다. 자신이 너무 순진했다. 게다가 지금 살고 있는 곳에서도 나가야 한다니.

노길웅 전무님의 잘못이 아니라는 것쯤은 알고 있었다. 하지만 이렇게 하루아침에 보육원 후원이 끊길 수가 있다니. 이게 그렇게 간단한 일이라는 사실이 그녀는 믿어지지 않았다.

주저앉아 울 수 있을 만큼 여유로운 때가 아니었다. 눈물을 흘리기 전에, 주저앉아서 포기하기 전에 그녀가 할 수 있는 최선을 다해야 했다.

"그 사람, 그 대표라는 사람 어디에 가면 만날 수 있어요?"

저녁이 되었지만 한낮의 열기는 고스란히 남아 있었다. 뜨거운 공기 속에서 느릿느릿한 태성의 걸음걸이에 호진은 보조를 맞춰 걷느라 죽을 지경이었다.

"차라리 거절을 하시죠, 대표님."

"왜, 가고 있잖아."

"안 가고 계신 것 같습니다. 차라리 거절을 하시라구요."

"그럼 그다음은 네가 책임질래?"

태성의 말에 호진은 입을 다물었다. 윤 여사의 분노를 감당하느니 차라리 이 보조에 발맞춰 걷는 게 나았다. 아무리 속이 터져 죽을 것 같고 더운 공기에 숨이 턱턱 막혀올지라도, 화가 난 윤 여사를 직접 대면하는 것보다는 나을 것이다.

"대표님! 한태성 대표님!"

그때 어린 여자의 목소리가 태성의 귓가에 들려왔다. 차에 타려던 태성은 손을 멈추고 소리가 나는 방향으로 몸을 돌렸다. 한눈에 봐도 어려 보이는 여자가 그를 애타게 부르고 있었다. 태성이 있는 곳까지는 오지 못하고 그의 경호원들에게 붙잡혀 있는 상황이었다.

"뭐야?"

태성이 몸을 돌려 묻자 호진이 난처한 표정을 지어 보였다. 이미 처리되었을 줄 알았는데 어지간히 말 안 듣는 아가씨가 걸린 모양이었다.

"보육원 후원 때문에 대표님을 뵙고 싶다고 찾아왔답니다."

"뭐 하고 있어? 빨리 끌어내지 않고. 회사 앞에서 뭐 하는 짓이야?"

"저, 그게…… 아가씨가 어려 보이기도 하고 너무 막무가내라, 혹시 다치기라도 할까 봐 그냥 붙잡아 두고 있었습니다."

호진의 말에 태성은 소리 치고 있는 여자를 힐끔 쳐다보았다. 호의를 부탁하고 자해 공갈단으로 변해버리는 무시무시한 인간들이 종종 있었다. 한두 번 당한 게 아닌 호진의 입장에서는 조심스러울 수밖에 없을 것이다.

태성의 입에 차가운 조소가 서렸다. 그는 시계를 바라보았다. 지금 출발해야 약속 시간에 늦지 않을 듯싶었다.

"드릴 말씀이 있어요. 제 말 좀 들어주세요! 대표님! 대표님!"

세나는 간절한 눈빛으로 태성을 바라보았다. 제발, 제발, 제발! 하지만 그녀의 간절함을 비웃기라도 하듯 태성의 냉정한 눈은 그녀를 무시했다.

"알아서 적당히 처리하고 와. 시끄럽지 않게, 조용히."

태성은 여자의 목소리를 뒤로하고 호진에게 간단한 지시를 남긴 채 차에 올라탔다. 후텁지근한 공기가 차 안으로 들어왔다.

"에어컨을 더 틀도록 하지."

태성의 지시에 운전사는 지체없이 차 안의 온도를 낮추고 잔잔한 클래식 음악을 틀었다.

태성의 머릿속은 온통 지금 가고 있는 장소에 대한 생각뿐이었다. 윤 여사에게서 별다른 소리가 나오지 않을 만큼 적당히 선 자리를 무마시키고 나오려면 어떻게 해야 할까? 좋은 머리도 이런 상황에서는 뚜렷한 해결책을 찾기 힘들었다.

"무척 지루한 시간이 되겠군."

태성의 차가운 눈이 바깥 풍경을 향했다. 태성은 곁을 지나치는 불빛들을 무심하게 바라보았다. 자신의 이름을 외치던 여자의 모습 따위는 이미 그의 머릿속에서 사라진 지 오래였다.

세나의 눈이 자동차 한 대의 뒷모습을 뚫어져라 좇았다. 그녀에게 동아줄을 내려줄 차가 멀어져가고 있었다. 그녀의 입에서 절로 신음이 새어 나왔다. 이렇게 회사 앞마당에서 멍멍이 무시를 당할 줄이야. 자신에게 눈길조차 제대로 주지 않던 한태성이란 남자의 얼굴이 그녀의 머릿속에 새겨졌다. 거만하고 차가운 눈길이 잊히지 않았다. 세나는 입술을 깨물었다.

"이제 놔주셔도 되잖아요."

세나의 말에 경비원들은 서로 눈을 맞추더니 그녀를 놓아주었다. 세나는 경비원들을 째려보며 손으로 자신의 팔을 문질렀다. 반팔 차림으로 하얗게 드러나 있는 그녀의 팔뚝에 새빨간 자국이 남아 있었다. 얼마나 세게 잡혀 있었던지 멍이 들 것 같았다.

"신경도 안 쓰고 가버렸다 이거지."

세나는 두 주먹을 불끈 쥐었다. 이 정도쯤이야 각오하고 있던 일이었다. 오히려 한 번에 술술 해결되면 그게 더 이상한 일일 것이다. 이 정도 일로 실망하고 앉아 있을 수는 없었다. 살아오면서 단련된 그녀의 끈기와 인내가 빛을 발할 때가 되었다.

"좋았어. 나를 불타오르게 만드셨군요, 한태성 대표님. 누가 이기나 한번 해보자구요."

그런 그녀의 속마음을 모른 채, 건물 안에서 바라보고 있던 호진이 고개를 끄덕이자 경호원들이 흩어졌다

"한성 호텔 쪽으로 이동해주세요."

경호원들에게 무전을 마친 호진도 태성 쪽으로 움직이기 위해 자동차로 향했다.

"한성 호텔. 알겠습니다."

역시 신은 아직 그녀를 버리지 않았다. '한성 호텔'이라는 단어가 어떻게 그녀의 귀에 쏙 들어왔을까. 신이 가여운 그녀에게 주신 또 한 번의 기회일지도 몰랐다. 어쩌면 신을 욕하던 그녀에게 천벌을 주려던 속셈일지도.

어느 쪽이건 세나는 기회를 다시 잡기 위해 부지런히 발걸음을

옮기기 시작했다.

태성은 지루함으로 온몸이 꼬여버릴 것 같았지만 초인적인 인내심을 발휘하는 중이었다. 이제 조금만 더 버티면 될 것도 같았다.

"저희 딸애가 집에서 조신하게 공부만 하던 애라 세상 물정을 아무것도 모른답니다."

'자랑이십니다.'라는 냉소적인 말이 쏟아져 나오려고 했다. 세상 물정 모른다는 말이 어떻게 칭찬이 되는 걸까? 태성은 5분간의 사업 이야기를 빼고는 내내 딸 자랑에 여념이 없는 한성 호텔 사장에게 예의를 지키느라 아까운 시간을 그냥 쓰레기통에 처넣고 있었다. 어떻게 해야 윤옥분 여사에게 이런 일들이 시간 낭비라는 걸 일깨워줄 수 있을까?

인형처럼 가만히 앉아서 말 한마디 없이 자신을 바라보며 웃기만 해대는 여자의 눈빛은 그를 질리게 만들기에 충분했다. 만약에 결혼을 하게 된다면 이런 여자는 아니길 그는 진심으로 바랐다.

충분히 예의를 지킬 만큼 앉아 있었고 저녁 식사도 마무리되었다. 수줍은 미소로 연락처를 건네는 여자의 떨리는 손길을 뒤로하고 태성은 도망치듯 레스토랑에서 빠져나왔다.

"별로이셨나 봅니다."

며칠 밤새 일을 한 것보다 훨씬 더 피곤해 보이는 태성의 얼굴을 보며 호진이 한마디 건넸다. 웃기기도 했지만 피곤해 보이는 태성의 얼굴이 걱정스럽기도 했다.

"당연히 별로였지. 언제 내가 이런 자리 좋아하는 거 봤나?"

태성이 화를 낼 기운도 없다는 듯 말하자 호진은 살짝 미소 지었다.

한성 호텔 사장 딸이라던 여자. 그렇게 나쁜 조건도 아니었다. 집안, 인물, 학벌도 좋았고 나이까지 어렸다. 호진이 보기에도 윤 여사가 태성을 위해 신경을 많이 쓴 티가 났다. 정작 자신의 상관이 그런 호의를 고마워하지 않는다는 게 문제이긴 했지만.

"예쁘던데요."

"예쁘면 네가 나 대신 선보던가."

말을 하던 태성이 눈을 반짝 빛내며 걸음을 멈췄다. 그러고는 호진을 바라보았다. 그의 의미심장한 눈길에 호진은 한 걸음 뒤로 물러서며 단호히 고개를 저었다.

"무슨 그런 말씀을. 싫습니다."

"꽤 좋은 생각 같지 않나?"

그러자 호진이 어림도 없다는 듯 태성의 말을 잘랐다.

"이런 자리를 만드는 사람들이 한태성과 비서를 구분도 못 할 만큼 바보로 보입니까?"

"그럼 네가 방법을 만들어내. 이제 이런 끔찍한 자리에 나오지 않도록, 이번 주 안에 제안서 제출하도록 해. 쓸 만한 게 있으면 인센티브를 주도록 하지."

'인센티브'라는 말에 호진은 솔깃했다. 태성은 없는 말을 하는 사람은 아니었다. 게다가 마음에 들면 꽤 높은 인센티브가 보장된다.

"제출하겠습니다."

호진의 재빠른 대답에 태성은 고개를 끄덕였다. 정말로 피곤했다.

웃느라 경련이 일어나거나 그런 건 아니었지만 예의 바른 표정을 짓고 있느라 곤혹스러웠다. 그는 빨리 집으로 돌아가고 싶었다.

"대표님! 한태성 대표님!"

호텔 정문으로 나서던 태성의 고개가 한쪽으로 기울여졌다. 분명 아까 이 목소리를 들은 적이 있었다. 한두 시간 전쯤에. 데자뷔가 느껴지는 건 그의 착각이 아닐 것이다.

같은 상황으로 아까 그 여자가 호텔 직원들에게 또 잡혀 있었다. 그가 여기에 있으리라는 건 어떻게 알았을까? 태성의 매서운 눈이 호진을 향했다. 그의 눈길을 받은 호진은 움찔했다.

"처리된 거 아니었어?"

"분명 아까 돌아가는 것 같았는데……. 죄송합니다."

여전히 자신을 부르는 여자의 목소리에 안 그래도 어깨에 얹힌 피곤함이 배로 가중되는 것 같았다. 여기는 자신의 회사가 아닌 호텔 앞이었다. 보는 눈들이 많았으므로 그를 알아보는 사람들이 있을지도 몰랐다. 쓸데없는 가십 거리가 되는 것은 딱 질색이었다. 태성은 어서 처리하라는 눈빛으로 호진을 바라보았다.

세나는 아까와 같은 상황으로 되돌아갈 수 없었다. 호텔 밖에서 두 시간 가까이 기다렸으니 성과도 없이 돌아갈 수는 없었다. 차에 타려는 한태성의 발걸음을 무슨 수를 써서라도 돌려야 했다.

"대표님! 저한테 시간을 조금만 주세요. 드릴 말씀이 있어요."

태성은 코웃음 쳤다. 누구나, 언제나 그에게 할 말이 있었다. 그는 더 듣기 싫다는 듯 차에 올라타려고 손을 뻗었다.

"한태성 씨! 우리 아이가 울고 있어요!"

세나는 재빨리 혀를 깨물어버리고 싶었다. 말을 마치자마자 의사 전달에 문제가 생겼음을 깨달았다. 이게 아니었다. 보육원 아이들을 한 번만 더 생각해 달라고, 아이들이 배고파서 울고 있다고, 그러니 제발 마음을 한 번만 돌려 달라고 그렇게 말할 생각이었다. 하지만 그녀의 생각대로 알아듣는 사람은 아무도 없는 것 같았다.

경호원들도, 호텔 앞을 지나가던 사람들도, 그녀를 향해 다가오던 비서도, 차에 타려던 한태성마저도 모두 얼어붙은 듯, 미동도 하지 않았다. 한여름의 무더운 저녁, 아이러니하게도 얼어붙은 이 분위기를 어쩌면 좋을까?

잠시 정적이 흐른 뒤, 호텔 앞에 있던 사람들이 하나둘씩 태성을 쳐다보기 시작했다

"저 남자가 애가 있나 봐."

"돈 있는 놈이 저 어린 여자애를 데리고 놀았나 보지?"

"세상에, 천하에 몹쓸 놈이네. 애까지 낳았는데 버린 거야?"

"저 남자, 누구야? 저런 놈들은 인터넷에 올려서……."

'아니에요. 아니에요. 아니라구요!'

세나는 변명이라도 하고 싶었지만 입이 떨어지질 않았다. 이 난감한 상황을 어떻게 헤쳐나가야 할지 아무런 생각도 나지 않았다.

태성은 자신이 무슨 말을 들은 건지 확신이 서지 않았다. 제대로 들은 걸까? 진짜로? 순식간에 천하의 몹쓸 쓰레기가 되어버린 자신의 모습을 그는 믿을 수가 없었다.

저 여자가 누구든지 간에 방법이 아주 신선했다. 치가 떨릴 만큼. 그리고 자신의 주의를 끄는 데도 성공했다. 비록 유쾌한 만남이 되지는 않았을지언정.

"가서 저 여자 잡아와."

이를 악문 태성의 말에 몇 명의 사람들이 일사불란하게 움직였다.

얼마 뒤 세나는 그토록 바라던 일을 할 수 있었다.

한태성과의 대화.

그리고 그게 얼마나 위험하고 어려운 일인지를 깨닫는 데는 오랜 시간이 걸리지 않았다.

"능력자시군. 결국 원하는 대로 일을 진행시키고 말이야. 그 능력에 경의를 표하지."

차 안에서, 누가 들어도 냉기가 뚝뚝 떨어지는 그의 목소리에 세나는 떨지 않으려 두 주먹을 불끈 쥐었다.

저 남자도 사람이고, 나도 사람이고. 오해가 있으면 풀면 되고, 때리면 맞으면 되고. 어쨌든 같은 사람인데 말은 통하겠지.

세나는 용기를 내어 남자의 눈을 마주 보았다. 그는 얼음처럼 차가운 눈빛으로 그녀의 영혼까지 얼려버릴 듯 바라보고 있었다. 한태성이라는 남자를 보고 처음 느낀 감정은 차가움이었다. 북극에 있는 빙하처럼 눈빛도 심장도 차가운 남자인 것 같았다.

그다음 느낀 감정은 놀라움이었다. 멀리서 볼 때는 몰랐는데 생각보다 젊었고, 조각처럼 잘생긴 사람이었다. 늘씬한 모델이 입은 것처럼 회색 정장 차림이 잘 어울렸다. 진짜 모델과 나란히 서도 전혀 어색하지 않을 듯한 모습이었다.

"아까 일은 죄송하게 됐습니다. 너무 급해서 말이 헛 나왔는데,

그런 식으로 들릴 줄은 몰랐습니다."

"몰랐다라…… 편리한 생각이군. 그런 식이 아니면 어떤 식으로 들리길 바란 건가?"

빈정대는 기색이 역력한 남자의 목소리에 세나는 눈을 질끈 감았다 떴다. 자신이 이런 사고를 칠 줄은 생각도 못 했다.

"정말로 죄송합니다. 아이들이 배가 고파서 울고 있다는 말을 하려고 했는데, 단어들이 막 생략되는 바람에 이런 사태가 벌어진 것 같네요."

"믿을 수는 없지만, 그렇다 치고. 여긴 어떻게 알고 왔지?"

"그게 경호원분들이 하는 대화를 들어서요……."

태성은 기가 찼다. 클라이언트의 위치를 노출시키는 경호원들이라니. 내일 가장 먼저 경호원들부터 싹 갈아치워야겠군.

태성은 여자를 탐색하는 눈길로 바라보았다. 생각했던 것보다 더 어려 보이는 여자였다. 작지도 크지도 않은 적당한 키에 하나로 묶은 머리, 빨간색 반팔 티셔츠, 그리고 청바지가 여자를 고등학생처럼 보이게 했다. 짙고 까만 눈썹과 작고 곧은 콧날을 가진, 아이라는 표현이 더 어울리는 나이일 듯한, 자신과는 전혀 관련 없어 보이는 여자였다.

태성은 그녀가 왜 그렇게 자신을 애타게 불렀는지 궁금해졌다.

"밖에서 얼마나 서 있었던 거지?"

"두 시간쯤 됐습니다."

태성을 보는 여자의 눈에는 주저함이 없었다. 여자의 말은 거짓말 같지 않았다. 근래 보기 드문 근성이었다.

"저에게 10분만 시간을 할애해주시면……."

"5분 주지. 말해."

"네?"

"날 부른 이유, 5분 안에 말하라고."

세나는 목을 가다듬었다. 떨지 말자. 떨지 말고 내가 해야 할 일을 하자. 그녀는 여기에 온 목적과 그를 만나야만 하는 이유를 재빨리 머릿속에서 정리했다. 아까처럼 실수하는 일은 없도록 해야 했다. 매우 중요한 순간이었다.

"저는 청솔 보육원 출신입니다."

세나의 말에 태성의 눈썹이 치켜 올라갔다. 청솔 보육원. 아까 낮에 보았던 그 쓸모없는 리스트 중 가장 마지막에 있던 이름이었다.

"그런데?"

"아무런 준비도 없이 갑자기 후원이 끊기게 되어 무척 당황스럽습니다."

"그건 그쪽 사정이고."

태성의 성의 없는 대답에 세나는 '참을 인' 자를 머릿속에 새기기 시작했다. 참자, 참자, 참아야 하느니라.

앞에 앉은 남자가 갑이고, 자신은 을이었다. 아니, 을도 아닌 갑을 병정 중에서 '정'에 속하는 존재였다. 무조건 숙이고 들어가야 하는 최약체. 힘없는 입장인 것이다.

"당장 건물에서 나가라고 하시면 저희는 갈 곳이 없습니다."

"당장은 아니었어. 옮길 시간을 주도록 하지."

"금전적 후원은 바라지도 않습니다. 그냥 지금처럼 저희 가족이 소중한 집에서 살게 해주세요. 부탁드립니다."

태성의 말에 세나는 손톱이 파고들도록 주먹을 쥐었다. 그의 건조하고 차가운 말투가 세나를 비참하게 만들었지만, 그녀는 그대로 돌아갈 수가 없었다.

저 멀리 바다에서 생겨난 태풍이 소중한 집을 쑥대밭으로 만들어 버리는 계절, 여름이었다.

하지만 그것보다 더 큰 문제는 그런 집마저 잃게 되면 가족이 뿔뿔이 흩어지게 된다는 것이었다.

피 한 방울 섞이지 않았지만, 어머니와 아이들 모두 그녀의 소중한 가족이었다.

세나는 가족을 잃을 수 없었다.

"힘드시겠지만 나가라는 말씀을 거두어주세요. 조금만 사정을 이해해주시면 꼭 나중에 보답하겠습니다."

세나는 간절한 표정을 지어 보였지만 태성은 냉랭한 표정을 풀지 않았다. 그는 한 번 결정한 일은 번복하지 않았다. 그리고 번복해야 할 이유도 없었다. 그녀에게 이야기할 수 있는 충분한 시간을 주었으니 그로서는 나름 성의를 보인 것이다.

"너의 보답이 나에게 어떤 이익이 될지 납득하기 어렵군."

거절이었다. 세나는 간절한 목소리로 한 번 더 태성의 눈을 바라보며 입을 열었다.

"한 번만 도와주시면……."

"한 번이 두 번이 되고 세 번이 되는 법이지. 게다가 부지까지 회수해야 할 만큼 지금 회사 재정 상태가 최악이니 안타깝지만 우리 대화는 여기서 끝내야 할 것 같군."

단호한 말투에 세나는 눈물을 꾹 참았다. 사실 이만큼 대화를 하게 된 것도 기적이었다. 하지만 그래도…….

"다시 한 번 생각해주세요."

"나는 한 번 결정한 일은 번복하지 않는 편이라. 또다시 후원 문제로 찾아오면 공권력의 힘을 빌리도록 하지."

"네?"

"다시 찾아오지 말란 이야기야. 무슨 말인지 알아듣나?"

"다시…… 오겠습니다."

세나가 대꾸하자 태성의 입가에 차가운 미소가 서렸다. 이런 일은 확실히 못 박을 필요가 있었다. 어설프게 끊어냈다가는 두고두고 후회할 일이 생기기 마련이었다.

"다시 찾아오면 법적 책임을 묻도록 하지. 조금 전 호텔 앞에서 나에게 한 행동이 얼마나 엄청난 짓인지는 알아?"

"그건 이미 죄송하다고……."

"아니. 죄송하다고 끝날 일이 아니지. 다시 한 번 찾아오면, 그땐 내 변호사와 만나야 할 거야."

세나는 그의 냉정함에 치가 떨릴 지경이었다. 사람이 어떻게 저렇게까지 차갑지? 어떻게 저럴 수가 있지?

"보육원 문제로 골치 아픈 상황에 법적 소송까지 걸리면 그야말로 진퇴양난 아니겠어? 현명하게 행동하도록 해. 우리 만남은 이게 처음이자 마지막인 걸로 하지."

그 말을 끝으로 차 문이 열렸고, 세나는 힘없이 그의 차에서 내려야만 했다. 세나가 내리자마자 한태성이 타고 있는 차는 어둠 속으로 사라졌다. 그에게도 양심은 있었는지 둘러보니 근처에 버스 정류장이 있었다.

어떡하지? 세나의 눈에서 눈물이 솟구쳐 나왔다. 갑자기 닥친 문제를 어떻게 해결해야 할지 막막했다. 동아줄이 끊어져 바닥에 떨어진 호랑이가 된 기분이었다. 호랑이는 떨어져 죽었다지만 자신은 죽을 수가 없었다. 무슨 수를 찾아야만 했다.

보육원으로 향하는 세나의 발걸음은 족쇄라도 채운 듯 무거웠다. 원장 어머니는 내색하지 않으시겠지만 그래도 좋은 소식을 기다리고 계실 것이다.

세나가 보육원 안으로 들어서며 문을 열자 윤성의 고함이 들렸다.

"누나! 걔 좀 잡아!"

발가벗은 채로 물기도 닦지 않고 돌아다니는 녀석 하나가 세나의 레이더망에 걸렸다. 자신을 보며 생긋생긋 웃는 승환의 얼굴을 보자 그녀는 절로 엄마 미소가 지어졌다.

"잡았다, 요 녀석."

"승환이 너 왜 형아 말 안 듣고 뛰어다니고 있어? 아휴, 차가운 거봐. 윤성아, 수건 가지고 와."

윤성이 투덜대며 수건을 들고 다가왔다. 네 살배기 승환을 바라보는 윤성의 표정이 힘들어 보였다. 승환이 어지간히 난리를 친 모양이었다.

"이 이중인격자. 누나 오니까 얌전한 척하는 것 봐. 목욕탕 가봐. 난리 났어. 내가 목욕을 제대로 못 시킨 게 아니라니까?"

세나가 승환의 몸을 닦은 뒤, 마른 수건으로 몸을 돌돌 말아주자

네 살짜리 승환이 어눌한 말투로 세나를 향해 폭풍 고자질을 시작했다.

"형아 미워."

"그래서 입이 아야 했어? 싫다는데 형아가 막 양치시키고?"

세나가 자신의 말을 알아듣자, 승환은 윤성을 째려보며 그녀의 가슴팍에 폭 안겨버렸다. 그러자 윤성은 어이없다는 듯 세나를 바라보았다.

"나 진짜 잘못한 거 없다니까? 얼마나 조심조심 씻겨줬는데. 오늘만큼은 형아 잘못이 아니라 이거야, 이 꼬맹아."

윤성의 말에 세나는 코웃음을 쳤다. 그러고는 열심히 변명해대는 윤성을 향해 손가락을 까닥거렸다. 윤성이 이번만큼은 자신 있다는 표정으로 세나 앞에 다가섰다.

"승환아, 아 해봐. 윤성이 너, 승환이 입 냄새 맡아봐."

"내가 양치시켰는데 무슨 입 냄새를 맡아봐. 깨끗하고만. 이 녀석 이거 양치하기 싫어서 발악한 거라니까?"

"그러니까. 네가 양치해줬으니까 승환이 입 냄새 맡아보라고."

세나의 요구에 윤성은 눈을 찡그리며 승환의 입 냄새를 맡았다. 그러고는 아차 싶은 표정으로 승환을 바라보았다. 그러자 승환은 윤성을 한 번 째려보더니 다시 세나의 품에 안겨버렸다. 윤성의 입에서 '끙' 소리가 흘러나왔다.

"많이 매웠냐?"

"네 살짜리한테 무슨 치약을 발라준 거야?"

"하하하하, 하하하…… 그러게, 왜 치약 냄새가 내가 생각한 거랑 다를까? 미안하다. 형이 잘못했어. 일부러 그런 거 아니고, 모르고 그런 거야. 우리 이제 그만 화해할까?"

윤성의 조심스러운 목소리에 승환이 세나의 품에서 고개를 떼고 불신의 눈초리로 윤성을 바라보았다.

"오늘은 씻고 잘 준비했으니까, 내일 사탕 한 개로 마무리하자."

"사탕 두 개."

윤성의 화해 요청에 오물거리는 승환의 작은 입에서는 윤성이 제시한 것과는 다른 내용이 흘러나왔다.

협상을 하려는 승환을 보며 세나는 웃음이 터져 나왔다.

"안 돼. 승환이 사탕 많이 먹으면 어떻게 된다고 했지?"

"아야 해. 벌레들이 막 생겨서."

"그치? 잘 아네. 그럼 어떻게 해야 할까?"

고민하던 승환이 세나를 올려다보았다. 여기서 더 떼를 부리면 그나마 얻을 한 개의 사탕마저 날아갈 수도 있다는 것을 알 만큼 영리한 녀석이었다.

"한 개만 머그께."

"착하네, 우리 승환이. 얼른 가서 형아랑 옷 입어."

세나가 웃으며 승환을 윤성에게 넘겨주었다. 세나의 말에 가만히 고개를 끄덕이는 승환이 무척이나 귀여웠다.

윤성이 승환을 데리고 사라지자 세나는 난장판이 된 집 안을 치우기 시작했다. 곁에서 지켜보던 나머지 녀석들도 슬금슬금 정리하는 세나를 돕기 시작했다.

"세나 왔니?"

"네, 어머니. 저 들어왔어요. 정우야, 현지야, 여기 너희들이 마무리해줄래?"

원장 어머니인 혜영의 목소리가 들려오자 세나의 어깨가 축 처졌다. 원장실로 향하는 세나의 발걸음은 무겁기만 했다.

집으로 돌아온 태성은 냉장고 문을 열어 생수 한 병을 꺼내 들었다. 여러 가지 복잡한 생각으로 술 한 잔이 간절했지만, 내키는 대로 행동했다가는 내일 컨디션에 문제가 생길 것이다.

여러모로 피곤한 하루였다. 쓸데없는 회의로 오랜 시간 진을 빼고, 그보다 훨씬 피곤한 저녁 식사로 남은 에너지가 방전되어버렸다. 태성은 자신도 모르게 헛웃음이 나왔다. 평소보다 피곤한 게 이상한 일은 아니었다.

그리고 하루의 마지막, 쓰레기가 되어버린 자신.

─우리 아이가 울고 있어요.

소파에 기대어 쓰러지듯 앉은 태성의 머릿속에 여자의 목소리가 들려왔다. 지나간 일을 다시 생각하는 일은 좀처럼 없었는데. '아이가 울고 있다.'라…… 그에게 제대로 존재감을 알린 여자였다.

"당돌했단 말이지."

차가운 그의 말에도 흔들리지 않던 그녀의 반짝이는 눈동자가 생각났다.

─다시 오겠습니다.

"건방지기도 하고."

태성의 입가에 희미한 미소가 스치듯 지나갔다. 하지만 그걸로 끝인 인연이었다.

'불능설'에 대처하는 그 남자의 자세

"쉬어가면서 해."

세나는 자신에게 말을 건네는 윤주를 바라보았다. 윤주의 손에 음료수 하나가 들려 있었다. 달궈진 한여름의 오후, 때마침 시원한 게 필요한 시간이었다.

"고마워. 잘 마실게."

"계집애. 고맙기는."

윤주가 세나의 옆에 자리를 잡고 앉았다. 윤주가 건넨 음료수를 한 모금 삼킨 세나는 다시 모니터로 시선을 돌렸다.

기업에 후원 요청서를 보내는 것이 밤새 생각해낸 방법이었다.

어젯밤 어머니와의 대화는 한숨으로 시작해 한숨으로 끝났다. 무슨 수를 써야 했다. 당장 길거리에 나앉지 않으려면, 결국 한태성이 답이었다.

하지만 그 얼음같이 차가운 얼굴을 떠올리자 세나는 기가 죽었다. 그는 뼛속까지 사업가였다. 이익이 되지 않으면 그녀의 사정 따위는 전혀 관심도 없는.

"뭔데 그렇게 매달려서 해? 얼마 전에 알바도 끝났잖아."

"알바는 영원히 끝나지 않아. 잠시 멈춰 있을 뿐이지."

세나다운 엉뚱한 소리에 윤주가 웃음을 터뜨렸다. 세나는 기지개를 켜면서 고개를 뒤로 쭉 젖혔다.

두두두둑―.

척추가 맞춰지는 소리가 아주 시원하게 들려오자 윤주는 다시 웃음을 터뜨렸다.

"너 뼈는 안 부러졌어?"

"불행인지 다행인지 아주 건강해."

"다행이면 다행이지 불행일 건 뭐야?"

"너도 알잖아. 내 소원."

세나가 킥킥거리며 바라보자 윤주가 못 말리겠다는 표정을 지었다. 그 말도 안 되는 소원은 어이없게도 세나의 진심이었다.

"길 가다 코피 나서 쓰러지는 게 소원이었지? 119에 막 실려 가고?"

"어릴 때부터 갑자기 픽 쓰러져서 병원에 실려 가는 게 소원이었는데, 그 꿈은 이루어지기 힘들 것 같네."

진심으로 아쉽다는 듯, 세나의 혀 차는 소리에 윤주는 세나를 위아래로 훑어보았다. 원래 마른 세나였지만 스트레스 때문인지 요즘 들어 살이 더 빠져 보였다.

"요즘 네 상태 봐서는 아주 어려운 일도 아닌 것 같은데."

평소에도 가만히 쉬고 있는 꼴은 본 적이 없지만, 요 며칠 강도가 더 심해졌다. 분명 세나에게 무슨 일이 생긴 것이다.

"무슨 일인지 물어봐도 돼?"

윤주의 조심스러운 목소리에 세나는 웃었다. 무엇이든 털어놓을 수 있는 한 명의 친구가 있다면 그건 바로 앞에 있는 윤주였다. 늘 자신을 챙겨주고 아껴주는 단짝 친구. 잔소리 마녀 주제에 잔정은 엄청나게 많다.

세나는 윤주의 말 속에서 자신을 향한 애정과 걱정을 느낄 수 있었다. 어쩌면 윤주에게 도움을 받는 게 더 나을지도 모르겠다. 아무래도 소설가 지망생이니 자신보다는 글 쓰는 재주가 탁월할 것이다. 글쓰기로 상까지 받은 윤주라면 자신의 희망이 되어 줄지도 모를 일이었다.

"나 좀 도와줘."

"뭐?"

"나를 도와 달라고."

윤주는 귀를 후볐다. 무언가 잘못 들은 것만 같았다. 방금 세나의 입에서 도와 달라는 이야기가 나왔다는 사실을 그녀는 믿을 수가 없었다.

"헐. 대박. 너 지금 나한테 도와 달라 그런 거야?"

"어. 맞았어. 나 좀 도와줘, 윤주야."

자신이 잘못 들은 게 아니었다. 결코 누군가에게 도움을 요청하는 법이 없던 윤세나의 입에서 지금 도와 달라는 소리가 나온 게 맞았다. 그리고 그 사실은 윤주를 기쁘게 했다.

"내가 뭘 도와주면 되는데?"

"후원 요청서를 작성하고 있는데, 너의 절절한 글 솜씨가 필요해."

"후원 요청? 왜? 너 유학 가려고?"

흔한 일은 아니었지만, 기업에 자기소개서를 보내 후원금을 받는 경우가 있었다. 평소 유학을 꿈꿨지만 현실 때문에 잠시 그 꿈을 접은 세나를 보고 윤주는 안타까웠던 적이 많았다.

"드디어 움직이는 거야?"

윤주의 신이 난 목소리에 세나는 미소를 지어 보였다. 유학이라……. 꿈같은 단어였다. 그래도 언젠가는 갈 수 있겠지.

"그런 거라면 얼마나 좋겠어. 근데 그건 아니고, 지금 써야 하는 건 더 절실하다니까."

"도대체 뭐가 천하의 윤세나를 이렇게 걱정시키고 있는 건데?"

윤주는 세나의 노트북 앞으로 의자를 끌어당겨 앉았다. 세나가 작성하고 있던 문서를 읽어 내려가던 윤주의 눈이 휘둥그레졌다. 세나가 며칠간 힘들어하던 이유가 밝혀지는 순간이었다.

"맙소사. 너네 보육원 후원 끊어진 거야? 게다가 집에서 당장 나가래?"

놀란 윤주의 목소리에 세나는 그저 어깨를 으쓱해 보였다. 보육원에서 자란 사실을 숨기지 않고 말했을 때 거부감 없이 자신에게 다가와준 유일한 친구였다.

"우리 보육원 후원하던 업체가 이번에 인수 합병되면서 경영 방침 같은 게 바뀐 모양이야."

"그렇다고 이렇게 단번에 후원도 끊고 집에서도 나가래?"

윤주의 말에 세나는 조금 슬픈 표정을 지어 보였다. 그런 세나의 얼굴을 바라보던 윤주는 잠시 심각한 표정을 짓더니 곧이어 손가락을 스트레칭하기 시작했다.

"나 이번에 단편 소설 공모전에서 장려상 탄 거 알지?"

"내가 볼 때 네가 최우수상이었어."

"역시, 너밖에 없다. 오케이. 좋았어. 아자!"

윤주는 작게 기합을 넣고 세나의 노트북을 끌어다가 자신의 앞에 놓았다.

"이런 거라면 내가 가만히 있을 수 없지. 기다려봐. 내가 기업 담당자들이 눈물 없이는 볼 수 없는 요청서를 작성해주겠어."

윤주는 팔을 걷어붙이고 비장한 눈빛으로 노트북을 노려보았다. 의욕이 넘치는 윤주의 눈에서 레이저라도 나올 것만 같았다. 그 모습에 세나는 웃음이 나왔다. 하지만 이내 그 웃음이 굳어버리고 그녀의 입에서는 한숨이 흘러나왔다.

"열심히 작성하고 있어. 나 잠깐 어디 다녀올게."

"어디 가는데?"

윤주는 노트북에서 눈을 떼지 않은 채 세나에게 물었다.

"가서 편지지 좀 사오려고. 네가 내용 써주면, 내가 손으로 편지를 쓸 생각이야."

윤주는 감탄했다는 듯 세나를 바라보았다.

"오, 아주 좋은 생각이야. 그것도 같이하자. 몇 장이나 적을 건데?"

"한 50장쯤?"

50장.

적지 않은 숫자를 담담하게 말하는 세나를 보며, 윤주는 이번 일이 친구에게 얼마나 중요한지 새삼 깨달았다. 적어도 50개의 기업에 이 후원 요청서를 돌려야 한다는 말일 것이다.

"만만치 않은 작업이 되겠군. 얼른 다녀와. 이 언니가 절절한 후원 요청서 작성하고 있을게."

윤주가 비장한 표정으로 바라보자, 세나는 또다시 웃음을 터뜨리며 교내 문구사로 향했다. 뜨거운 여름 햇살이 응원이라도 하듯, 세나를 비쳐주고 있었다. 잘될 거야. 다 잘될 거야. 그렇게 믿자. 아직 벌어지지 않은 일들에 대한 걱정은 접어두자. 오로지 해야 할 일에만 몰두하면, 좋은 결과가 있을지도 모른다. 자고로 스스로 돕는 자를 돕는 하늘이 아니던가.

"힘내자, 윤세나!"

세나는 자신의 기합 소리가 마음에 든 듯 흡족하게 웃었다.

한적한 거실, 한 노부인이 맞은편에 앉아 있는 남자를 쏘아보고 있었다. 그런 노부인의 얼굴을 보던 태성은 속으로 숫자를 세기 시작했다. 쓰리, 투, 원. 스타트.

"망할 놈 같으니. 내 얼굴에 먹칠을 해도 유분수지. 야, 이놈아. 그 자리가 어떤 자린데 그거 하나 제대로 못 하고 나와. 어?"

윤 여사의 잔소리 폭격이 시작되자 태성은 눈을 감아버렸다. '망할 놈'으로 시작되는 잔소리는 최소 30분짜리였다. 마음을 편하게 비우는 편이 나았다.

"거기 한 시간도 넘게 앉아 있었고, 저녁도 먹었고, 한성 호텔 사장이 다음에 기회 되면 보자고 했는데 뭐가 문제예요?"

아무리 생각해도 잘못한 게 없다는 태성의 태도에 윤 여사는 더욱더 역정이 났다.

"뭐가 문젠지 모르겠다고 시방?"

"네. 모르겠다니까요."

"너, 그 집 딸내미가 주는 전화번호는 왜 안 받은 거여. 엉?"

윤 여사의 말에 태성은 기가 차다는 듯 헛웃음이 나왔다. 그게 문제였어?

"네놈이 주지는 못할망정, 여자가 전화번호를 내미는데 홀랑 내빼? 에라이, 이놈아. 이 천하에 벼락 맞을 놈아."

"그럼 마음에 안 드는 걸 어떡합니까."

"그랑께 왜 마음에 안 드냐고, 마음에! 그만한 자리가 어디에 있다고!"

태성은 윤 여사의 카랑카랑한 목소리가 반가웠다. 하지만 반가운 건 반가운 거고, 기껏 바쁜 시간 내서 왔더니 윤 여사는 그를 보자마자 잔소리만 엄청 해댔다.

윤 여사는 다른 건 다 괜찮은데 딱 하나, 여자 문제로 태성을 괴롭히는 게 문제였다. 그의 나이가 서른을 넘어가면서부터 달달 볶기 시작하더니, 요즘 그 괴롭힘이 최고조에 이르고 있었다. 그나마 뉴욕에 있을 때는 얼굴 볼 일이 없으니 괜찮았는데, 한국에 들어와서는 그야말로 곤혹스러울 정도였다.

어디 도망갈 데도 없었다. 도망가 봤자 귀신같이 찾아내는 데 도가 튼 양반이었다. 차라리 이렇게 제 발로 오는 게 속 편했다.

윤 여사와 태성의 대화에 호진은 그저 웃으며 차를 마시고 있을 뿐이었다. 자신을 보며 고소해하는 호진의 웃음을 눈치채지 못할 태성이 아니었다. 입가를 삐죽거리는 호진의 모습에 태성은 그를 째려보았다. 하지만 호진은 그 모습에 이골이 났다는 듯 꿈쩍도 하지 않았다.

"이제 선 자리는 지긋지긋합니다. 그만두세요. 제발."

태성이 정말 지긋지긋하다는 듯 집게손가락을 들어 관자놀이를 눌렀다. 어째서 이 노인 양반이 이렇게까지 그의 결혼에 공을 들이는 건지 알 수 없었다. 아니, 사실은 그도 알고 있었다. 저 카랑카랑한 윤 여사는 그를 무척이나 아끼고 있었다. 선 자리에 여자를 보내오는 것이 나름의 애정 표현인 것이다.

집안, 학벌, 외모……. 보내오는 여자들마다 어디 한구석 빠지는 것이 없긴 했다. 단지 끌리는 여자가 없을 뿐이었다.

윤 여사의 마음을 알고 있기에 그녀에게 무례하게 대할 수 없었다. 그러기에는 윤 여사와 그의 사이가 너무도 끈끈했다.

"얼마 전에 호텔 앞에서 있었던 일은 뭐여?"

태성은 그때 일을 생각하며 얼굴을 찡그렸다. 어쩐지 이야기가 없다 했다. 목격한 사람이 있는 모양이었다. 노인네가 집에 들어앉아 있으면서 정보력 하나는 기가 막히다니까.

"별거 아닙니다."

"별거 아녀? 너한테 애가 있다던디? 새파랗게 어린 여자애가 네 애를 가졌다고 호텔 앞에서 소리 질러댔다매."

태성은 코웃음을 쳤다. 하긴, 그 상황에선 누구라도 그렇게 의심할 만하긴 했다. 어쨌든 그 말도 안 되는 소문은 얼른 막아버리는 게 상책이었다.

윤 여사의 흑심이 깔려 있는 은근한 말투에 태성은 포기하라는 듯 손을 휘이 저었다.

"세상 어디에도 제 애를 가진 여자는 없어요. 그러니까 기대도 하지 마세요."

태성의 말에 윤 여사는 찔리는 표정을 지었다.

"내가 무슨 기대를 했다고. 혹시나 해서 그라제."

"혹시나 하는 마음을 품을 가치도 없는 소문입니다."

"그라냐. 그것 참 아까운 일이네잉."

"아까워하지도 마세요."

"알았다, 이놈아. 어쨌든 다음번 자리는 신경 좀 써."

"또 있어요? 바쁜 분이 왜 이러시는 거예요, 저한테."

"나 요새 한가혀. 그리고 네놈 괴롭히는 게 내 낙이다, 이놈아. 잔소리 말고 제대로 하고 와. 저번처럼 모지리처럼 굴고만 와, 아주 그냥. 또 엄한 소리 들려오면 다음 투자 건은 생각도 하지 말어."

태성은 이제 사업으로 협박을 해대는 윤 여사를 걱정스러운 눈으로 바라보았다. 그 눈빛이 미심쩍다는 듯, 윤 여사의 눈초리가 가늘어졌다.

"뭐여, 누가 그런 가재미눈으로 쳐다보래? 엉? 시방 나랑 해보자 이거여?"

"걱정스러워서 그래요. 이렇게 밀어붙이시면 더 엇나가는 거 모르세요?"

태성의 시큰둥한 말투에 윤 여사는 눈을 가늘게 뜨고 그를 바라보았다. 훤칠하니 잘생긴 놈이 왜 허구한 날 일만 붙들고 사는지 모를 일이었다. 답답한 노릇이었다. 여자가 붙어도 서울에서 부산까지 줄 서서 붙을 놈인데.

그때 윤 여사의 머릿속에 생각 하나가 스치고 지나갔다.

"너, 혹시…… 불능이냐?"

윤 여사의 물음에 태성은 사레가 들렸다. 방금 저 노친네가 뭐라고 한 거야?

콜록거리며 말을 잇지 못하는 태성의 귀에 호진의 호탕한 웃음소리가 들려왔다. 태성은 거의 숨이 넘어갈 지경으로 웃어대는 호진의 입을 당장이라도 틀어막고 싶었지만, 지금은 기침을 멈추는 일이 더 시급했다.

"아, 왜 대답을 못 혀. 너 남자 구실 못 하는 거냐고. 혹시 그런 거라면 내가 좋은 데서 약이라도 지어서 줄랑께."

"윤 여사, 거기까지. 멀쩡한 사람 이상하게 몰아붙이지 마십시오. 여자라면 차고 넘칠 만큼 많아요."

윤 여사는 입을 다물었다. 태성의 목소리에서 냉기가 뚝뚝 떨어지는 걸 보니 헛짚은 모양이었다.

"차고 넘칠 만큼 많은데 왜 정착을 못 하고 허구한 날 혼자 궁상스럽게 그렇게 있는 거냐고."

다시 원점이었다. 태성은 이제 웃음이 날 지경이었다. 이거야 원. 무슨 뫼비우스의 띠도 아니고 한도 끝도 없이 대화가 이어질 듯했다.

"네놈이 발정 난 똥개냐? 누가 아랫도리만 불태우래? 미래를 보라고, 미래를. 이제 네 나이가 벌써 몇이냐?"

거침없는 윤 여사의 발언에 호진은 웃음을 멈출 수가 없었다. 발정 난 똥개라니. 세상에서 태성에게 저렇게 말할 수 있는 사람이 몇 명이나 될는지.

"태울 곳이 거기밖에 없는데요, 뭘."

태성의 시큰둥한 반응이 윤 여사의 성질을 더 돋우었다.

"심장을 불태우라고, 심장을!"

"심장 태우면 죽어요, 옥분 씨. 그게 뭡니까. 촌스럽게."

"뭐여, 이놈아? 촌스러워?"

"요새는 그런 거 안 해요. 여자들이 영악해져서."

태성의 건조한 말투에 윤 여사는 더욱 버럭 했다.

"심장 불태워 죽기 전에 내 손에 먼저 죽어볼텨? 어른이 충고를 하면 '그렇습니다.' 하고 납작 엎드릴 일이지. 어디 꼬박꼬박 한마디를 안 져. 여자 몸뚱아리만 사랑하지 말고 마음을 사랑하라고, 마음을."

"금방이면 돌아가신 영감님도 뵙겠어요. 감을 잃어가시네, 우리 윤 여사님. 그 나이에 무슨 사랑 타령이십니까? 이팔청춘도 아니신 분이."

태성의 대꾸에 윤 여사는 한동안 그를 째려보았다. 딱히 태성의 말이 모두 다 틀린 것도 아니었다.

"그러게 우리 유정이랑 잘해보라니까 왜 말은 안 들어가지고."

"유정이 이제 스무 살인 건 아십니까? 그리고 가족 같은 애랑 무슨."

"고얀 놈이 대놓고 내 손녀 무시하는 거여? 어제 네가 호텔에서 만난 김 사장 딸도 유정이보다 몇 살 안 많어."

대한민국에서 큰 기업체를 운영하는 사람들 중에 윤옥분이란 이름을 모르는 사람은 거의 없었다. '검은 돈의 대모'라 불리는 그녀는 대한민국에서, 특히 제3금융권에서 사업을 하고 있는 사람이라면 모두들 알고 있는 전설 같은 인물이었다. 칠십이 넘은 나이에도 저런 괄괄한 성격이니 예전에는 어땠을지 불을 보듯 뻔했다.

"제발 유정이 생각도 하세요. 그게 저만 좋다고 될 일입니까? 결정적으로 유정이는 여자로 안 보여요."

"됐어, 이놈아. 나도 우리 유정이 아까워서 너 같은 놈한테 안 줘."

"그럼 잘됐네요. 이걸로 이 얘기는 끝내는 겁니다."

"다음 주여. 자꾸 미꾸라지처럼 빠져나갈 생각 말어."

포기를 모르는 윤 여사의 불타는 집념에 태성은 두 손 두 발 다 들어버렸다.

"아직도 여자가 더 있는 겁니까?"

"왜. 그게 걱정이냐?"

"만나본 여자가 적지 않아서 말이죠."

"응. 걱정일랑 하덜 말어. 아직 트럭으로 몇 대 있응께."

흡족한 미소를 지으며 태성을 바라보는 윤 여사의 눈빛은 그녀의 말이 진심임을 알려주었다. 태성은 한숨을 내쉬었다. 당분간 그 트럭에 치이지 않으려면 열심히 피해 다녀야겠군.

그런 태성을 흐뭇하게 바라보던 윤 여사의 눈빛이 별안간 무겁게 내려앉았다.

"······한국 들어와서, 니 애비랑 연락은 해본 게야?"

뜻밖의 말에 태성의 얼굴이 삽시간에 굳어졌다. 아버지라······. 신경 쓰고 싶지 않은 이름이었다.

"아뇨."

"언제까지 그렇게 지내려고 그러냐?"

"죽을 때까지 그러지 않을까 싶습니다만."

차가운 태성의 말에 윤 여사는 안타까운 눈길을 보냈다. 부모에 대한 원망은 죽을 때까지 녀석의 가슴속에 사무쳐 있을 테지만, 조금씩 털어내야 했다.

"그러지 말고, 먼저 연락을 해보는 건……."

"윤 여사님 입에서 이상한 소리 나오는 걸 보니 이제 갈 시간인가 봅니다."

더 이상의 대화는 이어지지 않았다. 윤 여사도 차가운 태성의 말과 표정에 더 이상 입을 떼지 못했다.

태성은 화려한 간판을 지나 거침없이 클럽 문을 열고 들어섰다. 시끄러운 음악 소리가 그를 맞이했다.

후끈한 바깥 날씨와는 달리 클럽 안은 서늘했다. 여름밤의 무더위를 피해 몰려든 사람들로 인해 안은 북새통을 이루고 있었다.

"오호, 한태성?"

술을 주문할 수 있는 바로 다가서자, 훤칠하니 잘생긴 바텐더 하나가 바쁘게 움직이다 태성을 보며 크게 반가워했다. 태성의 친구이자 클럽의 사장인 재혁이었다.

재혁은 두 팔을 벌려 태성을 껴안으려 했다. 하지만 태성은 그런 그의 어깨를 가볍게 밀어냈다.

"저리 비키지?"

"나의 따뜻한 인사를 거절하다니, 한태성이 맞네."

"독한 걸로 한 잔 줘."

"요새 자주 오네?"

히죽 웃으며 재혁은 태성의 앞에 잔을 내려놓았다. 태성은 말없이 재혁이 내민 술잔을 받아 한입에 털어 넣었다. 태성의 술잔이 비워지자 재혁은 또다시 잔에 술을 채워 넣었다. 그러고는 자신의 잔에도 술을 채워 태성의 잔에 부딪쳤다.

"나의 친애하는 친구를 위하여."

과장된 제스처를 취해 보이며 작은 술잔을 들어 올리는 재혁의 모습을 보며 태성은 피식 웃음을 터뜨렸다.

"요새 안 바쁜가 봐?"

"바빠."

"영광이네. 바쁜데도 불구하고 이렇게 찾아주시고. 못 견디게 내가 그리웠나 봐?"

"너 보러 온 건 아니야."

태성의 말에도 재혁은 전혀 기분 나빠하는 눈치가 아니었다. 오히려 태성을 보며 계속 싱긋 웃어댔다.

"날 보러 온 게 아니라면, 그럼 기분이 안 좋은 날이군. 그치?"

"기분이 좋진 않지."

태성은 말하지 않아도 자신의 기분을 알아채는 재혁이 편했다. 재혁은 태성의 잔에 세 번째 술을 따라주었다.

"기분이 더러울 때는 한번 놀아줘야 하는데. 어때?"

"할 수 있어?"

"언제든지. 그러려고 온 거 아니야?"

재혁은 태성을 향해 윙크를 날렸다. 그런 재혁의 모습에 태성은 미간을 찌푸리며 자리에서 일어섰다.

태성은 재킷을 벗어 의자에 아무렇게나 걸쳐놓고 넥타이를 풀어 재킷 위에 던져놓았다. 그러고는 거추장스러운 커프스 단추를 풀어 소매를 걷어 올렸다.

음악 소리로 시끄러운 클럽 한쪽 구석에 작은 무대가 마련되어 있었다. 그리고 그곳에는 드럼이 익숙한 모습으로 자리하고 있었다.

태성은 거침없이 드럼 쪽으로 발걸음을 옮겼다. 그러자 어수선하게 클럽 안에 있던 사람들의 시선이 순식간에 한쪽으로 몰렸다.

풀어 헤쳐진 셔츠, 걷어 올린 소매 아래 드러난 팔 근육, 조각 같은 얼굴에 시크한 표정을 한 태성은 클럽 안 사람들의 시선을 한 번에 사로잡았다.

흥미로워하는 사람들의 시선에도 아랑곳하지 않고 태성은 자리를 잡고 앉아 스틱을 집어 들었다. 평소 즐겨 쓰던 종류의 스틱은 아니었지만, 상관없었다. 스틱을 집어 든 태성을 본 순간, 재혁은 망설이지 않고 흘러나오던 노래를 멈추었다.

"오늘 녀석 기분이 많이 안 좋은 것 같으니 이게 좋겠군."

신중하게 음악을 고른 재혁은 플레이 버튼을 눌렀다. 음악이 시작되자 태성은 스틱을 들고 거침없이 리듬을 타기 시작했다. 숨 막힐 것 같은 섹시함으로 무장한 태성을 숨죽이며 지켜보고 있던 여성들의 입에서 환호성이 터져 나오기 시작했다.

오랜만에 스틱을 집어 들었음에도 불구하고 태성의 손놀림은 거침없었다. 스틱으로 드럼을 내려치는 순간의 그 짜릿한 감각만이 그의 온 신경을 지배했다.

태성의 열정적인 무대에 사람들의 환호성은 그칠 줄 몰랐고, 그렇게 클럽 나이트메어의 밤이 타오르고 있었다.

"제안서는 어떻게 됐지?"

아침부터 태성은 호진을 닦달했다. 이번 주까지 제안서를 제출하라고 말했는데 괘씸하게도 호진에게서는 아무런 대답이 없었다. 태성의 날카로운 어조에 호진은 피식거리며 새어 나오려는 웃음을 삼켰다.

"어이, 대표님. 윤 여사에게 받은 스트레스를 나한테 풀지는 말지?"

"너희 할머니는 네 선에서 끊어내도록 해봐."

"우리 할머니라고 뭐가 달라져? 내 말이 그 양반한테 먹히기라도 해야 뭘 끊든가 말든가 하지. 형 편들고 나섰다간 나까지 여자들 실린 트럭에 치일지도 모른다고."

"넌 도대체 누구 편이야?"

"난 오로지 내 생각만 하는 내 편이지. 잘 아는 사람이 왜 이러실까?"

능글맞은 호진의 말에 태성은 입을 다물어버렸다. 오랜 세월 자신의 곁에서 비서 생활을 해온 호진이었다. 호진은 친할머니인 윤 여사와 태성 사이에서 아슬아슬 줄다리기를 잘도 하고 있었다.

"부하 직원에게 개인적인 스트레스를 푸는 건 프로답지 못하신 처사입니다, 대표님."

"제안서는? 그 이야기면 업무적인가?"

"네, 네. 그러시겠죠. 제안서 여기 있습니다."

호진은 태성의 앞에 서류 하나를 내려놓았다. 가지런히 정리된 걸 모습과는 달리, 그 안에 담긴 내용은 태성을 어이없게 만들기에 충분했다.

"한태성의 문제를 해결할 수 있는 세 가지 방법?"

태성은 기가 차다는 눈빛으로 호진을 바라보았지만, 호진은 의연했다. 인센티브를 위해 밤새 만든 서류였다. 창의적이진 않지만 실용적인 방법으로 구성되어 있고, 실전에 바로 적용 가능하며 태성에게 꼭 필요한 것들이었다.

"아주 현실적인 방법들입니다, 대표님."

호진의 말에 태성은 코웃음 치며 다시 서류로 눈을 돌렸다. 대체 어디가 현실적인 방법들이란 말인가? 처음 작성한 부분부터 태성의 실소를 자아내기에 충분했다.

"윤 여사님이 이 세상에서 하직하실 때까지 기다린다? 너, 윤 여사님이 얼마나 더 사실 것 같냐?"

"적어도 삼십 년은 거뜬하시죠."

"그치? 내가 보기에도 그 정도는 거뜬해 보이시는데. 이따위 걸 해결책이라고 내놓은 거야?"

태성의 표정이 굳어지자 호진은 얼른 서류의 다음 장을 넘겼다.

"그래서 방법이 세 가지인 겁니다."

"그래서 생각해낸 방법 중 두 번째가 날 게이로 만드는 거다?"

태성의 말투에 노기가 서리기 시작했다. 그런 태성의 안색을 살피던 호진은 재빨리 말을 덧붙였다.

"이거 상당히 기발한 방법입니다, 대표님. 들러붙는 여자들도 처리할 수 있고, 윤 여사님의 손아귀에서 벗어날 수 있는……."

"그러니까 게이가 되라고? 남자 구실 할 수 있느냐는 의심까지 받은 이 마당에?"

"진짜가 아니고 게이인 척만 하시면 되는 거죠."

태성은 말을 섞을 필요도 없다는 듯 호진을 째려보았다. 딱히 기대를 했던 건 아니었지만, 그래도 이 정도로 쓰레기 같은 의견을 버젓이 내놓을 줄은 몰랐다.

"됐고. 이제 하나 남았다. 나머지 방법도 이딴 식이면 사표 쓸 각오해."

"마지막이 히든카드입니다, 대표님. 제일 현실적이고 수용 가능한 방법입니다."

태성의 분노 게이지가 정점을 향해 올라가고 있었다. 호진의 말은 반드시 사실이어야 할 것이다. 그렇지 않으면 윤 여사에게 받은 스트레스까지 고스란히 호진의 몫이 될 테니까.

서류를 바라보던 태성의 눈에 이채가 서렸다.

"계약 연애?"

"네. 선 자리도 피하고, 윤 여사님의 의심에서 벗어날 수 있는 가장 좋은 해결책이죠."

"이걸 누구와 하라고? 누가 하겠대, 이런 걸?"

태성의 말에 호진이 회심의 미소를 지었다. 그 미소에 태성의 불안감이 스멀스멀 기어올라왔다. 저렇게 자신만만한 호진은 가끔 뜻밖의 사고를 친다.

"왜, 지난번에 아이가 울고 있다고 소리치던 여자 있지 않습니까? 보육원 문제 때문에 찾아왔었던. 그 여자가 제격일 것 같은데요."

태성은 그럴 줄 알았다는 듯, 한심하다는 눈초리로 호진을 바라보았다.

"그 여자가 네 눈에는 여자로 보이냐? 이제 갓 고등학교나 졸업했을까 싶은 애를 데리고 뭘 어쩌라고?"

태성의 말에 호진은 거침없이 반박하기 시작했다. 밤새 가장 공들여 고민한 부분이었다.

"윤 여사님 리스트 중에 유정이도 있다는 사실을 기억하셔야죠. 제 동생도 이제 갓 스무 살입니다."

"그래서?"

"뭘 그래서입니까? 그쪽은 보육원 후원이 당장 시급한 문제이고, 대표님은 윤 여사님이 준비한 여자 트럭에 치이지 않기 위해 방패막이가 있으면 되는 거고. 서로 원윈 하는 시스템 아닙니까?"

"보육원을 조건으로 계약 연애를 하라고?"

"바로 그거죠."

호진은 자신의 의견이 매우 자랑스럽다는 듯 뿌듯한 얼굴로 태성을 바라보았다. 태성의 눈빛이 흔들리는 듯했으나 이내 그 차가운 표정으로 돌아왔다.

"됐어. 너한테 이런 걸 시킨 내가 미친놈이지."

"안 하실 겁니까?"

"이런 걸로 약점 잡아서 들러붙으면 곤란해. 차라리 선을 한번 보고 말지. 이런 부류들하고 엮이면 피곤해져."

"그래서 몇 트럭이나 되는 여자들과 선을 계속 보시겠다구요?"

호진의 말에 태성은 깊은 한숨을 내쉬었다. 사실 적당한 여자만 있다면 솔깃한 제안이긴 했다. 하지만 가장 중요한 문제는 그 적당한 여자를 어떻게 찾느냐는 것이었다.

그런 태성 앞에 호진이 또 다른 서류를 내밀었다.

"이게 뭔데?"

"지난번 그 여자 신상명세서입니다. 원하시면 몇 명 더 찾아보겠습니다."

"뭐?"

"이 방법이 제일 확실할 것 같은데요. 제 생각에는 이 여자분이 적격일 것 같지만, 대표님이 정 싫으시면 후보 몇 명을 더 찾아보겠다고요."

"무슨 생각이야?"

"한번 보시기나 하라고요. 대표님이 보고 판단하시면 될 것 아닙니까? 사람 보는 눈은 저보다 나으시니까요."

"됐어. 다른 방법을 찾아."

"다른 방법 말고 확실한 방법을 찾으시는 게 나을 겁니다."

그랬다. 지금 태성에게 필요한 건 확실한 방법이었다.

말을 마친 호진은 생긋 웃으며 대표실 밖으로 나섰다. 그런 그의 뒷모습을 태성은 못마땅하다는 듯 바라보다가 호진이 놓고 간 신상명세서로 눈을 돌렸다. 아예 가능성 없는 이야기는 아니었다.

서류에 붙은 사진 속 얼굴이 그를 바라보고 있었다. 다른 건 몰라도 이 눈빛만큼은 기억이 났다. 꽤나 곧고 맑은, 인상적인 눈빛을 가진 여자였다.

태성은 서류를 집어 들었다.

"윤세나라……."

조용한 대표실 안에 톡톡, 태성이 손가락으로 책상을 치는 소리가 들려왔다.

세나는 웃음을 참으며 뒤를 돌아보았다. 너무 선명한 움직임에 이름을 불러야 할지 말아야 할지 고민되었다. 녀석의 성격에 지금 이름이 불리면 투덜거릴 게 뻔했다.

"지원이 너, 움직이는 거 다 봤어. 경고야."

"아냐, 누나. 나 안 움직였는데."

"그렇게 말할 줄 알았어. 누나가 너 팔 뒤로 움직이는 거 다 봤어."

세나의 말에 지원이라 불린 녀석이 움찔했다. 올해 초등학교 3학년이 된 녀석은 꼭 꼬맹이들 노는 데 같이 끼어서 놀고 싶어 했다. 초등학생 녀석이 수준은 유치원생들과 별반 다르지 않다니까?

"한 번 더 걸리면 너 술래다."

"알았어. 빨리해."

아이들의 재촉에 세나는 다시 고개를 돌려 나무에 얼굴을 묻었다. 아직 입을 열지도 않았는데 벌써부터 후다다닥, 녀석들의 귀여운 발자국 소리들이 들려왔다. 아무래도 이번은 잡으러 갈 타이밍인가 보다.

"무궁화 꽃이 피었습니⋯⋯."

세나의 말이 끝나기도 전에 한 녀석이 그녀의 등을 치고 도망쳤다. 그러자 아이들의 '꺄르르 웃는 소리가 울려 퍼졌다. 그런 아이들의 목소리에 세나는 한껏 숨을 들이쉬고 뒤돌아서서 도망가는 아이들을 향해 달려갔다.

"잡히는 사람은 오늘 나한테 뽀뽀 100번씩 받을 줄 알아."

세나의 협박에 아이들은 더욱 큰 웃음소리를 내며 여기저기 흩어졌다. 그러고는 보육원 앞에 마련된 작은 놀이터에서 세나에게 잡히지 않으려고 재빠르게 뛰어다녔다.

대장인 지원이 큰 소리로 외쳤다.

"뽀뽀 괴물이다. 도망가자! 다들 숨어. 어서!"

지원의 목소리에 아이들은 세나를 보더니 함박웃음을 지으며 제 각기 또 숨어버리기 시작했다. 늘 '무궁화 꽃이 피었습니다'로 시작해서 '숨바꼭질'로 이어지는 패턴이었다.

"어? 우리 꼬맹이들 다 어디 갔지? 잡아서 뽀뽀해야 하는데."

세나의 목소리에 작게 키득거리는 소리가 곳곳에서 들려왔다. 세나는 짐짓 어디에 있는지 모르겠다는 표정을 지은 채 슬금슬금 아이들을 찾아다녔다. 그녀의 타깃은 올해 초등학교에 입학한 현정이었다.

미끄럼틀 뒤에 숨어 있는 현정을 보자마자 세나는 냅다 달려가 현정의 허리를 끌어안았다. 잡힌 현정은 즐거운 비명을 질러댔다.

"꺄악, 언니!"

"잡았다. 벌칙은 알고 있겠지?"

말을 마치자마자, 세나는 현정에게 뽀뽀 세례를 퍼부었다. 그러자 현정은 숨이 넘어갈 듯 웃어대기 시작했다. 웃음소리가 놀이터에 울려 퍼지자 여기저기 나이 어린 아이들이 세나와 현정의 곁으로 몰려들었다.

"세나 언니, 나도 여기 있어."

"누나, 누나. 나도."

차례차례 엉겨 붙는 아이들을 세나는 양손에 한 명씩 끌어안고

뽀뽀하기 시작했다. 그러자 아이들의 입에서도 즐거운 웃음소리가
터져 나왔다.

"저 누나 또 저러고 있네."

막 학교에서 돌아온 윤성은 세나가 아이들과 놀고 있는 모습을
보자마자 혀를 '쯧쯧' 차며 고개를 저었다.

윤성의 모습을 본 세나는 아이들을 마주 보며 은밀한 미소를 지
었다. 그리고 비밀 이야기를 하듯 작은 목소리로 아이들에게 말을
꺼내기 시작했다. 놀이에는 항상 공공의 적이 있어야 즐거운 법이
다. 네버랜드의 후크 선장처럼.

"저쪽에, 나쁜 괴물이 우리 집에 들어왔어. 가서 물리치자."

세나의 제안에 아이들의 눈에서 빛이 났다. 특히나 윤성과 앙숙
인 네 살배기 승환이 선봉에 서는 열의를 보였다. 그런 승환을 보며
세나는 고개를 끄덕였다.

"모두 괴물을 물리치자!"

'우아아아' 하는 함성과 함께 아이들과 세나가 윤성을 향해 돌진
했다.

"어쭈, 기습이냐? 니들 오늘 잘 걸렸어."

윤성은 가방을 벗어 보육원 현관문 한쪽 구석에 던졌다. 달려오
는 아이들의 모습을 보니 도저히 그대로 지나쳐 집 안으로 들어갈
수가 없었다.

"간만에 몸 좀 풀어봐?"

도망치지 않고 오히려 자신들을 향해 달려오는 윤성을 보고 세나
는 소리쳤다.

"괴물이 알아챘다. 모두 흩어져 도망가!"

"오늘 나한테 잡히는 녀석들은 당근을 먹일 테다. 잡히기만 해봐, 아주."

윤성의 목소리가 놀이터에 울려 퍼지자, 아이들의 웃음소리가 또 하늘을 찌를 듯 터져 나왔다.

끝나지 않는 술래잡기가 시작되었다.

행복해 보이는 모습이었다. 그런 모습을 지켜보는 태성의 눈빛이 깊어졌다. 아이들의 웃음소리가 끊이지 않고 들려오자, 태성은 미간을 찌푸렸다. 뭐가 그렇게 행복한 건지 알 수가 없었다. 자신의 어린 시절에는 겪어보지 못했던 일들이었다.

다 쓰러져가는 허름한 건물 하나, 그 앞 공터에 간신히 구색만 갖춰진 놀이터, 그리고 뒤로 보이는 황량한 벌판. 이런 곳에 보육원이 있다는 사실이 놀라웠다. 적어도 사람들이 살 만한 환경에 섞여 있기는 해야 할 것이 아닌가? 버스 정류장에서 내려서도 족히 20분은 걸어 들어와야 할 거리였다.

"그렇게 어려 보이지는 않는데요."

호진의 말에 태성은 실소를 터뜨렸다. 뛰어다니는 모습이 영락없이 초등학생인데, 어려 보이지가 않는다니. 그래도 호텔 앞에서 보았을 때와는 사뭇 다른 모습인 건 확실했다.

얼마나 뛰어다녔는지 질끈 묶여 있던 머리 끈이 풀려 긴 머리가 흩날리고 있었다. 그 모습이 꽤나 여성스러워 보였다.

"그때보다는 확실히 나이가 있어 보이는군. 그래도 여전히 어려."

"그래도 유정이보다는 나이가 많지 않습니까? 그리고 한성 호텔 외동딸과 동갑이기도 합니다."

"그 여자하고 나이가 같다고?"

태성은 믿을 수 없다는 듯 물었다.

"여자들은 화장을 하면 변신하기 마련이죠. 저렇게 어려 보이지만 꾸미면 또 다른 모습이라니까요."

그때 아이를 다정하게 끌어안는 여자의 모습이 태성의 눈에 들어왔다. 너무나 소중하게, 너무나 사랑스럽다는 듯 아이를 바라보며 웃는 여자의 얼굴이 태성의 눈에 클로즈업되었다.

순간 태성의 표정에 미묘한 변화가 생겼다. 무언가 그의 신경을 심히 건드리고 있었다.

아이들의 웃음소리에 섞여 있는 여자의 웃음소리가 그의 귀에 거슬렸다. 그녀의 환한 미소도 거슬리기 시작했다. 당장 집에서 쫓겨날 상황인데 뭐가 그렇게 좋은 건지.

아이들과 여자의 웃음소리가 그를 불편하게 만들었다.

"그만 가지. 괜히 온 것 같군."

태성의 지시에 호진은 차에 시동을 걸었다. 호진의 머릿속에는 오로지 한 가지 생각만이 떠올랐다. 분명 자신의 제안이 먹히고 있는 중인 것이다. 그게 아니라면 한태성이 여기까지 올 리가 없었다.

"윤세나 씨는 어떻게 할까요?"

"그냥 둬."

"네?"

"그냥 두라고. 굳이 엮이고 싶지 않아. 없던 일로 하지."

말을 마친 태성은 눈을 감고 의자 깊숙이 몸을 기댔다. 더 이상

말하고 싶지 않다는 의미로 알아들은 호진은 서서히 핸들에 힘을
주었다.

　자동차가 천천히 움직이기 시작했다.

　태성의 시선이 창밖에 머물렀다.

　여전히 뛰어다니는 여자와 아이들의 모습이 보였다.

　여자의 웃음소리가 다시 한 번 태성의 귀에 들려왔다.

　여자의 얼굴이 시야에서 보이지 않을 때까지, 태성의 시선은 그녀
를 향해 있었다.

　한여름의 끈적한 날씨는 태성의 몸에 옷이 달라붙게 만들었다.
집으로 돌아온 태성은 거칠게 옷을 벗어 던지고 욕실로 향했다.

　이 찝찝함을 어서 털어내고 싶었다.

　샤워기에서 쏟아지는 차가운 물줄기가 거침없이 그의 몸을 타고
흘러내렸다.

　"이제야 살 것 같군."

　물방울이 그의 단단한 복근에 잠시 맺혔다 다시 흘렀다. 선명하
게 갈라진 그의 복근 한쪽에, 커다란 흉터가 자리 잡고 있었다. 꽤
오랜 시간이 지났지만 그의 복부에 있는 흉터는 여전히 선명했다.

　'이런 걸 나비 효과라고 하던가?'

　질긴 인연의 시작이었다. 윤 여사를 대신해 입은 상처 때문에 그
녀의 넘치는 애정이 시작되었고, 그 애정이 트럭째 여자들을 그의
앞에 데려다 놓았다.

그리고…… 윤세나.

몸이 찝찝한 건 한여름의 무더운 날씨 탓이었지만, 그의 마음이 찝찝한 건 분명 윤세나 때문이었다. 그 여자와 얽히지 않기로 결정한 건 잘한 일이었다.

그는 애써 그녀의 얼굴을, 아이를 바라보던 그녀의 미소를, 즐거워 보이던 웃음소리를 머릿속에서 지워버렸다. 그와는 아무런 상관이 없는 여자였다.

차가운 물줄기가 한참 동안 그의 몸을 타고 쏟아져 내렸다.

악마도 가끔은 호의를 베푼다

　수업을 마친 한 무리의 학생들이 강의실에서 쏟아져 나왔다. 그들 사이로 윤주가 세나의 팔짱을 끼고 경영대학 건물 앞에 마련되어 있는 벤치로 나왔다.

　뜨거운 여름 햇살에, 그늘진 벤치에는 이미 사람들이 삼삼오오 모여 아이스크림을 입에 물고 손으로 연신 부채질을 해대고 있었다. 유난히 뜨겁고 더운 여름이었다.

　"다음 강의 시간까지 광합성 하고 가자."

　"좋지, 광합성. 근데 그전에 타죽을 수도 있어."

　온몸으로 강렬한 여름 햇살을 막고 있는 나무 아래 벤치 위에 세나가 길게 누웠다. 미처 나무가 막지 못한 햇살 한 자락이 그녀의 얼굴을 간질였다. 작은 햇빛 하나로도 위안이 되는 시간이었다. 절로 세나의 눈이 감겨왔다.

　윤주는 곁눈질로 세나의 눈치를 살폈다.

　"아직 연락은 없어?"

　"응. 아직까지 소식이 없네."

얼마 전 후원 요청을 위해 보낸 손편지에 대한 기업들의 반응을 묻는 윤주의 물음에 세나는 별일 아니라는 듯 가볍게 대답했다.

며칠 되지 않았으니 벌써부터 희망의 끈을 놓기에는 이른 감이 있었다. 포기라는 단어를 떠올릴 준비가 아직 안 되어 있기도 했다.

"어떻게 그 편지를 보고 연락을 안 할 수가 있냐? 내가 얼마나 절절하게 감정에 호소했는데."

"그러게나 말이야. 걱정 마. 곧 연락 오겠지. 그리고 연락 올 때만 기다릴 게 아니고 다른 방법도 찾아봐야지."

"좋은 생각 있어?"

"글쎄. 아직 생각 중이야."

윤주는 세나를 바라보았다. 아무렇지 않게 대답하고 있지만 아마 속이 썩어가고 있을 것이다. 세나의 헌신과 애정으로 볼 때, 보육원에 대한 거라면 세나는 무슨 일이든 하려고 들 것이다.

윤주는 진심으로 세나가 걱정되었지만 자신이 해줄 수 있는 일에는 한계가 있었다.

"번역 알바 하나 공지 떴더라. 그거 알아봐."

"아, 정말? 땡큐. 정신없어서 확인 못 하고 있었는데. 역시 너밖에 없다."

세나는 진심으로 고맙다는 표정으로 윤주를 바라보았다.

간혹 올라오는 번역 아르바이트는 꽤나 짭짤한 수입원이 되어주고 있었다. 비록 큰돈은 아니었지만 지금은 한 푼 한 푼이 귀한 시기였다.

그런 세나를 부드럽게 바라보던 윤주가 음모를 꾸미듯 속삭였다. 하루에 한 번은 웃게 해주기. 그게 윤주가 세나에게 해줄 수 있는 작은 일이었다.

"내가 지금 막 주문을 걸었어."

"무슨 주문?"

"지금 딱 전화가 울리면 그건 100퍼센트 후원 전화야."

윤주의 장난스러운 말에 세나도 같이 웃어버렸다. 장난치며 웃어주는 친구가 고마웠다. 자신의 기분을 살펴주는 윤주의 배려 깊은 태도는 항상 마음을 편안하게 만들어주었다. 후원 전화……라. 그거야말로 그녀가 지금 가장 진심으로 바라는 일이었다.

"그랬으면 정말 좋겠……."

말을 하던 세나가 눈을 동그랗게 뜨고 윤주를 바라보았다. 윤주도 놀란 표정으로 세나를 바라보았다.

세나의 핸드폰이 울리고 있었다. 타이밍 한번 기가 막히네. 세나는 핸드폰을 보고 번호를 확인했다. 알 수 없는 번호였다. 누구지?

"얼른 받아봐. 내 마법이 사라지기 전에."

윤주의 말에 세나는 고개를 끄덕였다.

해맑은 얼굴의 윤주를 바라보며 세나의 입가에 환한 미소가 번져나갔다. 제발 윤주의 마법이 통했기를. 내 간절함 바람이 핸드폰 수화기 너머까지 전해지기를.

"네, 네. 제가 윤세나입니다."

딱딱딱딱-.

태성의 손가락이 일정한 템포로 책상을 두드리고 있었다. 태성은 눈을 가늘게 뜨며 책상 위의 서류를 노려보았다. 사업도 아닌 일에 고민을 하고 있다니.

책상 위에는 윤세나의 신상명세서가 가지런히 놓여 있었다.

태성은 자신이 왜 이 종이 쪼가리를 아직도 가지고 있는지 이해할 수가 없었다. 이미 결론을 내렸다고 생각했는데.

사진 속 단정하고 똘망한 눈동자가 그를 바라보고 있었다. 그 모습이 지난번 보육원에서 아이를 안고 웃고 있던 윤세나의 모습과 겹쳐졌다. 문득문득 그 여자의 웃음소리가 들려오는 듯도 했다.

그의 신경은 이상하리만큼 반응하고 있었다. 당황스럽고 피곤한 기분이었다.

똑똑ㅡ.

노크 소리에 태성은 윤세나의 얼굴이 붙어 있는 종이를 책상 속에 넣어버렸다. 분명 호진일 텐데 이걸 본다면 또 일을 벌일 게 틀림없었다. 쓸데없는 일은 지난번 보육원 방문으로 충분했다.

"유림 그룹에 다녀왔습니다. 여기 회의록, 오자마자 작성했습니다."

호진은 공손한 태도로 태성에게 서류를 내밀었다. 서류를 살펴보는 태성의 표정은 냉철하고 사무적이었다.

"협상 내용이 마음에 들지 않는군."

"네. 그래서 다음번 미팅은 기한을 두고 잡았습니다."

"잘했어. 머리들 좀 굴려보라고 해. 이런 뻔한 내용으로 돈 벌긴 글러먹었다고 전하고."

"네. 알겠습니다."

호진은 대표실에서 나서기를 망설이며 태성을 바라보고 있었다.

호진의 태도에 태성은 무슨 일이냐는 듯 쳐다보았다.

"제가 유림 그룹에 갔다가 아는 사람을 만났습니다. 문성철이라고, 유림 그룹 둘째 아들입니다."

"나도 아는 이름 같군. 한국에 들어왔어?"

"네. 귀국한 지 두 달쯤 된다더군요."

유림 그룹의 둘째 아들이라면 태성도 들은 적이 있었다. 여러 가지 사고를 아주 다이내믹하게 쳐서 그의 아버지가 몇 년째 그를 외국에 방치하고 있다는 사실도. 특히 여자 문제로는 타의 추종을 불허할 만큼 인상적인 실적을 올렸다. 성추행, 성폭력, 약물, 기타 등등의 불법적인 문제까지.

절대로 얽히고 싶지 않은 부류의 인간이었다. 다른 사람에 관해서는 냉정하리만큼 관심이 없는 태성도 알고 있을 정도면 어지간히 악명 높은 인물이었다.

"설마, 이번 유림 그룹과의 일이 그 녀석이 책임자라거나 뭐, 그런 말도 안 되는 소리를 하려는 건 아니겠지?"

"아뇨. 그런 건 아닙니다."

다행이었다. 안 좋은 소문만 무성하고 업무 능력은 전혀 없는 망나니와 같이 진행하기에 이번 계약 건은 액수가 컸다. 다행히 계약을 재검토해야 할 일은 없는 듯했다.

"그럼 뭐야?"

호진은 무언가 하고 싶은 말이 있는데 빙빙 돌리고 있는 중인 것이다. 그걸 알아챈 태성은 다그치듯 그를 쳐다보았다.

호진은 망설이다가 들고 있던 서류철에서 종이 한 장을 끄집어냈다.

"재미있는 걸 발견해서, 이걸 보여드릴까 말까 생각하고 있었습니다."

호진의 손에서 받아 든 종이를 태성은 뚫어져라 쳐다보았다. 그런 태성의 모습에서 호진은 약간의 희망을 보았다.

굳이 인센티브에 관련된 내용이 아니더라도 지난번 세나의 모습은 호진에게 인상적이었다. 도움을 주고 싶다는 마음이 들 만큼.

태성의 손에 들린 종이는 세나가 쓴 것으로 추정되는 자필 편지였다. 보육원의 후원이 끊기게 되어 다른 기업의 후원을 요청한다는 내용의 편지였다. 단아하고 정갈한 손글씨가 인상적이었다.

"대단하죠? 기업마다 돌린 모양입니다. 좀 더 알아봤더니 편지마다 내용도 다릅니다. 각 기업의 입맛에 맞게 아주 잘 써놨더군요."

"편지를 돌려? 손으로 써서?"

"네. 긴 내용인데 잘 써놨더라구요."

"이걸 어디서 발견했어?"

"편지는 우연히 보게 되었습니다. 그리고 유림 그룹은 조금 전에 말씀드린 문성철이라는 친구가 마케팅 부서 총괄 팀장으로 있습니다."

"반응은?"

"아직 확답은 없지만 호의적인 반응을 보이고 있는 것 같습니다. 게다가 윤세나 씨가 본인의 스펙을 써서 매물로 내놨던데요."

"후원만 해주면 몸 바쳐 충성을 다하겠다?"

태성은 어이가 없다는 듯 종이를 계속해서 바라보았다. 청년 취업난이 심각하다지만, 윤세나 정도라면 일단 어느 회사든 서류 합격 정도는 가능할 것이다. 그다음은 개인적인 역량의 평가로 이어지겠

66

지만.

"더 재미있는 건, 여자 문제로 복잡한 문성철이 말입니다."

태성의 눈썹이 한쪽만 치켜 올라갔다.

"오늘 윤세나 씨와 미팅을 잡아놨답니다."

호진의 말을 듣는 태성의 얼굴이 굳어졌다.

무슨 일이든지 시켜만 주시면 성심껏 열심히 잘할 자신이 있다고 편지에 쓰여 있었다. 그런 내용을 본 문성철이 어떤 생각으로 윤세나에게 연락을 했을까?

상당히 뻔하고 지저분한 스토리들이 태성의 머릿속에 떠올랐다. 아마 호진도 그런 모양이었다. 태성의 머릿속이 갑자기 복잡해졌다.

윤세나와 문성철, 둘만의 문제는 아니었다.

안 그래도 기업에 대한 사회적인 여론이 좋지 않은 시기에 유림 그룹이 불쾌한 루머에 휩싸이면 태성의 사업 역시 타격을 입게 된다. 유림과는 이번뿐만 아니라 자잘하게 여러 가지로 투자 계약 문제가 얽혀 있었다.

태성은 일이 복잡하게 변질되는 것을 결코 원치 않았다. 사고는 미연에 방지하는 게 우선이다.

"이 여자, 전화번호 알아? 연락하도록 해."

"네. 알겠습니다."

"그리고 유림 그룹 둘째한테 전해. 오늘 윤세나와의 미팅은 취소하라고."

"네."

호진은 깔끔하게 대답하고는 대표실 밖으로 나섰다. 자신의 행동이 만족스러운 호진은 스스로를 기특해했다. 그러다가 문득 대표실을 바라보았다.

"설마 늑대 굴을 피해 호랑이 굴로 넣은 건 아니겠지?"

호진은 고개를 흔들었다. 에이, 설마. 문성철보다는 한태성이 낫지. 낫다뿐인가? 비교할 걸 비교해야지. 호진은 한결 가벼운 마음으로 세나의 전화번호를 눌렀다.

어색하고 무거운 공기가 세나의 온몸을 내리눌렀다. 맞은편에 앉아 아무 말 없이 자신을 바라보고 있는 남자가 대체 무슨 속셈인지 궁금했다. 왜 나를 불렀을까? 무슨 생각인 거지?

원래대로라면 지금 이 시간에는 자신을 불편하게 쳐다보고 있는, 저 얼굴만 번듯한 얼음 같은 남자가 아니라 유림 그룹 측 사람과 만나고 있어야 했다.

그 후텁지근했던 날, 한태성에게 쓰레기 취급을 당한 기억은 아직도 생생했다.

사람을 불러다 앉혀놨으면 말을 해야 할 거 아니야. 내가 먼저 입을 열어야 하나? 뭐 어쩌자고?

더 이상은 못 참겠다는 심정으로 그녀가 입을 열려는 찰나, 다행히 비서라는 남자가 어색한 침묵을 깨고 커피 두 잔을 들고 대표실 안으로 들어왔다.

"방금 내린 원두커피입니다. 입에 맞으실지 모르겠네요."

"감사합니다."

그녀의 말이 끝나기가 무섭게 비서는 따뜻한 원두커피를 놓고 나갔다.

밖은 아스팔트의 타는 듯한 열기로 이글거렸지만 대표실 안은 서늘했다. 반팔 차림의 세나에게는 조금 추울 지경이었다. 회사 자금 사정이 어렵다더니 전력에는 아낌없이 돈을 퍼붓는 모양이지? 세나는 속으로 빈정거렸다.

커피 잔을 집어 든 세나는 태성을 바라보았다. 냉랭하기 짝이 없는 저 눈을 보니 이 서늘함은 한태성의 기운일지도 모르겠다는 생각이 들었다.

따뜻한 온기가 몸속으로 들어오자 세나의 입에서 자신도 모르게 긴장이 풀리며 옅은 한숨이 새어 나왔다. 맛 같은 건 잘 모르는 그녀가 마시기에도 커피는 향기가 짙고 부드러웠다.

카페인 섭취도 했으니 이제 말을 해도 되는 타이밍인가? 세나는 조심스레 커피 잔을 내려놓고 태성을 바라보았다.

"부르신 용건을 알려주시면 감사하겠습니다."

세나의 목소리에 태성은 미동도 하지 않은 채 그녀를 바라보고 있었다. 태성은 아직도 자신의 신경을 건드리는 게 무엇인지 정확히 짚어내지 못하고 있었다.

특별할 것이 없는 여자였다. 특징이 있다면 조금 예쁘장한 외모에 야무지고 당차 보이는 목소리 정도랄까?

맑고 곧은 눈빛이 태성의 시선을 피하지 않은 채 곧장 그를 향했다. 한동안의 눈싸움이 진행되었다. 태성은 자신도 모르게 헛웃음이 나올 뻔했다. 세나는 태성의 기에 눌리기는커녕 그를 담담하게 바라보았다. 세나의 눈빛에 그는 마음이 불편해졌다.

불편하게라……

태성의 눈이 가늘어졌다.

찾았다! 태성은 유레카라도 외치고 싶은 심정이었다. 그를 불편하게 만들고 신경을 건드리던 것. 그건 바로 저 눈빛이었다. 곧고 올바르게 자신을 바라보는 맑은 눈빛. 그 어디서도 그는 저런 눈빛을 가진 여자를 본 적이 없었다.

"K대에 다니고 있다고?"

태성의 질문은 뜻밖이었다. 뒷조사를 한 걸까? 하지만 도대체 왜 그녀의 정보를 조사한단 말인가? 기껏해야 보육원 부지를 구걸하는 자신의 정보를. 그녀는 한태성의 속내를 알 수 없었다. 일단 아직까지 그가 어떤 용건으로 부른 건지 모르니 장단을 맞춰줄 수밖에.

"네. 경영학과 졸업반입니다."

하지만 태성의 눈에 세나는 여전히 새내기에 더 가까웠다. 화장기가 없고 수수한 얼굴은 그녀를 더 어려 보이게 만들었다.

"K대라면 등록금이 비싼 편이지 않나? 학비는 어떻게 하고 있지? 그것도 후원금으로 처리하고 있었나?"

"아닙니다. 장학금을 받고 있습니다."

호진이 조사한 서류에 그런 내용은 없었다. 태성은 흥미로운 사실을 발견했다는 듯 입꼬리를 말아 올렸다.

"우리 회사 쓸모없는 머저리들보다는 훨씬 낫군."

"칭찬은 감사합니다만, 제 개인 정보를 물어보시려고 저를 부르신 건 아닌 것 같은데요?"

세나의 당돌한 말에 태성의 입가에 희미한 미소가 비쳤다. 태성은 재미있다는 눈빛으로 그녀를 바라보았다.

"후원 요청서를 보냈더군. 여기저기에."

"네."

"그래서 오늘 유림 그룹 사람과 만나기로 했다지?"

"방해하지 않으셨다면 이미 만나고 있었겠죠."

"만나고야 있겠지. 네가 원하던 방식은 아니겠지만."

"……무슨 소리시죠?"

"문성철을 만났으면 넌 지금 사무실이 아니라 근처 호텔에서 그 녀석과 뒹굴고 있어야 할 거야."

태성의 여과 없는 발언에 세나의 얼굴이 하얗게 질렸다. 누구를 만나서…… 뭐가 어쩌고 어째?

하얗게 변한 세나의 얼굴을 보며 태성은 조롱기 어린 미소를 지어 보였다.

"멍청한 건지 순진한 건지 모르겠군."

"저야말로 대표님이 뭘 하자는 건지 모르겠는데요. 제가 왜 지금 여기 앉아서 그런 말을 들어야 하는 거죠?"

"그거야 나의 깊은 배려심 덕분이지."

"배려심……이요?"

태성의 잘난 척이 하늘을 찌르자 세나는 황당하다 못해 어이가 없어졌다. 그런 그녀의 앞에 태성이 종이를 툭 던졌다.

의아해하던 세나가 종이를 펼쳐 들자 익숙한 글씨가 눈에 들어왔다. 자신이 유림 그룹에 보낸 손편지였다.

"그 편지가 오늘 만나기로 한 녀석한테 무슨 소리로 들렸을 것 같아?"

"당연히 후원해 달라는 이야기로 들렸겠죠."

"글쎄, 내 생각은 좀 달라서 말이지. 무엇이든 열심히 하겠다며?

그 녀석은 일 말고 다른 걸 열심히 시킬 모양이던데."

세나는 태성의 말을 어렵지 않게 알아들을 수 있었다.

"수위가 아슬아슬하시네요. 혹시 성희롱 같은 걸로 고소당하고 싶으신 건가요?"

"고소라……. 익숙한 단어이긴 한데 성희롱 쪽은 또 처음이군. 새로운 경험이 되겠어."

세나는 얄밉게 대꾸하는 태성을 노려보았다. 그녀가 아무리 유림 그룹 담당자에 대한 정보가 없다 하더라도, 한태성의 말을 어떻게 믿을 수가 있단 말인가?

"제가 그 말을 어떻게 믿죠? 아니, 왜 믿어야 하죠?"

"내가 하는 말이니까."

"그거야말로 제일 못 믿을 말이군요."

태성은 세나와 대화를 할수록 흥미를 느끼고 있었다. 심지어 꼬박꼬박 말대꾸하는 건방진 모습도 마음에 들려는 중이었다.

세나는 그를 똑바로 쳐다보았다. 태성의 조각처럼 깊은 눈매와 속을 알 수 없는 검은 눈동자는 여자를 홀리기에 아주 좋았다. 모델처럼 쭉 뻗은 다리를 꼬아 앉은 건방지고 거만해 보이는 자세까지도 한태성이라는 남자에게 익숙한 듯 잘 어울렸다.

"신뢰성을 의심받는 건 오랜만이라. 재미있군."

게다가 한태성은 조롱하듯 말려 올라가는 입꼬리까지 섹시해 보이는 남자였다. 하지만 잘생기고 멋있고, 돈이 셀 수 없이 많고, 매력이 철철 흘러넘친다 하더라도, 그의 말을 믿을 이유가 어디 있단 말인가?

"제가 왜 대표님 말을 믿어야 하는지 모르겠습니다. 그리고 저에게는 오늘 유림 그룹 측과의 만남이 매우 중요했습니다. 아시다시피 저희 보육원이 당장 길거리에 나앉게 생겨서 열심히 영업하러 다녀야 하는 처지인데, 왜 방해를 하시는지 모르겠군요."

"속으로 느끼고 있지 않나? 내가 하는 말이 진짜라는 걸. 오늘 네가 만나기로 했던 사람은 아주 유명하지. 여자들에게 손버릇 나쁘기로 말이야. 그 자리에 진짜 나가길 바랐던 건가? 아, 혹시 같이 즐길 사람을 만났는데 내가 기회를 빼앗은 건가?"

그의 말을 들은 세나는 사람들이 살인 충동을 느끼는 이유를 이해할 것 같았다. 그녀는 속으로 '참을 인' 자를 새겼다. 지금 저 인간을 작살내고 감옥에 가면 보육원 아이들만 불쌍해지고 자신은 인생을 종치게 될 것이다. 참자. 참자. 요새 명상집을 읽고 있길 잘했다.

"누구를 만나 즐기던 그건 대표님께서 상관하실 일이 아니구요. 용건이나 말씀하시죠."

태성은 세나가 눈물이라도 한 방울 흘리며 모욕당했다는 표정을 지을 줄 알았다. 그런데 입술을 꽉 깨물며 자신을 노려보는 세나의 모습에 그는 속으로 웃음이 나왔다. 이를 어쩐다? 볼수록 마음에 드는데? 불편하고 거슬리는 여자가 마음에 들다니. 이 얼마나 아이러니한 일인가?

"나한테도 써."

"뭐라구요?"

"나한테도 쓰라고, 후원 요청 편지. 그럼 고려해보지."

태성의 말에 세나는 미심쩍다는 듯 그를 바라보았다. 이제 와서 그에게 후원 요청 편지를 쓰라니.

"무슨 속셈이시죠?"

세나의 질문에 태성은 속을 알 수 없는 눈동자로 그녀를 바라보았다. 세나는 피하지 않고 그 눈빛을 받아냈다.

"왜 그렇다고 생각하지?"

"뻔하잖아요. 지난번에는 또 찾아오면 공권력을 동원하겠다느니 어쩌느니 하시던 분이 갑자기 정의의 사도라도 된 것마냥 저한테 호의를 베푼다고 하시니까. 이 상황은 누구라도 의심하지 않을까요?"

"내가 진짜로 정의의 사도일지도 모르지."

태성의 말에 세나는 코웃음을 쳤다. 정의의 사도 같은 소리 좋아하시네. 악마의 앞잡이면 모를까. 아니면 악마이거나.

"그렇다면 지난번에 제가 부탁드렸을 때 도와주셨겠죠."

"맞아. 그랬겠지."

순순히 인정하는 태성을 보며 세나는 그럴 줄 알았다는 듯 그를 쏘아보았다.

"바쁘신 분이 왜 이러시는지는 잘 모르겠지만 다른 하실 말씀이 없다면 이만 가보겠습니다."

세나는 공손하지만 날이 서 있는 목소리로 태성에게 말했다.

"네 말대로 난 바쁜 사람이야. 쓸데없는 일로 시간 낭비하는 건 딱 질색이지. 그러니 써. 고려해볼 테니."

"편지를 써서 대표님께 드리면 진짜로 후원을 고려해 보시겠다고요?"

믿을 수 없다는 목소리에 태성은 거만하게 고개를 끄덕였다.

"그렇다면 당연히 써야겠죠."

"대신 조건이 있어."

그러면 그렇지. 세나는 씁쓸한 미소를 지었다. 어쩐지 너무 순순히 넘어간다 했다.

"조건이라구요? 네. 그러시겠지요. 그렇고말고요."

빈정거리는 세나의 목소리에도 태성은 아랑곳하지 않고 유유히 자신의 말을 이었다.

"내가 너의 후원 요청 편지를 검토하는 동안 유림 그룹 측과는 접촉하지 말아줬으면 하는데."

결국 목적은 그거였군. 유림 그룹과 접촉하지 말라는 압박을 넣기 위해 그녀에게 연락을 한 것이다. 그녀와 보육원이 어찌되건 상관없이.

아주 잠시, 정말 잠깐이지만 그가 좋은 사람이라고 생각했다. 오늘 만나기로 한 유림 그룹 측 사람이 정말 쓰레기라서, 지난번 함부로 대한 것이 미안해서 자신을 부른 건 아닐까 착각했던 꼴이 우습게 느껴졌다.

"그건 곤란한데요. 대표님께서는 모르시겠지만, 저에게는 생사가 달린 아주 중요한 일이라서요."

세나의 대답에 태성은 어깨를 으쓱해 보였다.

"아까 말했다시피 유림 그룹 쪽과 얽히는 건 윤세나 씨 신상에도 그다지 좋은 일은 아닐 거야. 안 좋은 일로 엮이느니 차라리 나의 자비를 기다리는 편이 낫지 않나?"

"대표님 말만 믿고 있을지 없을지도 모를 그 잘난 '자비'를 기대하면서 조용히 있으라는 건가요?"

"정확하군."

세나는 기가 찼다. 잘난 척도 유분수지, 이건 정도가 지나쳤다.

"보육원 문제에 대한 확답을 주는 것도 아닌데, 그저 고려해보겠다는 말만 듣고 제가 가만히 있을 거라 생각하시는 건 아니겠죠?"

"윤세나 씨."

태성은 나지막한 목소리로 세나의 이름을 불렀다. 부드럽고 나지막한 목소리였지만, 위협적이고 강했다.

"난 사업가야. 알고 있을지 모르지만."

"대표님께서 사업가인 건 충분히 알고 있습니다."

태성과 세나의 시선이 허공에서 부딪쳤다. 미소를 짓고 있는 한 태성은 위험해 보였다. 아주 무척이나. 하지만 세나는 손을 꼭 쥐고 그의 눈빛을 피하지 않았다. 피한다는 건 왠지 지는 것 같았다.

"나는 내 사업에 방해가 되는 건 그게 뭐가 되었든 자비롭지 못한 편이지."

"협박이신가요?"

"일종의 경고라고 해두지. 마지막으로 한 번만 더 말하겠어. 유림 쪽과는 얽히지 말도록 해. 그리고 내 쪽에서 연락이 가기를 기다려."

세나의 손톱이 손바닥 안을 파고들었다. 지가 뭔데! 자기가 뭐라고! 발끈하던 세나는 속으로 화를 가라앉혔다. 지금 이 자리에서 그에게 화를 내는 건 유치한 짓 같았다. 지금 당장은 어렵겠지만 저 잘난 얼굴을 한 방 먹여줄 수 있는 더 좋은 방법이 있을 것이다.

"대표님께서 하신 이야기 잘 알겠습니다. 경고 감사합니다."

세나의 대답을 들은 태성에게서 미소가 사라졌다. 이렇게 순순히 물러날 거라고는 생각하지 않았는데.

"이제 가봐도 되겠습니까?"

"내가 할 말은 끝났어."

태성의 말이 끝나자마자 세나는 가방을 들고 자리에서 일어섰다. 그러고는 미소를 머금은 채 태성에게 인사를 건네고 여유로운 발걸음으로 문을 열고 나갔다.

세나가 사라지는 모습을 보던 태성은 알 수 없는 눈빛으로 그녀가 나간 문을 바라보았다.

탁-.

결재 서류에 사인을 마친 태성은 소리가 나도록 펜을 내려놓았다. 잠깐의 휴식이 필요했다. 그는 쉴새없이 밀려오는 서류 더미 속에서 용케 버티고 있는 중이었다.

눈앞에 아직도 많이 쌓여 있는 서류 더미와는 다른, 서랍 속 또 다른 종이 하나가 그의 신경 한쪽을 차지하고 있었다.

윤세나의 후원 요청서.

윤세나가 다녀간 지 며칠이 지났지만 태성은 아직 아무런 연락도 하지 않고 있었다.

굳이 회사까지 부를 필요는 없는 일이었다. 유림 쪽에 가벼운 경고만 해도 문성철과 윤세나와의 만남은 이루어지지 않았을 것이다. 유림 쪽에서 그를 자극할 이유가 없었으니까.

그런데 왜였을까? 왜 윤세나를 굳이 자신의 앞으로 불렀을까? 관심도 없는 후원 이야기를 하면서 문성철이 위험하니 조심하라고, 얽히지 않는 편이 좋겠다고 하면서까지 말이다.

윤세나는 전혀 그렇게 받아들이지 못했지만 그건 그 나름의 배려였다.

자신의 말 한마디 한마디에 발끈하는 그녀의 모습이 귀여웠다.

갑작스러운 생각에 태성은 고개를 흔들었다. 여자 하나 때문에 쓸데없이 시간을 낭비하고 있을 때가 아니었다. 그에게는 윤세나보다 훨씬 더 골치 아픈 일이 기다리고 있었다. 피하지 못한 윤 여사의 전화 한 통으로 귀한 저녁 시간이 또 날아가게 생겼다.

"같이 저녁 먹자."

태성의 말에 호진은 고개를 절레절레 저었다. 뻔히 보이는 태성의 속셈에 호진은 웃음이 나왔다.

"싫습니다."

바로 튀어나오는 호진의 대답에 태성은 못마땅하다는 듯 그를 바라보았다.

"그런 눈으로 봐도 소용없어. 지금은 퇴근 시간이고, 난 퇴근을 하고야 말 거야."

"대표가 안 했는데 어딜 감히 비서가 먼저 퇴근해?"

"이 시간 이후의 스케줄은 대표님 혼자서 오롯이 감당하셔야 할 지극히 개인적인 스케줄입니다. 재미있을 것 같지만 나는 빼줘. 윤 여사한테 무슨 욕을 먹으려고."

오늘 저녁 윤 여사의 호출이 단순한 저녁 식사가 아님을 호진은 알고 있었다. 저녁 식사는 무슨. 윤 여사는 집에서 먹는 밥을 선호하는 편이다.

그런 사람이 호텔에 직접 식사 예약을 잡았다. 그건 여자를 데리고 오겠다는 일종의 선전포고였다. 며칠 요리조리 잘도 피하고 있었는데 이번에는 태성이 제대로 딱 걸렸다.

"상관이 위기에 처해 있으면 부하가 도와줘야 하는 거 아니야?"

"능력 있는 한태성 씨가 도움이 웬 말입니까? 가서 용감히 적을 무찌르고 오십시오."

"치사한 녀석."

태성은 골치가 아파왔다. 윤 여사가 직접 데리고 올 정도라면 윤 여사의 마음에 들 수밖에 없는 집안의 여식일 것이다.

그나마 호진이라도 곁에 있으면 그 끔찍한 시간을 혼자 보내지 않을 수도 있을 것이다. 태성은 어떻게든 호진이 필요했다.

"기어이 안 가겠다고?"

"기어이라고는 안 했습니다."

호진의 말에 태성은 숨을 내쉬었다. 녀석에게 너무 많은 걸 알려준 게 후회가 되었다.

"필요한 걸 말해."

"월급 10퍼센트 인상해주십시오."

호진의 말에 태성은 생각에 잠겼다. 월급을 가지고 협상을 해오겠다 이거지?

"5퍼센트."

"7퍼센트. 더는 안 됩니다."

호진은 태성이 자신을 필요로 할 거라는 사실을 알았다. 호진의 요구에 잠시 생각하던 태성은 고개를 끄덕였다.

"대신 오늘 제대로 방패 역할을 하라고."

"최선을 다하도록 하죠."

세나는 자신의 귀를 의심하며, 앞에 있는 문성철의 얼굴을 바라보았다. 그의 얼굴은 평온하기만 했다. 설마 아닐 거야. 아니겠지. 내가 잘못 들은 거겠지. 하지만 그녀의 귀는 아무런 이상이 없었다.

"뭘 하자구요?"

"올라가자고. 방 잡아놨다고. 뭘 이렇게 못 알아듣는 척을 해?"

세나는 어이없는 눈빛으로 문성철을 바라보았다. 젠틀하고 교양 있는 목소리였지만 그의 말은 더럽고 추잡하기 그지없었다. 방으로 올라가자니. 그래서 호텔에서 보자고 한 건가?

"후원에 관한 일로 보자시는 줄 알았는데요?"

"방에 가서 후원에 관한 친밀한 대화를 해보자고."

"제가 생각하는 '친밀함'과는 종류가 다를 것 같은데요."

"후원해준다니까? 몸값치고는 후하게 쳐주는 거 아닌가?"

그가 세나를 위아래로 훑어보았다. 성철의 노골적인 시선에 세나는 온몸에 벌레가 기어가는 듯한 더러운 기분을 느꼈다.

며칠 전, 태성에게서 매우 굴욕적인 기분을 느끼고 있던 찰나 한 통의 전화를 받았다. 일이 생겨 약속이 미뤄졌으니 다시 한 번 만났으면 좋겠다는 유림 그룹 측의 전화였다.

태성의 경고 때문에 분통이 터졌던 세나는 당연히 그렇게 하겠노라고 대답했다. 세상 모든 일이 한태성 대표의 뜻대로 흘러갈 수는 없다는 생각에서였다. 그의 경고를 무시한다는 생각에 작은 쾌감도 느껴졌었다. 하지만 앞에 앉은 남자는 태성의 말대로 세나에게 더러운 제안을 해왔다.

—문성철을 만났으면 넌 지금 사무실이 아니라 근처 호텔에서 그
녀석과 뒹굴고 있어야 할 거야.

태성의 경고는 괜한 것이 아니었다. 그의 말을 들을 걸 그랬다.

"잘못 온 것 같군요. 이러려고 온 게 아닙니다."

"아니. 이러려고 온 게 맞는 거지. 후원금이 적어? 얼마나 올리려
고 이래?"

성철은 슬슬 짜증이 나기 시작했다. 기껏 방까지 잡아놨더니 이
러려고 온 게 아니라니. 성철은 일어서려는 여자의 손목을 잡았다.
손목을 잡힌 세나는 그를 노려보았다.

"소리 지르겠습니다."

세나의 야무진 대꾸에 성철은 우습다는 듯 코웃음을 쳤다.

"네가 소리를 질러서 사람들이 모이면 네가 쫓겨날까, 아니면 이
호텔의 VIP 손님인 내가 쫓겨날까? 아니, 쫓겨나면 다행이지. 사람
들한테 널 꽃뱀이라고 이야기할 생각인데."

"꽃뱀?"

"그러니까 까다롭게 굴지 말고 좋은 말 할 때 올라가지?"

"그런 말도 안 되는 협박을……."

"한번 해볼까? 사람들이 네 말을 믿는지, 내 말을 믿는지?"

성철의 웃음에 세나의 얼굴이 하얗게 질렸다. 그런 세나의 얼굴을
본 성철은 더욱더 밀어붙였다. 고아에다 힘도 없으니 데리고 놀기에
는 딱이었다. 게다가 얼굴도 반반하니 썩 마음에 드는 편이었다.

"보육원 후원금을 노리고 꽃뱀 짓을 하려고 나한테 들러붙었다고
말을 할 생각인데. 그쪽 생각은 어때? 아, 물론 그 말은 경찰서에 가

서 할 예정이야."

야비하고 비열한 성철의 말에 세나는 아무 말도 하지 못하고 손목을 잡힌 채 석고상처럼 굳어버렸다.

"이런 미친."

세나의 입에서 절로 욕이 나왔다. 하지만 성철은 눈도 꿈쩍하지 않은 채 그녀의 손목을 움켜쥐고 있었다. 그러고는 야비한 얼굴로 세나에게 재촉했다.

"좋은 말 할 때 순순히 올라가지?"

"아무래도 저녁 식사는 혼자 하는 게 어때?"

"무슨 소리야?"

"오늘 대표님이 저를 달고 가시면 제 목숨 줄이 위태위태하답니다."

"누가 그래?"

"저의 특급 정보원이요. 죽을 수는 없지 않습니까. 아무리 돈이 좋아도 목숨보다 귀하지는 않죠."

호진의 표정을 보아하니 이미 결심을 굳힌 모양이었다. 태성은 못마땅한 눈으로 호진을 쏘아보았다.

"그런 표정으로 봐도 할 수 없어. 할머니 심기는 건드리지 않는 게 최선이야. 이미 내 정보원이 한 비서인 것까지 다 알고 계신 거라고. 그래서 일부러 이야기한 게 틀림없다니까?"

호진의 추측이 맞을 것이다. 윤 여사 측이 자신들의 정보가 이쪽에 새어 들어오는 사실을 모를 리 없었다. 그러니 윤 여사가 호진이 녀석에게 태성의 옆에 붙어 오면 가만두지 않겠다고 대놓고 경고를 한 것이다.

태성은 윤 여사의 치밀함에 기가 찼다. 경고를 했는데도 호진이 자리를 지킨다면 그건 윤 여사에 대한 정면 도전이었다. 그런 짓을 했다가는 호진이 회복 불능으로 너덜너덜해질 수도 있는 일이었다.

"유능한 비서를 잃을 수야 없지."

"감사합니다, 대표님. 허락의 뜻으로 알고 저는 이만."

호진은 태성의 말을 듣자마자 꽁지가 빠져라 로비를 벗어났다.

치사하고 소심한 녀석 같으니. 아무래도 오늘 저녁은 고스란히 내 몫인가 보다.

약속까지는 시간이 조금 남아 있었다. 태성은 호텔 안에 있는 카페에 자리를 잡았다. 윤 여사는 칼 같은 분이니 시간에 딱 맞춰 오실 것이다.

"이거 놓으시라구요."

윤 여사와 신원 미상의 맞선녀를 어떻게 처리해야 하나 골치 아파하던 태성의 귀에 낯익은 여자의 목소리가 들려왔다. 어째서 윤세나의 목소리가 들려오는 걸까?

주위를 둘러보던 태성의 눈빛이 차가워졌다. 테이블에서 얼마 떨어지지 않은 곳에 소란스러운 두 남녀가 보였다. 싫어하는 듯 보이는 여자의 손목을 붙잡고 놓아주지 않는 남자의 모습을 보고 태성은 이게 어떻게 된 사태인지 한눈에 파악할 수 있었다.

수군대는 목소리들 사이에서 문성철이라는 이름이 간간이 들려왔다. 고급스러워 보이는 슈트, 소문으로 들었던 외모, 그리고 이곳은 호텔이었다.

윤세나가 먼저 연락을 했을까? 아니면 유림 쪽에서 그의 경고를 무시한 것일까?

"결국 경고를 제대로 듣지 않았군."

세나는 고민 중이었다. 앞에 있는 저 인간 말종에게 물을 들이부을까? 아니면 정강이를 걷어차줄까? 이도저도 아니면 쌍욕을 해줄까?

하지만 섣불리 행동 할 수는 없었다. 문성철이 내뱉은 '경찰서'란 단어 때문이었다.

세 개 중 그 어느 것 하나라도 실행에 옮기면, 그녀를 기꺼이 공권력에 넘길 비열함이 문성철에게서 흘러나왔다. 있는 것들이란. 문득 세나는 태성이 생각났다. 그녀를 위해 기꺼이 공권력을 쓰겠다는 사람들이 어찌나 많으신지.

한태성 대표의 말을 들을 걸 그랬다. 아무리 빨리 해도 늦는 게 후회라고 했던가?

"순순히 올라갈래, 아니면 더 말썽을 부릴래?"

성철의 야비한 얼굴에 주먹을 퍼붓고 싶었지만 세나는 간신히 참아냈다. 도대체 이 위기 상황을 어떻게 넘겨야 하는 거지? 안타깝게도 성교육을 책으로 배웠다. 실전으로 배웠어야 했는데. 치한 물리치는 법, 이런 걸 학교 수업에서 배웠으면 바로 이 순간 매우 요긴하게 써먹을 수 있었을 텐데.

그때였다. 그녀의 귀에 익숙한 목소리가 들려온 것은.

"그 손 놓는 게 좋을 것 같은데."

세나의 앞에 전혀 뜻밖의 인물, 한태성이 서 있었다.

왜인지 모르게 태성은 화가 났다. 세나가 손을 빼려고 애쓰는 모습이 그의 신경에 거슬렸다.

"한태성 대표님."

세나의 나지막한 목소리에 태성은 차가운 눈빛을 보냈다. '내가 경고하지 않았었나?'라는 말을 태성은 굳이 입으로 내뱉지 않았지만, 그녀는 입이 열 개라도 할 말이 없었다.

낯선 남자의 등장에 성철은 기분이 상한 듯 태성을 향해 날카로운 시선을 보냈다.

"가던 길 곱게 가시지?"

"그러기엔 보는 시선들이 너무 많군."

성철의 경고를 가볍게 무시한 태성은 성철에게 잡힌 세나의 손목을 빼냈다. 얼마나 세게 쥐고 있었던지 빨갛게 부어오른 자국이 태성의 눈에 선명하게 들어왔다.

세나의 손목을 바라보던 태성의 눈에 한기가 서렸다. 성철은 열 받은 듯 으르렁댔다. 태성의 말대로 보는 눈들이 너무 많았다. 성철은 그 앞에서 망신을 당한 기분이었다.

"너, 뭐 하는 새끼인데……."

"입 닥치고 제대로 들어. 한 번만 말한다."

태성의 낮은 목소리에 성철은 움찔했다. 눈빛과 목소리만으로도 충분히 위협이 되는 남자였다.

우아한 짐승. 마치 재규어 같은 남자의 차가운 눈빛이 성철의 가슴을 서늘하게 만들었다. 눈앞의 남자가 누구인지 가늠하려는 듯 성철의 눈이 가늘어졌다. 낯이 익은 것 같기도 하고 낯설어 보이기도 한 얼굴이었다.

"당신 뭐야. 이 여자 알아?"

"한 번만 더 이 여자한테 연락했다간 평생 한국에 발을 못 붙이게 만들어주지."

"하, 말 한번 웃기게 하네. 한국에 발을 못 붙이게 만들어줘? 네가 뭔데……."

"네가라는 말은 너무 예의가 없는데, 문성철 씨."

태성의 입에서 자신의 이름이 나오자 성철은 말을 멈추고 눈앞의 남자를 바라보았다.

"그러니 이쯤에서 그만 꼬리 내리고 사라지시지."

누군지 모르는 남자의 말에는 힘이 있었다. 성철에게 이렇게까지 하는 사람은 드물었다. 유림 그룹의 둘째라는 자리는 ─ 아무리 쓰레기일지언정 ─ 그만큼 힘이 있었다. 그래서 지켜보는 눈들은 많았지만 누구도 도움의 손길을 내밀 수 없었던 것이다.

당당한 태성의 태도에 성철은 조심스럽게 물었다.

"당신 누구야?"

"한번 맞혀보지 그래."

성철은 조금 전, 세나의 입에서 '한태성'이라는 이름이 나왔던 사실을 기억했다.

"……한태성?"

"내가 누군지 아는 모양인데, 한태성은 한 번 한 말은 지키는 사람이라는 것도 알고 있는 게 좋을 것 같군."

여유롭지만 결코 가볍지 않은 태성의 말투에 성철은 움찔했다. 설마 했던 자신의 짐작이 맞았다.

성철은 재빨리 머리를 굴렸다. 한태성은 아버지와 중요한 사업을 같이하고 있는 파트너라고 들었다. 자신 때문에 아버지의 사업에 차질이 생기면 그야말로 끔찍한 일이 벌어질 것이다.

아버지의 눈을 피해 고르고 고른 여자가 윤세나였는데 하필이면 한태성과 관련이 있는 여자라니. 몇 년을 해외에서 떠돌다 이제야 간신히 한국 땅을 밟았는데.

성철은 힐끗 세나를 바라보았다. 매력적인 먹잇감이긴 했지만 한태성의 여자라면 이야기가 달라진다.

"점점 지루해지는군. 대답은?"

태성의 목소리에 성철은 슬그머니 자리에서 일어섰다. 낯선 남자의 정체가 한태성이라는 사실을 깨달은 순간부터 그는 여자에 대한 미련이 없어졌다.

"……연락하는 일 없을 겁니다."

"좋아. 그럼 이제 그만 사라지도록."

태성의 말 한마디에 성철은 뒤도 돌아보지 않고 자리에서 일어나 황급히 자리를 벗어났다.

세나는 간단하게 처리되는 상황을 지켜보는 것밖에는 할 일이 없었다.

연애할 때 필수 요소 : 연애 계약서

태성은 차가운 표정으로 세나를 바라보았다. 낯선 남자에게 잡혀 있던 윤세나의 모습에 왜 화가 났던 건지. 정확한 이유를 그는 알아내지 못했다.

그거야 당연히 화가 날 일이지. 다름 아닌 문성철이었으니까. 그리고 힘없고 어리고 약한 여자 윤세나였으니까. 다른 누구였더라도 이 정도 화는 내지 않았을까?

태성은 그렇게 정리했지만 그다지 설득력은 없어 보였다. 자신이 언제부터 그렇게 타인을 걱정했던가.

"'고맙습니다.'라고 말하는 걸 잊었나 보군."

한참 동안이나 자신을 보며 말이 없던 세나를 향해 태성이 먼저 입을 열었다.

"……고맙습니다."

마지못해 세나의 입이 열렸다. 세나는 굳이 태성의 재촉이 없더라도 진심으로 고맙다는 말을 하려 했다. 단지 상황이 민망하고, 어색해서 입을 떼는 데 시간이 걸렸을 뿐이었다.

원래 하려던 일도 누가 시키면 하기 싫은 법이다. 하물며 한태성이 생색을 내며 고맙다는 말을 하라고 하자 세나는 슬그머니 심통이 났다. 그런 그녀의 상태를 알아차리기라도 한 듯 태성의 입가에 작은 미소가 걸렸다.

"진심인 것 같지는 않지만 일단 받아들이지."

사실 태성의 등장이 없었다면 상황이 어떻게 돌아갔을지는 안 봐도 뻔한 일이었다. 그에게 진심으로 감사해야 할 이유가 너무도 명확했다. 그래, 유치하게 구는 건 그만두자.

"진심으로 감사하고 있습니다."

"그럼 다행이고."

또다시 침묵이 흘렀다. 태성은 재미있다는 표정으로 세나를 바라보았다. 당황해하면서 민망해하는 그녀의 표정에는 나이다운 귀여움이 서려 있었다. 애늙은이처럼 보이더니 이제야 제 나이에 맞게 행동을 하는군.

"그런데 여긴 어쩐 일이세요?"

"볼일이 있어서."

길게 설명도 하지 않는 남자였다. 저 남자가 누군가에게 일일이 자세한 설명이라는 걸 할 수 있는 사람이긴 할까?

"혹시, 저 따라다니시는 건가요?"

태성이 자신을 따라다니는 게 아니라면, 우연치고는 너무 이상한 우연이었다. 어떻게 이 시간, 이 장소에 자신과 태성이 같이 있을 수 있단 말인가.

하지만 세나의 말에 태성은 어이가 없다는 듯 웃음을 터뜨렸다. 그 웃음소리에 세나는 더욱 민망함을 느꼈다.

"윤세나 씨, 흔히 말하는 공주병이라도 있나? 아니면 음모론에 깊은 조예가 있으신가?"

굳이 병이나 음모론까지 거론하지 않아도 자신의 발언에 그다지 설득력이 없다는 사실은 세나도 잘 알고 있었다. 뭐하러 그가 자신의 뒤를 따라다니겠는가. 아니, 그래도 혹시 모르는 일이었다. 정말로 저 남자가 날 따라온 건지 어떻게 알아?

"너무 뜻밖의 장소에서 만나니까 그런 생각이 드는 건 어쩔 수가 없네요."

"윤세나 씨한테는 뜻밖의 장소지만 나한테는 아니거든."

자신보다는 태성 본인에게 더 어울리는 장소라는 이야기였다. 누가 봐도 그렇긴 했다. 잘난 척은. 세나는 속으로 툴툴거렸다.

"어쨌든 감사합니다. 난처한 상황이었는데."

"내가 볼 때는 난처한 것 이상이던데."

세나는 앞에 놓인 물을 홀짝거렸다.

"난처한 상황이었던 걸로 마무리하죠."

"원한다면. 그리고 다음부터는 어른 충고는 새겨듣도록 하고."

"네. 노력해보도록 하겠습니다."

입은 고분고분했지만 세나의 눈빛은 결코 그렇지 않았다. 언제 봐도 거슬리면서도 마음에 드는 눈빛이었다.

태성은 시계를 바라보았다. 약속 시간보다 일찍 오지 않았다면 윤 여사와의 식사 시간에 늦을 뻔했다. 바로 본론으로 들어가야 대충 시간이 맞을 것 같았다. 아까는 잠시 흥분해서 잊고 있었는데 즉흥적인 생각치고는 효과적일 것 같았다. 이제 그의 계획에 대해 이야기를 나누어야 할 시간이었다.

"나한테 고맙긴 한 건가?"

"고맙다고 말씀드린 것 같은데요."

"나에게 빚이 생겼군."

"네. 빚이 생겼죠."

세나는 못마땅했다. 치사하게, 있는 놈이 더하다니까. 그냥 도와줄 수도 있는 일 아닌가? 어른으로서, 아는 사람의 인연으로서. 인연이 아닌 악연에 가깝긴 하지만. 하긴 한태성을 자신이 아는 사람으로 분류하기에는 좀 이상하긴 했다.

"그럼 갚았으면 하는데, 지금."

세나가 놀란 표정으로 바라보자 태성은 고개를 끄덕였다. 뜬금없이 지금 당장 갚으란 말인가? 대체 뭘 어떻게? 세나도 마지못해 고개를 끄덕였다. 신세를 진 건 사실이니까 은혜를 갚으라면 갚아야지.

"알다시피 난 사업가거든. 기브 앤 테이크. 그 정도는 학교에서 배우지 않나?"

"그럼 제가 어떻게 갚아 드리면 될까요? 종에 머리라도 박아야 하나요?"

세나는 얼마 전 아이들에게 읽어준 동화책이 생각났다. '은혜 갚은 까치'였던가? 자신의 목숨을 내놓고 은혜를 갚은 까치들의 이야기. 설마 한태성이 정말로 그런 걸 시키지는 않겠지?

세나의 빈정거림을 알아들은 태성은 머리를 한쪽으로 기울이며 손을 자신의 관자놀이에 가져갔다. 세나를 바라보는 그의 눈빛에는 재미있다는 기운이 가득했다.

"그것보다는 훨씬 쉬운 일이야. 그 까치들처럼 죽음까지 각오하고 은혜를 갚겠다는 자세는 마음에 드는군."

"설마 죽음까지 각오했겠어요? 말이 그렇다는 거죠. 자, 그럼 어떻게 갚아 드릴까요, 대표님?"

세나의 대답에 태성의 미소가 더욱 깊어졌다. 더 이상 저녁 식사가 지루해질 것 같지 않은 예감이 들었다.

"같이 저녁 식사 할 시간 되나?"

세상에 결코 쉬운 일은 없다. 그 변치 않는 진리를 언제나 느끼고 있지만 요즘은 더욱 깊이 느끼는 중이었다. 그래, 세상에 쉬운 일은 없다. 절대. 그 어디에도. 그 일이 한태성과 관련된 일이라면 더더욱 그러했다. 은혜를 갚으러 오긴 했지만 가시방석 같은 자리였다. 잘해낼 자신도 없었다.

식당에 들어서는 순간 계속해서 집요하게 자신을 따라다니는 한 쌍의 눈동자를 보며 그녀는 깨달았다. 잘못된 선택이었다고. 하지만 이제 와서 돌이키기에는 뒤에 버티고 있는 한태성의 존재가 너무도 컸다.

"빚은 제대로 한 번에 갚는 게 낫겠지? 제대로 갚지 못하면 나중에 어마어마한 이자가 돌아가지 않을까?"

세나를 데리고 식당으로 들어서기 전 태성이 웃으며 한 말은 경고와 협박, 그 중간쯤의 뉘앙스를 꽉꽉 풍기고 있었다.

한 번에 제대로.

태성을 따라 간 의문의 자리에는 보기에도 범상치 않아 보이는 노부인 한 명이 그녀와 태성을 기다리고 있었다. 눈에 한가득 의심과 반가움, 경계심을 담고서.

"이 처자가 누구라고?"

"제가 만나고 있는 여자입니다. 보고 싶어 하실 것 같아서 데려왔어요."

태연한 태성의 말에 세나는 현기증이 날 지경이었다. 유능한 사업가와 유능한 사기꾼이 같은 말이었던가?

"긍께 시방 네가 만나는 여자다, 이거제?"

태성의 전화 한 통에 윤 여사는 데리고 오던 귀한 집 영애를 집으로 돌려보내야 했다. 그래서 윤 여사는 더욱 날카로운 눈으로 태성이 데려온 여자를 위아래로 훑어보았다.

윤 여사는 함부로 사람을 판단하는 성격이 아니었다. 오랜 세월 그녀가 자신의 사업체를 탄탄하게 운영할 수 있었던 건 사람을 보는 윤 여사의 눈이 좋았기 때문이었다.

자고로 '모든 일의 근원은 사람이다'라는 게 그녀의 인생철학이었고, 그래서 사람을 보는 안목 또한 꽤 쓸 만하다고 자부하고 있던 터였다. 그런데 그녀는 아무리 봐도 세나와 태성의 연결 고리를 찾을 수 없었다.

"윤세나라고 합니다."

세나는 허리를 깊숙이 숙여 공손히 인사했다. 제법 총기 있는 눈망울과 단정한 생김생김이었다. 세나를 지켜보는 윤 여사의 그런 모습을 태성은 무심하게, 하지만 날카로운 눈빛으로 관찰했다.

조용한 정적이 흘렀다. 그 속에서 세나만이 분주했다. 세나는 윤 여사 앞에서도 주눅 들지 않고 열심히 먹어댔다. 조금 전까지 '과연 소화가 될까?' 하는 의구심이 들었지만 하루 종일 고난의 연속이었던 세나의 배 속은 마치 윤 여사의 생각을 비웃기라도 하듯 열심히 입에 넣은 음식들을 소화시키고 있었다. 그런 그녀의 씩씩함이 마음에 드는지 윤 여사는 인자한 눈길로 세나를 바라보았다.

"저놈이 밥도 안 사주는 거여?"

윤 여사의 물음에 세나는 생긋 웃으며 사근사근한 목소리로 대답했다.

"아뇨. 오늘 태성 씨 만나기 전에 제대로 밥을 못 먹었습니다. 혹시 제가 심기를 불편하게 해드렸나요, 어르신?"

입에서 '태성 씨'라는 단어가 그렇게 자연스럽게 나올 줄은 그녀도 몰랐던 일이었다.

"아니여. 먹는 게 보기 좋아서 그라제. 많이 먹어. 한창 먹을 때인디."

윤 여사는 세나 앞으로 그릇을 내밀었다. 윤 여사의 호의에 보답이라도 하듯 세나는 세상에서 가장 맛있는 요리인 양 복스럽게 먹기 시작했다.

"이것도 좀 들지."

무심한 듯 자상한 남자 콘셉트였던가? 레드 카펫에나 어울릴 명연기를 펼치는 태성을 보며 세나는 할 말을 잃었다.

한태성이 할 수 있다면 자신도 할 수 있다. 까짓 거, 사랑하는 연인 설정도 아닌, 그저 만나고 있는 여자 설정인데 못 할 이유가 있을까?

태성은 태성대로 흥미롭게 세나를 지켜보는 중이었다. 결코 만만치 않은 기운을 풍겨내는 저 윤 여사 앞에서 어떻게 대처할까? 사실 세나를 이 자리까지 데리고 온 것은 거의 충동에 가까웠다. 여자를 윤 여사에게 들이미는 게 효과적일 것 같았고, 윤세나가 그 역할을 잘 해낼 수 있을 것 같다는 근거 없는 믿음도 있었다.

"어떻게 만난 것이여?"

윤 여사가 궁금하다는 듯 입을 열었다. 그녀의 물음에 세나는 물을 한 모금 삼켰다. 저런 분을 상대로 거짓말을 해야 한다는 게 그녀는 마음에 걸렸다.

"저희들 만남이 좀, 강렬했죠."

태성은 그때 세나가 호텔 앞에서 자신을 부르던 소리를 잊을 수 없었다. 강렬하다는 말 말고는 딱히 표현할 말이 없었다.

"이야기가 길어서요."

"가진 거라고는 시간밖에 없응께."

윤 여사의 인자한 미소에 세나는 침을 꿀꺽 삼켰다. 뭐라고 대답해야 하지? 긴장한 세나 옆에서 태성이 입을 열었다.

"우리가 어떻게 만나게 됐는지는 이미 아실 것 같은데요."

"내가? 내가 워떻게 아냐."

"궁금해하셨잖아요. 호텔 앞에서 소리 지른 그 소문의 여자, 보고 싶어 하셔서 데려온 건데."

태성의 말에 세나는 놀란 눈으로 태성을 바라보았다. 그러고는 당황한 듯 윤 여사에게로 시선을 돌렸다.

태성의 말에 윤 여사는 흥미를 보였다. 그러고는 입가에 함박 미소가 지어진 얼굴로 세나를 향해 물었다.

"네가 태성이 아이 낳았다고 동네방네 소문내고 다닌 애여?"

졸지에 한태성의 아이를 낳은 여자가 된 세나는 깊은 한숨만 내쉬었다.

윤 여사는 태성을 바라보았다. 태성이 여자를 데려온 것도 놀라웠지만 그 여자를 보고는 더욱 깜짝 놀랐다. 어리고 눈이 맑았다. 그동안 녀석이 만나던 여자들과는 전혀 다른 부류였다.

"세나라고 했제? 보육원 문제로 만났다가 정분이 났다고, 시방?"

태성의 아이를 낳았다는 오해를 푼 세나는 윤 여사의 자상한 말투에 죄책감을 느꼈다. 사실과 거짓말의 미묘한 경계를 잘도 오가며 말을 지어내는 태성의 임기응변에는 존경심마저 들었다.

보육원 문제로 호텔 앞에서 태성과 처음 만난 이후로 태성이 세나를 잊지 못해 연락을 계속하고 있다는, 뭐 그런 기가 막힌 스토리 하나가 만들어지고 있는 중이었다.

우와…… 사기꾼. 세나는 윤 여사가 눈치채지 못하게 태성을 바라보았지만, 그는 그저 어깨만 으쓱거릴 뿐이었다. 정말 여러 가지 의미로 대단한 남자였다.

"공들이고 있어요. 넘어오지는 않고 있지만."

"그거 듣던 중 제일 반가운 소리구먼? 네놈이 애를 먹고 있다 이거지?"

윤 여사는 진심으로 흡족한 듯 세나를 바라보며 웃었다.

"잘하고 있다, 아가야. 저놈은 애 좀 타봐야 정신을 차리는 놈이여. 그렇다고 너무 애태우지는 말고."

세나는 뭐라 대답을 해야 할지 몰라 그저 고개만 끄덕였다.

"음식이 입에는 맞았어? ……맛있었냐?"

"네, 어르신. 저녁 정말 맛있게 잘 먹었습니다."

이번에는 진심에서 우러나오는 대답을 할 수 있어서 다행이었다. 시장이 반찬이라고, 배가 고픈데 뭔들 맛이 없겠느냐마는 그래도 처음 먹어보는 음식들치고는 세나의 입에 잘 맞는 편이었다.

"내가 이 집보다 맛난 집 여러 군데 아는디. 워쩌, 다음에 나랑 같이 가볼텨?"

윤 여사의 갑작스러운 제안에 세나는 태성에게 시선을 돌렸다. 그녀가 '어떡해야 해요?' 하며 눈빛으로 묻자, 태성이 입을 열었다.

"윤 여사, 그건 곤란하죠. 졸업반이라 많이 바빠요. 보육원 일만으로도 시간 내기 힘들 거고."

"걱정 말어. 시간 많이 안 뺏을 거여. 그저 가끔 바람 쐬러 같이 가고 싶어서 그라제."

의외로 고집을 보이는 윤 여사를 보며 태성은 골치가 아파졌다. 이번이 마지막일 거라고, 윤 여사와 세나가 보는 일은 다시 없을 거라고 그렇게 생각는데. 일단 여자가 있는 걸 보여줬으니 윤 여사가 당분간은 그의 선 자리에서 관심을 돌릴 거라고 생각했는데.

윤 여사는 당황하는 세나를 보며 인자한 웃음을 지어 보였다.

"늙은이가 주책이네 하겠고만. 그래도 워쩌것. 저놈이 내 손주새끼나 마찬가진데. 나이 들어가니게 쓸쓸하기도 하고, 다음에 같이 놀아주면 안 되것는가?"

'다음'이라는 말에 세나는 난처한 웃음을 지으며 태성을 바라보았다.

세나는 단순히 일회성이었다. 윤 여사를 너무 호락호락하게 봤던 것일까?

―내가 맛난 밥 사줄랑께. 애기가 나이는 어려도 진국이구마잉.

윤 여사는 마음에 없는 소리는 하지 않는 양반이었다. 그런고로 성철에게서 구해줬다는 빚은 청산하고 다른 이야기를 나누어야 할 타이밍이 온 것이다. 태성이 썩 내켜 하지 않는 그런 이야기였다. 그도 이게 과연 잘하는 짓인가에 대한 의문이 들었다.

계약 연애라…….

―왜, 지난번에 아기가 울고 있다고 소리치던 여자 있지 않습니 까? 보육원 문제 때문에 찾아왔었던. 그 여자가 제격일 것 같은 데요.

호진의 목소리가 들려오는 듯했다. 확실히 호진이 제시한 방법은 효과가 있었다. 무대포인 윤 여사에게서 오늘은 잔소리라는 걸 듣지 않았으니까.

그뿐인가? 윤 여사는 오랜만에 즐거워 보이는 모습이었다. 그리고 태성도 재미있었다. 윤세나라는 여자가 흥미롭다는 사실을 인정하지 않을 수 없었다. 그녀의 어디가 윤 여사의 마음에 든 것인지 알 수는 없지만.

"이제 가도 되는 거죠? 빚 다 청산한 거예요. 그쵸?"

세나는 가방을 챙겨 들었다. 다행히도 중요하다던 어르신에게도 잘 보인 듯했다. 그러니 여기까지. 그에게 충분한 도움이 되었을 거야. 다음에 또 보자는 어르신의 말이 걸리긴 했지만 그거야 저 남자가 알아서 할 일이고.

"후원 문제는 해결되었나?"

태성의 말에 세나는 멈칫했다. 일어서는 세나를 향해 태성은 손가락을 들어 다시 앉으라는 제스처를 취했다. 그 건방진 자세에 울컥했지만 '후원'이라는 말에 그녀는 자리에 다시 앉았다. 저 남자가 무슨 말을 하려는 거지?

"아직 후원사를 구하지 못했습니다."

"잘됐군."

속삭이듯 말하는 태성의 말을 그녀는 이해할 수 없었다. 보육원 후원이 안 되는 게 잘된 거라고?

"듣기에 따라선 거북할 수도 있는 말이네요."

"아아, 그런 뜻은 아니었고."

태성은 살짝 미소를 지었다. 세나의 마음이 비뚤어지지만 않았다면 그는 웃는 모습이 진심으로 매력 있는 남자였다.

보육원 문제에 관해 다시 검토해주겠다고 했다. 그래서 후원 요청서도 정성들여 써서 보냈었다. 그에 대한 답을 주려는 것일까?

"후원에 관해 해주실 말씀이 있으신가요?"

"검토해봤는데, 아무래도 회사에서 금전적인 후원을 연장하기는 어렵겠더군."

"알겠습니다. 그래도 검토해주셔서 감사했습니다."

"금전적 후원은 힘들지만, 부지 문제는 다른 이야기지."

태성의 말에 세나는 정신이 번쩍 들었다. 그거야말로 지금 그녀에게 제일 절실한 문제였다.

"나가지 않아도 되는 건가요? 계속 살아도 되는 건가요?"

"일단은 나가는 걸 몇 년 연장하는 걸로 하지."

그것만으로도 커다란 성과였다. 당장 살 곳을 찾지 않아도 된다. 그리고 가족들과 헤어지지 않아도 된다. 그것만 해결되어도 한시름 놓을 수 있을 것 같았다.

"감사합니다."

"그리고 개인적으로 후원금도 지원해주도록 하지."

"그럼 저는 뭘 해야 하는 거죠?"

덜컥 자신에게 제의를 하는 태성의 의도를 그녀는 알 수가 없었다.

태성의 입에 매력적인 웃음이 걸렸다. 보면 볼수록 역시 영리하단 말이지? 그녀는 그가 대가를 원한다는 사실을 금방 알아차렸다.

"내 여자가 되면 돼."

—내 여자가 되면 돼.

여전히 그의 목소리가 들리는 듯했다. 낮고 섹시한 허스키 보이스가 매력적인 남자였다. 남자라고는 관심도 없던 그녀조차도 이렇게 정신을 못 차리겠는데 일반 여자들에게는 얼마나 매력적일까?

그런 남자와 계약 연애라니, 상상조차 해보지 못한 일이었다. 그녀의 깊은 본능 어디에선가 찜찜함을 토로했다. 더 이상 태성과 엮이면 좋을 게 없을 것 같았다. 하지만 찜찜함 때문에 좋은 기회를 놓칠 수도 없는 일이었다.

"아, 모르겠다, 진짜."

세나는 머리를 쥐어뜯으며 고뇌했다. 도대체 어떻게 해야 하지?

어쩌면 고민하는 것 자체가 그녀에게는 사치스러운 일인지도 몰랐다. 어디서 산신령이라도 나타나서 금도끼 하나만 던져주면 진짜 좋겠다.

"뭐가? 뭘 모르겠는데?"

느닷없는 윤성의 목소리에 세나는 화들짝 놀라며 뒤를 돌아보았다. 티셔츠에 추리닝 차림의 윤성이 세나의 뒤에서 그녀를 측은하게 바라보고 있었다.

"뭐야, 이 밤중에. 뒤에서 보면 완전 정신 나간 여자 같아. 아니면 처녀 귀신이거나."

윤성이 보기에 확실히 세나의 상태는 정상이 아니었다. 혼잣말을 하다가, 머리를 흔들었다가, 식탁에 박았다가……. 무슨 일 때문인지 짐작을 못 하는 바는 아니었지만, 그래도 오밤중에 머리 긴 여자가 컴컴한 구석에 앉아 할 짓은 아니지 싶었다.

"나같이 예쁜 여자한테 처녀 귀신은 좀 아니지."

"예쁜 여자는 무슨. 지금은 처녀 귀신이 더 예쁠 것 같거든? 나한테도 좀 오싹한 장면이었는데, 어머니가 보셨으면 완전 기절이야."

"그 정도는 아니거든."

"본인의 모습을 모르고 계시군. 거울이라도 갖다 줘?"

본인이 한 행동은 본인이 더 잘 알기 마련이다. 세나는 차마 더이상 윤성의 말을 반박하지 못하고 입을 다물었다.

컴컴한 구석에 머리를 풀어 헤치고 있는 자신의 모습이 어떨지 굳이 다른 사람의 입을 통해 듣지 않아도 상상이 갔다. 게다가 머리까지 쥐어뜯고 있었는데 말 다했지 뭐.

"왜 안 자고 나왔어? 공부하다가 나왔을 리는 없고."

"공부하다 나왔을 리가 없지. 자다가 목말라서 물 한 잔 마시러 나왔어. 근데 누나는 왜 안 자는데?"

잠시 짧은 침묵이 흘렀다. 윤성은 세나의 안색을 살폈다. 밝은 척 하고는 있지만 자신의 눈을 속일 수는 없었다.

"집 문제 때문에 그렇지?"

"······굳이 너까지 알 필요 없었는데."

"그런 소리 하지 마. 도움 되지 못해도 알고는 있어야지."

기특한 소리에 세나는 윤성의 머리를 쓰다듬었다.

윤성은 세나에게 친동생이나 마찬가지였다. 보육원 아이들 모두 세나의 동생들이었지만 특히 윤성에 대한 세나의 애정은 각별했다. 보육원에서 어린 시절을 고스란히 함께 보낸 사이여서일까? 어릴 때 부터 윤성은 세나를 유난히 잘 따랐다.

"그래, 고맙다. 너무 걱정하지 마. 어머니랑 나랑 둘이서 머리 맞 대고 고민하고 있는 중이야. 어머니나 나나 생활력 하나는 끝내주 는 거 알지? 금방 해결될 거야."

"얼른 해결돼야 하는데."

"잘될 거야."

세나는 윤성을 안심시키려는 듯 미소를 지어 보였다. 그 미소를 물끄러미 보던 윤성은 쉽게 입을 떼지 못하고 한숨을 내쉬었다. 그 소리에 세나는 무슨 일이냐는 듯 윤성을 바라보았다.

"누나, 나 학교 그만둘까?"

그 말에 세나는 충격을 받은 얼굴로 윤성을 쳐다보았다.

"무슨 말도 안 되는 소리야. 잘 다니는 학교를 왜 그만둬."

"학교 그만두고 어디 일이라도 나가서······."

"말도 안 되는 소리 하지 마. 네가 그렇게 하면 누나나 어머니 마음이 좋을 것 같아?"

"혼자 아무것도 안 하고 있으니까 미안하고 답답하고 그래서. 솔직히 나도 이제 클 만큼 컸으니까 집에 보탬이 되어야지."

윤성의 목소리에 무게가 실려 있었다. 언제 이렇게 훌쩍 컸을까? 어린 줄만 알았는데 제법 든든한 윤성의 말에 세나는 옆에 누군가 있다는 사실만으로도 이렇게 위안이 되는구나 생각했다. 하지만 윤성의 역할은 거기까지였다. 아직 고등학생이 짊어질 짐은 아니었다.

"그런 걱정하지 말고 넌 지금처럼 학교 재밌게, 열심히 다니면 돼. 아르바이트도 두 개나 하고 있잖아."

"그래도 내가 하는 아르바이트가 집에 별로 도움이 안 되니까."

"그래도는 없어. 걱정하지 말고 기다려. 누나가 곧 해결할 수 있을 것 같아."

세나의 말에 윤성은 놀란 눈으로 바라보았다.

"우리 나가지 않아도 된다고?"

"지금 이야기가 오고 가는 중이야. 잘하면 몇 년 더 살아도 될 것 같고. 아직 확실히 결정된 건 아니지만 그래도 좋은 방향으로 흘러가고 있는 중이야."

세나는 계속해서 주절대는 자신의 혀를 깨물어버리고 싶었다. 좋은 방향으로 흘러가는 중이긴, 개뿔. 한태성을 계속 봐야 하는지 고민하고 있었던 주제에. 하지만 세나는 말을 멈출 수가 없었다.

"집안 사정은 누나가 알아서 할 테니까 넌 신경 쓰지 말고 그저 즐겁게 지내."

"어머니도 알아?"

"아니, 아직. 확실해지면 말씀드리려고. 일단 너만 알고 있어. 알았지?"

고개를 끄덕이는 윤성을 보며 세나는 미소 지었다.

장난도 잘 치고 가벼워 보이는 윤성이었지만 학교를 그만둔다는 이야기를 쉽게 꺼낼 성격은 아니었다. 아마 진지하게 여러 번 생각해보고 그녀에게 말을 꺼냈을 것이다. 그런 윤성의 마음을 알기에 그녀는 마음이 짠해졌다. 난 도대체 왜 고민을 하고 있었던 걸까? 이렇게 간단한 거였는데. 가족과 헤어지지 않는 것. 그게 가장 중요한 일이었다.

머릿속의 뿌연 안개가 걷혔다. 심란하게 재잘대던 마음속의 목소리도 더 이상 들려오지 않았다. 갑자기 속이 후련한 기분이 들었다.

"누나만 믿고 있으라고."

세나의 자신감 넘치는 말투에 윤성은 미심쩍은 표정으로 그녀를 바라보았다.

"생각보다 일찍 연락했군."

태성의 말에 세나가 고개를 끄덕였다.

"고민할 일이 아닌 것 같아서요."

그녀의 말에 태성이 싱긋 웃어 보였다. 갑작스러운 그 미소에 그녀는 정신을 바짝 차렸다. 저런 미소에 홀려버리면 그녀가 원하는 대로 일이 흘러가지 않을 수도 있었다. 그만큼 그의 미소는 상당한 영향력을 지니고 있었다. 보육원의 후원을 단번에 끊어버린, 게다가 자신들을 살고 있는 집에서까지 내쫓으려고 했던, 냉혹하고 비열한 남자라는 걸 아는데도 그는 매력이 넘치고 있었다. 그가 승승장구하는 이유가 계약하는 상대들이 모두 여자였기 때문일지도 모른다는 생각이 들었다. 저 미소에 다들 홀린 거지.

태성은 세나를 유심히 바라보았다.

"확실히 결정은 하고 온 건가?"

"네. 결정하고 온 거 맞습니다. 그럼 제가 할 일은 중매쟁이들과 윤 여사님으로부터 대표님을 지켜드리는 건가요?"

"지켜준다라……. 그럴 수도 있겠군."

세나의 어휘 선택은 태성에게 신선한 충격을 주었다. 지켜준다고? 그가 누군가로부터 그런 소리를 들어본 적이 있었던가?

세나가 말을 이어갔다.

"그럼 윤 여사님 앞에서 연인인 척해야 한다는 말씀이신 거죠?"

"그래, 맞아. 제대로 소문이 나려면 같이 시간을 보내야 할 거야. 여기저기 눈과 귀가 많으신 분이니."

어렵지 않은 조건이었다. 그저 같이 밥 먹고 데이트 비슷한 것 몇 번 하면 되는 일이었다.

"제가 대표님이 요구하시는 조건을 충족시켜 드리면 그곳에서 계속 살아도 되는 건가요?"

"말한 대로."

그에게서 확답을 얻은 세나는 고개를 끄덕였다. 이제부터가 중요했다. 자신이 제시하는 조건을 그가 동의해줄까? 세나는 태성을 바라보았다.

세나의 날카롭고 총기 어린 눈빛에 태성은 기분이 묘해졌다.

"저도 조건이 있습니다. 첫 번째는."

태성의 한쪽 눈썹이 올라갔다. 그녀가 무언가 제시할 조건이 있을 거라고 그는 생각하지 못했다.

"한 가지가 아닌 건가?"

태성의 웃음기 섞인 목소리를 무시하며 세나가 말을 이었다.

"첫 번째는 일주일에 두 번만 보는 걸로 해요. 일주일 내내 봐야 하는 건 아닌 거죠?"

세나의 말에 태성은 고개를 한쪽으로 비스듬히 숙였다. 딱히 날짜를 정해놓고 여자를 만난 적은 없었던 것 같았다.

"일주일에 두 번, 무슨 요일, 이렇게 만나자는 건가?"

"그러면 너무 티가 나니까 요일을 정하는 건 무리가 있구요. 굳이 자주 만날 필요는 없으니까 서로 시간이 맞을 때 만나면 될 것 같아요. 제 개인적인 생활도 있으니까요."

태성은 생각에 잠겼다. 졸업반이긴 해도 세나는 아직 대학생이고 취업 준비도 해야 하는 바쁜 시기였다. 애인이 있는지 알 수는 없지만 연애를 하기에도 좋을 때고.

태성의 이마에 주름이 잡혔다 사라졌다. 그녀가 데이트를 하든 말든 그가 상관할 일은 아니었다.

"그건 조율해 보도록 하지."

태성의 대답이 마음에 든 듯 세나는 작게 숨을 내쉬었다.

"두 번째는."

세나의 '두 번째' 소리에 태성의 입가에 희미한 미소가 스치고 지나갔다. 그런 태성의 눈초리에 세나는 긴장했다. 정말 중요한 문제는 지금 하려는 말이었다. 어떻게 꺼내야 하나 당황스럽기도 했지만 꼭 짚고 넘어가야 할 문제였다.

"육체적인 거래는 없다는 걸 확실히 해주세요."

그녀의 요구에 태성은 매력적인 웃음을 지어 보였다. 진심으로 즐겁다는 듯한 그의 의미심장한 웃음에 세나의 심장이 살짝 떨려왔다. 몇 번을 봐도 저 미소에는 면역이 생길 것 같지 않았다.

"난 여자한테 강요하지 않아. 네가 먼저 내 침대로 오지 않는다면, 너에게 요구하는 일은 없도록 하지."

태성은 웃음을 참아보려 애썼지만 성공하지는 못했다. 요 맹랑한 꼬마가 무슨 말을 하려고 뜸을 들이나 싶었다. 그의 침대를 탐내지 않아줘서 다행이라고 해야 하는 건지, 아니면 자존심이 상해야 하는 건지 모를 기분이었다. 하지만 분명한 건 그녀와의 대화가 즐겁다는 점이었다.

태성의 자신만만한 태도에 세나는 오기가 생기기 시작했다. 결코 그의 침대로 갈 일은 없을 것이다.

"좋아. 너의 두 번째 요구도 받아들이지."

그의 약속에 세나는 고개를 끄덕였다. 몇 번 보지 못한 사람이었지만 태성의 말에서 신뢰를 느낄 수 있었다. 자기 잘난 맛에 사는 남자 같았지만 적어도 자신이 한 말에 책임을 지는 남자라는 걸 알 수 있었다. 그의 약속이 그녀를 안심하게 만들었다.

"너의 요구 조건은 그것뿐인 건가?"

"일단은요."

태성은 호락호락하지 않은 세나가 기특했다. 어디서 저런 근성 있는 애가 나타났을까?

"그럼 일단 구두 협의를 했으니까 우리 이제 서면으로 계약서를 작성하죠."

태성의 눈을 똑바로 보며 당차게 말하는 세나의 모습에 태성은 결국 크게 웃음을 터뜨릴 수밖에 없었다. 그건 태성의 입에서 나왔어야 할 이야기였다. 당연히 이 모든 일은 계약서로 작성해야 하는 일이었고, 세나가 껄끄러워할 수도 있다는 게 태성의 생각이었다. 하지만 태성의 생각은 여지없이 빗나가버렸다. 꼬맹이가 먼저 계약서를 작성하자고 하다니.

곁에서 이 모든 상황을 지켜보던 호진도 웃음을 참느라 헛기침을 해대고 있었다. 그들이 그러거나 말거나 세나는 태성에게서 시선을 떼지 않았다.

"계약서 쓰실 거죠?"

세나의 물음에 태성은 가볍게 고개를 끄덕였다. 상대가 진지하게 나올 때는 그에 맞는 대우를 해주는 게 옳다.

"바로 내 변호사를 부르도록 하지."

"공증도 받을 거구요?"

"당연히 받을 거야."

계약서에 공증까지? 마음을 아주 단단히 먹고 온 모양이었다. 당분간 지루하지는 않겠어.

계약서 작성은 일사천리로 진행되었다. 급한 호출을 받고 달려온 태성의 변호사는 프로답게 자신이 할 일에 집중했다.

셰나와 태성이 벌이는 신경전 사이에서 태성의 변호사는 그들의 요구 사항을 정리한 문서를 각각 한 장씩 내밀었다.

세나는 손에 든 종이를 살펴보고는 고개를 들어 태성을 바라보다 다시 종이로 눈을 돌렸다. 역시 계약서는 일방적으로 쓰면 이렇게 탈이 나기 마련이다. 이 계약서를 작성하는 사람이 한태성 대표의 변호사라는 걸 감안했어야 했는데. 정상적인 듯 보이던 계약 내용 중 몇 가지가 세나의 심기를 불편하게 만들었다.

연애 계약서

위 계약서를 작성함에 있어서 한태성을 '갑'이라 칭하고, 윤세나를 '을'로 칭하여 신뢰와 성실에 따라 이 계약을 준수할 것을 다짐한다.

제1조. '갑'과 '을'은 계약의 내용에 따라 합의 연애를 6개월간 지속하도록 한다.

제2조. '갑'은 '을'에게 청솔 보육원의 후원금 일체를 매달 지불한다. 지불 액수는 청솔 보육원이 기존에 유승 기업에서 후원받던 금액에 준하며, '을'의 계약 성실도에 따라 인센티브가 추가될 수 있다. 인센티브의 금액은 '갑'이 정하도록 한다.

제3조. 모든 스케줄은 '갑'의 의지대로 수행한다.

제4조. 데이트에 관한 모든 비용은 '갑'이 부담하도록 한다. 그 외, 계약을 위해 사용되는 비용 또한 '갑'이 부담하도록 한다.

제5조. 계약을 이행함에 있어 친밀감의 표시를 위해 스킨십이 필요한 경우 '을'은 '갑'의 요구에 순순히 응한다. 단, 스킨십의 정도는 '갑'과 '을'의 합의 사항에 따르도록 한다.

제6조. 일주일에 두 번, 하루 2시간 이상의 시간을 함께 보내도록 한다.

제7조. 계약 기간 동안 다른 이성의 접근은 철저히 차단한다. 혹

시나 다른 이성으로 인해 계약 사항에 문제가 생길 시, 계약 위반의 근거가 된다.

　제8조. 이 모든 계약은 철저하게 비밀에 붙여지며, '갑'과 '을' 둘 중 하나의 실수로 인해 비밀이 밝혀질 경우, 계약은 파기되며 계약의 위반으로 발생한 손해 배상을 청구할 수 있다.

　제9조. 손해의 배상은 '갑'과 '을'에 따라 다음과 같이 적용된다.

　'갑'의 경우 — 계약 기간 도중 계약 위반을 했을 시, 6개월간 지급하기로 한 후원금 전액을 지불하고, 한 달 후원금의 3배에 해당하는 위자료를 '을'에게 지불한다.

　'을'의 경우 — 계약 기간 도중 계약 위반을 했을 시, '갑'에게 후원받은 모든 후원금을 반납하고, 한 달 후원금의 3배에 해당하는 위자료를 '갑'에게 지불한다.

　제10조. 계약 내용을 변경하고자 할 때에는 '갑'과 '을'의 충분한 협의와 동의 후, 진행하도록 한다.

세나는 어이없다는 듯 태성을 바라보았다. 분명 제대로 쓰여진 계약서였다. 형식은 그럴듯했으나 노예 계약 같다는 기분을 떨쳐버릴 수가 없었다.

그런 세나의 눈길에 태성은 어깨를 으쓱해 보일 뿐이었다.

"어떤 부분이 마음에 안 드는 거지?"

"많은 부분이요."

"전혀 문제가 없는 문장들인데? 이상하군."

신심으로 알 수 없다는 태성의 표정을 보며 세나는 속으로 숨을 깊게 들이마셨다. 그러고는 터지는 속을 달래기 위해 앞에 놓여 있는 컵을 들어 물 한 모금을 삼켰다.

몇몇 멀쩡한 문장이 눈에 띄기는 했다. 4조 같은 경우는 매우 고마운 부분이기도 했고. 하지만 그렇다고 다른 부분들을 대충 넘어갈 수는 없는 일이었다.

"일단, 저도 개인 생활이라는 게 있는데 어떻게 대표님 스케줄에다 맞춰요?"

세나의 말에 태성이 코웃음을 쳤다. 당연히 윤세나는 그의 스케줄대로 따라와야 한다. 누가 보더라도 당연한 일이 아닌가.

"그럼 대표님이 필요할 때와 저의 일이 겹치면 어떻게 해야 하죠?"

"당연히 나한테 맞춰야지. 근로기준법에 의하면 주 40시간 고용해야 하지만 알다시피 나는 바쁜 사람이라 필요할 때만 부르겠다는데, 너에게 오히려 좋은 일 아닌가?"

"4대 보험도 안 되고, 의료보험도 안 되고, 국민연금도 안 되고. 어딜 봐도 표준 계약서가 아닌데, 근로기준법에 대해 이야기를 하기에는 무리가 있지요."

그럴듯한 말이었다. 세나의 말에 태성은 잠시 생각을 하더니 고개를 끄덕였다. 순순히 인정하는 그의 태도에 세나의 의구심은 더욱 증폭되었다. 왜, 또 무슨 말을 하려고? 할 말 있으면 더 해보라는 듯 세나는 팔짱을 끼었다.

"좋아. 그럼 너는 근로자가 아니라는 데 동의를 하도록 하지. 하지만 너와 나, 우리 둘 중에 누구 몸값이 더 높지? 지금 너에게 이렇게 할애하고 있는 이 시간조차도 아마 네가 일 년 동안 벌어들이는 돈보다는 훨씬 더 많을 것 같은데. 그렇다면 누구의 시간을 아끼는 게 더 효율적일까?"

"아뇨. 이건 그렇게 따질 문제가 아니죠. 개인의 몸값이 문제가 아

니라, 계약서라는 게 원래 서로 합의하에 이루어져야 하는 건데 이
건 너무 일방적이시네요."

"그래서 합의하고 있잖아."

자기 몸값 높다고 자랑하는 게 합의라고? 이 남자, 뭔가 착각하고
있다.

"한태성 대표님 지금 몇 살이세요?"

세나의 물음에 입을 일자로 다물고 있던 태성은 잠시 고민하다가
답을 내놓았다.

"한국 나이로 서른넷."

태성의 대답에 세나는 그럴 줄 알았다는 듯 태성을 향해 비웃음
을 날려주었다.

"서른넷이면 저보다 열두 살 위니까, 나이 많으시네요."

"남자 나이 서른넷이면 많은 건 아니지."

세나의 도발인 걸 알면서도 괜히 울컥한 마음을 감출 길이 없는
태성이었다. 유치한 건 알지만 그래도 대답하지 않을 수 없었다.

세나는 날이 서 있는 태성의 눈빛을 보며 다시 말했다.

"저하고 띠 동갑 차이가 나시는 분이 연봉을 그런 식으로 따지시
면 안 되는 거죠. 대표님 스물두 살에 뭐 하셨어요? 그때 일은 하셨
나요?"

그 나이에도 태성은 일했다. 정확히는 윤 여사의 밑에서 더 어릴
때부터.

하지만 태성은 입을 다물었다. 그는 세나의 주장을 계속해서 듣
고 싶었다.

태성의 모습을 본 세나는 어깨에 힘이 들어갔다. 모르긴 몰라도

아마 한태성의 스물둘보다는 지금의 자신이 더 많은 돈을 벌고 있을 것이다.

"대답해보세요. 대표님 스물두 살에 연봉이 얼마셨나요? 기억이 안 나시나요? 그럼 다르게 말을 해볼게요. 제가 대표님 나이만큼 들었을 때 대표님보다 연봉이 적을 거라고 누가 장담할 수 있는 거죠?"

"그래서 요구하는 바가 뭐지?"

"시간과 장소는 서로의 합의하에, 이렇게 고쳐주세요. 모든 스케줄은 '갑'의 의지대로 수행한다가 아니라."

태성은 어린 나이에도 당당한 세나의 태도가 마음에 들었다. 그래서 맹랑하다 싶은 세나의 말을 반박하지 않고 요구를 들어주기로 마음먹었다.

"아주 터무니없는 제안은 아닌 것 같으니 내용은 수정하도록 하지."

"그리고 제5조도요. 이건 명확하게 해야 할 필요가 있겠는데요? 어느 정도까지 스킨십이 허용되는 거죠?"

"글쎄, 가벼운 키스까지?"

태성의 얼굴에 펼쳐진 짓궂은 미소와 웃음기 서린 목소리에 세나의 눈동자가 불안하게 흔들렸다.

"설마 진심은 아니겠죠? 가벼운 키스는 안 되구요. 볼에 뽀뽀하는 것까지로 하죠."

엄청난 인심이라도 쓰는 듯 말하는 세나를 보며 태성의 미소가 짙어졌다.

"어린애들도 아니고 그 정도로는 친밀한 사이로 보이긴 힘들 것 같은데?”

“친밀한 사이로 꼭 보여야 할 장소가 있으면 그때 다시 합의하기로 하죠.”

“그때 가서 서로의 의견이 다르면 어떡하지?”

“그때 가서 서로의 의견을 맞춰봐야죠.”

따박따박 할 말을 하며 결코 의견을 굽히지 않는 세나를 보며 태성은 의자에 기대어 앉았다. 겉으로는 못마땅한 듯 세나를 바라보고 있었지만 속으로는 웃음을 삼키는 중이었다.

“그리고 읽다 보니 제일 중요한 부분이 빠졌어요. 보육원 부지에 관한 내용이요.”

“이건 개인적으로 쓰는 계약서라 부지에 관한 이야기는 명시할 수 없어. 보육원 부지는 개인 소유가 아니라 회사 소유라 내 마음대로 할 수가 없거든. 대신 회사 측에 내가 이야기할 수는 있겠지. 서면으로 된 계약 사항에 집어넣기는 무리지만.”

태성의 입장도 이해가 되었다. 하긴 그의 명의로 된 땅도 아닌데 계약서에 넣는 건 무리가 있긴 하다. 세나는 알겠다는 듯 고개를 끄덕였다.

“그리고 제4조 말인데요.”

“계약서 내용 하나하나 다 따질 생각인 건가?”

“당연하죠. 계약서인데. 하나하나 꼼꼼하게 따져봐야죠.”

무엇인가가 크게 잘못되어가고 있었다. 이 모든 상황은 그가 주도권을 잡고 있어야 했다. 하지만 태성은 이런 상황이 즐거웠다.

“계약서에 명시되어 있듯 모든 상황에서 내가 ‘갑’이고 네가 ‘을’인 걸로 아는데.”

"그 '을'도 입이라는 게 있고 입장이라는 게 있는데 '갑'한테 다 맞출 수는 없잖아요?"

"그래도 지금 상황에는 '갑'에게 고분고분 맞춰야 한다는 생각은 안 드나?"

"큰일 날 소리 하시네요. 한창 문제가 되고 있는 '갑질'에 동참하고 싶으신 건가요?"

호진은 태성의 뒤에 서서 숨죽여 웃고 있었다. 한태성이 여자와 말싸움을 하고 있다니. 이 웃긴 상황을 혼자 보기 아까울 지경이었다.

태성은 자세를 고쳐 앉았다.

"뭔가 착각하고 있군. 나는 지금 꽤나 큰 자비를 베풀고 있다고 생각하는데."

태성의 말에 세나는 그를 마주 보며 자세를 고쳐 앉았다. 결코 호락호락 그의 말대로 다 들어줄 생각 따위는 없다는 듯이.

"꽤나 큰 자비, 베풀어주고 계시죠. 감사하게 생각하고 있습니다. 하지만 일방적으로 주는 것도 아니고 엄연히 계약인 거잖아요? 기브 앤 테이크."

"그래서?"

"제 의견을 조금 더 솔직히 말씀드리자면, 저는 '갑'과 '을'의 수직적 관계이기보다는, 비즈니스 파트너십을 유지할 수 있는 수평적 관계를 갖는 게 지금의 상황에 더 맞다고 봅니다. 계약 연애지만 애인 사이잖아요."

재밌다는 듯 웃음 짓는 태성의 모습에 세나는 숨을 죽이고 그를 마주 보았다. 이제 어떻게 나오실래요, 한태성 대표님?

"비즈니스라면 비즈니스라고 할 수 있겠군."

"당연히 비즈니스지요. 설마 저와 진짜로 연애라도 하고 싶으신 건 아니겠죠?"

태성과 세나의 시선이 부딪쳤다.

"좋아. '갑'과 '을'의 관계는 유지하되, 계약 내용은 충분히 네 의견을 반영하도록 하지."

"네. 그렇게 해주세요."

"이 비서, 지금까지 윤세나 씨가 말한 내용 모두 정리해서 계약서 다시 작성해 와."

뜻밖의 제안에 놀랐지만 호진은 내색하지 않았다. 설마 태성이 이렇게 순순히 상대방 의견을 받아들일 거라고 생각하지 못했다. 그건 앞에 앉은 윤세나라는 아가씨도 마찬가지인 모양이었다.

"알겠습니다."

태성은 의자 깊숙이 몸을 묻고는 세나의 미심쩍어하는 표정을 바라보았다.

"우리는 서로에 대한 신뢰를 쌓아야 하겠군. 애인 사이니까."

"우리 사이에 그게 가능할지는 의문이네요. 계약 연애니까?"

태성은 세나를 향해 옅은 미소를 지어 보였다. 그런 태성의 모습에 세나는 계속해서 불신의 눈길을 거둘 수가 없었다.

"여기 사인하시면 됩니다."

얼마 후, 호진이 계약서를 태성과 세나의 앞에 한 부씩 내어놓았다. 세나는 잠시 망설이는 듯하더니 옆에 놓여 있던 펜을 들고 거침없이 사인했다.

그 모습을 본 태성도 계약서에 사인했다. 이제 꼼짝없이 이 말도 안 되는 계약을 진짜로 이행해야 하는 것이다.

"앞으로 잘해보자고, 윤세나 씨."

태성의 그윽한 목소리에 세나는 당찬 눈길로 그를 바라보았다. 그리고 그에게 손을 내밀었다.

"잘 부탁드려요, 한태성 대표님."

서로 손을 맞잡고 악수하는 그들의 시선에 미묘한 불꽃이 생겨나고 있었다.

ⵔ

"왜 그러신 겁니까?"

호진의 조심스러운 목소리에 태성이 무슨 소리냐는 듯 호진을 바라보았다. 호진의 표정에 의아함이 가득했다.

평소 태성이라면 이런 식으로 계약을 진행하지 않는다. 결코. 한태성이라면 무슨 수를 써서라도 자신의 의견을 관철시키고 유리한 고지를 차지해서 원하는 바를 손에 넣는다. 그게 태성이 업계에서 인정받고 고액 연봉을 받으며 전문 CEO로서 명성이 높은 이유이기도 했다. 그런 태성이었는데, 오늘은 달랐다.

"뭐가?"

"윤세나 씨와의 계약 말입니다. 충분히 대표님이 원하시는 방향으로 끌고 갈 수 있었을 텐데요."

태성이 끝까지 그렇게 하고자 했다면 태성은 세나를 생각했다. 당돌하고 야무진 눈빛과 그를 즐겁게 만들었던 목소리가 어렵지 않게 떠올랐다. 태성의 눈에 즐거운 빛이 스쳐 지나갔다. 그리 어려운 일은 아니었을 것이다. 그 사실을 호진도 태성도 알고 있었다.

"물론 그렇게 할 수야 있었겠지."

호진의 물음에 태성의 입가에 미소가 떠올랐다. 태성은 세나를 생각했다. 당돌하고 야무진 눈빛과 그를 즐겁게 만들었던 목소리가 어렵지 않게 떠올랐다. 태성의 눈에 즐거운 빛이 스쳐 지나갔다.

그런 모습을 본 호진은 내색하지 않으며 놀라움을 안으로 삼켜야만 했다. 태성이 누군가를 떠올리며 미소 짓는다? 놀랄 노 자였다.

"너도 봤잖아. 그 꼬맹이가 얼마나 맹랑한지. 제법 깡도 있어 보이고. 머리 써가며 대드는 게 귀엽잖아."

"……귀여워요?"

"나름 영리하고. 아주 다 틀린 말을 하고 있는 것도 아니었고."

귀엽다라……. 태성이 쓰는 어휘는 아니었다. 호진이 아는 한태성이라는 사람은 그 어떤 애완동물이나 물건을 보더라도 결코 호의적인 표현을 쓰는 법이 없는 사람이었다. 그런 그의 입에서 귀엽다는 말이 나오다니. 자신의 상관에게 무슨 일이 벌어지고 있는 건지 알 수가 없었다.

"지루하지는 않겠다 싶었지."

"네. 그러시군요. 제가 가져다 드린 서류들이 만족스럽지 않으셨나 봅니다."

호진의 말에 태성은 미간을 찌푸렸다. 윤세나 때문에 잠시 잊고 있었던 골치 아픈 문제들이 생각났다. 호진이 가지고 온 서류들은 결코 적은 양이라 할 수 없었다. 분명 무슨 일이 벌어지고 있었다. 그의 손이 닿지 않는 그 무언가.

"아까 논현동 쪽에서 연락이 왔습니다."

호진의 나지막한 목소리에 태성의 눈빛에는 다시금 냉기가 흘러넘쳤다. 무섭도록 차가운 눈빛으로 변하는 태성을 바라보며 호진은 안타까웠다. 태성이 조금만 더 마음을 열면 좋을 텐데. 감정의 골이 깊을 대로 깊어버린 태성과 그의 아버지, 그리고 그의 할아버지. 세 사람이 호진은 늘 안타깝기 그지없었다.

"무슨 일로 호출한 건데?"

"그건 잘 모르겠습니다. 저한테 그런 이야기를 하실 분들이 아니지요."

"누가 연락한 거야?"

"큰 회장님 쪽입니다."

태성은 코웃음을 쳤다.

"흥. 능구렁이가 백 마리쯤 들어 있는 그 속을 알 수 있는 사람이 누가 있겠어."

"그래도 가장 많이 알고 있는 사람은 형일 것 같은데."

호진은 태성과 무섭도록 닮아 있는 한 노인의 얼굴을 떠올렸다. 부정할 수 없는 유전자를 태성은 노인에게서 고스란히 물려받았다.

"형은 본능적으로 알아차리겠지. 그 속에 뭐가 있는지."

호진의 말에 태성은 답하지 않았다. 아마 그 스스로도 그렇게 느끼고 있을 것이다. 그 속을 제일 잘 아는 사람이 있다면 그건 바로 한태성 자신일 거라고.

"못 간다고 전해. 할 일이 많다고, 연락할 시간도 없이 바쁘다고."

"자꾸 피하면 다른 방법을 찾아내실 거야, 형의 할아버지는."

호진의 걱정스러운 말투에 태성은 무미건조한 눈빛으로 호진을 응시했다. 세상의 모든 이치가 본인의 뜻대로 돌아가야 속이 풀리는 양반이니 아마 방법을 찾을 것이다. 하지만 태성도 호락호락 그의 뜻에 따를 생각은 추호도 없었다.

"그 정도 수는 간파하고 있어."

"나만 가운데서 죽어나게 생겼군."

태성과 연락이 닿지 않으면 중간에 있는 자신에게로 날벼락이 떨어질 것이다. 태성의 할아버지는 거침없는 분이었다. 호진의 투덜거림이 시작되려 하자 태성은 손을 저어 나가라는 시늉을 해 보였다. 그 모습을 보고 한마디 더 하려던 호진은 조용히 물러났다.

호진이 대표실 밖으로 나가자, 태성은 자리에서 일어서서 창가로 걸어갔다. 쓸데없는 전화 한 통으로 심란해진 마음을 가라앉힐 심산이었다.

어둑해진 밤거리로 불빛과 함께 사람들이 하나둘씩 쏟아져 나오기 시작했다. 그 모습을 보던 태성은 자신도 모르게 실소를 짓고 말았다.

평범하고 행복해 보이는 사람들의 모습.

평범, 행복…… 그 어느 것 하나 가질 수 없었다. 그와는 전혀 어울리지도, 어울릴 수도 없는 단어였다.

태성의 얼굴에 차가운 조소가 감돌았다.

그녀가 개가 된 사연

햇살은 언제나 진리다. 자연의 힘이란 얼마나 위대한가. 세나는 눈을 감고 온몸으로 자연이 주는 은총을 감사히 받아들였다.

"뭐 하고 있어?"

경쾌한 목소리에 세나는 뒤를 돌아보았다. 가식 없는 미소를 지으며 윤주가 다가오고 있었다. 요 며칠 한태성의 뒤틀리고 삐뚤어진 웃음만 보다가 윤주를 보니 힐링되는 기분이었다.

"면접은 잘 보고 왔어?"

윤주가 세나의 곁에 털썩 쓰러지듯 주저앉았다.

"말도 마. 그 조그만 회사에 지원자가 얼마나 몰렸는지 대기실이 미어터지더라. 면접관 앞에서 3분이나 앉아 있었나 몰라. 기다린 건 3시간이 넘는데."

"오래 기다린 보람이 있어야 할 텐데."

"난 별로. 붙어도 고민될 것 같아."

"왜?"

세나가 의외라는 듯 눈을 동그랗게 뜨자, 윤주는 목소리를 낮추며 세나 쪽으로 가까이 다가왔다.

"거기 팀장이란 사람이 변태 같아."

"변태?"

"콧바람 소리가 거칠더라고."

엉뚱한 윤주의 말에 세나는 웃음을 터뜨렸다.

"넌 뭐 하고 있었어?"

"아, 그냥."

윤주의 눈길이 세나의 손끝에 머물렀다. 윤주는 안타까운 눈빛으로 세나를 바라보았다.

"교수님이 주셨어?"

세나는 조금 씁쓸한 미소를 지으며 고개를 끄덕였다. 세나가 손에 들고 있는 건 대학원 입학 원서였다.

"한번 내보지 왜."

권유하는 윤주의 목소리에도 확신은 없었다. 세나는 평소 대학원에 가고 싶어 했다. 하지만 대학원에 진학하는 일이 사치라는 것을 세나도 윤주도 알고 있었다.

"괜찮아. 교수님이 추천서 써주시겠다고는 했는데, 거절했어. 공부는 더 해서 뭐해. 얼른 사회에 나가서 실무를 쌓아야지."

"하긴, 우리 같은 인재들이 얼른 사회에 나가야 나라가 발전하는 거야. 그치?"

"당연하지. 나라 발전에 기여하려면 얼른 취업을 해야 하는데, 아직 오라는 곳이 없네."

"너 지난번 유림 그룹 어떻게 됐어? 후원해주겠대? 왜 이렇게 보고가 늦어?"

윤주의 물음에 세나는 아차 싶었다. 윤주에게 자세한 이야기를 할 시간도 없었고 여건도 좋지 않았다. 어디까지 이야기를 해야 하나? 태성과 관련된 이야기는 하고 싶지 않았다. 아니, 하고 싶지 않다기보다는 해서는 안 될 일이었다.

윤주에게는 무슨 이야기든지 다 하고 싶었지만, 입을 열면 태성과의 계약까지 다 이야기하고 싶어질까 봐 아무런 말도 할 수가 없었다. 바로 얼마 전 그 계약서에 사인을 하고 오지 않았던가.

세나는 그런 위험을 감수할 수는 없었다.

"유림 쪽은 잘 안 됐어."

"뭐야, 왜? 갑자기 취소됐어?"

"갑자기 그렇게 됐어."

세나가 난처한 웃음을 지어 보였다. 그녀는 더 이상 대화하기 곤란하다는 신호를 알아들은 윤주는 한숨을 내쉬었다.

"그래도 우리가 쓴 요청서 받고 생필품 보내주는 기업도 있고. 잘 풀리고 있어."

"그런 기업들 위주로 보낸 거잖아. 도움이 될 만한 물품을 후원해 줄 수 있는 기업. 하지만 생필품은 보내봤자 일회성이고, 너한테 필요한 건 계속해서 몇 년이고 후원을 해줄 수 있는 곳 아니야?"

"열심히 기다려보는 중이야."

"그래. 좋은 소식 있을 거야. 틀림없이."

윤주가 두 팔을 굽혀 파이팅을 외쳐 보이자 세나는 웃지 않을 수 없었다. 한시적이긴 하지만 태성의 도움으로 집에 계속 머물 수도 있고 후원금도 다시 받을 수 있게 되었다. 조금씩 희망이 보이고 있으니 지금은 이것만으로도 충분했다.

그때 세나의 핸드폰이 요란하게 울려대기 시작했다.

[윤세나 씨 핸드폰 맞습니까?]

"네. 누구시죠?"

[안녕하세요. 한태성 대표님 비서 이호진입니다. 기억하세요?]

낯선 남자의 목소리에 세나는 화들짝 놀랐지만, 이내 윤주가 곁에 있다는 사실을 깨닫고 침착하려 애썼다. 윤주가 이상하다는 듯이 세나를 살펴보았지만, 세나는 그 시선을 뒤로한 채 핸드폰을 가까이 밀착시켰다.

"네, 네. 안녕하세요, 비서님."

세나는 미소가 부드러웠던 태성의 비서를 어렵지 않게 떠올릴 수 있었다.

[잘 지내시죠?]

"네. 그런데 어쩐 일로."

비서보다는 텔레마케터를 해야 할 것 같은 목소리였다. 나긋나긋하면서 신뢰감을 주기는 힘든 법인데, 비서라는 사람의 목소리에는 묘한 매력이 있었다.

[약속 시간을 잡아 드려야 할 것 같아 연락드렸습니다.]

"약속 시간이요?"

[이번 주 목요일 저녁, 시간 되십니까? 데이트하셔야 하는데요. 잊지 않으셨죠?]

자신의 스케줄을 묻자, 세나는 그제서야 정신을 차렸다. 이번 주 목요일이라면 자신도 시간이 괜찮았다. 아르바이트도 없고, 강의도 일찍 끝나는 날이었다.

"네, 괜찮아요. 목요일이요."

[네. 그럼 그날 뵙죠. 시간과 장소는 확실해지면 연락드리겠습니다.]

짧지만 인상 깊은 통화였다. 전화를 끊고 나서도 세나는 잠시 동안 물끄러미 핸드폰을 바라보고 있었다.

사는 방식이 무척이나 다른 사람들이었다. 약속을 비서가 잡아줘야 하는 남자라니.

세나는 그제야 자신이 계약한 남자가 누구인지 실감이 났다.

"혼자서는 약속도 못 잡아?"

못마땅하다는 듯 말하는 세나의 곁으로 윤주가 바짝 붙어 앉았다.

"누군데? 남자야? 목소리 근사한데?"

흥미로운 윤주의 목소리에 세나는 코웃음을 쳤다.

"남자 아니야."

"그럼?"

윤주에게 대답해줄 수 있는 단어는 그리 많지 않았다.

"새로운 알바."

그게 제일 적당한 표현이었다.

"약속이라도 있어? 집중하지 그래?"

보고서를 앞에 두고 계속 시계만 쳐다보고 있는 호진의 모습을 본 태성은 불만스러운 듯 말했다.

세찬 비가 후두둑후두둑 쏟아지고 있었다. 태성의 사무실 전면 유리창에 부서지듯 내리는 빗방울들을 보며 호진은 걱정스러운 표정을 지었다.

"약속은 제가 아니라 대표님이 있으신데요. 오늘이 계약 첫 번째 날입니다만. 윤세나 씨에게 시간 맞춰서 오라고 연락은 해놨습니다."

호진의 대답에 태성의 미간에 주름이 잡혔다.

"아, 벌써 그렇게 됐나?"

"장소도 예약해놨습니다. 별도의 지시가 있으신 건 아니었지만, 아무래도 대표님께서 직접 예약하실 것 같진 않아서요."

"어디로 예약했지?"

"W 호텔입니다."

"거기서 윤 여사가 밥 먹는다는 소리는 못 들어봤는데?"

호진이 가지런한 이를 드러내며 싱긋 웃어 보였다.

"이래서 대표님은 전략적인 비서가 필요하신 겁니다. 거긴 윤 여사님이 아니라 윤 여사님 측근들이 진을 치고 있는 곳이죠. 아시다시피 젊은 후계자들의 맞선 장소로 유명한 곳 아닙니까?"

잘 움직이지 않는 윤 여사의 귀에 태성에 관한 소문이 들리게 하기에 좋은 장소이긴 했다.

"알았어. 약속 시간이 언제였지?"

"얼마 남지 않았습니다. 세나 씨도 곧 올 때가 되긴 했는데 걱정이네요. 밖에 비가 내려서요. 차를 보내드린다고 했는데 거절하더군요."

"그 성격에 차를 타고 오겠다는 게 더 이상한 거지."

"그래도 이런 날씨에는 숙녀분께 당연한 에티켓이죠."

제법 내리고 있는 비가 태성의 눈에도 들어왔다.

"숙녀는 무슨. 우산 쓰고 오겠지."

"물론 그렇겠지만 오전에는 날이 맑았거든요. 세나 씨가 우산이 있을지 모르겠네요."

"당연히 있을 거야. 그 정도 준비성은 있겠지."

세나에게는 우산이 없었다.

점차 빗줄기가 거세지자 그녀는 서둘러 뛰었다. 그래도 옷이 젖는 것은 막을 수 없었다. 지하철에서 내릴 때까지만 해도 비가 많이 내리지 않아서 괜찮았는데, 갑자기 거세진 빗줄기 때문에 걸어오는 동안 옷이 젖어버렸다.

약속 장소 앞에 서서 세나는 자신의 젖은 옷을 손으로 툭툭 쳐 내렸다. 하지만 이미 젖은 옷은 몸에 달라붙어 제대로 떨어질 생각을 하지 않았다.

"비 내리기 전에 도착할 줄 알았는데……. 그래도 현정이는 비 안 맞겠네."

변덕스러운 여름 날씨를 한두 해 경험해본 게 아니라서, 세나는 늘 유사시를 대비해 작은 3단 우산 하나를 꼭 가방에 넣고 다녔다. 그런데 오늘은 현정의 우산이 찢어지는 바람에 세나는 자신의 우산을 들려 학교에 보냈다.

오후에는 비가 내릴지도 모를 일이었다. 혹시라도 비가 내리는데 우산이 없으면 현정의 마음이 많이 아플지도 모르니까.

세나는 어릴 적 비 오던 날 우산이 없어서 하교를 하지 못한 채 신발 신는 곳에 서서 하염없이 밖을 바라보았던, 예전 자신의 모습을 떠올렸다. 세나에게 손을 흔들며 마중 나온 엄마와 함께 보란 듯이 우산을 쓰고 돌아가던 친구의 모습도 떠올렸다.

그날의 비 냄새와 함께 아팠던 자신의 마음도 같이 생각났다.

그 후부터 세나는 비 오는 날이면 특히나 신경 써서 동생들의 우산을 챙겨 학교에 보냈다. 자신처럼 그렇게 처량하게 서 있을 동생들의 모습은 상상하기조차 싫었다.

비록 자신은 비를 맞을지언정 현정은 그 우산을 쓰고 집으로 돌아올 수 있으니 다행이었다.

"갑자기 웬 비가 이렇게 내려. 날도 아주 잘 잡으셨네."

공식적인 첫 번째 데이트였다.

데이트. 얼마나 설레는 단어인가? 멋진 남자와의 오붓한 저녁 식사? 하지만 그 상대가 한태성 대표라면 이야기가 달라진다.

세나는 젖은 옷이 자꾸만 신경 쓰였다. 곧 약속 시간이 다 되어가는데, 젖어서 달라붙은 얇은 재질의 반팔 티셔츠 위로 고스란히 드러나는 속옷 라인을 감출 방법이 없었다.

등에 멘 가방을 앞으로 돌려 멜까 싶기도 했지만, 뒤쪽이 아무런 무늬도 없는 하얀색이라 오히려 속옷이 더 적나라하게 드러날 것 같았다. 이러지도 저러지도 못한 채 그녀는 그저 양팔로 팔짱을 끼고 있는 척했다.

여름이긴 했지만 비가 내리자 기온이 예상했던 것보다 많이 내려갔다. 생각보다 많이 젖었는지 얇은 옷에 배어든 한기가 그녀의 맨살까지 파고들기 시작했다.

퇴근 시간에 호텔 앞은 왜 이리 북적거리는 건지. 사람들이 고급 호텔과는 어울리지 않는 이질적인 그녀의 모습을 힐끗거리며 지나갔다.

"이 남자는 왜 이렇게 안 와."

속옷이 신경 쓰여 안절부절못하는 세나의 위로 커다란 옷 하나가 뚝 떨어졌다. 놀란 세나는 뒤를 돌아보았고, 언제 왔는지 태성이 못마땅한 눈빛으로 그녀의 앞에 서 있었다.

"언제부터 이러고 있었던 거야?"

소매를 걷은 채 하얀 셔츠만 입고 있는 태성의 모습을 보아하니 자신의 위로 떨어진 옷은 아마도 태성의 재킷인 듯싶었다.

"비에 젖은 개 같군."

그의 말에 세나는 멈칫했다.

"개는 너무하잖아요."

"그럼 비에 젖은 고양이쯤으로 하지. 성격은 그쪽이 더 맞겠어."

하얀 셔츠 사이로 얼핏 드러나는 그의 실루엣에 세나의 눈동자는 갈 곳을 잃고 방황했다. 커다란 재킷이 그녀의 젖은 옷 위로 갑옷처럼 둘러졌다. 그녀의 몸을 떨게 만들었던 한기도 태성의 옷을 걸치자 한결 나아졌다. 그의 체온이 그녀의 차가운 몸을 따뜻하게 만들어주었다.

태성은 말없이 굳은 표정으로 세나의 앞에 서서 자신의 재킷을 꽁꽁 여며주고는 세나의 어깨에 손을 두르고 자신 쪽으로 끌어당겼다. 그리고 손으로 세나의 어깨를 부드럽게 감싸 안고 그녀를 예약된 호텔 안으로 이끌었다.

"여기 수건 하나만 가져다줬으면 하는데."

태성의 요청에 호텔 지배인은 뽀송뽀송하게 마른 커다란 흰 수건 하나를 세나 앞에 대령했다.

"가만히 있어."

자신의 머리를 다정하게 닦아주는 태성의 행동에 세나는 아무런 말도 못 한 채 꼼짝 않고 서 있었다. 비 냄새와 함께 남성적인 태성의 체취가 느껴졌다. 더욱 가까워진 태성과의 거리에 그녀는 숨을 조심스럽게 내뱉었다.

그 모습에 태성이 '쿡' 하고 웃음을 터뜨리는 것 같아 올려다봤지만 그의 표정에는 아무런 변화가 없었다. 아무래도 자신이 잘못 들은 것 같았다. 하긴 이 상황에 웃을 일이 뭐가 있겠어.

오직 하얀 셔츠만 입고 있는 한태성 대표, 그리고 그의 겉옷을 걸친 채 얌전히 머리를 맡기고 있는 윤세나.

호텔 프런트에 서서 태성이 그녀를 정성스레 닦아주는 동안 사람들의 시선이 수건 사이로 느껴졌다. 아아, 그런 거였다. 그러니까 지금 쇼를 하고 있는 중인 거다, 이 남자는.

그녀의 머리를 매만지는 그의 손길은 자상하고 다정했다. 비록 표정은 보이지 않았지만 누가 봐도 의심할 나위 없는 다정한 연인의 모습이었다.

세나는 고개를 힐끔 들어 태성의 얼굴을 바라보았다. 매끈하게 빠진 턱선과 굳게 다문 입술이 시선을 사로잡았다. 연극이든 뭐든 간에 지금 이 상황은 확실히 묘했다. 그녀는 얌전히 태성의 손길에 자신의 머리카락과 젖은 옷을 맡기고 있었다.

밖에는 세찬 비가 쏟아지고 있었다. 그래, 한여름 변덕스러운 날씨는 종잡을 수가 없지. 지금 이 순간이 진짜 데이트라도 되는 것처럼…… 그렇게 묘하게 설레는 자신의 심장처럼.

여유롭게 앉아서 식사하는 태성의 모습에 세나는 감탄이 절로 나왔다. 자신들의 테이블에 쏠려 있는 수많은 시선 속에서도 꿋꿋할 수 있는 그의 태연자약함에 그녀는 경의를 표했다.

"……밥이 넘어가요?"

"윤세나 씨 입맛에 안 맞나?"

"밥 이야기는 아니구요."

태성이 와인 잔을 들고 입술에 가져다 댔다. 그 섬세함과 우아함이 공존하는 섹시한 모습에 주위의 시선들이 더욱 뚜렷하게 느껴졌다. 특히나 여자들의 시선은 매우 노골적이었다.

"아니에요. 맛있게 드세요."

세나는 실소를 지으며 자신의 접시로 시선을 돌렸다. 접시에는 태성이 아주 정성스럽게 잘라준 고기들이 가지런히 놓여 있었다. 일만 잘하는 게 아니라 연기도 타고난 사람이었다.

모르는 사람이 본다면 정말 영락없이 사랑에 빠진 남자의 모습이었다. 그녀를 위해 의자를 빼준다든지, 그녀의 접시를 가져가서 고기를 썰어준다든지, 그녀를 향해 더할 나위 없이 다정한 미소를 지어 보인다든지. 그는 뚜렷한 목표가 있으면 무슨 짓이든 할 수 있는 남자 같았다.

세나는 레스토랑에 들어설 때부터 태성에게 쏟아지는 시선을 느낄 수 있었다. 그는 외모만으로도 여자들의 시선을 한 몸에 받기에 충분한 남자였다. 그리고 그와 함께 있다는 이유만으로 세나 역시 그녀들에게 질투와 시샘을 받는 존재가 되었다.

여자들의 시선이 부담스러울 법도 한데 즐기고 있는 건지 아니면 느끼지 못할 만큼 둔한 건지, 태성의 행동은 자연스러워 보였다.

"와인 한잔하지?"

"근무 중에 음주는 안 되죠."

세나의 단호박 같은 대답에 태성이 피식 미소 지었다. 근무 중이라……. 기대를 저버리는 법이 없군.

"사랑에 빠진 연인치고 너무 딱딱하지 않아? 우리는 목표가 있어서 이곳에서 식사 중인데 말이야."

마침 세나가 포크로 찍은 고기를 입에 넣고 우물거리고 있었는데 태성에게는 그 모습이 제법 귀엽게 보였다.

"우리 설정을 바꾸는 건 어떨까요? 아직 사랑에 빠진 게 아니라 시작하는 연인 정도의 설정은 어때요? 그때 윤 여사님 뵈었을 때도 그렇고. 아무리 생각해도 사랑에 푹 빠진 여자 연기는 좀 무리가 있어서."

태성이 흥미롭다는 듯 세나를 바라보았다. 세나의 입에서 먼저 디테일한 계획이 나오는 건 처음이었으니까.

"제가 짧은 시간이나마 대표님을 지켜본 결과 대표님은 연기와 거짓말에 매우 능해요. 그렇죠?"

세나의 말에 태성이 무슨 소리냐는 듯 그녀를 바라보았다. 연기와 거짓말에 매우 능해? 칭찬이야, 욕이야?

"왜 그렇게 생각하지?"

"그걸 몰라서 물어요? 지금 여자에게 호의적인 남자 역할을 매우 잘해내고 있는 중이잖아요. 그에 반해 저는 연기를 못하고 있고."

자신이 연기를 하고 있는 중이었던가? 물론 그녀에게 고기를 썰어준다든가 의자를 빼준 행동은 다분히 의도적이었다. 그렇게 본다면 연기 중인 게 맞다. 하지만 즐거웠다. 그녀와 보내는 시간이. 누군가 그것도 연기냐고 묻는다면 태성은 대답하기 어려웠다.

"그래서?"

"남자에게 아직 관심이 없는 여자, 그런 여자의 환심을 사고 싶어 하는 남자 정도의 설정이 어떨까 싶은데요."

"그건 시작하는 연인이 아닌데? 시작하는 연인이라면 서로 호의를 보여야 하는 게 맞지."

태성의 지적에 세나가 고개를 끄덕였다. 맞다. 그게 옳다. 그럼 어떡한다?

"그럼 제 연기가 많이 늘 것 같지는 않으니, 설정을 '짝사랑 중인 한태성 대표' 정도로 하면요?"

세나의 제안에 태성이 웃음을 터뜨렸다. '짝사랑'과 '한태성'은 어울리는 단어가 아니었다. 꽤 깜찍한 생각을 해냈지만 그는 그 의견을 들어줄 생각이 없었다.

"그 설정에는 무리가 있군. 내가 쌓아놓은 이미지가 있는데."

세나의 생각은 달랐다. 짝사랑에 빠진 한태성이라……. 생각만으로도 획기적인 아이템이었다.

"무심코 나온 말이지만, 괜찮지 않을까요? 냉혈한 한태성 대표, 짝사랑에 빠지다. 완전 신선한 아이템인데. 생각만으로도 완전 흥분되고 짜릿한 설정이네요."

"욕구를 충족시켜주지 못해 미안하지만, 난 그럴 생각 없어. 내 이미지 망가져."

"사랑에 빠진 걸 보여주고 싶다면서요. 제대로 망가져야 진짜처럼 보이지요."

생각만 해도 즐거운 상상이었다. 한태성이 나를 짝사랑한다면 그를 종처럼 부릴 수 있는 위치가 되는 것 아닌가? 그 생각만으로 세나는 온몸에 짜릿한 기분을 느낄 수 있었다.

정말로 그 말도 안 되는 설정을 밀어붙일 듯한 세나에게 태성은 단호히 고개를 저어 보였다.

"안 돼. 윤세나가 열심히 연기하는 걸로 하지. 내가 그 '뛰어난 연기력'으로 커버하고."

"짝사랑 싫어요?"

"싫어."

좋은 생각인 것 같았는데 짝사랑에 빠진 한태성 설정은 아깝지만 버려야 할 듯했다.

세나는 주변 사람들의 반응을 제대로 알아차리지 못했다. 레스토랑에 있는 다수의 사람들의 눈에 세나와 태성은 딱 연인의 모습이었다. 티격태격하며 저녁을 함께 먹고 있는 그들의 모습은 어색하지 않을 뿐더러 다정해 보이기까지 했다. 태성을 향해 뿌루퉁한 표정을 지어 보이는 세나와 그런 그녀의 모습을 귀엽다는 듯한 눈빛으로 바라보는 태성의 모습은 한동안 계속 보여졌다.

계약을 이행 중인 태성과 세나를 한 쌍의 남녀가 주의 깊게 바라보고 있었다. 한참 태성을 바라보던 여자가 세나 쪽으로 시선을 옮겼다. 그러고는 감정이 상한 듯한 목소리로 앞의 남자에게 말을 걸었다.

"의외네요. 한태성 대표 말이에요."

여자의 말에 남자가 고개를 갸우뚱거렸다. 남자가 자신의 말을 알아채지 못하자 여자가 작은 한숨을 내쉬었다.

"앞에 앉은 여자요. 전혀 한 대표하고 어울리는 여자가 아니잖아요."

"앞에 앉은 여자가 문제인 게 아니라 저 자리에 앉은 여자가 당신이 아니라는 게 문제인 거겠지, 홍주연 씨."

남자의 말에 주연은 수긍한다는 듯 고개를 끄덕였다.

"맞아요. 그게 정답일지도 모르겠네요."

"한 번 거절당했다면서 아직도 미련이 남았어?"

"거절당한 게 아니라 타이밍이 안 맞았던 거라니까요."

주연이 짜증 난다는 듯 남자를 노려보았다. 그녀의 서슬 퍼런 시선에도 아랑곳하지 않고 그는 웃음을 지었다.

"그 타이밍, 지금도 놓친 것 같은데?"

"그 놓친 타이밍 잡는 걸 도와주는 게 현명한 처사일 것 같지는 않나요?"

남자가 어깨를 으쓱거렸다. 남자의 정체는 유림 그룹의 장남인 문성현이었다. 자신이나 앞에 앉은 주연이나 서로 잘해볼 마음 따위는 없었다. 그저 부모님들의 꼭두각시 노릇을 하기 위해 앉아서 시간을 보내는 중이었다.

눈앞의 홍주연은 성격만 빼면 나무랄 데 없는 여자였다. 외모에 학벌, 집안까지. 그러니 자신의 취향과는 상관없이 아버지가 이 여자에게 자신을 붙여넣기 하고 있는 중이겠지만, 아무리 좋게 보려해도 성현과는 상극인 여자였다.

뉴욕에 있을 때 홍주연이 한태성에게 엄청나게 들이댔던 건 공공연한 비밀이었다. 주연이 몸까지 바칠 각오로 열심히 유혹했지만 한태성은 눈 하나 깜짝 안 했다지. 그런데도 주연은 여전히 포기할 생각이 없어 보였다.

"그렇게만 된다면 당신도 나도 상황이 나아지긴 하겠지."

성현은 형식적인 미소를 지으며 태성 쪽을 보았다. 주연이 태성과 잘된다면 아버지의 지긋지긋한 잔소리도 당분간 들을 필요가 없을 것이다.

한태성은 이름만으로도 웬만한 기업 자제들을 주눅 들게 만들어버리는 인물이었다. 성현은 태성의 앞에 있는 여자에게로 시선을 돌렸다. 주연의 말대로 의외이긴 했다. 예쁘긴 했지만 특별할 게 없는여자였다. 예쁜 걸로 치자면 세련되고 도시적인 분위기의 홍주연이더 미인이었다.

한태성과 전혀 어울릴 것 같지 않은 여자가 어떻게 저기 앉아 있을 수 있을까? 그런 의문이 들자 성현은 여자에게 흥미가 생겼다. 물론 한태성은 말할 것도 없이 흥미로운 대상이었고.

"이제 식사 다 했으면 나가기 전에 친구와 인사를 나눠보는 건 어때?"

무슨 소리냐는 듯 주연이 성현을 쳐다보자 그가 가벼운 말투로이야기를 이어갔다.

"한태성하고 안면이 있는 사이면 나가는 길에 인사를 할 수 있을 법도 한데?"

성현의 말에 주연이 의미심장한 미소를 지었다.

"그거 재미있겠군요."

"그럼 일어서볼까?"

"뒤에서 아주 싸한 시선이 느껴지는데, 제 착각인가요?"

세나가 옆에 놓여 있는 샐러드를 집으며 태성에게 묻자 태성의 시선이 세나의 뒤쪽으로 향했다. 곧 그에게서 미세한 표정의 변화가 나타났다.

그런 태성의 모습에 세나는 또각거리는 구두 소리가 정확히 자신들을 향하고 있음을 확신했다. 자신의 감이 틀리길 바랐는데. 하긴, 많은 여자들 중 한 명이 한태성에게 아는 척하러 오지 않을까 싶긴 했다.

"굉장하군. 어떻게 알았지?"

태성이 신기하다는 듯 세나를 바라보자 세나가 거만한 표정을 지으며 머리를 한쪽으로 쓸어 넘겼다. 저런 노골적인 시선과 분위기를 모르는 남자가 더 굉장한 거지.

"여자들에게는 육감이라는 신비한 능력이 탑재되어 있어서요."

"여자들이란 늘 신기하고 경이로운 존재이긴 하지. 그 특별한 능력에 경의를 표하며."

태성이 와인 잔을 살짝 들고 세나를 향해 건배를 청하자 세나가 그 잔에 자신의 잔을 부딪쳤다. 세나를 위해 태성이 주문한 와인이었다. 달달하니 톡 쏘는 맛이 처음 먹어보는 건데도 세나의 입에 제법 잘 맞았다.

"우리 삼류 드라마처럼 변해가는 건 알아요? 데이트하는 남녀. 그리고 전 여자 친구의 등장. 빠밤."

입으로 효과음까지 내며 과장스럽게 말하는 세나가 귀여웠다. 입술을 삐죽거리는 그녀의 모습에 순간 키스하고 싶을 만큼. 태성은 급히 고개를 저었다. 키스라니.

"전 여자 친구 아니야. 사실대로 말하면 엮이고 싶은 여자는 아니지."

그들이 말하는 사이, 여자와 그녀의 일행인 듯한 남자가 어느새 지척까지 다가와 있었다.

"한태성 씨 맞네요. 저쪽에서 긴가민가했는데."

우아하고 기품 있는 척하는 목소리였다. 세나는 목소리를 듣자마자 여자가 보통은 아님을 알아차렸다. 세나는 고개를 들어 여자의 모습을 살펴보았다. 머리부터 발끝까지 흐트러짐 하나 없는 단정한 모습이었다. 틀어 올린 머리카락에서는 윤이 났으며 단아하고 매끈한 목선이 예뻤다. 조각처럼 생긴 여자였다. 전 여자 친구는 아니었을지 모르지만 한태성 대표에게 흑심이 아주 많은 여자라는 건 한눈에 알 수 있었다.

"오랜만이네요. 여긴 어쩐 일이세요?"

"보시다시피 식사하러."

누가 들어도 무뚝뚝한 태성의 음성이었지만, 여자는 아랑곳하지 않았다.

"이렇게 만난 것도 인연인데 저와 일행이 잠깐 앉아도 될까요?"

여자는 대답을 듣기도 전에 세나의 옆자리에 앉으며 태성에게 악수를 건넸다. 태성도 거리낌 없이 그녀의 손을 잡아 흔들었다. 세나가 의미 없는 존재라는 걸 보여주기라도 하는 듯한 여자의 행동과 시선에 세나의 불쾌지수가 상승하기 시작했다.

"그때 뉴욕에서 보고 처음 뵙네요. 한 번 더 보고 싶었어요."

"사업상 자문을 구할 일이 있다고 하셨지요."

"굳이 사업상 자문은 아니었지요. 남자로서 한 번 더 보고 싶다는 의미였는데. 여기서 만나게 되다니 운명인가요, 우리?"

지난 겨울, 미국의 소프트웨어 회사인 ITEC의 만찬 자리에서 만난 여자였다. 한국 기업 오너의 딸이라고 했던 홍주연. 미술관을 운영 중이라던 주연은 술집을 운영하는 여자처럼 그에게 달라붙었다.

태성에게 적극적인 여자를 보며 세나는 기분이 점점 더 나빠지기 시작했다. 이거 지금 나를 대놓고 무시하는 거 맞지?

"의외의 일행과 함께시네요. 아직 대학생? 조카이신가요?"

주연의 물음에 세나가 발끈했다. 세나가 보기에는 충분히 의도적이었다. 세나가 여자의 눈을 똑바로 쳐다보았다. 주연의 시선도 세나를 향했다.

갑자기 흐르는 긴장감과 불꽃 튀는 분위기에 두 남자의 시선이 흥미진진해졌다.

"여자 친구예요. 태성 씨 여자 친구. 조카가 아니라."

세나의 말에 태성의 입가에 미소가 지어졌다. '여자 친구'라는 그 말이 왜 태성의 귀에 흐뭇하게 들리는지 알 수 없는 일이었다.

주연은 믿을 수 없다는 듯 위아래로 세나를 훑어보았다. 아무리 보아도 평범한, 조금 예쁘장한 대학생 정도로밖에 안 보이는데. 하

지만 태성은 여자의 말에 아무런 이의를 제기하지 않았다. 그렇다
면 여자 친구라는 말이 허튼소리는 아니라는 의미였다.

"상당히 어려 보이시네요. 아니면 진짜로 어린 건가?"

"남자들이야 원래 어린 여자를 좋아하는 법이죠."

"그래도 너무 어린 것 같은데요."

세나는 미소를 지었다. 그녀는 화가 날수록 웃음이 나는 타입이
었다. 아주 대놓고 '넌 한태성 취향도 아닌데 어떻게 같이 있을 수
있냐'는 뉘앙스를 팍팍 풍기는 이 여자를 어떻게 처리하지?

"나이가 많은 것보다야 낫겠죠."

지켜보던 태성이 두 여자의 기싸움에 속으로 웃음을 삼키며 중재
에 나섰다.

"숙녀분들 목소리에 날이 서 있는 것 같은데, 그건 제 착각인가
요?"

"목소리에 날이 서다니요. 그럴 리가요."

주연이 애써 고상한 척 목소리를 가다듬었다.

"그럴 수밖에요. 웬 아줌마가 남의 테이블에 와서 불쾌하게 대놓
고 무시하는데요."

"아, 아줌마?"

"신선한 시각이네요. 아줌마라."

낯선 남자의 목소리에 세나와 태성의 시선이 남자에게로 향했다.
아직 소개받지 못한 주연의 일행이었다. 부드러운 목소리에 호감 가
는 인상, 여자들이 좋아할 만한 꽤나 반듯한 외모의 남자였다.

"제 소개가 늦었습니다. 문성현이라고 합니다."

"문성현이라……. 혹시 유림 그룹 사람이신가?"

"저를 아신다니, 영광이군요."

유림 그룹이라……. 좋지 않은, 아니 더러운 기억 한 조각이 머릿속에 떠오르면서 그녀의 미간이 절로 찌푸려졌다. '유림'이라는 이름만 들어도 지긋지긋했다.

"영광일 것까지야 있겠습니까. 얼마 전에 유림 쪽과 불쾌한 일이 있었는데."

"……저희 쪽과요?"

"사고치는 유림의 자제 한 명이 일을 벌이려다가 걸렸는데, 아무런 말도 없던가요?"

성현의 표정이 굳어졌다. 동생 녀석이 또 사고를 친 모양이었다. 들어온 지 얼마 되지도 않았는데 한태성을 건드리다니. 녀석이 요즘 조용히 집에만 있는 이유를 알게 되었다. 그런 줄도 모르고 아버지는 녀석이 변했다며 흐뭇해하고 있는 중이었다.

"죄송합니다. 집안 단속을 제대로 못 했군요."

성현은 머릿속으로 사태 파악을 끝내고 태성에게 사과했다.

"내 쪽이 아니고, 이쪽에 사과를 해야 할 것 같군."

태성이 세나를 가리켰다. 그 모습을 본 성현은 속으로 욕지거리를 삼켰다. 아직도 철부지처럼 구는 자신의 동생에 대한 분노가 일었다. 불쾌한 일이라는 게, 설마 한태성 여자를 건드린 건가?

"죄송합니다. 동생을 대신해서 사과드리도록 하겠습니다."

"접수할게요. 대신 동생분 관리 부탁드려요. 저 같은 사람이 또 생길 것 같은 기분이 들거든요."

세나는 최대한 공손하게, 하지만 제 할 말을 했다. 사고를 친 건 그의 동생이니까 사과하는 남자에게 예의 없게 굴 수는 없다. 하지만 그날의 불쾌한 기억은 아직도 잊히지 않았다.

"오늘은 유쾌한 만남이 아닌 것 같군요. 보시다시피 제 여자 친구가 이 자리를 거북해하는 것 같아서요."

내 여자가 불편해하니 그만 꺼져 달라는 뜻이었다. 정중하지만 확실한 의미를 담고 있는 태성의 말에 주연은 주먹을 쥐었다. 아무리 봐도 저런 애송이 같은 여자에게 뺏기기에는 한태성이라는 이름이 너무도 아까웠다.

한태성이 한국에 머무는 시간은 아직 더 남아 있었다. 즉, 주연에게도 기회가 있을 거란 이야기였다. 굳이 여기서 저런 꼬마랑 드잡이질을 할 이유가 없는 것이다.

"저희도 실례가 많았습니다. 만나서 반가웠어요, 태성 씨."

주연의 인사에 태성이 고개를 가볍게 끄덕이자 성현도 주연을 따라 자리에서 일어섰다. 사실 성현은 조금 더 그 자리에 머물고 싶었다. 한태성의 여자는 결코 흔해빠진 그런 여자가 아니었다. 잠깐의 시간이지만 태성의 여자에게서 특별한 무언가가 느껴졌다.

성현과 주연이 사라지자 세나는 물을 들이켰다.

"저 아줌마랑 친해요? 왜 와서 친한 척이에요?"

"내가 매력이 넘쳐서 그런 거 아니겠어?"

"……대표님 매력이 넘쳐서요?"

"이만하면 멋있고 매력 있는 편이지."

태성의 뻔뻔한 말에 세나가 헛웃음을 지으며 태성을 쳐다보았다. 하지만 그의 뻔뻔한 말이 사실이기도 해서 딱히 반박할 수도 없었다. 왕자병, 도끼병, 아니 저 정도면 황제병쯤 되려나?

"건강 검진은 언제 받았어요?"

"두 달 전쯤에?"

"다음엔 정신과도 꼭 들러보세요. 세상에, 자기 입으로 매력 있는 편이래."

세나의 과장된 제스처에 태성이 웃음을 터뜨렸다. 매력적인 울림이 있는 저음에 세나의 심장이 흔들렸다.

"그 매력이 윤세나에게도 통하고 있어야 할 텐데 말이지."

태성이 미소를 지우지 않고 세나를 바라보았다. 차갑고 무감해 보이던 눈 속에 장난기가 보이자 그녀의 심장이 딱 세 배로 빨라졌다.

한태성의 매력. 지금 매우 잘 통하고 있는 중이다.

"여자 친구, 한 잔 들지?"

태성이 잔을 들며 건배를 청하자 세나도 자신의 잔을 들었다.

여자 친구.

세나는 태성의 입에서 나온 호칭이 싫지 않았다.

"우리의 성공적인 계약을 위하여."

"위하여."

"네트워크 마케팅 뜻은 알고 있는 겁니까?"

회의실 안에 서늘하다 못해 차가운 공기가 감돌았다.

팀장급 이상이 모인 회의실에 시계 바늘 돌아가는 소리만 크게 울릴 뿐, 숨소리 하나 들리지 않았다. 모두들 고개를 숙이고 자신들의 펜으로 무언가 서류에 적는 시늉만 할 뿐이었다.

"오늘 회의는 이걸로 마치도록 하겠습니다만."

회의가 끝난다는 소리에 안도의 한숨을 내쉬던 사람들이 말꼬리를 붙잡고 늘어지는 태성의 목소리에 다시 경직됐다.

"다음 회의도 오늘과 같다면 매우 실망이 크겠습니다."

말을 마친 태성이 자리에서 일어섰다. 몸에 잘 맞는 셔츠를 입은 태성의 뒷모습을 몇몇 여성들이 힐끗거렸다. 태성은 그런 시선을 아는지 모르는지. 재킷을 집어 들고 회의실 밖으로 향했다.

"미치겠다, 진짜. 회의 때마다 집중이 안 돼."

영업 1팀 한 팀장의 한숨 섞인 소리에 근처에 있던 여성들이 작은 소리로 웃었다.

"한 팀장도 그랬어? 그 비꼬는 목소리하며. 자기보다 나이 많은 사람도 얼마나 많은데."

태성의 목소리를 흉내 내는 임 부장의 말에 여성들이 한심하다는 듯 그를 바라보았다.

"그래서 회의에 집중을 못 한 게 아니잖아요, 임 부장님."

"뭐? 그럼 뭐야. 왜 집중을 못 해?"

한 팀장이 말할 가치가 없다는 듯, 옆에 있는 최 팀장을 쳐다보았다. 이미 자신과 같은 감정을 느꼈는지 영혼이 빠져나간 최 팀장을 보며 한 팀장이 이해한다는 듯 고개를 끄덕였다.

"장난 아니지? 아까 소매 걷고 이야기할 때 온몸에 전율이……."

"하얀 와이셔츠가 그렇게 섹시한 건 또 처음이네요."

"그치, 그치. 그리고 팔에 힘줄 봤어요? 어깨도 완전 넓어서 몸이 아주……."

"다리는 또 좀 길어요? 나 오늘처럼 회의 시간이 짧았던 적이 없었다니까?"

144

"그쵸? 회의 시간 좀 더 길어도 괜찮은데."

최 팀장과 한 팀장이 서로의 황홀한 경험담을 나누며 회의실을 빠져나가자, 뒤에 남은 남자 임원들은 황망한 표정으로 그들의 뒷모습을 바라보았다.

"대한 그룹 주식 동향 항상 체크하고, 반태진 사장 이번에 확장한 사업 어떻게 돌아가고 있는지 보고서 작성해서 올려."

태성의 지시에 호진이 고개를 끄덕였다.

"네. 알겠습니다."

태성은 일을 마친 호진이 나갈 기미를 보이지 않자 보던 서류에서 눈길을 돌렸다.

"세나 씨 말입니다. 다음 약속 안 잡으십니까?"

태성이 손가락으로 관자놀이를 문질렀다. 생각보다 제법 즐거웠던 첫 번째 데이트는 어느덧 며칠 전의 일이 되어 있었다.

"약속은 비서가 잡아야지. 내 스케줄은 네가 더 잘 알잖아. 시간 조정해서 윤세나 데려오면 되지 뭐가 문제야?"

'당신 태도가 아주 큰 문제십니다.'라는 말이 튀어나오려 했지만, 호진은 현명하게 입 밖으로 내뱉지는 않았다. 사업 하나는 끝내줄지 몰라도 연애는 영 별로란 말씀이지.

"세나 씨 전화번호도 알려드렸는데 직접 전화해서 약속을 잡으시는 건 어떠십니까? 가짜긴 하지만 그래도 애인이신데요."

"애인이긴 하지만 가짜지. 그러니 내가 안 해도 돼."

"나중에 혹시라도 윤 여사님이 통화 목록 조회라도 해보면 어떡합니까."

"윤 여사가 내 통화 목록 조회 요청하는 게 불법인 건 알고 하는 소리지?"

"윤 여사님이라면 가능하시니까요."

따박따박, 하나하나 말대꾸를 하는 호진의 말에 틀린 건 없었다. 그래, 윤 여사라면 가능하지. 윤옥분 여사가 마음먹은 일에 방해물이라는 게 있을 수가 있나?

태성이 씁쓸한 미소를 지었다. 숙제하는 기분으로 하는 데이트라니. 숙제치고는 재미있는 편이긴 하지만.

"며칠 동안 통화도 안 했는데 제 전화번호가 윤세나 씨 통화 목록에 올라가면 아무래도……."

"무슨 소린지 알았어. 내가 하지."

집요한 녀석. 조잘대는 호진의 잔소리에 떠밀려 태성은 결국 핸드폰을 집어 들었다. 슬며시 미소 짓는 호진의 모습은 보지 못한 채로.

호진이 자리를 비우자 태성은 핸드폰을 들고 잠시 망설이다 통화 버튼을 눌렀다. 그러고는 이내 헛웃음을 터뜨렸다.

전화 한 통 거는 게 뭐 이리 큰일이라고 조심스러운 건지. 생각해 보니 여자에게 사적인 용무로 전화를 걸어본 지가 언젠지 기억조차 나지 않았다. 그렇다고 여자와 데이트를 하지 않았던 것은 아닌데, 이렇게까지 어색할 줄이야.

태성은 자신이 늘 여자의 전화를 받기만 했던 것을 기억해냈다. 가장 최근에 데이트했던 여자까지 ─ 그게 언제인지조차 확실치는 않지만 - 먼저 전화해서 약속을 잡는 법은 없었다. 늘 호진을 통하거나, 여자 쪽에서 먼저 전화가 왔었다.

윤세나와의 통화가 어색한 것은 그래서였다. 달리 다른 이유가 있을 건 없었다. 하지만 한참 통화음이 울려도 세나는 전화를 받지 않았다. 많이 늦은 시간도 아니니 잠들었을 리는 없고. 그렇다면 이 밤에 뭐 하느라 자신의 전화를 안 받는 거지?

이상한 것은 전화를 받지 않는 세나에게 은근히 부아가 치미는 자신의 마음이었다.

"난 분명히 먼저 전화했어."

태성은 핸드폰에 대고 변명조로 중얼거렸다. 그저 윤 여사를 위한 대비책으로 건 전화 한 통에 왜 짜증이 나는 건지 알 수 없는 노릇이었다. 전화를 받지 않는 윤세나가 괘씸한 이유는 더더욱 알 수 없는 일이고.

태성이 세나의 근황을 궁금해할 무렵, 세나는 늦게까지 아르바이트 중이었다.

고깃집 홀 서빙, 결코 만만한 아르바이트는 아니었다. 기름 냄새를 맡아가며 불판도 닦아야 하고, 또 주방일이 끝나면 이리저리 부지런히 뛰어다녀야 해서 허리가 끊어질 듯 아팠다.

"세나야, 수고했어. 이번 달 아르바이트비 통장으로 입금했다."

급여도 괜찮고, 대우도 좋다 보니 세나는 일이 힘들어도 이곳 일을 그만둘 수가 없었다. 일주일에 세 번 하는 아르바이트이다 보니 시간적인 부담도 적었다.

"감사합니다, 사장님."

"내가 더 고맙지. 세나는 손이 야무져서 좋아. 다른 데 가지 말고 꼭 여기서 더 일해. 알았지?"

"네. 그럴게요."

아르바이트를 끝내고 가게를 나서는 세나의 발걸음이 가벼웠다. 시계를 보니 아직 11시였다. 막차 시간까지 조금 여유가 있었다.

조금만 돌아가면 은행이 있었다. 그녀는 24시간 코너에 가서 현금을 찾아 동네에 있는 슈퍼에서 내일 아이들에게 줄 아이스크림을 사가지고 갈 생각이었다.

부쩍 더워진 날씨에 녀석들이 지난번부터 사달라고 노래를 불렀었는데. 때마침 들어온 아르바이트비로 녀석들의 입에 아이스크림 하나씩 물려줄 수 있으리라. 특히 요즘 군것질에 입맛을 들인 승환이 녀석이 좋아서 펄쩍펄쩍 뛸 게 눈에 선했다.

현금인출기에서 통장을 정리한 순간 세나의 눈이 동그랗게 떠졌다.

"아르바이트비가 왜 이렇게 많지? 이상한데?"

다시 자세히 들여다보니 아르바이트비 내역 위쪽으로 통장에 입금된 기록이 눈에 띄었다.

한 태 성

태성이 벌써 후원금을 입금한 모양이었다.

방금 전 마치고 온 아르바이트도 꼬박 한 달을 죽어라 일해야 통장에 아르바이트비가 입금되는데, 고작 밥 한 번 먹고 이 큰돈을 받아도 되는 건가?

따져보니 오늘이 늘 후원금을 받던 날이긴 했다. 그 돈이 자신의 통장에 들어와 있을 뿐이었지만, 별로 한 것도 없이 받은 액수가 너무 커서 부담스러웠다. 반면 크게 안심도 되었다. 이 후원금이면 아이들 간식 값을 줄이지 않아도 된다. 여름이긴 하지만 아직 찬물을 힘들어하는 어린 아이들을 따뜻한 물로 목욕시킬 수도 있을 것이다.

태성에게 감사의 전화라도 해야 하나 싶은 마음에 핸드폰을 꺼내 들었다가 세나는 한숨을 내쉬었다.

"윤세나, 이 바보야. 전화번호도 모르면서 무슨 전화를 해."

세나는 코끝을 가볍게 찡그리고는 핸드폰을 확인했다. 핸드폰 통화 내역 중 부재중이라 찍힌, 모르는 번호 하나가 그녀의 눈에 들어왔다.

"누구지?"

부재중으로 찍힌 시각이 애매했다. 광고 전화인가? 그것도 아니면 이력서 보고 연락을 했나?

머릿속에 혹시 한태성 대표가 아닐까 싶은 생각이 스쳐 지나갔지만, 그녀는 이내 고개를 흔들었다. 그가 무슨 이유로 자신에게 전화를 한단 말인가?

하지만 한 번 떠오른 생각은 쉽게 사라지지 않고 그녀의 머릿속을 둥둥 떠다녔다.

"……한번 확인은 해볼까? 아니면 말지 뭐."

세나는 목소리를 가다듬고 발신 번호를 꾹 눌렀다. 주저할 일은 아니었다.

그녀가 마음의 준비를 하기도 전에, 낯선 듯하면서도 낯설지 않은 나지막한 목소리가 흘러나왔다.

[한태성입니다.]

"한태성 대표님?"

세나는 진심으로 깜짝 놀랐다. 깜짝 놀란 건 그녀뿐만이 아닌 듯, 전화기를 사이에 두고 잠시 침묵이 흘렀다.

[……어디다 전화한 건지도 모르고 있는 건가?]

"……부재중이 찍혀 있길래……."

[일찍도 전화하는군.]

꼬여 있는 말투였지만 세나는 통장에 찍힌 동그라미를 보며 그의 빈정거림 정도는 넘어가주기로 했다. 지금은 그에게 감사해야 할 타이밍이니까.

"아르바이트 하느라 바빴어요. 무슨 일로 직접 전화를 다 하셨어요?"

[너에게 다른 아르바이트가 있다는 것도 알아차릴 때가 되지 않았나?]

자신에게 또 다른 아르바이트가 있었다. 일주일에 두 번 데이트하는 아르바이트였지? 잠시나마 그의 전화에 설렜던 자신이 바보 같았다. 그는 '계약' 때문에 전화를 했을 뿐인데. 바보. 그것 말고 이 사람이 나한테 전화할 일이 뭐가 있어?

손에 들려 있는 통장이 세나의 시야에 잡혔다.

돈으로 얽힌 관계. 한태성 대표와는 딱 그만큼의 관계였다.

"후원금 잘 받았어요. 감사해요."

계약 하나는 칼 같은 사람이었다. 전후 사정이야 어찌되었건, 그녀가 하는 일에 비하면 넘치도록 과분한 보수를 받고 있는 셈이었다. 세나는 진심으로 태성에게 고마웠다. 물론 다른 사람을 속이는 기분은 아직도 내키지 않았지만.

[계약이잖아. 감사할 일은 아니지.]

"이렇게 빨리 넣어주지 않으셔도 되는데요."

[매번 후원하던 날짜에 맞췄을 뿐이야.]

"의외로 세심하시네요. 감사합니다."

세나는 소리 없이 미소 지었다. 핸드폰을 통해 흘러나오는 그의 중저음이 듣기 좋았다. 목소리까지 잘생긴 남자였다.

[감사하면, '계약'에 충실하는 건 어때?]

거만한 태성의 목소리에 세나는 실소를 지었다.

"틈만 나면 '갑질'이시군요."

[제대로 된 '갑질'을 못 당해봤군.]

"설마 지금 하려는 건 아니죠?"

[감이 좋은데?]

"불안해해도 돼요?"

태성이 작게 웃는 소리가 들린 듯했다.

[우리의 다음 데이트 계획은 윤세나에게 맡기도록 하지.]

세나는 길게 심호흡을 했다. 최대한 아무렇지도 않은 목소리로, 진짜 별일 아니라는 듯이 그렇게 말해야 해. 할 수 있지? 윤세나, 파이팅!

"너, 밤에 데이트할 만한 장소 알아?"

핸드폰 너머로 아무런 소리도 들려오지 않았다.

"여보세요? 윤주야? 거기 있어?"

[……데이트할 장소?]

아니나 다를까, 윤주의 목소리 끝이 올라가 있었다. 윤주의 물음에 즐거움과 호기심이 묻어났다. 세나는 두 눈을 질끈 감았다. 인터넷 검색을 해볼 걸 그랬나?

[누가 데이트할 장소?]

"아, 아는 사람이 물어보길래. 네가 잘 알 것 같아서.]

세나는 목소리를 최대한 침착하게 가다듬으려 노력했지만, 윤주 앞에서는 그리 효력이 없었다.

[아는 사람 누구? 누가 그런 걸 알려 달래, 너한테?]

"너는 잘 모르는 사람이야. 혹시 시간 없는 사람들이 짧고 굵게 데이트할 만한 장소 알아?"

태성의 주문은 간단하고 어려웠다.

최소의 시간으로 최대의 효과를 낼 수 있는 데이트 장소를 골라올 것.

어차피 한태성 대표나 자신이나 바쁜 하루하루를 보내고 있는 입장이니, 늦은 시간에 갈 만한 곳을 알아봐야 할 테고, 그런 곳은 윤주가 전문이었다.

하지만 윤주는 호락호락 쉽게 정보를 내주지 않았다. 그럴 거라는 걸 알면서도 물어볼 사람이 윤주밖에 없는 건, 누가 뭐래도 자신 탓이었다.

한참 공을 들인 후에야 세나는 원하는, 적당한 장소를 찾아낼 수 있었다.

다음번에 직접 만나서 이야기하자는 윤주의 말을 끝으로 세나는 쉬운 일이 하나도 없다는 평범한 진리를 다시 한 번 깨닫고야 말았다. 그리고 태성에 대한 작은 원망은 덤이었다.

태성은 주위를 둘러보았다. 핑크빛 기운을 뿌리고 다니는, 누가 봐도 '우리 연인이에요.'라는 분위기가 풍겨져 나오는 사람들 무리가 어림잡아도 몇십 명은 되어 보였다.

"확실히 데이트 장소이긴 하군."

"심혈을 기울여 선택한 장소예요."

"굳이 야경 하나 보자고 이 높은 데까지 와야 하는 건가?"

"심술궂게 굴지 말아요. 이 시간에 올 만한 데이트 장소는 여기가 딱이에요."

"경험담인가?"

"경험담이고 싶은데 친구한테 들었어요. 뭐 아무려면 어때요. 야경이 이렇게나 예쁜데."

솔직한 세나의 말에 태성이 '쿡' 하고 웃음을 터뜨렸다.

비웃으려면 비웃어라. 쳇.

세나는 발아래 펼쳐진 야경을 경이로운 눈빛으로 내려다보았다. 진심으로 좋아하는 세나의 모습에 태성의 입가가 부드럽게 풀렸다. 난간에 기댄 세나 옆으로 태성이 뻐딱하게 팔을 걸치며 함께 자리했다. 투덜대긴 했지만 그래도 밤공기가 시원한 게 한 번쯤 오는 것도 괜찮은 장소인 것 같았다.

"다음에는 회사로 와. 회사에서도 야경은 잘 보이니까."

'아.' 하고 깨달은 얼굴로 세나는 고개를 끄덕였다.

"높은 건물에서 일하시니까 야경이 잘 보이긴 하겠네요. 식상하신가요? 미처 그 생각은 못 했어요."

"그래도 여기가 더 잘 보이긴 하는군."

"여기 처음 와봐요?"

"지나다니면서 보기만 했지 올라와 보긴 처음이야."

"외국 생활을 오래하셔서 그런가 봐요. 여긴 이 도시 사람이면, 아니 관광을 오는 사람들도 한 번쯤은 꼭 와보는 명소인데."

"고등학교까지는 이 도시에서 살았지."

그가 여기에 살았었다고? 세나는 의외의 이야기에 깜짝 놀랐다.

"정말요? 그런데 여기 안 와봤다구요? 어릴 때 부모님이 한 번씩 데려와주셨을 텐데."

"데려다주실 부모님이 없었거든."

태성의 얼굴에 경멸과 쓸쓸함이 스치듯 지나가는 것을 세나는 놓치지 않았다.

"혹시 대표님도……."

"부모님이 바쁘셨어."

섣불리 뒷말을 잇지 못하는 세나를 대신해 쓸데없는 오해는 하지 말라는 듯 태성이 간결하게 대답했다.

"깜짝 놀랄 뻔했잖아요. 저처럼 아무도 안 계신 줄 알고."

태성은 아무런 대답 없이 눈앞에 펼쳐진 빛들만 바라보고 있었다. 바쁘다는 핑계로 자신에게 관심도 없었던 부모의 얼굴이 불빛

154

에 깨져 사라졌다. 그들을 부모라 부를 수 있을까 싶긴 하지만.

"처음부터 보육원에 있었나?"

"아뇨. 보육원에는 여덟 살 때 갔어요."

세나의 대답에 태성이 왜인지 묻는 듯한 시선을 던졌다. 세나는 어깨를 으쓱해 보이며 말을 이었다.

"여덟 살 때 초등학교 입학하고 나서 두 분 다 교통사고로 돌아가 셨거든요."

"슬펐겠군."

"그때, 행복했던 기억들이 많이 남아 있어서 보육원에 있으면서도 그렇게 많이 울진 않았던 것 같아요. 씩씩하게 살아야지, 엄마 아빠 가 하늘에서 슬퍼하시니까, 이런 생각을 하면서요."

"행복했던 기억들이 많으면 더 슬프지 않나?"

"물론 슬펐지만 원장 어머니가 많이 보듬어주셨어요."

세나의 목소리에 슬픔과 함께 녹록지 않은 세월의 깊이가 느껴졌다. 행복했다지만, 그렇게 남들처럼 수월한 행복은 아니었을 것이다.

"여덟 살이면 어릴 땐데 무슨 기억이 있어?"

"다 기억나죠. 대표님은 기억 안 나요?"

"아홉 살, 열 살 정도 때의 기억은 있지만 그전은 거의 생각나지 않아."

잠시 말없이 야경에 시선을 빼앗긴 두 사람 사이로 시원한 바람이 불고 지나갔다. 세나가 두 팔로 몸을 에워싸자 태성이 코트를 벗어 세나에게 덮어주었다.

"지난번에도 이러시더니 매너 있으시네요."

"나는 연기와 거짓말에 매우 능한 사람이니까."

지난번 데이트에서 세나가 한 말을 기억하고 있는 태성이었다.

"한태성 대표님, 뒤끝이 아주 길고도 기시네요. 이 상황에 어울리는 말은 아닌 것 같은데요."

"그럼 이런 상황에는 뭐라고 해야 하는 거지?"

"여자가 떨고 있다. 그리고 그런 여자에게 남자가 자신의 코트를 벗어준 뒤 여자를 보며 진지하게 말해요."

세나가 과장되게 엄숙한 표정을 짓자 태성이 흥미롭다는 듯 세나를 지켜보았다.

"난 차가운 남자지만 내 여자에게는 따뜻하니까."

태성이 웃음을 터뜨렸다. 예상치 못한 그 미소에 세나도 따라 웃었다.

"그게 뭐야? 새로 나온 유머인가?"

"차도남 몰라요? 츤데레, 뭐 이런 거."

"전혀. 알고 싶지도 않군."

"흐음, 이로써 우리의 세대 차이를 실감하게 되네요. 그럼 대체 연기와 거짓말은 왜 튀어나온 거예요?"

미소를 유지하던 태성은 세나에게 눈짓으로 한 사람을 가리켰다.

"……아는 사람이에요?"

"미행하는 사람. 아마 열심히 우리 사진을 찍어대고 있을 거야. 윤 여사는 그런 사람이니까."

세나가 잠시 생각하더니, 이내 고개를 갸웃했다.

"대표님 연애할 때마다 이렇게 사람을 붙여서 사진을 찍어요?"

"보통은 찍고 싶어도 찍을 수가 없지. 이런 데 나와서 데이트를 한 적이 없으니까."

"그럼 데이트를 어디서 해요?"

태성은 은밀한 미소를 지으며 어깨를 으쓱해 보였다. 그 은밀한 미소를 알아들은 세나는 태성의 코트 속에 있던 팔을 꺼내 자신의 가슴을 엑스 자로 가리며 경계했다. 나, 저 미소 알아. 그 장소, 알 것 같아. 듣고 싶지 않아.

"말하지 말아요. 숙녀 앞에서 19금 얘기는 꺼내는 게 아니에요. 그리고 우리 처음에 분명히 계약서에 도장 꽝! 찍었어요. 꿈도 꾸지 말아요."

"나도 분명히 말했어. 난 여자한테 강요하지 않는다고."

태성이 한쪽 입술 끝을 말아 올리며 세나를 위아래로 훑어 내렸다.

"그리고 네가 여자이긴 한 건가?"

"제가 그럼 남자예요?"

"남자는 아니지만, 그렇다고 내 눈에 여자도 아니지."

순간 태성의 머릿속에 지난번 비에 젖어 몸을 떨고 있던 세나의 모습이 떠올랐다.

목 뒤로 곤두선 솜털과 깨끗하게 떨어지는 목선, 그 밑으로 하얀 피부를 뽐내며 태성의 시선을 빼앗았던 쇄골, 그리고 그녀의 어깨를 닦아줄 때 스쳤던 피부의 부드러운 감촉까지.

하필 지금 사진을 찍은 듯 선명하게 떠오르는 세나의 모습에 태성은 고개를 흔들어 재빨리 잔영을 털어냈다.

태성을 보고 있던 세나는 더욱 분개했다. 뭐야, 고개를 흔들면서까지 나를 부정하는 거야, 지금?

"제가 남자도 여자도 아니면, 대체 뭐예요?"

"윤세나."

세나가 치를 떨며 쏘아보자 태성은 미소 지으며 야경으로 시선을 돌렸다. 태성을 쏘아보던 세나도 이내 시선을 거두고 태성과 함께 야경을 바라보았다. 언제 보아도 찬란한 불빛이었지만, 오늘따라 더 반짝이는 건 한태성 효과인가?

조금 전까지 태성의 만행에 분개하던 세나는 눈앞에 펼쳐진 아름다운 광경에 그새 마음이 풀어져버렸다.

"대표님, 요새 많이 바쁘죠?"

"바쁘지."

"저도 바빠요."

"누가 더 바쁜지 내기라도 하자는 건가? 요점이 뭐야?"

"여기, 다음에 또 올까요?"

"그러든지."

무심한 태성의 말에 세나가 살짝 미소를 지었다.

안경 뒤에 날카로운 시선을 숨긴 채, 한 남자가 자신의 태블릿 PC를 바라보았다. 다정한 두 사람의 모습을 보는 남자의 눈빛은 차갑고 냉정했다. 태블릿 PC에 서로를 향해 웃고 있는 태성과 세나의 사진이 보였다. 분명 다정한 연인이 맞는데, 무언가가 빠져 있었다.

남자의 입에서 '아.' 하는 탄식과 함께 미소가 번졌다.

"그래. 다정하긴 하지만 연인 특유의 친밀함은 없지."

남자는 안경을 벗어 테이블 위에 놓았다. 그러고는 목 뒤를 주무르며 세나와 태성의 사진을 유심히 살펴보았다.

사진 속의 태성은 분명 다정하긴 하지만 여자에게 예의를 지키고 있었다. 여자의 미소도 예뻤지만, 남자에게 친밀한 스킨십이 없었다.

남자의 입가에 오묘한 미소가 흘렀다.

"부디 나한테 꼬리 밟히지 말아요, 윤세나 씨."

공원 안에서 방황하던 바람이 태성의 머리를 날리며 지나갔다. 분주한 세나의 손놀림을 보고 있던 태성은 알 수 없는 표정을 지었다.

"아르바이트비가 얼마나 되는 거지? 돈 벌었다고 저녁 산다더니 영 시원치 않군."

세나는 치킨과 맥주를 펼쳐 놓으며 태성을 바라보았다.

"학생한테 뭘 바라신 거예요. 이만하면 진수성찬이지."

"하긴 기대도 안 했어."

치킨 한 마리와 맥주 4캔.

한 시간 전만 해도, 그는 돗자리도 없이 잔디에 앉아서 세나와 이런 저녁 시간을 보낼 줄은 몰랐다. 세나는 지금까지 태성이 샀으니, 이번엔 자신이 거하게 쏘겠다고 우겼다.

그런 그녀가 선택한 메뉴는 치킨과 맥주였다.

태성은 옆에 놓인 맥주를 한 캔 따서 한 모금 삼켰다. 공원에서 치킨과 맥주라……. 상상도 못 한 저녁 시간이었지만 조금 더운 것만 뺀다면 나름 나쁘지 않았다.

해가 저무는 공원에 강바람이 불어오고 있었다. 그 바람을 맞으며 삼삼오오 짝을 지어 다과를 나누거나, 자전거를 타거나, 조깅을 하거나, 산책을 나온 사람들이 보였다.

회사를 조금만 벗어나도 다른 세계가 펼쳐지고 있었다.

"매너 없이 혼자 먹는 게 어딨어요?"

세나가 입을 삐죽거리며 자신의 몫인 맥주를 집어 들었다.

한적하고 평화로운 저녁 시간. 태성은 어떨지 몰라도 세나는 오랜만에 느껴보는 평화였다. 몸이 여러 개라도 모자랄 정도로 바쁘게만 살았는데 오늘은 일과 함께 여유도 즐길 수 있으니 그야말로 금상첨화였다.

"윤세나에게 굳이 매너를 챙겨야 하나?"

뭐라고 한마디 하려던 세나는 태성의 옆모습을 보며 입을 다물었다. 날이 선 콧날과 턱 선, 그리고 여유로워 보이는 그의 그윽한 눈빛을 본 순간 그녀는 아무 말도 하지 못했다. 생긴 걸로만 먹고살아도 아무 문제없겠어. 무슨 사업 하는 남자가 연예인처럼 생겨서는 말이야.

"내가 아무리 매력이 넘쳐도 그렇게 쳐다보면 뚫어지지 않겠어?"

세나의 시선을 알아채기라도 한 듯, 태성의 입가에 미소가 살짝 걸쳐졌다. 그 모습을 본 세나는 황급히 시선을 돌렸다.

"뚫어질 일은 없겠어요. 하도 뻔뻔하신 편이라."

"그런가?"

"본인이 더 잘 아실 텐데요. 지난번부터 저는 이미 다 눈치챘답니다."

"난 잘 모르겠는데."

표정을 보니 그도 자신의 뻔뻔함을 잘 알고 있는 듯했다. 세나는 앞에 놓인 치킨 다리를 집어 들고 우물거리며 태성에게 말을 걸었다.

"궁금한 게 있는데, 윤 여사님이랑 어떤 사이세요?"

지난번 윤 여사는 태성을 손주 같은 녀석이라고 했다. 손주가 아니라. 세나는 궁금했다. 핏줄도 아니면서 둘 사이의 그 깊은 신뢰와 애정은 대체 뭐란 말인가?

"윤 여사는 날 끔찍이 아끼는 분이지."

"그건 누가 봐도 알겠어요. 그러니 대표님이 이 말도 안 되는 계약을 해가며 그분 걱정을 덜어드리려고 하는 거겠죠."

"할머니 같은 분이셔. 어릴 때부터 같이 살기도 했고. 윤 여사 밑에서 일을 배우기도 했지."

"그것 참 놀랍네요."

세나가 맥주 캔에 입을 대며 어깨를 으쓱했다.

"윤 여사한테서 일을 배운 게 놀랍다고? 그 노인네 정체가 뭔지 모르면 그럴 만도 하지."

세나에게는 윤 여사가 그저 인상이 조금 험악한 나이 먹은 노인네로 보일 수도 있을 것이다.

"아뇨. 딱 보기에도 보통일 하는 분은 아니시겠다 했어요. 아마도 사업을 크게 하시는 분 같아요. 카리스마와 연륜이 어마어마하시더라구요."

"그럼 뭐가 놀랍지?"

세나는 태성의 눈을 들여다보았다.

"대표님한테 어린 시절이 있다는 게 놀라운 거죠. 지금 그 모습 말고 다른 모습은 상상이 안 돼서요."

"나도 내가 어린 시절이 있었기나 했는지, 기억이 나질 않는군."

"쭉 한국에 있었어요?"

"아니. 난 뉴욕에서 사업을 하는 사람이야. 이번 일 때문에 잠시 한국에 들어온 거고."

"부럽네요. 미국에 살았다니."

"구체적으로 뭐가 부러운 거지?"

"할리우드 가서 연예인도 보고, 디즈니랜드에도 가보고, 또……."

세나의 말에 태성은 웃음을 터뜨렸다.

"미국 여행을 하고 싶은 거로군."

"아직 20대잖아요. 사실 뉴요커에 대한 로망은 있죠."

"그럼 가면 되지. 네 말대로 아직 20대인데."

세나는 웃었다. 상상만으로 행복했다. 꿈이 있다는 건 행복한 일이다.

"그러고 싶지만 해야 할 일들이 많아서요. 한국에서 제가 해야 할 일들이 끝나면, 그때 가보려구요."

태성은 아무 말도 하지 않았다. 윤세나가 해야 할 일, 그건 태성도 아는 일이었다.

"친구랑 계획도 세워놨어요. 아주 나중에 같이 여행하기로."

"친한 친구인가 보군."

"제일 친해요. 그 친구 없었으면 아마 저는 학교생활 하기 힘들었을 거예요."

윤주 이야기가 나오자 세나의 얼굴이 빛났다.

"혹시 그 친구가 우리 계약에 대해 알아? 나에 대해 뭐라고 설명할 거지?"

"설명할 필요 없어요. 대표님이 제 친구와 만날 일은 없을 테니까요. 우리 계약 연애는 철저하게 비밀에 붙여져야 되잖아요."

태성은 그들의 연애가 '계약'인 사실이 알려지는 건 원치 않지만, 연애 자체가 알려지는 걸 꺼리는 듯 보이는 세나의 태도도 마음에 들지 않았다.

"왜, 내가 창피한가?"

태성의 말에 세나는 웃다가 마시던 맥주를 뿜어낼 뻔했다. 그가 창피하냐고? 망망대해에 혼자 서 있어도 뒤에서 후광이 날 것 같은 남자를 창피해할 여자가 있을까? 세나는 어이가 없어서 웃음만 나왔다.

놀랍게도 태성의 얼굴에는 세나가 그동안 봤던 것과는 다른 '감정'이 존재했다. 어쩌면 자신의 착각일지도 모르지만. 정말로 내가 자기를 창피해서 그렇다고 생각하는 건…… 아니겠지? 설마.

"창피해하면 안 되나요?"

"대체 어디가, 어떻게, 왜 창피한 거지?"

오호, 화났다. 화났어.

감추려 애쓰고 있지만 굳게 다문 그의 입술과 세나의 말을 절대 받아들일 수 없다는 기운을 풀풀 풍기는 그의 눈빛에 세나는 웃음을 참았다. 저 남자, 저렇게 쉽게 욱하는 성격이었나?

"창피한 건 아니에요. 그저 소문나면 나중에 안 좋을 것 같아서 그래요. 혼삿길에도 지장이 있을 수 있고."

말을 하다 보니 자신의 말에 틀린 게 하나도 없었다. 보일 사람에게는 어차피 보일 연애이더라도, 그녀의 지인들에게는 태성의 존재가 알려지길 원하지 않았다.

"설마 대표님이 창피해서 그랬겠어요? 사람이 아무리 차갑고 무뚝뚝하고 재미도 없고, 게다가 나이가 엄청 많긴 해도 그런 걸로 창피해하면 안 돼요. 그렇죠?"

태성은 세나가 자신을 놀리고 있음을 알아차렸다. 하지만 그렇다고 해서 상한 기분이 돌아오는 건 아니었다.

"나이가 많은 게 아니라 성숙한 거지."

목이 탄다는 듯 태성은 맥주를 다시 한 모금 들이켰다. 삐친 모양이다. 아, 안 돼. 한태성이 귀여워 보이다니.

이게 뭐냐며 그녀의 소중한 '저녁 식사'를 무시하던 태성은 치킨을 깔끔하게도 먹었다. 의외로 소탈한 태성의 모습에 세나는 흐뭇했다. 그와 함께하는 시간이 그렇게 힘들지는 않을 것 같다는 생각도 들었다. 이런 사소한 부분에서 세나는 조금씩 태성을 알아가는 기분이었다.

"대표님도 남자 맞네요."

"여자들의 말은 암호 같아서 알아들을 수가 없군."

태성은 미간을 찌푸리며 맥주를 한 모금 들이켰다. 불편한 심기를 드러내는 태성을 보며 세나는 부드러운 미소를 지었다. 저 남자, 진짜로 가끔은 아이 같다.

"단순하단 소리예요. 저한테 남자 친구가 생긴 걸 알면 친구가 엄청 집요하게 달라붙을 거예요. 그럼 우리 사이가 들키는 건 일도 아니죠. 정말 소중한 친구니까 거짓말하고 싶지 않아요."

"친한 친구면 알아차릴 텐데?"

충분히 가능한 이야기였다. 윤주라면 아마 자신의 이 어설픈 계약 연애를 일찌감치 눈치챌지도 모른다. 하지만 가능하면 숨길 수 있을 때까지 숨기고 싶은 게 그녀의 솔직한 심정이었다.

"어쨌든 계약 기간까지 '고객에게만 우리의 연애를 알려드리도록 하죠."

태성은 개운치 않았지만, 언제나 그렇듯 세나의 말에 딱히 반박할 이유가 떠오르지 않았다.

"왠지 기분 나쁘군. 그래도 난 파트너가 필요한 자리가 생기면 부를 거야."

태성이 기어이 한마디 내뱉었다.

"뭐 이런 걸로 기분이 나빠요. 한잔해요. 한 잔 마시고 기분 푸세요. 대표님 의외로 작은 마음을 가지고 계시네요."

"내가 소심하다는 소린가?"

세나는 말없이 긍정의 의미로 태성의 캔 맥주에 '짠' 하며 자신의 캔을 부딪쳤다. 시원한 맥주가 목을 타고 흘러 내려가자, 시원한 짜릿함에 세나는 절로 행복한 미소가 지어졌다. 그런 세나의 옆모습을 못마땅하다는 듯 바라보다가 태성도 맥주를 한 모금 들이켰다. 그리고 세나를 바라보는 그의 입가에도 어느새 미소가 걸렸다.

밤이 깊은 시간인데도 아이들의 방은 불이 꺼질 줄 몰랐다. 세나와 윤성은 마주 보며 누가 들어가 아이들에게 미움을 받을 것인가를 의논했다.

"나 오늘은 안 돼."

"안 되는 게 어딨어. 가위바위보해."

세나가 가위바위보를 제안하자 윤성은 고개를 흔들었다.

"나 오늘 승환이랑 한바탕했어. 저녁때까지 들어가서 잔소리하면 그 녀석 내일은 아마 내 얼굴 보지도 않을걸."

"윤성아, 승환이 귀여워하는 건 알겠는데 그만 좀 괴롭혀."

"어떡해. 걔 괴롭히는 게 진짜 재밌는데. 울 때 얼마나 귀엽다고. 코가 막 이렇게 되면서……."

세나는 윤성의 말에 모두 다 동의할 수는 없었지만, 그래도 승환이 울 때의 그 귀여운 표정을 생각하면 윤성을 이해하지 못하는 건 아니었다.

"너, 그 삐뚤어진 애정 표현 때문에 승환이한테 언젠가 크게 당한다."

생각만 해도 즐겁다는 듯 웃음기가 지워지지 않는 윤성을 보며 세나는 절레절레 고개를 흔들었다. 그래, 나중에 당해봐야 정신을 차리지.

"그래서, 누가 들어가서 저 방에서 소리를 지를 건데? 이런 건 원래 어머니가 해주셔야 하는 거 아니야?"

윤성의 눈빛이 원장실로 향했다. 굳게 닫힌 방문은 결코 열리지 않을 듯싶었다.

"어쩌겠어. 우리 어머니 신생아보다도 잠이 많으신걸."

"어머니 점점 회춘을 하시나? 어째 나이 드실수록 잠이 더 많아지셔."

"낮에 워낙 피곤하게 움직이셔서 그렇지. 너나 나는 학교 가느라 모르는 것뿐이고."

"어쨌든 누나가 들어가는 거지? 난 내일도 승환이 괴롭히려면 오늘은 잘 보여야 해서 말이지. 이번엔 마녀 윤세나 소환해서 한 방에 해결하고 와."

윤성이 실실 웃으며 뒤로 슬금슬금 내빼다 제 방으로 들어가버리자 세나의 입에서 작은 한숨이 흘러나왔다.

"내가 오늘의 당첨자로군."

이제 세나가 악당, 아니 마녀가 될 시간이었다.

마녀 세나가 소환된 뒤에야 아이들은 얌전히 잠자리에 들었다. 얼마나 뛰며 놀았는지 방은 난장판이 되어 있었다. 이불 속에 들어간 아이들은 여전히 잘 생각이 없는지 자기들끼리 키득대며 웃기에 바빴다.

"누가 제일 늦게 자는지 누나가 볼 거야."

"치, 더 놀고 싶은데."

한 녀석의 입에서 불만을 토로하는 소리가 흘러나왔지만 아무도 대꾸하지 않았다. 세나가 강렬한 눈빛을 발사하고 있었기 때문이었다.

한바탕 뛰어다닌 탓에 어린 아이들의 체력 소모가 이만저만이 아니었던 모양이다. 하나둘씩 잠이 들 무렵 세나는 이미 잠든 아이들의 이불을 챙겨주었다. 잘 때는 정말 천사 같은 녀석들이라니까.

"언니."

자리에 누운 현정이 작은 소리로 세나를 부르자 세나는 현정의 곁으로 가 이불을 덮어주었다. 아직 졸리지 않은지 현정은 잠들 기미가 없어 보였다.

"왜, 잠이 안 와? 무슨 일 있어?"

현정은 고개를 흔들기만 할 뿐 말이 없었다. 그런 현정의 머리를 세나가 다정하게 쓰다듬으며 시선을 맞추었다.

말수가 많은 편은 아니었지만, 제 할 말은 똑 부러지게 하는 현정이었다. 그런데 오늘은 왠지 머뭇거리자 세나가 현정의 곁에 자리를 잡고 누웠다.

즐거워도, 모두 함께 잠들 수 있어도, 문득 외롭고 쓸쓸한 밤이 있기 마련이다. 오늘은 현정에게 그런 밤인 모양이었다.

세나가 옆에 눕자, 현정이 세나의 품으로 파고들었다. 파고드는 현정의 등을 세나가 가만히 쓰다듬었다.

"우리 현정이 웬 어리광이실까."

"언니, 나 있지…… 학교에서 친구랑 싸웠다."

세나는 조용조용 말을 꺼내는 현정의 목소리에 귀를 기울였다. 나름 심각한 목소리였다.

"그랬구나. 왜 싸웠는데?"

현정은 조용히 세나의 눈을 들여다보며 잠시 말이 없었다. 머뭇거리며 입을 여는 현정의 목소리가 더욱 작아졌다.

"언니는 엄마 안 보고 싶어? 난 있지, 가끔 엄마가 많이 보고 싶어."

"언니도 그래."

이제 자신들과 가족이 된 지 2년째, 아주 어린 시절부터 보육원에서 자란 아이들보다 가족에 대한 기억이 많은 현정은 마음을 열기까지 제법 오랜 시간이 걸렸다.

"나 진짜로 어릴 때 기억이 다 나거든? 세 살 때 엄마랑 놀러 갔던 거랑 네 살 때 아빠가 노래 불러줬던 거랑. 그런 거 다 기억나는데 수진이가 그건 다 거짓말이래잖아."

"왜?"

"그렇게 어릴 때는 기억이 안 나는 거래. 그런데 내가 다 기억난다니까 거짓말쟁이라고 막 뭐라고 하잖아. 그래서 수진이랑 싸웠어. 난 아빠가 사줬던 노랑 신발도 다 기억하고 있는데. 그거 세 살 때 맞는데."

"그랬구나."

그때 생각으로 분이 안 풀리는지 씩씩거리는 현정의 등을 세나가 가만히 토닥거려주었다.

"근데 언니, 진짜로 기억 안 나는 게 맞아? 내가 기억하는 게 진짜가 아니면 어떡하지?"

슬퍼 보이는 현정의 눈을 보며 세나는 짠한 미소를 지었다. 확신을 받고 싶은 모양이었다. 거짓말이 아니라고. 자신이 기억하는 그 모든 것이 사실이라고. 놓치고 싶지 않은 가족과의 기억들은 진짜라고. 세나는 현정을 진심으로 이해할 수 있었다. 자신도 그랬으니까.

"현정이는 언니 말 믿지?"

"응. 언니가 거짓말이라면 거짓말이고 아니라면 아닌 거야. 나, 진짜로 기억하는 거 맞아?"

세나가 손을 들어 현정의 머리카락을 뒤로 넘겨주었다. 애늙은이인 척하더니 역시 아이는 아이가 맞다.

"언니도 세 살 때 일 기억나."

세나의 말에 정말로 놀랐다는 듯 현정의 눈이 커다랗게 떠졌다.

"진짜? 그럼 기억나는 거 하나만 말해줘. 응?"

현정은 아직 확신이 부족한 모양이었다. 세나는 생각에 잠겼다. 세 살 때 있었던 일이라……. 워낙 많은 추억이 있어서 뭘 말해줘야 하나?

"하루는 언니랑 언니 엄마랑 같이 시장에 갔었어. 비 온 다음 날 이었는데, 집 앞에 물이 고여 있어서 장화를 신고 엄마랑 같이 집을 나섰지."

"비가 온 다음 날?"

"응. 장화를 신고 집에서 100발짝 정도 걸어가면 골목이 쭉 이어 진 커다란 시장이 나오거든. 그날은 엄마가 '오늘 저녁에는 뭘 먹을 까?' 그러시면서 시장 이곳저곳을 내 손을 잡고 걸어가고 계셨어."

현정은 초롱초롱한 눈을 세나에게서 떼지 않고 있었다.

"그런데 한쪽 모퉁이에 커다란 인형 가게가 있는 거야. 그 인형 가 게 앞에 하얀 곰이 까만 눈으로 나를 보고 있었어. '우와.' 하면서 인 형 있는 데로 갔지. 언니는 인형이 너무 가지고 싶었지만 엄마가 사 주지 않으셨어. '다음에 오자.' 이러면서. 근데 언니가 고집이 엄청 셌 거든."

거짓말이 아니라 세나는 정말로 그때 그 장면이 기억이 났다. 갖 지 못한 인형에 대한 욕망과 엄마의 꾸지람으로 서러웠던 감정, 입 안으로 들어왔던 짭짤했던 눈물과 콧물, 그리고 그런 그녀를 바라보 던 엄마의 난감한 표정까지. 모두 다 고스란히 세나의 머릿속에 선명하게 떠올랐다.

"그래서 인형 사주셨어?"

"아니. 결국 안 사주셨어. 근데 너무 울어대니까 옆에서 팔던 아이스크림을 하나 사주셨거든. 그때 그 아이스크림이 정말 맛있었어. 딸기랑 바닐라 맛이 섞여 있는 거였는데 그걸 들고 많이 행복했었던 기억이 나."

"우와."

"그러니까 현정아, 거짓말 아니야. 네 기억들은 모두 진짜야. 언니도 다 기억나는걸. 지금 말한 거 말고도 더 많은 기억들이 언니한테는 있어. 가슴속에 소중하게."

"……진짜?"

"언니가 책에서 봤는데 가끔이긴 해도 사랑을 많이많이 받고 자란 사람은 어릴 때의 일들이 아주 선명하게 잘 기억난대."

"많이 어려도?"

"응. 많이 어려도."

"진짜진짜 어려도?"

"응. 진짜진짜 어려도."

안심한 듯 현정의 입에 미소가 번졌다. 현정을 바라보던 세나도 함께 미소 지었다. 그제야 현정은 원하던 대답을 모두 얻은 듯했다. 현정은 몇 마디를 더 조잘조잘대더니 졸린 듯 이내 깊은 잠에 빠져버렸다.

잠든 현정의 얼굴이 편안해 보였다.

"이렇게 잘 잘 거면서."

현정이 깊이 잠들자 세나는 이불을 잘 덮어준 뒤 거실로 나왔다.

오랜만에 떠올린 기억 때문인지 평소답지 않게 긴 여운이 남아 있었다. 바쁜 나날들 때문에 잊고 살았는데. 따뜻한 기억들…… 엄마의 부드러운 미소와 눈길……. 생각나버렸네.

"현정이한테 고마워해야 하는 건가?"

세나는 주방으로 발걸음을 옮겼다. 아이들은 모두 잠들었지만, 자신은 잠들기에 이른 시간이었다. 해야 할 일이 많은 밤이었다.

세나는 커피포트에 물을 올리고 믹스 커피 한 봉지를 꺼내 잔에 부었다. 밖에서 아무리 맛있는 커피를 마셔봐야 비싸기만 하지, 역시 커피는 믹스 커피가 최고다.

―아홉 살, 열 살 정도 때의 기억은 있지만, 그전은 거의 생각나지
 않아.

태성의 말이 문득 생각났다. 얼핏 스치듯 부모님 이야기를 하는 동안 냉소와 경멸이 뒤섞여 있던 그의 표정도 떠올랐다. 그 뒤에 따라왔던 쓸쓸함도. 기억을 못하는 걸까, 하지 않는 걸까?

―나도 내가 어린 시절이 있었거나 했는지 기억이 나질 않는군.

확실한 건 태성의 얼굴은 행복해 보이지 않았다는 것이다.

"사랑 받은 기억이 없나……?"

그때 커피포트에서 물이 다 끓었다고 시끄럽게 울어댔다. 세나는 잔에 물을 부었다. 달달한 커피 냄새가 솔솔 피어올랐다.

깊은 밤, 거실에 홀로 앉은 세나는 커피 잔을 손에 든 채 한동안

태성의 생각으로 움직일 수 없었다.

그 시각, 태성은 마지막 페이지를 덮고 서류에서 눈길을 돌렸다. 아침에 회의에 가지고 들어가야 할 서류였다.

이미 자정을 한참이나 지나 있었다.

"벌써 이렇게 되었나."

태성은 피곤한 듯, 한 손을 들어 어깨를 두드렸다. 세나와의 데이트로 생각보다 많은 시간을 빼앗기고 있었다. 그래서 퇴근 후 잔업을 집에서까지 해야만 했다.

시간이 돈인 그의 입장에서 볼 때, 세나와 보내는 시간은 아깝고 또 아까워야 정상이었다.

"그런데 아깝지가 않단 말이지."

이유를 알 수는 없었지만, 세나와의 시간은 그가 예상했던 것보다 훨씬 더 즐거웠다.

─창피해하면 안 되나요?

맑고 명랑하고 경쾌하기까지 했던 세나의 목소리. 사소한 그녀의 말 한마디에 그는 울컥하기까지 했다.

─고객에게만 우리의 연애를 알려드리도록 하죠.

해맑은 목소리로 그의 속을 뒤집어놓던 세나의 얼굴도 떠올랐다. 대체 그 작은 여자애가 뭐라고. 이 밤중에 그는 별 쓸데없는 일로 너무 많은 생각을 하고 있었다.

"아무래도 일을 너무 많이 한 모양이군."

입가에 미처 지우지 못한 미소를 살짝 걸친 채 그는 고개를 저었다.

쓰레기가 재활용될 수 있는 방법

윤주는 작정한 듯 세나의 팔을 꼭 붙잡았다. 힘이 들어간 그녀의 손은 수갑처럼 세나의 팔을 죄었다.

"너 요새 무지 수상한 거 알아?"

"수상하긴 뭐가 수상해."

세나는 아무렇지도 않은 척했지만 속으로 떨리는 것은 어쩔 수가 없었다. 들키지 말자. 들키면 안 된다. 세나는 속으로 주문을 외웠다.

"확실히 수상해, 너. 바쁜 건 알았지만 내 감이 알바 때문은 아니라고 말하고 있어."

세나는 마음을 가다듬었다. 말하기 시작하면 끊임없이 윤주에게 거짓말만 해대야 할 것이다. 아예 시작조차 하지 않는 게 낫다.

"너 감 떨어졌어."

"지난번에 심야 데이트 장소는 왜 물어본 건데? 어?"

"아는 사람이 나한테 물어봤다니까."

윤주의 눈이 음흉한 곡선을 그리며 세나를 향했다.

"재치 있는 대답은 아니었어. 그러니까 그게 누구냐고. 너, 나 말고 친구 없잖아."

윤주의 확신에 세나의 목소리는 점점 더 작아졌다.

"너 모르는 친구도 있는 거지."

더 이상 우물쭈물하다가는 윤주에게 잡아먹힐 것 같아 세나는 신발 끈을 묶는 척하며 기회를 엿보았다.

"빨리 불어, 너."

불안한 시선 처리, 흔들리는 동공. 이건 뭐 수사도 뭐도 아니다. 재미가 있어야 더 골려 먹지. 윤주가 세나를 한심하다는 듯 쳐다보았다.

"너 거짓말도 못한다. 그 얼굴로 어디 사회생활이나 하겠어? 어쩜 이렇게 티가 나?"

윤주니까 티가 나는 거다. 자신을 너무 잘 알고 있는 사람이 있는 건 간혹 피곤할 때가 있다. 지금이 바로 그때였다. 이제 이 위기를 어떻게 빠져나간다?

"어? 윤주야, 저쪽에 주현 선배 온다."

"주현 선배? 어디에?"

윤주가 고개를 돌린 사이 세나는 잽싸게 달리기 시작했다. 달리기라면 자신 있으니까.

"윤주야, 알바 있어서 먼저 갈게. 미안."

쌩 소리 나게 도망치는 세나를 바라보며 윤주는 가소롭다는 듯 미소 지었다.

"주현 선배 유학 간 지 두 달도 넘었는데 어떻게 여기서 보니? 속 아주는 것도 힘들다."

절로 윤주의 고개를 흔들게 만드는 세나였다. 귀여운 것. 뭐, 조만간 꼬리가 잡히겠지.

한적한 응접실에 흰머리를 곱게 빗어 넘긴 윤 여사가 회색빛 개량 한복을 입고 앉아 있었다. 윤 여사의 얼굴은 새색시마냥 환하게 빛나고 있었다. 차림새가 제법 만족스러울 때 나오는 웃음이었다.

"워떠냐. 이만하면 영감들이 넘어오것냐?"

태성은 단호하게 고개를 저었다. 저 옷을 입고 자신에게까지 보여주는 걸 보니 아무래도 측근들이 입바른 소리를 하지 못한 듯했다.

돈에 관해서라면 철두철미한 윤 여사였지만 옷이나 물건을 보는 안목은 거의 재앙 수준이었다. 그 재앙의 산물이 바로 지금 태성의 눈앞에 펼쳐져 있었다.

"절대요."

"왜. 이게 워때서. 곱잖냐."

"스님 같아요."

태성의 거침없는 말에 윤 여사의 눈초리가 고약해졌다.

"참말로 그래 보여? 한 비서가 괜찮다고 했는디? 내 얼굴빛하고 잘 어울린다고 그러드만."

"곧이 믿으셨어요?"

"내 이것들을 당장."

윤 여사가 고개를 돌려 방문을 바라보았지만 이미 한 비서는 자취를 감추고 사라져버렸다.

"이것들이 노인네한테 거짓부렁이나 해쌓고 말이여. 이참에 싹 갈

아버리든가 해야지."

"혼자 가서 사 오신 거죠? 그리고 보자마자 이 옷이 내 운명이여, 이러면서 눈을 반짝거리셨겠죠."

너무나 뻔한 패턴이었다. 그 앞에서 이상하다는 말이 한마디라도 나오면 사달 나는 날이었다. 태성의 지적에 윤 여사는 꿀 먹은 벙어리마냥 입을 씰룩거리며 닫아버렸다.

"무슨 일이에요? 요새는 옷 같은 거에 신경 안 쓰셨잖아요."

"사는 게 적적해서 영감이나 꼬셔볼라고 그라제."

"영감님들은 어디서 만나시게요?"

태성이 알기로 윤 여사는 바깥 활동은 거의 하지 않는 사람이었다.

"있어. 거…… 이름이 뭐라드라……? 그래, 콜라텍. 옛날에는 애들 놀던 곳인디 장사 안 되니께 늙은이들만 받아주더만. 술은 안 마시고 춤만 추고 노는 데여. 가끔 콜라도 주고, 그 뭐다냐…… 홍삼 음료 같은 것도 팔드만. 영감들이 손 한 번씩 잡아주면 요로코롬 한 바퀴 돌면서 놀고 오면 되드라고."

"이미 다녀오신 모양이군요."

신 나게 말을 하던 윤 여사가 아차 싶었는지 입을 굳게 다물었다.

"옆집 경자가 하도 꼬셔서 한번 가봤제."

"이상한 영감님한테 걸리지 마시고 재밌게만 놀다 오세요."

태성의 걱정 아닌 걱정에 윤 여사가 웃었다. 자신을 걱정하는 태성이 그녀는 싫지 않았다.

"내 걱정은 하덜 말어. 나한테 엄한 짓 하다 걸리는 놈이 아작나 것제 암만 내가 이상한 놈한테 걸리것냐."

"그건 그렇겠네요."

태성은 곧바로 수긍했다. 다른 사람도 아니고 윤 여사에게 충고를 하다니. 쓸데없는 짓이었다.

"그 이쁜 애기는 잘 지내는겨? 요새 바빠서 제대로 밥 먹을 시간도 없다믄서?"

"그래도 연애할 시간은 납니다. 걱정 마세요."

"다음 주말에 한번 데리고 와. 내가 맛난 밥 줄랑께. 지난번에 약속한 것도 있고."

"세나 바빠요. 취업 준비하랴 애들 돌보랴. 저도 얼굴 보기 힘듭니다."

"그럼 다음 주에 네놈이라도 와."

"다음 주에요? 갑자기 무슨 꿍꿍이십니까."

태성이 입꼬리를 말아 올렸다.

"여자라면 꿈도 꾸지 마세요."

"여자 아녀. 이제 여자 안 들이밀어. 내가 뭐하러 그러냐. 그 이쁜 애기가 있는디."

윤 여사는 답지 않게 뜸을 들였다. 태성의 반응은 뻔했지만 그래도 혹시나 하는 마음에 그녀는 입을 열었다.

"다음 주에 네 애미한테 한번 가볼라고."

윤 여사의 말에 태성의 표정이 삽시간에 굳어버렸다. 자신의 앞에서 서늘한 가면을 써버리는 태성의 모습을 윤 여사는 안타깝게 바라보았다.

"좋든 싫든 니 낳아준 애미인데. 바다 건너 있을 때야 모르지만 여기 있을 때는 한번 가볼 법도 하잖냐."

태성은 코웃음을 쳤다. 도대체 뭐하러 자신이 그 여자의 유골이 있는 곳에 가야 한단 말인가? 뼈 가루조차 보기 싫은 그 여자가 있는 곳에.

"자식 놔두고 자살한 여자를 어머니라고 불러야 합니까? 이 문제로 윤 여사님하고 다투고 싶지 않다고 전에 분명히 말씀드렸었는데요."

윤 여사의 얼굴에 안타까움이 묻어났다. 씨알도 먹히지 않을 소리라는 건 알고 있었다. 그랬는데도 그녀는 말하지 않을 수 없었다.

"네 애미가 절대 잘한 건 아니지만 그래도 죽은 사람 편하게는 해 줘야 하지 않것냐."

"제가 왜 그래야 합니까?"

"이제 시간도 많이 지났지 않았냐."

"시간이 많이 지나면 제가 그 여자를 이해해야 합니까? 윤 여사님을 이해할 수가 없습니다. 핏줄도 아닌 그 여자를 왜 아직도 가슴에 담아 두시는 겁니까?"

그 여자도 고아였다. 그 시절 윤 여사가 집 안에 들인 어린 도우미였다. 딸이 없던 윤 여사는 그 여자를 자식처럼 아껴주었더랬다. 거기서 끝났어야 해피엔딩이었을 텐데. 유부남의 아이 따위는 갖지 말았어야 했다. 아이를 가졌으면 제대로 엄마 노릇이라도 하던가.

태성은 슬픈 윤 여사의 얼굴을 외면했다. 늘 같은 문제로 윤 여사와의 관계에 문제가 생기는 게 그는 싫었다.

"윤 여사님께는 늘 감사하고 있습니다. 저를 거둬주셔서 진심으로 감사합니다. 그 여자보다도 저를 더 아끼고 예뻐해주셨죠. 저를 낳았지만 그 여자는 제 어머니였던 적이 없는 사람입니다. 그저 남자에게 미친 여자였죠. 아닌가요?"

한 남자의 사랑만을 갈구하던 여자. 아이에게 모성이라고는 눈곱만큼도 갖지 못한 여자. 아이가 남자에게로 자신을 데려다줄 다리일 거라 철석같이 믿었던 여자. 결국 그 사랑을 얻지 못하자 어린 자식을 버리고 스스로를 포기해버린 이기적인 여자. 그게 자신의 어머니란 여자였다.

태성의 입가에 섬뜩하리만치 차가운 냉소가 피어올랐다.

"태성아……."

윤 여사의 입에서 안타까운 소리가 흘러나왔지만 태성은 한 치의 망설임도 없이 자리에서 일어섰다.

"다음부터는 절대 이런 일로 부르지 마세요. 오늘은 이만 돌아가겠습니다."

차갑게 말하고 돌아서는 태성의 모습을 윤 여사는 아무 말도 하지 못한 채 슬픈 눈으로 바라보았다.

태성의 자동차가 어두운 도로를 빠른 속도로 질주했다. 태성은 이성을 잃지 않으려 핸들을 꽉 잡았다. 생각할수록 기가 막히고 어이가 없었다. 어디를 같이 가자고? 그 여자한테?

어린 시절, 윤 여사의 손에 이끌려 가던 그 시절을 제외하면 그곳에 단 한 번도 가본 적이 없었다. 지금까지 단 한 번도. 그 여자의 흔적 따위는 생각하고 싶지도 않았다. 자신의 삶에서 지워버린 여자였다.

다른 사람도 아니고 그 여자가 어떻게 죽었는지, 자신에게 무슨 짓을 했는지 누구보다 잘 알고 있는 윤 여사가 이런 말을 했다는 사실을 태성은 믿을 수 없었다.

태성의 자동차가 더욱 속도를 냈다. 독한 술 한 잔이 생각났다. 이 더럽고 엿 같은 기분을 지워버리려면 그게 좋은 방법일 것이다. 오늘은 호진이 녀석의 잔소리 따위를 걱정할 기분이 아니었다.

태성은 자신이 어디로 향해야 할지 알고 있었다.

노트북에서 눈을 뗀 세나는 시계를 들여다보았다. 태성을 기다리며 시작한 번역 일은 거의 끝을 보이고 있었다. 약속 시간에서 벌써 1시간이나 지나 있었다.

혹시 연락이 왔나 싶어 핸드폰을 꺼내 들었지만 어떤 메시지도 남아 있지 않았다.

세나는 태성의 전화번호를 눌렀다. 하지만 묵묵부답이었다. 그는 약속을 어길 사람이 아니었다. 그가 오지 못한다면 그의 비서인 호진이라도 연락을 해주었을 것이다.

"사고라도 난 거 아냐?"

세나는 걱정스러운 마음으로 다시 핸드폰을 들었다. 하지만 태성이 전화를 받기는커녕 통화음만 그녀의 귀에 끝없이 들려왔다.

"부쩍 여자 손님들이 많아졌군."

재혁은 자신의 가게 매출이 올라가는 이유 중 하나가 요즘 자주 출몰하는 태성 덕분이라고 생각했다.

"너희들 분발해야 하지 않겠어? 내가 괜히 외모로 바텐더들 뽑은 줄 알아? 한창 젊은 녀석들이 저런 노땅한테 밀려서야 쓰겠냐."

재혁은 자신의 뒤로 분주하게 움직이는 종업원들을 보며 한소리를 내뱉었다. 하나같이 모두 멀끔한 외모와 매력을 가진 녀석들이었지만 태성의 등장에 속절없이 밀리고 있는 중이었다.

"그치만 사장님, 저 사람이 저러고 있는데 어떻게 안 밀려요."

종업원들 중 제일 나이 어린 녀석 하나가 입을 삐죽거리며 태성을 가리켰다. 재혁의 시선이 녀석의 손을 따라 태성에게로 향했다. 농도 짙은 남성미를 풍기며 드럼을 치는 남자를 이기기는 힘들지. 재혁이 보기에도 태성은 범접하기 어려운 매력을 발산하는 중이었다.

"그러니까 얼른 크라고, 이 애송이들아."

"사장님 친구시면서……."

'애송이란 말이 못마땅했는지 녀석의 입에서 한마디 나오자 곁에서 분주히 움직이던 다른 종업원들의 입에서 호탕한 웃음소리가 흘러나왔다.

"맞아. 친구시면서. 같은 나이인데 밀리는 사장님도 할 말은 없으시잖아요?"

"나도 드럼만 칠 줄 알면 저 정도는 아무것도 아니야."

재혁의 대답이 말도 안 된다는 듯 종업원들의 야유 소리가 이어졌다. 딱히 대꾸할 말이 없어진 재혁은 '끄응' 신음을 내며 태성에게로 시선을 돌렸다.

"저 녀석 때문에 내 꼴이 우습게 됐군."

재혁의 입가에 씁쓸한 미소가 떠올랐다. 자신의 가게에 부쩍 출입이 잦아진 태성이 걱정이었다. 녀석의 심기가 많이 불편하다는 증거였으니까.

드럼 치는 강도로 보아하니, 오늘은 특히 더 심기가 불편하신 모양이다.

그때 테이블 한구석에 처박혀 있던 태성의 핸드폰이 울리다 끊어졌다.

재혁은 미친 듯이 드럼을 두드리고 있는 태성을 바라보다 그의 핸드폰으로 시선을 돌렸다.

부재중 전화 3통.

핸드폰에는 윤세나라는 이름이 찍혀 있었다.

"윤세나…… 여자 이름이 분명한데."

재혁은 태성의 핸드폰을 들고 신기해했다. 태성의 핸드폰에는 여자 전화번호가 거의 없다. 여자건 남자건 사업하는 사람들이건 특별한 몇몇을 제외하고는 태성의 비서인 호진에게로 연결이 된다.

그러니까 태성의 전화번호를 아는 사람들은 태성과 직접적인 연결이 있는 사람들뿐이었다.

태성을 찾는 여자라? 재혁의 얼굴에 재밌다는 표정이 지어졌다.

"궁금한데? 한태성의 여자라……."

그때 다시 전화벨이 울리기 시작했다. 재혁은 망설이지 않고 핸드폰을 들었다. 전화를 받자마자 여자의 목소리가 핸드폰을 타고 들려왔다.

[대표님? 우리 오늘 만나기로 한 거 맞죠? 왜 아직 안 와요?]

일단 목소리는 합격. 맑고 씩씩한 목소리였다. 재혁은 나름대로 여자를 평가하기 시작했다.

전화기 너머 여자와 오늘 만나기로 했는데 태성이 녀석이 바람을 맞힌 모양이었다.

"아, 이런. 아쉽게도 저는 한태성이 아닙니다."

낯선 남자의 목소리가 흘러나오자 놀란 세나는 핸드폰을 보며 번호를 확인했다. 태성의 번호가 분명했다.

[누구세요? 대표님 없어요?]

생각보다 목소리가 어렸다. 태성이 녀석, 취향이 바뀌었나?

"태성이가 있긴 한데 지금은 전화를 받을 수가 없어요."

재혁은 아직 드럼 앞에 앉아 있는 태성에게 힐끗 시선을 던졌다.

[아, 그럼 연락해 달라고 말 좀 전해주실래요?]

"그러지 말고 직접 이리로 오는 건 어떠신가요? 태성이가 위험해요."

'여자들이 잡아먹을 듯이 태성이 주위로 몰려들고 있거든요.'

하지만 재혁은 의도적으로 뒷말을 빼먹었다.

[위험하다구요?]

"곧 더 위험해질 것 같은데……."

[대표님한테 무슨 일 있나요?]

"무슨 일이 곧 일어나지 싶네요."

태성을 둘러싼 여자들의 원이 두꺼워지고 있었다. 잡아먹히는 건 시간문제일 터. 뭐 한태성이 순순히 잡아먹히기야 하겠느냐마는. 어쨌든 태성이 녀석이 위험하다는 말에 여자는 반응을 보였다.

[거기 어디죠?]

"혹시 '클럽 나이트메어'란 이름 들어보셨어요?"

세나는 고개를 들어 간판에 시선을 두었다. 화려한 조명이 찬란하게 빛나고 있었다.

"대표님이…… 여기에 있다고?"

세나가 '클럽 나이트메어'의 문을 열자 스쳐 지나가는 사람들에게서 지독한 술 냄새가 났다.

전혀 태성과 어울릴 것 같지 않은 장소였다. 도대체 이런 곳에서 그 남자는 뭘 하고 있단 말인가?

만나기로 약속한 날이었다. 약속 장소에는 나타날 기미조차 보이지 않고 전화도 받지 않는 태성을 그녀는 걱정했다.

몇 번의 시도 끝에 연결된 전화에서 들려온 낯선 남자의 목소리. 그리고 그 남자의 경고.

태성이 위험할지도 모른다는 생각으로 한걸음에 달려왔는데 시끄러운 음악 소리가 들리는 클럽이라니. 조심스레 문을 열고 들어간 세나는 주위를 둘러보았다.

"어디에 있는 거지?"

뿌옇고 어두운 실내를 돌아보던 세나의 눈이 한곳에 멈추었다. 어디에 있어도 한눈에 알아볼 수 있는 남자였다.

세나는 여자들에게 둘러싸인 채 고고한 자태로 술잔을 들이켜는 태성을 어렵지 않게 찾을 수 있었다. 일단 안전해 보이는 태성의 모습에 그녀는 안심했다.

다친 곳이 있는 것 같지도 않았다. 위험……하다고 했는데. 여자들이 태성의 주위로 원을 그리며 서 있었다.

저 여자들은 저기서 뭘 하고 있는 걸까? 태성과 다닐 때마다 경험하긴 했지만, 오늘처럼 적극적으로 여자들이 그의 곁으로 몰려드는 상황을 본 건 처음이었다.

세나는 너무 멀쩡한 그의 모습에 점점 화가 나기 시작했다. 저렇게 멀쩡한 모습으로, 그것도 여자들 사이에서 술을 마시고 있을 줄이야.

연락이 되지 않는 몇 시간 동안 태성에게 무슨 일이 생긴 줄 알고 그녀는 진심으로 걱정했다. 미친 듯이 뛰는 심장을 진정시키며 평소에는 엄두도 내지 않는 택시를 타고 한달음에 왔건만 술을 마시고 있었다 이거지? 날 갖고 논 건가?

세나는 태성의 주위를 둘러싼 여자들을 헤치고 그에게 다가서서 팔짱을 꼈다. 태성은 세나의 존재를 눈치채지 못하고 있었다.

"지금 여기서 뭐 하세요, 한태성 대표님?"

술을 따르던 태성이 몸을 돌리자 그와 세나의 시선이 마주쳤다. 그의 눈을 마주한 순간 세나의 눈동자가 흔들렸다. 평소와 달리 그는 흐트러진 모습을 하고 있었다. 취한 듯 취하지 않은 듯 나른하고 섹시한 눈동자. 세나가 알던 태성의 모습과는 조금 다른, 낯선 모습이었다.

"위험하다면서요."

갑자기 나타나서 한다는 소리가 황당하다는 듯 태성은 세나를 어이없게 바라보았다. 대체 여기에 왜 윤세나가 있는 거지?

"전화했는데, 웬 남자가 당신이 위험하다더군요."

"왜 내가 위험한지 전혀 모르겠군."

"핸드폰 지금 어딨어요?"

"기억 안 나."

영문을 모르겠다는 태성의 말투에 세나는 점점 더 화가 나기 시작했다.

"뭘 하자는 건지 모르겠군요."

"나야말로 네가 지금 여기서 뭘 하고 있는지 모르겠는데."

태성과 세나의 시선이 사슬처럼 엉켜들었다. 순간 공중에서 뜨겁게 불꽃이 일었다.

"보시다시피 아직까지는 괜찮습니다."

그때 근처에서 태성의 술잔에 술을 따라주던 남자 한 명이 세나의 등장이 반가운 듯 알은체를 했다. 세나는 고개를 돌려 남자를 바라보았다. 30대로 보이는 남자가 그녀를 보며 미소 짓고 있었다.

"아까 전화 받으신 분인가요?"

"네. 제가 전화를 받았죠."

"한태성 대표님이 위험하다고 들었는데, 제가 잘못 들은 건가요?"

세나의 까칠한 목소리에 남자가 멋쩍은 듯 웃어넘겼다.

"지금 위험 요소들을 제거해주고 계신데요."

세나의 등장으로 주위에 있던 여자들이 태성을 향해 아쉬운 눈길을 던지고는 자리로 돌아가고 있었다. 그의 말을 알아챈 세나는 재혁을 노려보았다.

"그러니까…… 여자들한테 둘러싸여 있어서 위험하다는 거였나요?"

"하하하. 뭐 그렇죠. 저 여자분들에게 잡아먹힐까 봐 진심으로 걱정되었답니다. 워낙 험한 세상이다 보니 남자 여자 가릴 것 없이 위험하죠."

친근한 말투로 보아하니 태성의 친구인 모양이었다. 그런 줄도 모르고 비싼 택시비까지 써가며 여길 오다니. 세나는 놀리는 줄도 모르고 미친 듯이 태성에게 달려온 자신을 마음속으로 비웃었다.

세나는 재혁에게서 시선을 돌려 태성을 바라보았다. 태성은 그녀의 존재를 무시하고 잔에 술을 따라 마시기에 여념이 없었다. 그런 그의 모습에 세나는 기가 막혔다.

"저한테 뭐 할 말 없어요? 오늘 약속이 있었다는 사실 알고는 있었나요?"

"……약속이 있었던 것 같기도 하군."

호진이 스케줄 표를 읊어줄 때 들었던 것 같기도 하다. 윤 여사님 댁에 가기 전까지는 기억이 났던 것 같기도 하고.

"하, 지금 그걸 말이라고. 사람은 안 오고 연락도 안 되고!"

"설마 지금까지 기다렸나? 미련하군."

세나는 자신의 귀를 의심했다.

"미련? 지금 미련하다고 했어요?"

태성은 화를 내는 세나의 손목을 잡아 자신의 옆자리에 앉혔다. 앙앙대는 그녀의 목소리가 시끄러웠다. 어이없는 그의 행동에 세나는 아무런 말도 하지 못한 채 태성을 노려보았다.

"마침 술친구가 필요했는데. 한잔할래?"

태성은 세나의 대답을 듣지도 않고 자신의 잔에 술을 따라 세나

앞에 내려놓았다.

"지금 술 마실 기분이 아닌데요."

"뭘 그렇게 비싸게 굴어? 술 한잔하자는데, 그게 잘못됐나?"

"술을 마시기 전에, 사람에 대한 예의가 먼저지요. 제가 기다릴 거란 생각은 전혀 안 한 건가요?"

"미안하다는 사과를 원하는 거야? 그렇다면 사과하지."

전혀 진심이 담기지 않은 그의 사과에 세나는 입을 다물었다. 오늘 태성은 대화할 상태가 아니었다. 세나는 취한 그의 상태를 감안해 너그러운 마음으로 이해하기로 했다.

"……다음에 이야기하도록 하죠."

하지만 태성은 세나의 커다란 호의를 전혀 이해하지 못한 듯했다.

"벌써 가려고? 술은 마시고 가지? 아직 어려서 그런지 사회생활을 할 줄 모르는군."

"뭐라구요?"

"혹시 알아? 네가 이 술을 마시면 내가 너희 보육원 부지를 아예 줄지?"

일어서려던 세나가 멈칫거리며 천천히 태성에게로 시선을 돌렸다. 지금 뭐라고 한 거지?

"솔깃하지 않아?"

"그것 참 구미가 당기는 제안이군요."

"그럴 줄 알았지."

태성이 무미건조한 얼굴로 세나의 잔에 술을 따랐다.

"돈도 많으신 분이니 그깟 보육원 부지 주는 게 뭐 그리 어려운 일이겠어요. 술 한 잔에 보육원 부지라. 대표님이 사업가인 걸 아는 저로서는 굉장히 흥미롭네요."

"그러니 마시고 내 잔에 한 잔 따라."

세나는 빈정거리는 그의 말에 심장 한쪽이 아려왔다. 칼에 베인 것처럼 덜컥 숨이 멎는 것 같았다.

그리고 들쑤셔진 그녀의 심장에서 무언가가 흘러내리는 기분이 들었다. 그래도 조금은 친해졌다고 생각했는데. 그녀 혼자만의 오해였나 보다.

사람들에게는 건드려서는 안 될 그런 소중한 부분이 있다. 그녀에게는 보육원이 그런 소중한 것이었다.

취했다고 해도 아무렇지 않게 그녀의 소중한 곳을, 그리고 아무에게도 알리고 싶지 않은 상처를 들쑤시는 태성을 그녀는 더 이상 이해해주고 싶지 않았다.

"……쓰레기."

"뭐?"

"당신 정말 쓰레기야."

'쓰레기'라는 세나의 말에 태성의 미간이 찌푸려졌다. 쓰레기라……. 윤세나와 닮은 듯 닮지 않은 다른 여자에게서도 그런 말을 들었던 것 같다. 그래, 쓰레기란 말이지? 태성은 느릿느릿 자신의 얼굴을 세나의 얼굴 가까이 가져갔다.

그에게서 독한 술 냄새가 풍겨왔다. 태성이 점점 가까이 다가오자 세나는 움찔하며 조금 뒤로 물러났다. 그러자 더이상 물러나지 못하도록 태성이 세나의 손목을 잡아끌어 그의 앞에 앉혔다.

태성의 숨결이 코끝에서 느껴질 만큼 가까이 다가오자 세나는 숨을 멈추었다. 그가 너무 가까웠다.

"⋯⋯이거 놓고 이야기해요."

태성은 그녀의 요구를 무시하고는 입꼬리를 말아 올리며 천천히 미소 지었다. 태성은 나른한 미소를 짓고 있었지만, 눈동자는 얼음처럼 차가웠다. 태성은 위협하듯 그녀에게 시선을 맞추며 허스키한 목소리로 속삭였다.

"난 쓰레기가 맞는 것 같군. 그걸 알아보는 게 어려운 일은 아니야. 너 말고도 종종 들었던 소리인 것 같거든."

그의 목소리가 더욱 은밀하고 허스키하게 낮아졌다.

"그럼 이런 쓰레기에게 구걸을 하는 넌 뭐지?"

구제불능.

술이 취한 걸 감안하더라도 무슨 일이 있어서 그녀에게 이렇게 심술을 부리는지는 모르겠지만 그는 도를 넘어섰다. 세나는 차가운 눈으로 자리에서 일어섰다. 그리고 태성이 손수 따라준 술잔을 들어 그의 얼굴에 부어버렸다.

그런 세나의 행동에 재혁과 종업원들은 놀란 눈으로 세나와 태성을 바라보았다. 독한 술이 태성의 얼굴을 따라 흘러내렸다.

"지금 뭐 하는 짓이야!"

태성이 세나의 손에서 잔을 빼앗아 던졌다. 술잔이 벽에 부딪히며 산산조각 났다.

"쓰레기한테 딱 어울리는 행동을 한 건데, 마음에 들었나요?"

태성이 거칠게 세나의 손목을 움켜쥐었다. 손목이 부러질 듯 아파왔지만 세나는 신경 쓰지 않았다. 손목보다 아픈 건 마음이었다. 날카로운 비수에 베인 듯했다.

"쓰레기에게라도 구걸해야 하는 절박한 심정을⋯⋯ 당신이 알아?"

"뭐?"

"당신이 쓰레기인 거 오늘에서야 알았지만…… 그래도 너 같은 거한테 내일은 또 사과하며 구걸해야 하는 내 심정을 당신이 아냐고! 내 삶이 그래! 당신이 이렇게 굴지 않아도, 충분히 힘들고 아픈 삶이라고. 그러니 제발 적당히 좀 해!"

세나가 태성에게 잡힌 손목을 잡아 뺐다. 눈시울이 붉어졌지만 그녀는 눈물을 흘리지 않았다.

모르는 사람들이 이렇게 많은 곳에서, 특히나 저 남자 앞에서 약해빠져 보이게 눈물이란 걸 흘릴 수는 없었다. 그녀의 작은 두 주먹이 꽉 쥐어진 채 하얗게 변했다.

세나는 자신의 가방을 집어 들고 클럽 밖으로 사라졌다. 태성은 아무런 말도 하지 않은 채 사라지는 세나의 뒷모습을 보며 입술을 깨물었다.

적막한 방 창문 사이로 가로등 불빛이 은은하게 새어 들어왔다.

그 불빛이 거슬렸다.

태성이 비틀거리며 온전치 못한 걸음걸이로 다가가 블라인드를 내리자 방은 순식간에 어둠에 휩싸였다.

그제야 태성은 힘없이 침대 위로 쓰러졌다. 몸은 만신창이로 취해 버렸는데 정신은 오히려 더 선명해지고 있었다.

"이래서야 술 마신 보람이 없잖아."

분명 취해 있었는데. 세나의 붉어진 눈시울을 본 순간, 그리고 고인 눈물이 흐르지 않게 애쓰는 안쓰러운 모습을 본 순간, 명치를 맞은 것처럼 술기운에 몽롱했던 그의 정신이 한순간에 깨버렸다.

늘 씩씩하고 강해 보이던 윤세나에게서 처음 보는 약한 모습이었다. 태성은 자신이 윤세나에게 진짜로 쓰레기처럼 굴었다는 사실을 실감했다.

별것도 아닌 자신 때문에 그녀가 상처받고 말았다. 그녀에게 화풀이를 한 꼴이었다. 그의 분노를 다른 사람도 아닌 한참 어린 여자에게…… 자신의 어두운 밑바닥을 윤세나에게 들켜버렸다. 최악이었다.

오늘은 그답지 않았다. 잘난 가면을 쓰고 사람들을 대할 때 짓는 거짓 표정으로 세나를 맞이할 수도 있었는데, 왜 그러지 않았을까? 그랬다면 적어도 세나가 상처 받는 일 따위는 없었을 텐데.

태성은 실소가 나왔다. 대체 그녀가 뭐라고. 내가 왜 그런 것까지 신경 써야 해? 그는 짜증 난다는 듯이 눈을 감았다. 그러자 세나의 상처받은 눈동자가 그를 응시하고 있는 듯했다.

"……젠장."

늦은 시각, 보육원 안은 쥐 죽은 듯이 조용했다.

세나는 방으로 들어가 힘없이 벽에 기대어 주저앉았다. 무슨 정신으로 어떻게 집까지 돌아왔는지 기억이 나지 않았다.

모두 잠든 깜깜한 밤이라서 다행이었다. 결코 보이고 싶지 않은 모습이었다. 어머니에게, 그리고 동생들에게도 이렇게 상처받고 약한 모습은 보일 수 없었다.

……그에게 무슨 일이 있었던 걸까? 눈빛, 말투, 행동, 그 어느 것 하나 그녀가 알고 있던 태성의 모습이 아니었다.

아니다. 그 남자를 안다고 할 수나 있을까? 나 같은 건 기껏해야 계약서에 쓰여 있는 '을'인 주제에. 어쩌면 그게 그의 진짜 모습일지도 모르지.

하지만 어떤 게 그의 진짜 모습인지는 상관없었다. 그녀에게 한마디만 하면 되는 일이었다. 미안하다는 그 한마디면 모든 게 괜찮을 일이었는데. 어째서 이렇게 되어버렸을까?

─혹시 알아? 네가 이 술을 마시면 내가 너희 보육원 부지를 아예 줄지?

그때, 태성의 목소리가 다른 누군가의 목소리와 함께 세나의 귀에 겹쳐 들려왔다.

─네가 내 말을 잘 들어야 너희 보육원에 후원금이 계속 가지 않겠어?

언젠가 들었던 소름끼치도록 끔찍한 목소리. 잊고 있었는데 생각나버렸다.

태성은 알고 있을까? 그가 무슨 짓을 한 건지. 어떤 일을 기억나게 해버린 건지.

세나는 눈을 질끈 감았다. 더 이상 생각하지 말고 잠들어야 할 시간이었다. 하지만 그녀는 힘없이 벽에 기댄 채 아침까지 잠을 이룰 수 없었다.

호진의 보고에 태성은 고개를 끄덕였다. 파티라……. 잭 필딩이 한국에 왔다는 소식을 들었을 때부터 그렇게 하지 않을까 생각은 했었다.

"당연히 참석하셔야 하는 파티입니다."

"어떻게 한국까지 왔대?"

"사업과 휴가를 병행해서 아내와 함께 한국에 방문했답니다. 대표님이 한국에 계시다는 소식을 본사 쪽에서 들었다고 하구요."

월가에서 명성이 자자한 잭 필딩. 그는 손을 대는 회사마다 어마어마한 이익을 남기는 화려한 이력의 투자자였다.

"어디에 묵고 있지?"

"한성 호텔입니다."

한성 호텔. 낯익은 이름이었다. 윤세나를 처음 만난 곳.

태성은 세나에 대한 생각을 지웠다. 지금은 여자 생각이 아니라 일을 해야 할 때였다.

"참가자들이 알려지면서 파티 규모가 예상보다 커진 모양입니다."

"놓치긴 아까운 거물이지. 어떻게든 친분을 쌓아두려는 사람들도 많을 거야. 한성 호텔 측에서도 그게 이득일 거고."

"아마도 그렇겠죠."

"아내와 같이 왔다고 했지?"

"네."

태성은 머리를 굴렸다. 미국인 사업가들은 가족을 중요시한다. 아내가 함께 자리에 참여한다……라. 그럼 자신에게도 파트너가 있어야 한다. 그게 예의일 테니.

"파트너를 구해야겠군."

"파트너요? 너무하시네요. 버젓이 애인도 있으신 분이. 파티에 세나 씨와 함께 참석하시면 될 것 같은데요. 일도 하고 데이트도 하고, 이거야말로 일석이조 아닙니까?"

평소 같으면 그렇게 커다란 문제도 아니었다. 지난번 일이 아니었다면. 하지만 그날 이후로 세나도 태성도 서로에게 연락하지 않은 채 시간이 흐르고 있었다.

"윤세나를 그런 자리에 데려갈 수는 없어. 사업상 중요한 미팅 자리야."

"사업상 중요한 미팅이 아니라, 사업 전에 친분을 쌓는 자리지요. 파티입니다, 대표님. 아직 사업은 시작도 안 했는데요. 세나 씨 때문에 곤란할 상황이 있을 것 같지는 않고. 뭐가 문제십니까?"

"……."

"그리고 요새 데이트도 엉뚱한 곳에서만 하고 계시질 않습니까. 이번 파티에 동반 참석하면 보는 눈들이 어마어마하게 많아질 텐데. 그럼 좋은 일 아닙니까? 윤 여사의 감시가 느슨해졌다고 생각하시는 건 아니죠?"

파트너가 필요한 자리였다. 다른 파트너를 데리고 가자니 윤 여사의 귀에 들어가지 않을 리 없다. 머리를 이리저리 굴려보아도 별 뾰족한 수가 생각나지 않았다. 젠장, 그날 자신이 실수만 하지 않았어도 이런 고민은 하지 않아도 될 텐데.

"바쁘시면 제가 세나 씨에게 연락할까요?"

뭔가 수상했다. 태성이에게 수상한 기운이 팍팍 풍기고 있었다. 이상한 낌새를 눈치챈 호진이 묻자 태성은 고개를 저었다.

"혹시 싸우신 겁니까?"

호진은 짧지만 깊은 침묵의 의미를 알아차렸다.

"세상에, 싸우셨군요."

호진은 크게 놀랐다. 그저 혹시나해서 던진 말이었는데 정말로 싸웠을 줄이야.

"어쨌든 윤세나에게 연락하는 건 그만둬. 내가 알아서 할 테니."

"그럼 파트너는 어떻게 하실 겁니까? 당장 날짜가 코앞인데요."

태성답지 못한 일이었다. 까마득히 어린 여자랑 싸우다니. 자신의 상관에게 무슨 일이 있었던 걸까? 싸웠다면 지난번 만남에서 싸웠을 터였다.

"지난번에 대표님한테 연락이 안 된다고 세나 씨한테 전화 왔었는데 혹시 그때 싸우신 겁니까?"

"넌 알 거 없어. 혹시라도 윤세나한테 연락할 생각 말고."

호진은 고민하지 않았다. 태성의 곁에서 벌써 몇 년째 비서 생활인가. 싸웠을 때는 원래 제3자가 나서줘야 하는 법이다. 그걸 해주길 바라는 태성의 마음이 미세하게나마 그에게 전해졌다.

"이래서 충신은 힘든 법이라니까."

자리로 돌아온 호진은 부족한 상관의 치부를 해결하는 유능한 충신의 자세로, 정중히 세나의 전화번호를 누르기 시작했다.

○

간밤에 비가 올 것처럼 심한 바람이 몰아쳤다. 불행인지 다행인지 비는 들이치지 않았지만 대신 아슬아슬하던 지붕 한쪽이 원을 그리며 무너져 내렸다.

"꼭 누가 일부러 저기만 도려낸 것 같다. 그치?"

"그러게. 아주 예쁘게 대칭으로 무너졌네?"

세나와 윤성의 대화는 무미건조했다. 조금만 더 무너져 내려앉았으면, 누가 다쳤을지도 모르는 아찔한 상황이 연출될 수도 있었다. 그래, 이만하길 다행이지. 세나는 안도의 미소를 지었다.

"저쪽에 얼굴 두고 자면 시원하겠다. 별도 보이고."

"지금 이 상황에도 대단하십니다. 어떻게 저 참사를 보고 그런 상큼한 말이 나와."

윤성이 못 말린다는 듯 고개를 흔들었다. 뚫린 지붕 사이로 별이 보이겠다는 지극히 동화적인 생각은 세나니까 가능한 일이었다.

"저거 보면서 울고 있을 수는 없잖아. 위태위태하긴 했는데."

"수리하는 사람을 불러야 하지 않아? 더 무너져 내리기 전에 손봐야 할 것 같은데?"

"어떻게 될지 몰라서 아껴 쓰긴 했지만 저건 정도가 심해서 우리 돈으로는 해결이 안 될 거야."

"저 방에서 자면 애들 위험할 텐데. 어떻게 해야 하나."

세나가 뚫린 지붕의 크기를 가늠이라도 해보려는 듯 이리저리 살펴보았다. 한눈에 봐도 비가 오면 방 안에 바가지만 놓고 빗물을 받을 수 있는 수준은 아니었다. 뚫린 구멍을 무슨 수를 써서라도 막아놔야 했다.

"올라가서 비닐이라도 씌울까?"

"두꺼운 종이를 비닐로 몇 번 감싸서 테이프로 붙여보는 건 어때?"

"그러려면 종이가 많이 두껍고 크기도 커야겠는데?"

"애들 방에 가서 찾아보지 뭐."

"우리 사다리도 없는데?"

아무리 생각해도 뚜렷한 방도가 없었다. 그렇다고 그저 이렇게 보고만 있을 수도 없는 일이었다.

"집 안으로 들어가서 뭐라도 덧대야겠다."

"그치? 너무 뻥 뚫렸다 저거."

"혹시 모르니까 옆에 농장에 가볼까? 혹시 알아? 사다리가 있을지."

"그전에 뭘로 막으면 좋을지 찾아보자."

그때 한가했던 공터에 사람들이 분주하게 움직이는 소리가 들리더니, 이내 세나와 아이들이 사는 집 쪽으로 몇몇 사람들이 다가왔다.

동네에서 본 적이 없는 건장한 남자들의 등장에 세나와 윤성은 마주 보며 긴장했다.

"여기가 청솔 보육원 맞습니까?"

남자가 공손한 어투로 묻자 세나는 고개를 끄덕였다.

"네."

"여기가 맞데. 다들 이쪽으로 와서 작업들 하자고."

난데없는 사람들의 등장에 세나와 윤성은 어리둥절한 표정을 지었다.

작업을 하자는 책임자의 말에 남자들 몇 명이 집을 구석구석 살펴보더니 회의를 시작했다. 그러고는 이내 각자 맡은 구역이 정해졌는지 흩어지기 시작했다.

세나는 경계심 어린 눈빛을 내뿜으며 진두지휘하고 있는 사람의 앞에 섰다.

"실례지만 누구세요?"

"아, 연락 못 받으셨어요? 여기 보육원 낡은 부분이 많다고 수리해달라는 의뢰가 들어와서요."

아침에 일어나 집 밖으로 나온 세나와 그 방에서 잠들었던 윤성, 그리고 몇몇 아이들만 알고 있었을 뿐, 지붕이 무너져 내린 건 아침 일찍부터 볼일을 보러 나간 원장 어머니도 모르는 사실이었다.

"누가 연락을 했죠?"

"그건 정확히 모르겠고, 일단 꼼꼼하게 수리를 부탁한다는 의뢰가 들어왔습니다. 비 같은 건 절대 새지 않도록 해달라고 부탁하시던데요. 비용은 신경 쓰지 말고 전부 고치라고."

원장 어머니라면 절대로 그렇게 의뢰하실 리가 없다. 하나하나 짚으면서 금액을 확인해 수준에 맞게 수리를 요청하셨으면 모를까, 통 크게 보육원을 전부 수리해 달라는 의뢰는 하지 않으셨을 것이다.

"보수 공사 의뢰하신 분, 누군지 알 수 있을까요?"

세나의 요청에 남자가 손을 들어 차에 타고 있던 사람을 불렀다.

"정 기사, 여기 보육원 우리한테 의뢰한 사람이 누구지?"

정 기사라 불린 남자가 가방을 열어 태블릿 PC를 꺼내 들어 몇 번 터치하자, 의뢰 요청서가 나타났다.

"어디 보자. 청솔 보육원, 청솔 보육원…… 어, 여기 있네요. 이호진이란 분으로 되어 있는데요."

'이호진'이라는 이름을 듣는 순간 세나의 이마에 주름이 생겼다.

지붕은 언제 그랬냐는 듯이 말끔하게 고쳐져 있었다. 지붕뿐만이 아니라 집 안 구석구석, 낡고 부식된 부분들이 모두 수리되었다. 앞으로 몇 년은 속 썩을 일이 없을 정도로.

누구의 도움인지 몰라 인부들을 경계하던 윤성은 어느새 그들의 뒤를 졸졸 따라다니면서 감탄사를 내뱉었다.

"대박! 어디에 구멍이 있었는지 모르게 잘 고쳐놓으셨다. 역시 전문가라 뭔가 다르긴 달라. 그치? 그나저나 어머니가 하셨을 리는 없고. 누가 보냈을까? 누가 됐든 진짜 고맙다. 역시 사람은 착하게 살고 볼 일이야. 그치, 누나?"

윤성은 세나에게 동의를 구하려 했지만 세나는 이미 윤성의 말에 관심이 없었다.

"사과하는 건가?"

"뭐라고?"

세나의 웅얼거림에 윤성이 의아하다는 듯 세나를 보았지만, 세나는 윤성에게 눈길조차 주지 않은 채 자신만의 생각에 빠져 있었다. 분명 태성의 지시일 것이다.

―지붕에서 빗물만 안 떨어져도 좋겠어요.

예전에 지나가는 말로 태성에게 흘린 적이 있었다. 그걸 기억하고 있을 줄은 몰랐다. 언제부터 그렇게 세심한 사람이었다고. 알다가도 모를 남자였다. 자신한테 그렇게 재수 없게 굴 때는 언제고, 이제 와서 이런 호의는 대체 뭐란 말인가.

윤성은 혼자만의 세계에 빠져 있는 세나에게 미심쩍은 눈길을 보냈다.

"누나, 이호진 누군지 알아?"

"……글쎄."

"누나는 아는 거지? 그 사람이 누군지 빨랑 말해봐."

궁금해하는 윤성을 뒤로하고 세나는 수리된 방으로 들어섰다. 언제 구멍이 있기라도 했었냐는 듯 멀쩡한 천장을 보며 세나는 한숨을 내쉬었다.

핸드폰을 손에 쥐고 있었지만 태성에게 전화를 걸 용기는 나지 않았다. 차라리 이 비서님한테 전화를 걸어볼까?

수리비는 세나의 형편으로는 절대 해결할 수 없는 금액이었을 것이다. 인센티브라고 해도 과한 배려였다.

그래도 인사는 해야 했다. 그게 도리니까. 하지만 지난번 일이 계속해서 머릿속에 떠오르자 전화번호를 누르려는 그녀의 손은 몇 번이나 멈칫거렸다. 상상 속에서 그의 말이 비수가 되어 몇 번이고 가슴을 찔러댔다. 시간이 지났다고 옅어질 상처가 아니었다.

그때 세나의 손에서 강한 진동이 느껴졌다. 타이밍에 맞게 호진이 전화를 걸어왔다.

[잘 지냈어요?]

밝고 유쾌한 목소리였다. 호진의 목소리는 늘 경쾌한 '미' 음이었다. 사람의 마음을 편안하게 만들어주는.

"네. 잘 지냈어요."

[대표님이랑 싸우고 잘 지내고 있었던 거예요?]

분명 우스갯소리였겠지만 세나는 결코 웃을 수가 없었다. 남자가 치사하게 싸운 걸 다 이야기하고 다니다니.

"안 싸웠어요."

[세나 씨 거짓말도 할 줄 알아요?]

"저…… 오늘 사람들이 와서 집을 수리해주고 갔는데요."

[아, 그거. 예전에 미리 의뢰한 건데 이제야 갔나 보네요. 사람들이 게을러가지고 말이야.]

"예전에 의뢰를 하신 거라구요?"

[네. 벌써 일주일도 넘었을 거예요. 일이 밀렸다고는 했는데 이렇게까지 밀렸을 줄은 몰랐네요. 다른 곳에 의뢰할 걸 그랬나 봐요.]

태성과 싸우기 전의 일이었다. 그의 사과가 아닌 호의에 세나는 더욱 갈피를 잡지 못했다.

"아니에요. 오늘 오신 분들이 꼼꼼하게 잘 봐주고 가셨어요. 감사드려요."

[감사는 제가 아니라 대표님께 하셔야죠. 대표님이 직접 지시하셨거든요.]

짐작했던 일이었지만 호진의 입으로 들으니 새삼 실감이 났다.

[그러니 감사 인사는 만나서 직접 하도록 하세요.]

그들의 계약에 의하면 데이트를 해야 하는 게 맞다. 하지만 세나는 아직 감정 정리를 하지 못했다. 태성에게서 연락도 없었다. 하긴 지금 태성의 상태도 자신과 별반 다르지 않을 것이다. 아주 심각하게, 만남이 껄끄럽겠지.

이런 상태에서 태성이 또다시 삐딱하게 군다면 아마 자신은 또 태성과 싸우게 될 것이다.

"……꼭 해야 해요?"

핸드폰 너머로 호진의 웃음소리가 들려왔다. 나지막이 "둘이 똑같기는."이라고 말하는 소리가 얼핏 들린 듯했지만 확실치는 않았다.

[화해 안 하실 거예요? 싸우고 너무 오랫동안 화해 안 하면 나중에 더 힘들 텐데요.]

"그렇긴 하겠죠."

[제가 두 분 화해하실 구실을 만들어 드릴까 하는데요.]

매력적인 '미' 음으로 불편한 내용을 전하는 호진과의 통화 때문에 세나는 깊은 고민에 빠져야 했다.

화려한 불빛들이 태성을 맞이했다.

몸에 적당히 붙는 검정색 슈트를 입은 태성이 걸어가자 호텔 로비에 있던 사람들의 시선이 모두 그에게로 몰렸다. 그런 사람들의 시선은 신경도 쓰지 않는다는 듯, 태성은 시계를 한 번 보더니 엘리베이터 앞에 섰다. 태성의 곁에는 아무도 없었다.

3층 다이아몬드 홀. 그를 보좌해야 하는 호진은 아직 도착하지 않은 상태였다. 하루 종일 어디에 정신이 팔려 있는지 호진은 코빼

기도 비추지 않았다.

"결국은 혼자시군요. 혼자서도 잘해요, 뭐 그런 겁니까?"

언제 나타났는지 호진이 태성의 곁에 서 있었다. 호진의 능글거리는 목소리도 듣기 싫었다.

"어디서 빈둥거리다 이제 나타나서⋯⋯. 난 혼자서도 잘하니까, 넌 이만 돌아가지 그래?"

"비서가 혼자 있는 상관을 두고 어떻게 갑니까?"

"너 원래 그런 거 잘하잖아. 왜 하필 오늘따라 충실해?"

"이런 날도 있어야죠."

발걸음을 옮기던 태성이 멈추어 서서 호진을 똑바로 바라보았다.

"말해. 하고 싶은 이야기가 뭐야?"

태성의 물음에 호진이 사악하게 웃어 보였다.

"이렇게 혼자 오실 줄 알고 제가 파트너 구해놨습니다. 이제 곧 오실 시간이 됐네요. 바로 이쪽으로 모셔다 달라고 김 기사님께 부탁드려놨습니다."

호진의 말을 들은 태성의 눈빛이 가늘어졌다. 녀석이 몰래 꾸민 일들 중에 자신의 마음에 들었던 일이 있었나?

태성의 촉이 바짝 곤두섰다.

능글거리는 호진이 준비했다는 파트너는⋯⋯ 젠장!

"너, 혹시 윤세나한테⋯⋯."

"어, 여기요. 세나 씨, 이쪽입니다."

태성의 말이 채 끝나기도 전에 호진이 반가워하며 세나의 이름을 부르면서 문 쪽으로 향했다. 안 좋은 예감은 왜 항상 들어맞는지. 태성은 고개를 들어 호진이 세나를 마중 나간 곳으로 시선을 돌렸다.

"너 내가 분명히 연락하지 말라고……."

순간 태성은 예상치 못한 세나의 모습에 할 말을 잃었다. 자신이 알고 있던 세나와는 사뭇 다른 모습으로 그녀가 걸어오고 있었다.

몸매 라인이 부각되어 보이는 검정색 드레스, 고스란히 드러나 있는 하얀 어깨, 가지런한 쇄골 라인과 걸을 때마다 살짝 비치는 긴 다리.

윤세나의 등장이었다.

누가 봐도 쭈뼛거리며 태성의 곁으로 오기를 거북해하는 발걸음이었지만 그래도 그녀는 천천히 그가 있는 쪽으로 다가오고 있었다.

심플하지만 우아해 보이는 그녀의 모습에 태성은 시선을 떼지 못했다. 점점 그녀가 가까워질수록 그녀를 보며 그의 심장은 더욱 빨라지기 시작했다.

공들여 한 화장이 어린 그녀의 얼굴을 성숙하게 바꿔놓았다. 그날 이후 처음 보는 세나의 얼굴이었다. 그녀의 굳은 얼굴과 눈빛은 아직 화가 다 풀어지지 않았음을 알려주고 있었다.

태성은 당황스러움에 호진을 노려보았지만 호진은 오히려 태성을 향해 꾸짖었다.

"대표님, 어려운 발걸음 해주셨는데 인사 안 하십니까?"

태성과 시선을 맞추지 않고 새초롬하게 내려다보는 그녀의 모습이 인상적이었다. 그런 세나를 태성은 미간을 찌푸리며 바라보았다.

"대체 그 꼴이 뭐야?"

"대표님, 그건 인사가 아닙니다."

호진은 숨을 깊게 들이마셨다가 이를 악물고 웃으며 충고했지만 태성은 들은 척도 하지 않았다.

기껏 차려입고 왔더니 뭐? 그 꼴이 뭐야? 누구 때문에 이 불편하고 성가신 옷을 입었는데? 세나가 태성을 바라보자 두 사람의 시선이 공중에서 마주치며 불꽃이 일었다.

"두 분, 여기서 이러시면 안 됩니다. 보는 눈들이 많아요."

호진의 말에 태성은 못마땅한 표정을 거두고 세나에게 팔을 내밀었다. 그러자 세나가 마지못해 그의 팔짱을 끼고 파티장 안으로 들어섰다.

귀에 익숙한 클래식 음악과 고급스러운 실내 장식이 그들을 맞이했다.

선남선녀의 등장이었다. 태성과 세나의 등장에 사람들의 시선이 쏠렸다. 하지만 정작 두 사람은 그런 사람들의 관심에 별다른 반응을 보이지 않고 서로를 향한 냉기만 풀풀 날리고 있었다. 조금 더 정확히는 세나 쪽에서 흘러나오는 냉기였다.

영화에서나 볼 법한 광경이 눈앞에 펼쳐지고 있었지만 세나는 그런 것을 신경 쓸 여유가 없었다. 모델처럼 차려입고 자신을 응시하고 있는 태성에 대한 생각만이 그녀의 머릿속에 가득했다.

"아무 말도 없이 그런 표정으로 서 있으면 사람들이 이상하게 생각할 텐데."

"어쩌겠어요. 부족한 연기력이라서 이게 최선이네요."

여전히 세나의 목소리는 냉랭했다. 이런 상황에서 어떻게 행동해야 좋을지 몰라 태성은 어색하기만 했다.

그런 태성을 보는 세나의 마음도 불편하기는 마찬가지였다. 지붕만 아니었어도……. 저 잘난 얼굴이 보고 싶었던 건 아니었다. 그녀가 없으면 곤란하다는 호진의 간절한 부탁에 마음이 흔들렸을 뿐이고, 말끔히 고쳐진 지붕이 고마워서 나온 자리였다.

아직 태성에 대한 화는 풀리지 않았다. 그랬는데 그 거만함으로 똘똘 뭉친 태성이 오늘은 그녀의 눈치를 보는 것처럼 느껴졌다. 아주 구제불능은 아니었던 모양이다.

"신사답게 먼저 사과하시면, 제가 받아줄게요."

당황스러워하는 빛이 역력한 태성을 보며 세나는 조금 마음을 풀었다. 적어도 '내가 너한테 뭐하러 사과를 해야 하냐' 하는 재수 없는 표정은 아니었으니까.

"사과를 하면 받아주겠다?"

"정확해요."

화해의 요청이었다. 태성의 입꼬리가 말아 올려지며 작은 웃음이 새어 나왔다.

그런 태성의 모습이 못마땅한 듯 세나가 노려보았다. 웃으면 다야? 사과하라니까 웃긴 왜 웃어? 아무리 당신 웃음이 매력적이라도 내가 그렇게 얼렁뚱땅 넘어가……는 않지. 세나는 자칫 태성의 웃는 모습에 흔들릴 뻔한 자신의 마음을 다잡았다.

"'난 별로 잘못한 게 없어. 그러니 네가 사과해.'라고 말하기만 해 봐요."

태성을 노려보는 그녀의 눈빛과 경고는 제법 매서웠다.

"적당한 말을 찾고 있는 중이야."

세나는 코웃음을 쳤다. 적당한 말 같은 소리 하고 있네. 이 상황에서 적당한 말이 왜 필요한가? 직설적인 말 한마디면 되는데.

"대충 넘어갈 생각 말아요."

태성은 웃기만 할 뿐 머뭇거렸다. 그런 그의 모습에 세나가 허리에 두 손을 올렸다.

저 남자, 미안하다는 말 같은 건 해본 적이 없다는 사실은 오래전에 깨달았다. 자고로 못하는 건 가르치면 되는 거다. 이럴 땐 4살짜리 승환과 다를 게 없어 보이는 남자였다.

"따라해보세요. 미안해."

"……"

"얼른 해보세요. 자, 별거 아니에요. 쉬워요. 해보세요. 미안해."

세나는 마치 이제 막 말을 배우는 아이에게 말하는 법을 가르치듯, 열과 성의를 다해 태성에게 시범을 보였다.

"……미안해."

세나의 끈질긴 노력의 결과로 결국 태성의 입이 떨어졌다. 그녀는 슬며시 미소 짓고는 다음 말을 가르쳤다.

"그날 일은 내가 사과할게."

"……그날 일은 내가 사과하지."

태성답지 않게 아주 작은 목소리였다. 음악 소리와 사람들의 소음으로 가득한 공간이었지만 세나의 귀에는 태성의 낮고 허스키한 목소리만이 들려왔다.

결국 태성의 입에서 미안하다는 소리를 듣고야 말았다. 그걸로 그녀의 마음도 풀렸다. 그래, 그거면 되는데. 뭐가 그렇게 오래 걸린 건지.

"참 잘했어요."

"잘했다면 다행이고"

"사과는 받아들일게요. 용감하시네요. 방금 건 매우 어른다웠어요."

태성이 더 큰 소리로 웃음을 터뜨렸다. 그의 명치끝에 걸려 있던 무언가가 쑥 내려가는 게 느껴졌다. 다행이었다. 세나와 화해라는 걸 하게 되어서.

그의 웃음 소리에 세나의 표정도 한결 편안해졌다.

"앞으로는 더 어른답게 굴도록 하지."

"그 말 꼭 지켜요. 제가 지켜보겠어요, 한태성 대표님."

어설프기 짝이 없지만 그들 나름대로의 진지한 화해였다. 세나가 태성을 향해 웃어 보였다. 아마 웃는 모습이 이렇게 예뻐 보이는 까닭은 그녀가 한 화장 때문일 것이다. 아니면 조명 때문이거나.

"근데 그 차림은 어떻게 된 거야?"

"이 비서님이 오늘은 이렇게 입는 거라던데요? 왜요? 이상해요?"

그래서 호진이 녀석이 대낮부터 안 보였군. 태성은 새삼 세나를 위아래로 훑어보았다. 여전히 그의 눈에는 세나의 하얀 어깨가 드러나 있는 드레스가 마음에 들지 않았다. 걸을 때마다 얼핏 드러나는 세나의 길고 하얀 다리로 남자들의 시선이 쏠리는 것도 못마땅했다.

말없이 자신을 보고 있는 태성의 눈빛에 세나는 허리를 곧게 세웠다. 왜 태성의 눈길이 의식되는지 모를 일이었다. 그의 이마에 생긴 내천(川) 자를 보아하니 자신의 모습이 탐탁지 않은 모양이었다.

"그 드레스는 네가 고른 거야?"

"왜요? 마음에 안 들어요?"

"어. 마음에 안 들어."

세나는 속으로 실망했다. 태성의 눈에 조금은 예뻐 보이지 않을까 했는데, 그건 아닌 모양이었다. 하긴, 얼핏 봐도 모델 같은 여자들이 수두룩하던데 내가 눈에 들어오겠어? 그리고 굳이 내가 한태성 눈에 들어야 할 이유는 뭐야.

"사실 이 비서님이 골라주시긴 했어요. 그래도 사람들도 다 예쁘다고 했는데……. 이상하면 저 먼저 갈까요?"

태성에게 중요한 비즈니스도 함께 있는 파티라고 했다. 그녀는 자신의 이상한 모습이 태성에게 해가 될까 싶어 노파심이 들었다. 하지만 태성의 입에서는 다른 소리가 흘러나왔다.

"아니. 내 옆에 꼭 붙어 있어."

"이상하다면서요."

"그러니까 내 옆에 있으라고."

못마땅한 표정으로 쳐다보고 있으면서 옆에 있으라는 건 무슨 소리인지. 말과 행동이 따로 노는 남자였다. 도무지 갈피를 잡을 수가 없다니까.

세나가 입을 삐죽이는 순간에도, 태성은 세나에게서 시선을 뗄 수가 없었다. 머리부터 발끝까지 마음에 드는 구석이 하나도 없었다.

"호진이 녀석, 무슨 짓을 해놓은 거야?"

작게 투덜대는 태성을 보며 세나는 코끝을 찡그렸다. 그러고는 잠시 망설이다가 그의 팔에 살짝 팔짱을 꼈다. 태성의 시선이 세나에게 머물자, 세나는 한 손으로 머리카락을 쓸어 넘겼다.

"오늘도 일해야죠. 잘은 모르겠지만, 여기저기서 한태성 대표님 기다리는 눈치인데요?"

세나의 말에 태성은 고개를 들어 주위를 살폈다. 호기심 어린 시선으로 보고 있는 사람들 중에 자신이 만나서 인사를 나누어야 할 인물들이 있었다. 태성은 자신의 팔에 걸친 세나의 손을 잡아 당겨 더욱 깊숙이 팔짱을 끼도록 했다.

"일을 하려면 제대로 하자고."

태성은 입가에 옅은 미소를 띤 채 발걸음을 옮겼다.

반짝거리기 시작하다

파티가 아니었다면, 잠들기 딱 좋은 선율이 잔잔하게 주위에서 흘러나오고 있었다. 클래식 취향은 아니었지만, 그럭저럭 그녀는 버틸만했다. 아이들 잠잘 때 들어주면 딱이겠어.

파트너 없이 온, 어느 중소 기업 사장이라는 남자와 태성이 긴밀한 사업 이야기를 시작하자, 세나는 적당한 타이밍에 자리를 빠져나왔다. 아무래도 자신이 없는 편이 조금 더 편하게 이야기를 나눌수 있겠다는 생각에서였다.

그녀가 살짝 자리를 비켜서자, 태성이 눈을 찡긋거리는 것을 보고그녀는 자신의 판단이 옳았다는 것을 알아차렸다.

태성 없이 혼자 보내는 시간은 생각보다 힘들지 않았다. 눈앞에펼쳐진 진수성찬을 구경하는 것만으로도 제법 시간이 흘렀다.

그중에서도 유난히 고운 빛깔을 뽐내는 음식이 그녀의 시선을 빼앗았다. 너무 맛있어 보여 그녀는 참지 못하고 손에 들고 한입 베어물었다. 바로 뱉어내고 싶어졌지만, 꾹꾹 목으로 넘긴 건 딱히 뱉을장소를 찾지 못했기 때문이었다.

그녀는 손에 들고 있는 과자를 노려보았다. 지금까지 본 과자 중에서 가장 예쁘게 생겼건만, 과자에게 배신당한 느낌이었다. 너무 달아서 도저히 삼킬 수가 없는 맛이었다.

"도대체 이렇게 단걸 어떻게 먹으라는 거야?"

"마카롱이 입맛에 맞지 않으시군요."

세나는 낯선 남자의 등장에 깜짝 놀라 몸을 돌렸다. 차분한 인상, 부드러운 미소. 안면이 있는 남자였다.

"아."

세나의 입에서 긍정의 감탄사가 터져 나왔다. 세나의 반응에 남자의 미소가 짙어졌다.

"저 알아보시는 거 맞죠?"

"이런 곳에서 다 뵙네요."

남자가 샴페인 잔을 건네자 세나는 고개를 숙이며 잔을 받았다.

"그쪽도 초대받으셨나 보네요?"

낯선 남자는 예전에 그녀가 식당에서 한 번 본 적이 있었던 문성현이었다. 세나에게 후원을 빌미로 쓰레기같이 굴었던 남자의 형이기도 했다. 그때 본 인상 그대로 그는 서글서글하니 웃는 모습이 매력적이었다.

"네. 아무래도 주최자가 거물이다 보니, 참석할 수밖에 없네요."

"아, 그러셨구나."

"처음에는 누구신가 했습니다. 오늘 무척 아름다우신데요."

아름답단다. 세나는 기분이 좋아 그에게 미소로 답했다. 태성에게 듣고 싶었지만 실패했던 말이었다. 그래도 멋진 남자에게 아름답다는 말을 듣는데 기분이 좋지 않을 이유는 없었다.

"뻔한 공치사인 거 아는데도 기분은 좋네요."

"공치사가 아니라 진심으로 예쁘세요."

"감사합니다."

"이렇게 예쁜 파트너를 놔두고 한 대표는 어디로 간 거죠?"

성현의 물음에 세나는 한쪽 방향을 가리켰다. 한창 이야기 중인 태성의 모습이 눈에 들어왔다.

어디에 있어도 훤칠하니 빛이 나서 금방 찾을 수밖에 없는 사람이었다.

"많이 바빠요."

"잘됐네요. 한 대표가 바빠서 이렇게 예쁜 세나 씨를 제가 단둘이 만나고 있을 수 있잖아요."

성현의 장난스러운 말에 세나는 한결 편한 표정으로 그를 보았다. 예전에 봤을 때는 태성에게 흑심을 품고 자신에게 무례하게 굴던 이상한 여자와 일행이라서 좋은 느낌은 아니었다.

"역시 사람은 환경이 중요한가 봐요. 사실 문성현 씨 첫인상이 그렇게 좋은 편은 아니었거든요."

"오늘은 합격이란 말씀인가요?"

"선입견을 좀 버리겠단 소리예요. 나쁜 사람치고는 웃는 게 예뻐서."

솔직한 세나의 말에 성현의 얼굴에 보조개가 생겼다.

"그러니까 선입견을 버린다는 게 유림 그룹 개망나니의 형, 그리고 허영 가득한, 얼굴만 예쁜 여자와 어울리던 남자. 그런 편견 없이 절 보겠단 소리신가요?"

성현의 농담에 세나가 웃음을 터뜨렸다.

혼자 두고 온 세나가 신경 쓰여 돌아서던 태성의 눈에 문성현의 모습이 들어왔다.

태성은 잠시 서서 세나와 이야기를 나누는 문성현을 지켜보았다. 문성현과 이야기하며 웃고 있는 세나의 모습에 태성의 이마에 주름이 생겼다.

세나의 웃음이 문성현을 향하는 것이 못마땅해진 태성은 발걸음이 빨라졌다. 역시 세나를 혼자 두는 게 아니었다.

"뭐가 그렇게 즐거워?"

태성의 손이 자연스럽게 세나의 허리를 감싸 안자 세나가 눈을 동그랗게 뜨고 태성을 쳐다보았다. 태성의 얼굴은 태연했다.

"아, 안녕하십니까, 한태성 대표님."

"네, 문성현 씨. 오셨을 줄은 몰랐습니다."

"아버님 대신 참석했습니다. 잭 필딩과 안면을 터서 나쁠 건 없으니까요."

"제 파트너를 신경 써주고 계셨네요. 그러실 필요 없으신데요."

태성의 차가운 말투에서 명백한 불쾌감이 느껴졌다. 성현은 재밌다는 표정을 애써 숨겼다. 잭 필딩과 인사를 나눴으면 곱게 갈 일이지, 왜 파트너에게 치근덕대느냐는 말투로군.

"아뇨. 세나 씨가 워낙 매력적인 여성이라 지나칠 수가 없었습니다."

성현의 말에 태성이 서늘한 표정으로 그를 응시했다. 성현도 얼굴에 옅은 미소를 유지하며 태성을 마주 보았다.

이건 또 무슨 시추에이션이지? 세나는 팽팽한 긴장감이 형성되고 있는 이 분위기를 이해할 수가 없었다.

"이제 제가 왔으니, 지나치셔도 될 것 같습니다."

"그럼 다음 기회를 노려볼까요?"

"다음 기회 따위는 없을 것 같습니다만."

"글쎄요, 사람 일이라는 건 모르는 법이니까요."

묘한 미소를 짓는 성현과 차가운 표정의 태성 사이에 싸늘한 정적이 감돌았다.

"사람 일은 모른다……. 듣기에 따라서는 불쾌할 수도 있는 말인 것 같은데."

"불쾌하시라고 드린 말은 아닌데. 분위기상, 제가 퇴장하는 게 맞겠군요. 그럼 다음에 뵙죠, 세나 씨. 오늘 대화 즐거웠습니다."

"아, 네. 저도 다음에……."

성현은 사람들 사이로 사라졌다. 성현의 모습이 보이지 않자, 세나는 슬그머니 태성의 팔을 잡고 아래로 내렸다. 아니, 내리려고 했다. 하지만 어찌된 일인지 태성의 팔은 꿈쩍도 하지 않고 여전히 세나의 허리를 감싸고 있었다.

"이제 그만 놓아주셔도 될 것 같은데요."

세나는 태성의 손 때문에 배에 힘을 주고 있느라 힘들다는 말은 할 수 없었다.

"아니. 오늘은 이러고 있어야 해."

"왜요?"

태성은 딱히 적당한 이유를 내놓지 못했다. 그 자신도 이해가 가지 않는 상황인데 세나에게 할 말이 뭐가 있겠는가? 둘이 함께 있는 모습이 그의 신경에 거슬렸고, 세나에게 유독 친절한 성현의 태도도 짜증이 났다.

게다가 아무런 경계 없이 헤헤거리며 웃고 있던 윤세나……. 그래, 윤세나가 문제였다. 그리고 무엇보다 웃는 모습이 예뻐 보이는 그 자신이 가장 큰 문제였다.

"우리 계약 사항에 이런 것에 대한 게 있지 않나?"

"어떤 거요?"

"스킨십."

있긴 했었죠. 진짜로 써먹을 줄은 몰랐지만.

"제5조. 계약을 이행함에 있어 친밀감의 표시를 위해 스킨십이 필요한 경우 '을'은 '갑'의 요구에 순순히 응한다."

세나는 계약서 내용을 토씨 하나 빠뜨리지 않고 읊어대는 태성을 노려보았다.

"지금이 왜 스킨십이 필요한 상황이에요?"

"의심받지 않으려면 약간의 스킨십이 있어야 할 것 같은데? 친밀감의 표시 같은 거. 우리 지금 연인 코스프레 중인 건 잊지 않았겠지? 관객이 많으면 많을수록 좋지."

세나는 주위를 둘러보았다. 은근히 그녀와 태성에게 향한 시선들이 제법 보였다. 태성의 제안이 말이 되는 것 같기도 하고, 안 되는 것 같기도 했다.

여전히 배에 준 힘을 풀지 못한 채 세나는 고민했다. 이걸 해야 하는 게 맞는 건가? 세나가 의심스러운 눈으로 태성을 올려다보았지만, 태성의 얼굴은 완고했다.

좋아서 하자는 스킨십도 아닌데 민감하게 반응할 필요는 없지.

뱃살은 빠지겠네.

"혹시 문성현 씨랑 싸웠어요?"

"싸워? 설마. 저 사람은 나랑 싸울 상대가 못 돼. 싸움도 격이 맞아야 하는 거지."

남자들의 허세란. 무슨 싸움을 격을 따져가면서 해? 세나는 속으로 코웃음을 쳤다.

"근데 왜 그렇게 둘이 날카로워요?"

"날카롭다니 뭐가?"

"뭐랄까, 그거 있잖아요 왜. 사파리에 있는 수컷 사자들의 기싸움 같은 거."

"수컷 사자? 내가 짐승이야?"

"짐승이란 말이 아니고, 분위기가 그랬다구요. 왜 그랬어요?"

태성이 한심하다는 눈길로 세나를 쳐다보았다. 설명할 가치도 없다는 듯.

세나는 입술을 삐죽거리며 코를 찡긋거렸다.

그 모습이 쓸데없이 예뻐 보여 태성은 그저 가만히 바라만 볼 뿐이었다.

"근데 대표님, 혹시 저 사람한테 제 이름 알려줬어요?"

"내가 그렇게 한가한 사람인가?"

세나가 이상하다는 듯 태성을 올려다보았다. 미심쩍은 부분이 생겼다. 아무리 생각해도 성현에게 알려준 적이 없는 정보였다.

"그런데 저 사람, 제 이름 어떻게 알았을까요?"

"알려준 적 없다고?"

세나가 고개를 끄덕이자, 태성의 눈에 날카로운 이채가 스치고 지나갔다.

세나는 하이힐을 곱게 벗어 내려놓았다. 발 사이로 공기가 통하자 살 것 같았다.

"아무래도 파티는 저랑은 안 맞나 봐요. 이런 신발 신는 사람들 진짜 존경스럽네요."

"나도 종종 그 생각을 하긴 했지."

세나는 엘리베이터 옆에 마련된 작은 벤치에 기대어 앉아 다리를 주무르기 시작했다. 오랜 시간 신은 하이힐 때문에 발바닥이 찢어진 기분이었다. 진짜로 찢어진 건가?

"안보다 훨씬 시원하네요. 저 잠깐 쉬었다 들어갈게요. 먼저 가 있어요."

"됐어. 중요한 사람들은 다 만났어."

파티장 음악 소리가 희미하게 들려왔다. 화려한 불빛이 흘러나오는 내부에 비해 바깥은 어둡고 조용했다. 간혹 올라갔다 내려오는 엘리베이터 소리만 들려올 뿐, 복도는 조용하다 못해 적막했다.

"혹시 다음에도 이런 데 오고 그래야 해요?"

"모르지 그건."

"아아, 두 번은 못 해요. 날 죽여요."

과장된 몸짓으로 벤치에 더욱 깊숙이 기대어 앉으며 절망감을 표현하는 세나를 보며 태성이 피식거렸다.

"그래도 처음치고는 잘했어."

"오래 살다보니 대표님한테 칭찬을 다 듣네요."

"퍽이나 오래 살았군."

"아, 실수. 조상님 앞에서 제가 실수했네요."

태성의 이마에 힘줄이 솟아났다.

"조상님? 너 진짜……."

세나에게 화를 내려던 태성의 옆으로 두 남녀가 황급히 지나가더니 몇 발짝 떨어져 있는 엘리베이터의 벨을 급하게 눌렀다. 조금 전 인사했던 미국 바이어 부부였다.

옆에 있던 태성과 세나도 못 보고 심각한 표정으로 엘리베이터를 타고 올라가는 두 사람의 모습을 보며 세나가 걱정스러운 표정을 지었다.

"저 사람들 무슨 일 있나?"

세나를 보는 태성의 미소가 의미심장했다.

"넘치는 욕망을 해결해야 하는 분위기인데."

태성이 그런 것도 눈치채지 못했냐는 듯 어깨를 으쓱거리며 설명하자 세나는 얼굴이 새빨갛게 변했다. ……아, 그거. 넘치는 욕망……. 그래서 저렇게 급하게…….

남녀 간의 본능을 모를 만큼 순진한 건 아니었지만, 그렇다고 이렇게 대놓고 19금 이야기를 듣는 건 익숙한 일이 아니었다. 조잘대던 세나가 순식간에 말이 없어지자, 태성이 허리를 숙여 세나와 시선을 맞췄다.

"윤세나, 얼굴에 불났어."

태성이 재미있다는 듯 세나를 놀렸다. 못됐어, 정말.

"아니거든요. 여기 조금 더워서 그래요."

"조금 전엔 시원하다고 하지 않았나?"

"……더워졌어요."

"저 사람들이 룸에 가서 뭘 할 건지 자세하게 이야기해줄까?"

"됐어요. 듣고 싶지 않아요."

세나의 거절은 중요하지 않았다. 태성은 웃음기 서린 목소리로 다시 말을 이었다.

"일단 내가 보기에 저 남자, 지금 마음이 급하니까 방으로 올라가는 엘리베이터 안에서……."

그의 노골적인 설명이 시작되려 하자 세나는 더욱 세게 손부채질을 해댔다. 이 남자가 지금 나랑 이런 얘기를 왜 하고 있는 건데? 태성의 쓸데없이 친절한 설명에 세나가 발끈했다.

"제가 어린앤 줄 알아요? 설명 안 해도 다 알거든요?"

"제대로 알고 있는 거 맞아?"

"알아요. 안다구요. 도대체 제가 왜 대표님이랑 남의 부부 애정사를 이야기하고 있어야 하는 건데요?"

"이런 게 바로 어른들의 대화지."

말도 안 돼. 어른들의 대화? 세나는 태성의 말에 동의할 수 없었다.

"그럼 그동안은 저랑 어린애들의 대화를 하신 건가요?"

"그럼 아니라고 생각했어? 윤세나, 어른이었나?"

"저 어린애 아니거든요? 대체 어느 누가 대학생을, 그것도 졸업반을 어린애 취급해요?"

"내 생각은 다른데. 우리가 계약서에 스킨십에 관해 합의할 때는 어른답다는 느낌을 받지 못했었거든."

명백한 태성의 도발이었다. 세나는 넘어가지 말자고 마음을 다독였다. 여기서 화를 내면 저 남자 뜻대로 되는 거야. 내가 장난감이 될 수는 없지.

"그렇다고 제가 대표님이랑 키스를 할 수는 없잖아요? 입술은 절대로 아무 남자한테나 주는 게 아니에요."

태성의 눈썹 끝이 올라갔지만, 세나는 눈치채지 못한 듯 말을 이었다.

"우리가 진짜 연인도 아니잖아요."

"그렇다고 내가 아무 남자는 아니지."

졸지에 아무 남자가 된 태성은 왠지 모르게 기분이 나빴다. 태성의 기분 따위는 상관없다는 듯 세나의 눈초리가 날카로워졌다. 세나는 속으로 굳은 다짐을 하고 있었다. 내 몸은 내가 지켜야지. 다른 건 몰라도, 입술만큼은 지켜야 해.

"어쨌든 입술은 안 돼요."

"입술은 안 된다? 그럼, 입술 빼고는 다 되는 건가?"

"그럼요. 전 어른이잖아요?"

말을 마친 세나가 태성을 등지고 걸어갔다. 그녀 딴에는 태성을 떼어놓고 빠르게 걷는다고 생각했는데 몇 걸음 지나지 않아 곧 따라잡혔다. 이럴 줄 알았으면 천천히 걸어갈걸.

태성은 그 긴 다리로 성큼성큼 걸어와 아무렇지도 않게 세나의 옆에 섰다. 세나는 태성이 얄미웠다. 뭔 놈의 다리가 저렇게 길어.

"입술만 아니면 된다는 거지? 나중에 딴말하기 없기다."

"속고만 살았어요? 왜 이렇게 사람 말을 못 믿어요?"

뜻에 따라 엄청나게 커다란 파장을 불러올 수 있는 말을 내뱉고는 씩씩하게 걸어가는 세나를 태성은 귀엽다는 듯 바라보았다.

"어린 건지, 아니면 순진한 건지."

세나의 보조에 맞춰 따라가던 태성의 눈에 낯익은 실루엣이 보였다. 파티장 밖으로 나와 휴식을 취하고 있는 듯한 남자는 문성현이었다. 그는 태성과 세나를 발견하고는 걸음을 멈추었다. 세나는 그를 보지 못한 듯했다.

성현과 눈이 마주친 태성의 표정이 차갑게 변했다. 오늘 성현이 세나에게 보인 매너, 몸짓, 말투는 일반적인 호의가 아니었다. 태성이 볼 때는 분명 남자가 여자에게 느끼는 호감이었다.

비록 계약이긴 하지만 성현에게 정확히 알려줘야 했다. 윤세나가 누구인지, 누구의 여자인지. 태성은 앞서 가던 세나의 팔을 잡고 돌려 세웠다.

"어린애가 아니라 이거지?"

세나가 도발적으로 고개를 치켜 올렸다. 어린애가 아니라고 몇 번을 말해. 그녀의 반응에 태성의 눈이 까맣게 깊어지고 한쪽 입꼬리가 유려하게 휘어졌다.

"좋아. 그럼 증명해봐. 어린애가 아니라는 걸."

"그걸 무슨 수로 증명해요?"

"내가 기회를 주지."

태성은 세나의 대답을 기다리지 않고 그녀 가까이 다가갔다. 순식간에 다가온 그의 얼굴에 세나는 숨을 삼켰다.

"지금 뭐 하는 거예요? 왜 이렇게 갑자기……."

"쇼 타임."

언젠가 비슷한 상황이 있었다. 비록 감정 상태는 다를지라도 숨을 쉬기 어렵다는 공통점이 존재했다. 왜 한태성이 가까이 다가오면 제대로 숨을 쉴 수가 없는지. 세나는 심각하게 고민이 되었다.

"적당한 타이밍이 됐거든."

분명 스킨십은 누군가에게 보여져야 하는 퍼포먼스인데, 세나의 눈에는 아무도 보이지 않았다.

"아무도 없는데요?"

"누가 있어. 네 시야에는 보이지 않는."

관객은 오직 하나. 그의 신경을 거슬리게 만든 문성현이었다. 그러니까 한마디로 무대가 만들어진 셈이었다. 한태성과 윤세나 주연의 연애 자작극이 막 시작되려는 참이었다.

너무 가까이 다가온 태성에게 세나의 온 신경이 쏠렸다. 뜨거운 숨결이 느껴질 만큼 그가 지나치게 가까웠다.

"우리 분명히 가벼운 스킨십으로 합의한 것 같은데요……."

"입술에 하는 것도 아닌데, 뭘 그리 긴장해."

"입술에 하는 것도 아닌데, 이렇게 가까울 필요가 있나요?"

"할 거면 제대로 해야 하지 않겠어?"

여기서 긴장하면 안 돼. 세나는 마음을 다잡았다. 여기서 약한 모습을 보이면, 스스로 어린애라는 걸 증명하는 꼴밖에는 되지 않는다. 그건 세나의 자존심이 허락하지 않았다. 나는 세련된 도시 여자……를 꿈꾸는 여대생이니까, 이 정도는 감수해야 하지 않을까? ……감수해야 하는 건가?

"알았어요. 빨리 끝내요."

세나는 눈을 질끈 감았다. 속절없이 떨리는 자신의 심장을 생각해서라도, 태성의 눈을 가까이에서 보고 있는 것보다는 차라리 감아버리는 게 속이 편했다. 하지만 눈을 감자 온 신경이 더욱 예민하게 살아났다. 태성의 숨결, 태성의 체온, 태성의 작은 움직임까지.

너무 생생하게 다가오는 태성의 존재에 세나는 자신도 모르게 몸이 떨려왔다. 그리고 눈을 감아버리는 그녀의 모습에 태성은 은근 빈정이 상했다. 그 어떤 여자도 태성을 이렇게 취급한 적은 없었다. 그와의 스킨십을 해치워야 할 전투로 생각하는 이 여자를 어떻게 해야 할까?

태성은 일부러 더욱 느리게, 그리고 더욱 가깝게 세나의 얼굴에 다가섰다. 파르르 떨리는 속눈썹이 바로 앞에서 느껴질 만큼, 떨리는 숨결이 느껴질 만큼.

한껏 긴장한 세나의 모습을 태성이 귀엽다는 듯 쳐다보았다. 그러다 그의 시선이 그녀의 입술에 머물렀다. 유혹하듯 한껏 반짝거리는 탐스러운 입술이었다.

홀리듯 세나의 입술을 바라보던 태성은 재빨리 시선을 거두었다. 오늘의 목적지는 입술이 아니었다.

자신의 얼굴 어디에서도 태성의 터치는 느껴지지 않았다. 그의 뜨거운 숨결만 느껴지니 이상한 기분이었다. 얼굴에 닿는 그의 숨결에 솜털이 간지러웠다. 세나는 떨리는 마음을 감추고 애써 담담하게 물었다.

"……왜 안 해요?"

"각도 조절하는 중이야."

"각도를 왜 조절해야 해요?"

"얼핏 보면 키스하는 걸로 보일 수도 있거든. 이대로는 안 되겠군."

태성은 손으로 세나의 허리를 감싸 안아 더욱 자신의 몸에 밀착시켰다. 그러고는 다른 한 손으로 그녀의 목덜미를 잡아 자신에게 더욱 가까이 끌어왔다.

난데없는 태성의 행동에 세나는 태성을 밀어내려 했다. 하지만 그는 팔에 준 힘을 풀지 않았다.

"여기서 쓸데없이 버둥거리면, 모처럼 만든 기회가 사라지지 않겠어?"

자신의 귀에 대고 속삭이는 그의 목소리가 너무 나쁘고 섹시해서 세나는 정신을 차릴 수가 없었다.

"……그래도 이건 너무 가깝잖아요."

세나는 터질 것 같은 심장이 태성에게 느껴질까 걱정이었다. 심장아, 진정 좀 해라. 제발.

"여긴 호텔이야. 이 정도는 붙어 있어야 사람들의 시선을 끌지."

"누가 있긴 한 거예요?"

"당연히 있지. 우리 윤 여사를 너무 호락호락 보지 말라구."

세나와 밀착된 현재의 상태는 태성에게도 좋은 영향을 끼치지는 못하고 있었다. 세나의 얇고 부드러운 몸이 마치 제자리라도 찾은 양 태성의 몸에 꼭 맞았다. 이건 그가 의도했던 상황이 아니었다. 그렇다고 이제 와서 그녀의 몸을 떼어내기에는 늦은 감이 있었다. 자존심이 상하기도 했고.

조금 떨어진 곳에서 문성현이 그들을 지켜보고 있었다. 어두운 복도였지만, 태성은 성현의 시선을 느낄 수 있었다. 성현도 성현이었지만, 어른인 척하려는 세나를 골려주려고 일부러 더 다가섰는데, 자신이 함정에 빠진 기분이었다.

태성의 코끝으로 세나의 향기로운 체취가 흘러들었다. 세나의 몸에서 그에게로 흘러들어오는 그 향이 너무 아찔하고 매혹적이었다.

종이 한 장만큼 가까이에서 느껴지는 태성의 숨결에 세나는 숨이 막힐 지경이었다. 온몸에 있는 솜털이란 솜털이 모두 일어서서 간질 간질한 기분이었다. 허리 근처가 약하게 감전이라도 된 듯 짜릿했다. 한 게 아무것도 없이 야한 이 기분은 대체 뭔데! 더 이상은 한계라고 생각한 세나가 태성을 재촉했다.

"언제까지 이러고 있을⋯⋯."

순간, 세나는 숨이 멎는 줄 알았다. 멎었을지도 모른다고 생각했다. 볼에 닿을 줄 알았던 태성의 입술이 느껴지는 곳은 그녀의 생각과는 많이 달랐다.

"대표님, 이건 아니잖아요?"

"입술 빼고 다 된다며?"

웅얼거리는 태성의 입술에서 흘러나오는 말에 세나는 소리 없이 절규했다. 입술 빼고 다 된다고는 했다. 그래, 내가 그랬다. 그래도⋯⋯ 그래도 목은 심하잖아!

세나는 당장이라도 그의 품을 벗어나고 싶었지만, 손가락 하나 까딱할 수가 없었다. 여기서 벗어나려고 발버둥 치면 그가 계속해서 어른답지 못하다고 놀리겠지.

하지만 발버둥 칠 겨를도 없이 그녀의 온몸에서 힘이 쑥 빠져나가 버렸다.

이게 정말 어른들이 일상적으로 하는 스킨십이 맞는 건가? 입술에 하는 게 더 나았을지도 모르겠다는 생각이 들 만큼 세나에게는 충격적이었다.

한편, 뻣뻣하게 굳어버린 세나의 몸을 꽉 감싼 채 그녀의 목에 얼굴을 묻고 있는 태성은 나름대로 곤혹스러웠다.

여자를 안은 지가 너무 오래된 게 틀림없었다. 그렇지 않고서야 이 어린애에게, 게다가 다른 여자도 아니고 윤세나에게 한껏 반응하는 자신의 몸 상태를 설명할 길이 없었다.

태성은 조금 더 세나의 체취를 원하고 있었다. 어쩌면 그 이상의 무언가를.

얼마의 시간이 흘렀는지도 알 수 없었다. 간질거림을 더 이상 견딜 수 없었던 세나는 몸을 떼며 태성을 살짝 밀어냈다. 밀어냈지만, 그는 여전히 가까웠다.

"이만하면 충분하지 않을까요?"

"그런 것 같군."

어느샌가 성현은 사라지고 없었다.

조금 더 버텼다가는 그 자신이 이상해질 지경이었다. 어린애처럼 군다고 세나를 놀릴 때가 아니었다. 지금 자신의 모습이 훨씬 더 애송이 같았다.

윤세나의 부드러운 감촉과 알 수 없는 매혹적인 향기……. 이게 뭐라고 그녀의 곁에서 떨어지는 게 이렇게 힘든 건지. 태성은 스스로의 상태에 어이가 없었다.

"윤 여사님 스파이 갔어요?"

"갔어."

"……그럼 우리 쇼는 끝난 거죠?"

"오늘은 이만하면 될 것 같군."

태성이 보기에는 아직 충격에서 벗어나지 못한 기색이 역력한데도 세나는 '어린애' 소리가 듣기 싫어 당당하려고 애쓰고 있었다. 그런 세나의 모습에 태성은 웃음이 나왔다.

"다음부터는 위치를 좀 바꾸도록 하죠."

"무슨 위치?"

태성이 모르는 척 되묻자 세나가 눈빛으로 경고를 보냈다.

"오늘 대표님이 고른 위치는 매우 적절치 못했어요."

"난 분명히 윤세나 말대로 했어. 입술 빼고 다 된다고 한 건 너야."

세나가 멈춰 서서 팔짱을 꼈다.

"사기꾼 기질이 다분한 말씀이시네요. 어쨌든 거긴 아닌 것 같아요."

세나의 뾰로통한 말에 태성은 짐짓 심각한 표정을 지어 보였다.

"혹시 목이…… 성감대인가?"

이 남자가 진짜! 세나의 눈에서 불꽃이 튀었지만, 태성은 놀리는 걸 멈출 생각이 없어 보였다.

"그런 거면 진즉에 말을 하지 그랬어."

"당신, 내가 언젠가 성희롱으로 고소하고 말 거야. 진심이에요."

"계약 기간 끝나면 한번 고민해봐."

"정말 구제 불능이군요."

"성감대는 그렇게 나쁜 말이 아니야. 성에 대해 솔직하게 털어놓는 게 결코 부끄러운 일은……."

"오늘 한태성 교수님의 어른 강의는 그만하면 됐어요."

"다음에도 필요하면 이야기하도록 해. 이런 상담쯤은 얼마든지 해줄게."

"됐다구요."

더 이상 말하기 싫다는 듯 씩씩거리며 가버리는 세나를 태성이 성큼 뒤따라 나섰다. 세나는 아무리 열심히 걸어도 여유롭게 자신의 옆자리를 지키는 태성을 노려보았다.

"아, 약 올라. 진짜."

"걱정 마. 다음에 한 번쯤은 복수할 기회가 생기겠지."

"병 주고 약 줘요?"

즐겁다는 듯 웃는 태성의 얼굴을 보며 세나는 기운이 쭉 빠져버렸다. 저렇게 웃는 게 예쁜 건 국가에서 법으로 좀 막아야 해. 태성이 세나의 허리를 다시금 감쌌다. 그러자 세나의 허리에 저절로 힘이 들어갔다. 왜, 또!

"제 허리에 잡은 손은 풀고 가시죠. 보는 눈들 있는 거 맞아요?"

"날 의심하는 건가? 곧바로 떨어지면 의심 사서 안 돼."

태성은 웃음을 삼키며 세나를 쳐다보았다.

"아니 뭐, 의심하는 건 아니고……."

"그럼 그냥 가."

세나의 나약한 저항은 그렇게 끝났다. 복도가 끝나는 길까지 세나의 허리는 태성의 강한 팔에 감싸여 있었다.

어두운 복도를 벗어나자마자 세나는 어색한 티가 나지 않도록 태성의 손을 허리에서 살포시 떼어놓았다.

"얼른 들어가요."

이번에는 진짜로 태성이 성큼성큼 쫓아오지 못하도록 세나는 재빠르게 태성의 곁에서 멀어졌다. 도망치듯 보이는 세나의 재빠른 걸음 거리에 태성은 피식 웃었다.

태성이 멀어지는 세나의 뒷모습을 보며 그녀를 부르려 할 때였다.

열심히 걸어가던 세나가 갑자기 걸음을 멈춘 채 굳어버렸다. 멈춰버린 그녀의 모습에 태성은 황급히 그녀의 곁으로 다가섰다.

태성이 세나의 곁으로 다가선 순간, 큰 충격이라도 받은 듯한 표정으로 서 있는 세나의 얼굴이 눈에 들어왔다.

세나의 시선은 오직 한곳을 향하고 있었다. 걸어가던 세나의 맞은편에서 한 여자가 걸어오고 있었다.

오만한 걸음걸이, 가식적인 눈빛과 우아한 표정. 상류층의 표본이라도 되는 듯 도도하게 구는 중년의 여성이었다. 누군가의 모습과 소름끼치도록 일치하는 여자의 모습에 세나는 입을 꽉 다문 채, 움직일 수가 없었다.

그리고 그 여자의 뒤를 따라 걸어오는 낯익은 한 남자. 그 얼굴을 확인한 세나는 하얗게 질렸다.

잊고 싶었던, 잊고 있었다고 생각했던 얼굴이었다. 이렇게 가까이서 다시 보게 될 줄은 꿈에도 몰랐다.

세나는 재빨리 자신의 입술을 깨물었다. 입술을 깨물지 않으면 소리를 지를 것 같았다. 다행히도 그들은 세나가 누구인지 알아차리지 못한 모양이었다.

정말 다행이었다. 세나는 재빨리 돌아서서 태성을 마주 보았다. 곁에 와 있던 태성이 세나의 상태를 알아차리는 데는 불과 몇 초 지나지 않았다.

"왜 그래? 너 괜찮은 거야?"

"……대표님, 우리…… 여기서 나가면 안 될까요?"

세나의 눈동자가 불안하게 흔들리고 있었다. 태성을 붙잡는 세나의 손가락이 하얗게 변해 있었다.

태성은 멍하니 있는 세나의 손을 붙잡고 빠른 걸음으로 파티장 밖으로 향했다. 잡은 세나의 손이 미약하게 떨리고 있었다.

💍

파티가 지루한 듯 주변을 힐끔거리던 낯선 남자의 시선이 황급히 빠져나가는 여자의 뒷모습을 좇았다. 여자의 옆얼굴이 아무리 봐도 낯이 익었다.

"……윤세나?"

미심쩍어하는 남자의 입에서 세나의 이름이 흘러나왔다. 그 아이가 이런 곳에 있을 리 없다. 하지만 너무도 선명한 옆모습이 그가 알고 있는 아이와 닮아 있었다.

그 남자의 곁을 지나가던 성현이 '윤세나'라는 이름에 반응했다. 성현은 조금 전 태성과 세나의 키스를 보고 다시 들어오던 참이었다. 태성의 눈빛은 자신의 여자를 넘보지 말라는 경고의 눈빛이었다. 불편하고, 불쾌한 기분이었다. 그런 기분으로 파티장으로 들어서는 순간, 스치듯 지나가는 남자의 입에서 나온 이름에 성현은 발걸음을 멈추지 않을 수 없었다.

성현은 지나쳐온 남자를 힐끗 쳐다보았다. 그리고 남자의 시선을 따라간 곳에 급하게 파티장을 빠져나가는 세나의 뒷모습이 보였다.

"무슨 일이니?"

신경질을 감춘 교양 있는 목소리가 들려왔다. 남자의 일행인 듯한 여자였다. 성현은 그들과 조금 떨어져서 티 나지 않도록 남자를 유심히 살펴보았다.

"아니, 갑자기 아는 사람을 본 것 같아서요."

"아는 사람? 네가 여기 아는 사람이 어디에 있어? 한국에 들어온 지 얼마 되지도 않았잖니."

여자의 말에 남자가 웃어 보였다.

"그렇죠. 그런데…… 제가 세나를 본 것 같아요. 왜 있잖아요, 예전에……"

여자의 얼굴이 차갑게 굳어졌다. 떠올리기 싫은 기억이라도 난 듯한 표정이었다.

"네가 누구 말하는지 알겠다."

"기억나시죠?"

여자의 입에 조롱 섞인 웃음이 스치고 지나갔다.

"걔가 여기 왜 있겠니. 천해빠진 것이 여기 올 일이 뭐가 있어."

"천해빠졌으니까 남자하고 왔겠죠."

"천한 것에도 급이 있는 거야. 이런 파티에 아무나 드나드는 거면 내가 여길 오겠니?"

"그건 그렇죠?"

자신이 말하고도 웃긴 듯, 키득거리는 남자에게 성현이 무심한 눈길을 던졌다.

"그래도 세나였으면 좋겠네요. 무척 반가웠을 텐데."

"신경 꺼. 그 아이는 우리와는 아무 상관이 없는데 왜 갑자기 들 먹이는지 모르겠구나. 저쪽에 이 회장님이 계시는구나. 저쪽으로 가자."

"아, 이 회장님. 오늘 여기 참석하신 목적이시죠."

"경거망동하지 말고, 공손하게 굴도록 해라."

"예, 예. 여부가 있겠습니까."

여자가 종종걸음으로 걸어갔다. 그런 여자의 뒤를 남자가 보조를 맞춰 따라갔다.

멀어져가는 남자와 여자의 모습을 보며 성현이 곁에 대기하고 있던 자신의 비서를 불렀다. 성현은 궁금한 걸 참는 성미가 아니었다.

"최 비서님, 방금 지나간 사람들, 누군지 알아봐주세요."

"네, 본부장님. 알겠습니다."

회색 슈트를 입은 날카로운 인상을 가진 남자가 성현의 부름에 즉각 대답했다.

윤세나는 고아라고 들었는데, 어떻게 된 걸까. 보육원에 들어가기 전에 알던 사람들인가?

왠지 모를 찜찜함이 계속해서 성현을 괴롭혔다.

태성은 아직도 미약하지만, 떨고 있는 세나의 손을 내려다보았다. 갑자기 무슨 일인지 짐작조차 할 수가 없었다. 분명 조금 전까지 멀쩡했었는데.

"너, 괜찮아? 손까지 떨고."

세나는 자신의 손을 내려다보았다. 태성의 말대로 마주 잡은 자신의 두 손이 아직도 가느다랗게 떨리고 있었다.

"무슨 일이야?"

"아뇨, 아뇨. ……아무것도 아니에요."

"아무것도 아니라고?"

"……아무것도 묻지 말고 있어주면 안 될까요?"

입을 다물어버리는 세나를 보며 태성은 잠시 아무 말도 하지 않았다. 원하는 게 그것뿐이라는데, 들어주지 않을 이유가 없었다.

태성이 떨고 있는 세나의 손을 그의 커다란 손으로 감싸자 세나의 눈이 놀란 듯 동그랗게 커졌다. 태성은 그런 세나를 일부러 못본 척했다.

밤이었고, 바람이 살랑거리며 불었고, 떨고 있는 세나의 손이 애처롭게 보였다. 그래, 그런 이유였다. 그가 세나의 손을 잡은 것은.

세나의 손가락에 태성의 길고 차가운 손끝이 닿았다. 순간 태성의 손가락이 닿은 손끝으로 자신의 신경세포가 몰려든 기분이었다. 간질간질, 아슬아슬, 짜릿한 느낌에 세나는 기분이 묘해졌다.

위로하려 잡은 손이라고 느끼기에는 강렬하고 불순한 느낌이었다. 아까도 그렇고, 지금도 그렇고. 오늘 태성에게 느끼는 감정의 종류가 매우 애매했다. ……좋은 징조는 아닌데.

하지만 잡힌 손으로 흘러들어오는 태성의 온기가 세나의 마음을 진정시켜주었다. 기억하고 싶지 않은 일들이 한꺼번에 갑자기 터져 나올 때, 위안이 되는 누군가가 있다는 게 커다란 힘이 되었다. 그 누군가가 한태성이라는 사실이 의외이긴 했지만.

태성은 여전히 아무 말도 하지 않았다. 그저 잡은 손에 힘을 주며 세나와 보조를 맞추어 걸었다.

힐끗 올려다본 태성의 옆모습이 조각처럼 멋있었다. 쓸데없이 잘생긴 얼굴에 세나는 고개를 돌렸다. 두근거리는 심장이 조금 전 불쾌한 기억 때문인지, 옆에 서 있는 남자 때문인지 알 수 없었다.

하지만 하나 확실한 것은 말로는 툴툴거려도 은근 자상한 데가 있는 남자, 한태성이 자신의 곁에 서 있다는 사실이었다.

태성과 세나는 호텔을 빠져나와 거리를 걸었다. 얼굴을 스치는 밤바람에 세나는 가까스로 진정이 되었다. 갑작스레 맞닥뜨린 과거의 악연은 그녀의 정신을 빼놓기에 충분했다.

생각지도 못한 만남이었고, 생각보다 충격이 컸다.

그래, 그런 자리에 참석할 수 있는 사람들이었다. 잊어버렸던 기억들이 떠오르며 세나의 얼굴에 씁쓸한 미소가 걸렸다.

세나는 새삼스럽다는 눈길로 태성을 올려다보았다. 저 차갑고 자기밖에 모르는 남자가 오늘은 든든해 보이다니. 많이 힘든 하루였던 게 틀림없다. 하긴 수업 끝나자마자 초콜릿 바 하나 먹고 오후 내내 이 비서님 때문에 제대로 된 밥을 못 먹었으니.

하루 종일 제대로 먹지도 못했는데, 뷔페가 차려진 곳에서도 그녀의 입맛을 사로잡을 만한 음식이 없었다. 비싸기만 했지 맛도 없었다. 샐러드나 탕수육, 하다못해 김밥 정도는 있어야 뷔페라고 할 수 있는 거 아냐?

세나는 제대로 먹지 못한 저녁이 생각나자 울컥했다. 갑자기 나오는 바람에 파티장에 있던 음식들로 배를 채우지도 못했다.

"나 배고파요."

"뭐?"

"정신없이 걸어 나왔더니 배고프다구요."

정신을 차렸나 싶더니, 난데없이 배가 고프다고 칭얼대는 세나의 모습에 태성은 어이가 없었다.

"지금 이 상황에?"

세나가 힘차게 고개를 끄덕였다. 태성은 주위를 둘러보다 방향을 바꿨다. 호텔 근처는 그에게는 낯익은 곳이었다. 자신의 기억이 맞다면, 저쪽에 윤세나의 허기진 배를 채워줄 장소가 있을 것이다. 그것도 아주 많이.

"저쪽으로 돌아가지."

"여기 지리 알아요?"

"윤세나보다는 잘 알지."

세나가 눈을 가늘게 뜨며 태성이 가리킨 방향을 바라보았다. 어둑어둑한 거리, 세나의 눈에는 식당이 있을 법한 곳이 전혀 보이지 않았다. 아무리 봐도 어둑어둑한 골목뿐인데, 저쪽에 뭐가 있나?

"내가 팔아먹기라도 할까 봐?"

"혹시 모르죠."

"널 사가는 사람도 고생일 거야."

태성의 빈정거림에 세나가 입을 삐죽거렸다. 내가 일을 얼마나 잘하는데. 흥.

"가면 네가 좋아할 만한 것들이 널렸어."

"거짓말이기만 해봐요. 배고플 때 예민한 게 어떤 건지 제대로 보여줄 거예요."

"윤세나는 늘 나를 기대하게 만들지."

태성을 따라 골목으로 접어들자 한적한 시장의 먹거리 냄새가 그녀의 배를 자극하기 시작했다. 태성의 말대로 먹을 게 널린 곳이었다. 고작 호텔과 몇 블록 떨어지지 않은 곳에 이런 신세계가 펼쳐져 있을 줄은 몰랐다.

눈앞에 펼쳐진 황홀한 광경에 세나는 어느 한곳에 시선이 머물지 못하고 흥분하기 시작했다. 그러고는 기대에 찬 눈빛으로 태성을 간절하게 바라보았다.

"대표님, 돈 많아요?"

"우와, 떡볶이다. 저기 빈대떡. 대박. 저쪽에는 잔치 국수도 팔아 요. 어떡해. 시장 치킨이다. 치킨은 시장 치킨이 짱인데."

"……너 조금 전까지 뷔페 음식 먹다 왔어."

태성이 한심하다는 듯 말했지만, 세나는 아랑곳하지 않았다.

"얼마 못 먹었어요."

"너 세 접시나 먹는 거 내가 봤는데?"

"치사하게 그걸 다 세고 있었어요?"

"나만 본 거 아니고 주변에 있던 사람들 다 봤을걸? 너무 잘 먹어 서?"

세나가 씩씩하게 열심히 먹는 모습을 태성은 한참 동안 넋놓고 봤었다. 대체 언제부터 잘 먹는 여자가 예뻐 보인 건지.

"하루 종일 이 비서님한테 끌려 다녔다고요. 시간 없다고 끌고 다 니기 바빴어요. 중간에 샌드위치 같은 걸 사주시긴 했지만, 그걸로 는 어림도 없죠."

"한창 자랄 나이라 이건가?"

"그 어린애 소리, 그만하랬죠?"

쿡쿡거리며 웃는 태성의 옆구리를 세나가 팔꿈치로 찍었다. 제법 강도 높은 타격에 웃던 태성은 '헉' 소리를 내며 옆구리를 부여잡았다.

"윤세나…… 진짜 아파."

"아프라고 한 거예요."

"너, 고소할 거야."

"계약 기간 끝나면 고민해봐요."

상큼하게 대꾸한 세나는 태성의 팔을 붙잡고 시장 탐방을 시작했다. 돌아다니면 돌아다닐수록 보물 창고 같은 곳이었다. 세나의 얼굴에 함박웃음이 가득했다.

북적북적한 시장통에 파티용 검정 슈트와 드레스를 입고 나타난 태성과 세나의 모습은 사람들의 시선을 끌기에 충분했다. 특히 태성에게로 시장 아주머니들의 모든 관심이 쏠렸다. 과히 폭발적인 인기였다.

"거기 영화배우 양반, 와서 여기 족발 좀 먹어봐. 오늘 족발이 아주 맛있어."

"아녀, 오늘 술떡이 아주 잘됐어. 이리 와서 먹어봐."

"뭔 소리여. 오늘 같은 날은 호떡을 먹어야지."

"저 옷을 입고 호떡을 어떻게 먹나, 이 양반아. 여기 와서 묵국수 먹어봐. 이거 국내산이야. 우리 집은 중국산 안 써."

여기저기서 태성을 향해 호객하는 소리에 세나는 고민했다.

"우리 뭐 먹으러 갈까요?"

세나는 최근 들어 가장 심각한 고민 중이었다. 먹을 게 너무 많았다. 다 맛있어 보이기도 했고, 게다가 배는 엄청나게 고팠다.

"너, 아까 세 접시……."

세나는 태성의 말을 막았다. 말이 세 접시지, 담긴 건 얼마 되지도 않았다.

"마지막에 먹은 디저트가 너무 달아서 맛이 없었어요. 이럴 때는 매콤한 걸 먹어서 중화시켜줘야 돼요."

"중화라……. 고급스러운 언어 선택이군."

"저는 항상 고급스러움을 추구하는 편이죠."

매콤하고 맛있는 게 뭐가 있을까 고민하던 세나가 생각났다는 듯 고개를 들었다.

"아, 그래! 우리 떡볶이 먹으러 가요."

세나에게 한마디 하려던 태성은 자신의 팔에 달라붙어 입모양으로 '떡볶이'를 외치는 세나의 초롱초롱한 눈을 보자 입을 다물었다. 오늘 봤던 모습 중에 가장 열정적인 모습이었다.

"그래, 먹자. 먹어."

그런데 어디로 가지? 또다시 고민에 휩싸인 세나의 손목을 태성이 잡아끌었다. 스스럼없이 자신의 손을 잡는 태성의 행동에 세나는 움찔했다. 이 남자, 너무 자연스럽게 손을 잡네.

"내가 아는 데가 있어. 그리로 가지."

"맛없기만 해봐요."

"걱정 말고 따라와."

"우와."

세나의 입에서 절로 감탄사가 나왔다. 매콤하고 달콤한 냄새가 세나의 코와 배를 사정없이 자극했다. 절로 군침이 넘어가는 비주얼이었다.

"잘 먹겠습니다."

씩씩하게 외친 세나는 태성의 시선은 아랑곳하지 않고 떡볶이 하나를 집어 자신의 입속에 넣었다. 눈을 감고 음미하는 모습이 제법 미식가 같은 티도 났다. 몇 번 입을 오물거리던 세나는 눈을 번쩍 뜨며 태성을 똑바로 응시했다.

"……대표님, 저 감동받았어요."

진심으로 감동받은 눈빛이었다. 태성은 한숨이 절로 나왔다.

"떡볶이 인생 15년 만에 이런 소스는 처음 먹어봐요."

먹으랴, 말하랴 세나의 입이 바빠 보였다. 오물거리는 그녀의 입술이 태성의 시선을 빼앗았다. 정신 차려, 한태성. 뭘 보고 있는 거야.

"기껏 떡볶이에 감동이라니."

"떡볶이에 감동받기 쉬운 줄 알아요? 그만큼 맛있단 소리예요."

"이 골목에서 여기가 떡볶이로 제일 유명한 집이야. 그래서 데리고 왔어. 많이 먹어."

"떡볶이 하나에 넘어가고. 참 꼬시기 쉬워요. 그렇죠?"

세나는 진짜 배가 고팠는지 쉴 새 없이 입속에 떡볶이를 집어넣기 바빴다.

"여기 진짜 맛있는데요? 대표님은 여기 어떻게 알았어요?"

어떻게라……. 인연이 깊다면 깊은 집이었다.

"예전에 자주 왔었지. 어릴 때."

윤 여사를 따라왔었던 시장 골목이었다. 영세한 상인들에게 사채

업을 하느라 바빴던 윤 여사의 뒤를 따라다니면서 열심히 일을 배우던 시절이 있었다. 까마득히 오래전 일이었다.

세나가 동그란 눈으로 태성을 응시했다.

"뭔가 바뀐 것 같지 않아요? 원래 이런 곳은 저 같은 캐릭터가 대표님 같은 남자를 데려와야 맞는 거라구요."

"여기서 캐릭터가 왜 나와?"

"드라마 안 봐요?"

"경제 뉴스 아니면 텔레비전은 잘 안 보는 편이라."

"인생 재미없게 사시네요."

"그래서 너 같은 캐릭터가 어떤 캐릭터인데?"

"보통 여주인공이 그래요. 돈 없고, 씩씩하고, 예쁜."

"돈 없고 씩씩한 것까지는 인정하지."

세나가 태성을 향해 입을 삐죽였다. 예쁘다고 하면 어디가 덧나나?

"어쨌든, 원래 여자 주인공이 완전 돈 많은 남자 주인공한테 그러잖아요. '제가 저녁 살게요.' 하며 데려간 곳이 떡볶이 집인 거죠."

또 시작이군. 윤세나의 원맨쇼. 태성은 한쪽 손으로 턱을 괴고 편안한 자세로 세나를 감상했다. 경제 뉴스보다는 윤세나의 원맨쇼를 시청하는 편이 확실히 더 재미있기는 했다.

"그리고?"

"그리고는 뭐가 그리고예요. 떡볶이 집에 데려가니까 남자가 여자를 보면서 말해요. 날 떡볶이 집에 데려온 여자는 네가 처음이야! 이러면서 여자한테 반하는 거죠."

재밌는 배우 덕분에 태성은 웃음이 나왔다.

"그럼 내가 너한테 지금 반해야 하는 상황인가?"

"아, 그건 아니죠. 상황이 바뀌었다니까요? 여긴 제가 아니라 대표님이 데려왔잖아요."

바뀐 상황 속에서도 세나는 오늘따라 반짝반짝 빛나고 있었다. 태성은 세나에게서 시선을 돌려 떡볶이를 집어 들었다.

"이런 건 안 드실 줄 알았는데. 어릴 때 이 동네 살았어요?"

"아니. 그건 아니고."

살았던 곳과는 떨어져 있지만, 이 골목, 이 떡볶이 집은 기억에 여전했다. 그 시절, 연체 이자 대신 실컷 얻어먹었던 떡볶이. 여기 사장은 바뀌었지만, 손맛이 그대로인 걸 보니 아마 자식들이 물려받은 모양이었다.

"그럼 여기서 뭘 했는데요?"

"윤 여사 따라다니면서 일했어."

"아, 뭐 장사하셨었나 봐요?"

"그렇다고 볼 수 있지."

세나의 물음에 태성은 웃으며 남은 떡볶이를 입안으로 집어넣었다.

"대표님."

심각한 세나의 목소리에 태성이 고개를 들었다. 무슨 일이지?

"그만 먹어요. 떡볶이 줄어들잖아요."

"여기 내가 사는 거거든?"

"그건 몰랐네요. 먹어도 돼요."

태성은 일부러 떡볶이를 두 개 찍어 입안에 집어넣었다. 세나의 안타까워하는 표정은 안중에도 없다는 듯이.

"근데 우리 지금 현금이 있긴 있는 거죠?"

"현금은 없지만."

태성의 말에 세나는 먹던 떡볶이를 뱉어낼 뻔했다. 돈이 없다고? 세나의 입이 딱 벌어졌다.

"우리 지금 그, 뭐냐…… 무전취식…… 그런 거 한 거예요?"

"명백한 범법 행위지. 입 닫아. 입에서 떡볶이 떨어져."

"제가 아무리 없이 살았어도, 이런 데서 돈 없이 뭘 사 먹지는 않았거든요."

"걱정 마. 너한테 내라고 안 해."

"무슨 수라도 있어요?"

걱정스러운 목소리와는 다르게 세나는 계속해서 떡볶이를 입속에 집어넣었다. 돈이 없어도 먹을 건 먹어야지.

"너 지금 말과 행동이 매우 따로 놀고 있는 거 알아?"

"우리 일단 다 먹고 생각할까요?"

"됐어. 넌 생각하지 말고 먹기만 해. 우리에겐 이게 있잖아."

입안 가득 떡볶이를 넣고 우물거리는 세나를 향해 태성은 안주머니에서 핸드폰을 꺼내 들었다.

"정말 죄송합니다. 저런 분들이 아닌데, 본의 아니게 실례를 했습니다."

호진은 고개 숙여 사과했다. 그러자 떡볶이 집 사장이 손사래를 쳤다.

"아유, 아니에요. 내가 오히려 고맙지. 저 아가씨가 얼마나 복스럽게 먹는지 진짜 잘 먹더라고. 맛있게."

태성과 세나는 멀찍이 서서 호진이 나오기를 기다리고 있었다. 즐거워 보이는 두 사람의 모습에 호진의 이마에 힘줄이 솟아났다. 지금 내가 누구 때문에 여기서 고개를 숙이고 있는데 희희낙락들이야?

"저 화상들을 그냥……."

호진의 반응엔 아랑곳하지 않고 떡볶이 집 사장은 말을 이었다.

"처음에는 저렇게들 입고 우리 집에 들어 오길래, 미친 사람들인가 했는데."

미친 사람들이라고 오해받아도 할 말은 없었다.

"사람들이 싹싹하니 괜찮더라고. 뭐, 떡볶이 값도 받았으니까. 근데…… 내가 저 양반 낯이 좀 익은 것 같아서. 계속 긴가민가하고 있단 말이지."

"아, 그러세요?"

태성을 가리키는 주인을 보며 호진은 시치미를 뗐다. 이곳의 기억에 태성이 좋은 놈인지 나쁜 놈인지 알 게 뭔가. 자신의 할머니를 따라 한참 일 배우러 다니던 곳인 것은 알지만, 그곳 인심까지 어쨌는지 호진은 알 턱이 없었다.

"저분, 저희 회사 대표님이십니다. 한국에 들어오신 지 얼마 안 되셨어요."

호진의 설명에 그럴 줄 알았다는 듯 주인이 고개를 끄덕였다.

"아, 그래요? 그럼 그렇지. 내가 어디서 저 잘난 인물을 봤겠어. 내가 착각했나 봐요. 아가씨한테 매출 올려줘서 고맙다고 꼭 전해줘요."

가게 문을 열고 호진이 나오자 세나가 쪼르르 옆으로 달려갔다. 배시시 웃는 세나의 모습에 호진은 괜찮다는 듯 웃어 보였다.

"여기까지 오시게 해서 죄송해요."

"그런데 도대체 떡볶이를 얼마나 드셨으면, 만 원을 내고 거스름 돈을 못 받았을까요?"

"그럴 수도 있지. 물가 상승률을 따져보면, 저렴한 거야."

동시에 대답하는 태성과 세나를 보며 호진이 손으로 이마를 짚었다. 한태성이 떡볶이를 만 원어치 먹었다고 신문에 내고 싶다 정말. 일면에 대문짝만 하게 날 텐데.

"제가 분명히 들어가시기 전에 연락 주시면 정문에서 대기하고 있겠다고 말씀드렸는데요. 게다가 아직 파티가 끝난 것도 아닌데."

다그치는 호진을 보며 세나가 곤란한 듯 입을 다물자 태성이 대신 대답했다.

"윤세나가 떡볶이가 먹고 싶대서."

아, 그러십니까. 호진은 체념한 듯 고개를 저었다. 호텔에 넘치는 음식으로는 성에 차지 않았던 모양이다.

"알겠습니다. 얼른 돌아들 가십시오. 차는 저쪽에 대기시켜놨습니다."

"정말 죄송해요, 이 비서님. 저는 대표님한테 현금이 있는 줄 알았어요."

"괜찮습니다. 이런 경험 저런 경험 다 해보는 게 저한테도 도움이 됩니다. 특히 저런 상관 모실 때는 엄청난 도움이 되겠죠."

"저런 상관? 너 말에 가시가 있다?"

"가시만 있습니까? 뼈도 있습니다. 제가 살다 살다 시장통에 와서 떡볶이 계산을 하기는……."

투닥거리는 태성과 호진의 뒤를 세나가 웃으며 따라갔다. 가끔씩
보면, 사장과 부하 직원이 아니라 사이좋은 형제 같은 분위기를 풍
겼다. 일하기 전부터 알던 사이인가? 나중에 물어봐야지.

성큼성큼 걸어가는 두 남자의 보폭에 맞춰 뛰어가려던 세나가 갑
자기 휘청거리며 쓰러졌다. 고르지 못한 시장 길에 하이힐이 적응하
지 못해 일어난 사고였다.

"이런, 조심하십시오."

호진이 세나의 어깨를 가볍게 받쳐 들자 태성이 뜨거운 시선으로
바라보았다. 이어진 태성의 부드럽지만 날쌘 동작으로 호진은 자신
이 받쳐 들고 있던 세나가 태성 쪽에 있음을 알 수 있었다. 순식간
에 일어난 일이었다.

"조심성 없이."

태성은 세나의 어깨를 두 손으로 잡아당겼다. 덕분에 세나는 본
의 아니게 태성에게 백허그를 당했다. 갑작스러운 태성과의 친밀한
접촉에 세나는 떨지 않으려 애를 썼다.

"내 옆에 붙어 있으라고 했잖아."

세나는 심장이 순간 내려앉는 기분이었다. 뭐야, 뭐 저렇게 무미
건조하게 사람 심장 뛰는 말을 해?

"어, 그게, 그러니까……."

"내가 넘어지지 않도록 도와주지. 신사답게."

태성은 세나를 무심하게 쳐다보며 손을 잡고 걷기 시작했다. 홀로
남겨진 호진은 황당하기 그지없는 시선으로 멀어져가는 태성과 세
나의 뒷모습을 바라볼 뿐이었다. 기껏 달려와서 떡볶이 값 내줬더

니 왜 성질인데?

"내가 뭘 어쨌다고?"

호진이 투덜대든지 말든지, 태성은 무심한 척 곁에 서서 나란히 걷고 있는 세나를 내려다보았다.

반짝거리기 시작하는 윤세나. 별것도 아닌 스킨십에 떨려왔던 메마른 심장. 그리고 알 수 없는 자신의 소유욕.

잡고 있는 세나의 손이 따뜻하게 느껴졌다.

작고 연약한, 부드러운 온기. 충동적이었지만 온전히 갖고 싶었던 윤세나.

여러 가지로 혼란스러운 기분이었다. 이 어린애와 뭘 하고 싶은 건지.

세나의 심장도 누군가 강아지 풀 하나를 들고 장난을 치는 것마냥 간질거렸다. 곁에서 걷는 내내 태성의 남성다운 체취가 그녀의 숨결로 흘러들었다. 그리고 태성에게 잡힌 손이 뜨거웠다. 잡힌 자신의 손은 생소했고, 자신과 태성 주위를 떠도는 공기는 어색하고 낯설었다. 하지만 결코 싫지 않은, 이상하고 묘한 기분이었다.

남자, 한태성.

오늘 하루 태성은 세나에게 남자였다. 그것도 아주 매력적인. 그에게도 오늘만큼은…… 내가 여자였을까?

힐끔 태성의 옆모습을 바라보던 세나는 그와 눈이 마주쳤다. 자신의 머릿속 생각들을 태성에게 들키기라도 한 듯 그녀는 화들짝 놀라 시선을 돌리며 어색한 분위기를 전환하려고 눈앞에 보이는 가판대 앞으로 다가섰다.

"우와, 머리 끈 싸네. 이거 정말 천 원에 두 개 주시는 거예요? 동생들이 많아서요. 매일 머리 끈 쟁탈전이거든요."

형형색색으로 빛나는 머리 끈들이 세나를 기다리고 있었다.

"여동생들이 많은 모양이네요. 여자들이 많은 집은 전쟁터가 따로 없지."

"네. 아침마다 난리예요."

동생들 이야기에 세나의 얼굴에 활짝 웃음이 피어났다. 가족 이야기에 저렇게 열을 올리는 모습은 태성에게는 신선한 충격이었다. 언제 봐도 신기하다니까.

"그럼 아가씨는 특별히 천 원에 세 개 줄게. 다른 사람들한테는 비밀로 하고."

"진짜요?"

쩡긋거리며 웃음을 건네는 아주머니의 말에 세나가 신이 나서 가판 옆에 나온 바구니에 머리 끈을 담기 시작했다. 그러나 이내 머리 끈을 담던 그녀의 손이 멈췄다.

"아, 이런. 죄송해요, 아주머니. 제가 지갑을 안 가지고 왔어요."

세나는 자신의 머리를 콩 쥐어박았다. 조금 전에도 무전취식할 뻔했으면서.

"그래? 아쉬워서 어쩌나. 거 옆에 남자 친구 아니에요? 여자 친구 머리 끈 좀 사주지 그래요? 미래 처제들한테 점수도 딸 겸."

아주머니의 지목을 받은 태성은 무표정하게 머리 끈이 담긴 바구니를 내려다보았다. 그러고는 이내 입을 열었다.

"이호진, 지갑 내놔."

태성의 부름에 호진이 한달음에 그들 곁으로 왔다. 이 지독한 노예근성이라니. 호진은 자책했다.

"강도이십니까?"

호진이 거부하자 태성의 입가에 거만한 미소가 피어났다.

"이번 달에 연봉 협상이지?"

"지갑, 여기 있습니다."

호진은 공손히 두 손으로 지갑을 태성에게 내밀었다. 먹이 사슬이라는 게 이렇게 무서운 거다. 세나는 새삼 사회생활의 무서움을 깨달았다. 사람들의 권력욕이 아주 잠시나마 이해가 되는 순간이었다.

"윤세나, 마음껏 골라."

가판에서 산 머리 끈을 소중하게 가슴에 품고 가는 여자라……. 윤세나는 정말 특이하고 희귀한 여자였다.

태성은 세나를 물끄러미 바라보았다. 거추장스러운 옷을 벗어버리자 다시 예전의 윤세나로 돌아왔다.

하나로 질끈 묶은 머리카락, 편안한 티셔츠에 면바지, 그리고 운동화. 분명 윤세나가 맞는데…… 뭔가 달랐다.

"이 비서님, 감사해요. 정말 요긴하게 잘 쓸게요."

"내가 사주는 거야."

호진에게로 향하는 인사가 못마땅한 듯 태성이 건조한 말투로 세나에게 상기시켰다.

"제 지갑에서 돈을 꺼내 사주셨죠."

"잠깐 빌린 거."

호진이 구시렁대는 사이, 차는 어느새 세나의 집 앞에 도착했다.

어둠이 내려앉은 공터는 고요했다.

"태워다 주셔서 감사했어요. 그리고 이거요."

세나가 태성의 손에 무언가를 쥐여주었다.

"아까 아주머니가 많이 팔아줘서 고맙다고 주셨어요."

태성이 의아한 눈빛으로 세나의 손을 내려다보았다. 작고 귀여운 하트가 달려 있는 핸드폰 액세서리 두 개. 아주머니의 배려였다. 연인들이 하는 커플 아이템이었다. 남자 친구랑 하나씩 나눠 가지라고 서비스로 준 거지만 세나는 차마 태성과 나눠 가지자는 말을 꺼낼 수가 없었다.

"이 비서님이랑 하나씩 나눠 가지시라구요."

"……이걸?"

태성의 눈썹이 대놓고 불쾌감을 드러냈다. 자신이 왜 이걸 호진이 녀석 따위와 하나씩 사이좋게 나눠 가져야 한단 말인가.

그때 여전히 중얼거리며 불만을 토해내던 호진이 관심을 보였다.

"안 그래도 핸드폰이 허전하던 참인데. 감사해요, 세나 씨."

호진이 싱글거리며 태성의 손에 있던 액세서리 하나를 하이에나처럼 잽싸게 가져갔다. 순간 태성의 눈이 날카롭게 빛났지만, 호진은 전혀 눈치채지 못한 척했다.

태성은 미간을 좁히며 하나 남은 핸드폰 줄을 다시 세나의 손에 건네주었다.

"난 필요 없어."

태성은 더 이상 말하지 않겠다는 듯, 단호한 어투로 내뱉었다. 너무 단호한 말에 세나가 그럴 줄 알았다는 듯 고개를 끄덕였다.

"그럼 사양하지 않을게요."

머리 끈들은 모두 동생들에게로 넘어가겠지만, 적어도 그녀에게는 핸드폰 줄이 생겼다. 오늘 태성과의 데이트를 추억할 만한 그 무언가. 그것만으로도 세나의 기분이 살랑거렸다.

"어? 그럼 우리 커플이 되나요, 세나 씨?"

호진은 태성의 미간이 나타내는 불쾌함의 강도를 눈치채지 못하는 척하고 있었다.

"얼른 들어가."

태성의 목소리가 퉁명스러웠지만, 아무도 그의 목소리를 신경 쓰지 않았다. 세나는 품에 머리 끈들을 소중히 안고 즐거운 목소리로 그들에게 인사를 남겼다.

"조심히 가세요."

갈아입은 옷이 편한지 뛰어가는 그녀의 모습이 가벼워 보였다. 오늘 하루 종일 그의 눈앞에서 유리알처럼 반짝거리던 그 여자가 맞나 싶을 정도로 털털하고 앳된 모습에 태성의 눈빛이 깊어졌다.

태성은 세나가 사라지는 뒷모습에서 눈을 뗄 수가 없었다. 그 모습이 아직도 유리알처럼 반짝거리고 있어서.

"이제 출발하겠습니다."

"그전에."

시동을 켜려는 호진을 태성이 불러 세웠다. 태성의 날카로운 시선이 아직 호진의 손에서 달랑거리는 커플 핸드폰 줄 하나에 집중되어 있었다.

호진이 함박 미소를 지으며 핸드폰 줄을 들고 흔들었다. 큐빅이 반짝거리며 태성의 시선을 빼앗았다. 분명 그에게 큰 힘이 되어줄 윤세나 표 커플 아이템이었다.

"이거 저한테 준 거잖아요, 세나 씨가."

"내놓지?"

호진의 미소가 더욱 깊어졌다. 자고로 협상은 유리한 고지를 차지하고 시작해야 하는 법.

"우리, 연봉 협상은 언제 할까요?"

"호랑이 새끼 같으니라고."

"제가 다 누구한테 배웠을 것 같습니까?"

유들한 호진과 싸늘한 태성의 대치 상태가 한동안 계속되었다. 얼마간의 시간이 흐른 후, 태성을 태운 자동차가 어둠을 뚫고 서서히 움직이기 시작했다.

집으로 돌아가는 태성의 손에는 반짝거리는 하트 모양의 큐빅이 빛나고 있었다.

그녀는 바퀴벌레 약을 좋아해?

태성은 병원 복도에 기대어 서서 머리를 한쪽으로 기울인 채 호진을 기다리고 있었다. 그저 서 있을 뿐인데도 병원 복도를 오가는 간호사와 진료 환자들의 시선이 태성을 지나치지 못하고 힐끗거렸다. 이윽고 태성의 앞에 있던 문이 열리더니 호진이 조용히 문을 닫고 태성을 향해 돌아섰다.

"이상은 없으시답니다."

"그래? 진짜로 이상이 없대?"

"네."

"젠장."

무슨 일이냐는 듯 호진이 태성을 바라보았지만, 태성은 알려줄 생각이 없는 듯 병원 복도를 벗어나기 시작했다. 틀림없이 각막이나 어딘가 문제가 생기지 않고서야 윤세나가 예뻐 보일 리가 없는데. 별 이상이 없다니, 그건 그거대로 큰일이었다.

태성은 주머니에 잡히는 작은 큐빅 하트를 꼭 쥐었다.

"정밀검사를 의뢰해볼까요? 여기까지 오셨을 때는 진짜 문제가 있으셔서서 그런 거 아닙니까?"

"아니. 진료 과를 잘못 선택했어. 정신과를 가봤어야 하는 건데."

호진은 낮게 읊조리는 태성의 마지막 말을 거의 듣지 못했다. 태성은 성큼성큼 걸어 병원 복도를 빠져나갔다. 그 뒤를 호진이 뒤따랐다.

하루 종일 이상하게 굴더니, 난데없이 종합병원 안과 예약을 잡으라는 지시에 호진의 가슴이 덜컹 내려앉았었다. 그도 그럴 것이, 호진은 태성이 지금까지 진료를 받으러 병원에 가는 모습을 본 적이 없었다.

지독한 감기는 물론이고, 웬만한 타박상 같은 경우도 부러진 게 아니면 태성은 병원 가기를 거부했다. 어릴 적, 지독히 자주 드나들었던 탓이기도 하겠지만.

그가 병원을 가는 경우는 회사에서 건강진단서를 요구할 때뿐이었다. 그러고 보니 태성의 마지막 건강 검진이 언제였더라?

"진짜 다른 검사는 필요 없으신 게 확실합니까? 여기까지 오신 김에 건강 검진이나 받고 가시는 게 어떨까요?"

"그런 걸 뭐하러. 일하기도 바빠."

"귀찮다는 분이 갑자기 안과는 왜……."

말을 잇던 호진이 어딘가 시선을 두고 멈춰 섰다. 그러고는 재킷을 정리한 뒤, 손을 앞으로 모아 공손히 머리 숙여 인사했다.

호진의 행동에 뒤를 돌아다보던 태성의 표정이 일그러졌다. 호진의 굳은 표정과 뻣뻣한 자세를 설명해줄 만한 사람이 태성의 근처에 서 있었다. 이딴 곳을 예약해? 태성은 인상을 쓴 채 호진을 노려보다가 이내 시선을 떨어뜨렸다. 차마 생각하지 못하고 따라온 자신의 실수이기도 했다.

"건방진 녀석. 인사도 안 할 참이냐?"

묵직한 목소리가 태성을 꾸짖었다. 태성은 마지못해 고개를 꾸벅였다.

"……안녕하셨습니까."

누가 들어도 마지못해 내뱉는 인사였다.

"안녕하지 못했다. 고얀 놈."

"그럼 살펴 가십시오."

노인의 입에서 실소가 터져 나왔다.

"네놈이 지금 나를 만나고 무사히 빠져나갈 듯싶으냐?"

"회사일이 바빠서 오늘은 시간이 없습니다."

"네놈이 오늘만 시간이 없더냐? 네놈이 나보다 더 바빠?"

태성은 아무 말도 하지 않았다. 한국에서 H 그룹 회장님보다 바쁜 사람이 있을 리가 없다.

태성을 향해 못마땅한 말투로 꾸짖는 노인의 얼굴은 태성과 매우 닮아 있었다.

세나는 핸드폰을 들고 뚫어져라 쳐다보았다. 정확히는 핸드폰 옆에 자리 잡고 있는 액세서리로 향한 시선이었다.

꿈이 아니었을까 싶었던 시간들.

자신이 보고 있는 건, 단순한 핸드폰 액세서리가 아니었다.

설레던 심장이, 떨리던 손끝이, 가슴 뛰던 순간들이 모두 꿈이 아니었음을 알려주는 증표였다.

반짝거리는 하트가 세나를 향해 그 자태를 뽐내고 있었다. 하트에 정신이 팔려 있는 사이, 그녀의 옆에 윤주가 자리 잡고 앉았다.

"어, 윤주야. 왔어?"

"이 분위기에서 혼자 무슨 생각을 그리 골똘히 하고 있던 거야?"

세나는 허리를 펴고 주위를 둘러보았다. 확실히 평소와는 다르게 조금 웅성거리고 들뜬 분위기였다. 무슨 일이지?

"여기 왜 이래?"

"아직 소식 못 들었구나? H 그룹에서 공고 떴거든. 다들 그것 때문에 난리도 아니야."

윤주가 가방에서 이력서 용지를 꺼내 들었다.

"H 그룹이라……. 그럼 이해가 갈 만하지. 너도 내려고?"

"어. 다른 데도 아니고 H 그룹이잖아. 이력서 내는 거야 자유니까. 나 증명사진도 다시 찍었어."

윤주는 자랑하듯 증명사진을 내밀었다. 사진 속 윤주는 귀하게 자란 얌전한 현모양처처럼 보였다.

"훌륭해. 이거 완전히 사기 캐릭터인데. 역시, 사람은 배워야 한다니까. 포토샵은 언제 배운 거야?"

"배우긴 뭘 배워. 이런 건 기본으로 사진관에서 다 해주는 거지."

"세상 좋아졌네."

"계집애. 꼭 노친네처럼 말한다니까."

윤주는 지갑에 자신의 증명사진을 고이 넣고는 한 뭉치의 종이를 꺼내 들었다.

"내가 네 것도 같이 이력서 쓰려고 많이 준비해왔어. 이런 게 바로 베스트 프렌드 아니겠어."

"H 그룹 단기 인턴십이라도 나중에 이력서에 유리하게 작용하긴 하겠다."

"그러니까. 잘하면 H 그룹 입사도 가능하다니까."

"입사를 논하기에는 경쟁률이 너무 센데?"

"그래서 우리는 이게 필요한 거지."

윤주가 목소리를 낮추었다.

"H 그룹 기사들이야. 이 자료 모으는 데 시간이 좀 걸렸어. 자기소개서에 참고하려고. 어차피 이력서야 거기서 거기니까. 스펙이 넘치는 사람들은 많을 거라고. 우리는 다른 걸로 승부를 봐야 하니까 아주 예전 것까지 내가 다 쓸어왔어."

"이렇게 오래된 기사도 찾았어?"

한눈에 보기에도 빛바랜 신문 기사들이었다. 세월의 흔적을 고스란히 담고 있는 기사들이 윤주의 스크랩북 안에 고이 모셔져 있었다.

"아무래도 최신 기사는 다 거기서 거기니까. 더 오래된 걸 파보면 좋은 소스가 있을까 싶어서."

"그런데 이 사진은 뭐야?"

세나의 시선이 오래된 신문 기사 속 사진 한 장에 멈췄다. 반듯하지만 당당함과 오만함이 묘하게 섞인 인상의 중년 남자. 사진 속이지만, 그 모습이 세나가 아는 누군가와 많이 닮아 있었다.

"이거 오래된 사진인데, 내가 찾아냈어. 옛날 사람인데 완전 요즘 스타일로 잘생기지 않았냐? 이 사진, H 그룹 회장님 젊었을 때 사진이야."

"H 그룹 회장님?"

"대외적으로 활동을 많이 하시는 분은 아니라 사진이 많이는 없는데, 아주 예전에 찍은 사진이 있더라."

세나의 눈은 사진에서 떨어질 줄 몰랐다. 세나의 손이 스크랩 속에 있는 얼굴을 부드럽게 매만졌다. 이상한 기분이었다.

"왜 그래? 반했어? 아서라. 지금은 백발이 성성한 노인일 거라고."

"아는 사람이랑 너무 많이 닮아서."

흐릿한 사진 속에서도 신기할 정도로 이렇게 닮은 인상이라니.

"닮은 사람? 지금 H 그룹 대표님이 이분 아들인 건 알지? 아들은 안 닮았더라고. 닮았으면 요즘 시대에 완전 꽃중년일 텐데. 뭐 지금도 젠틀한 이미지는 있으시더라. 다른 대표님들은 배도 막 나오고 했던데 관리도 잘하시는 것 같고."

"사업을 잘하는 사람들 얼굴은 이렇게 생긴 건가? 신기하네. 너무 닮았어."

"아는 사람이 사업해? 친척이나 그런 거 아니야?"

"H 그룹과 친척이면 내가 알지 않았을까?"

세나의 시선이 핸드폰에 달려 있는 하트로 옮겨졌다. 우연히 닮았다고 보기엔 너무도 비슷해 보이는 그 누군가가 떠올랐다. 세나는 흥미를 놓지 못하고 조금 더 유심히 사진을 살피기 시작했다.

노인의 매서운 눈빛이 태성을 파고들었다. 하지만 태성은 서늘한 표정을 지은 채 끄떡도 하지 않았다. 단지 옆에 서 있는 호진만이 노인의 눈빛에 주눅이 들어 고개를 숙이고 있을 뿐이었다. 속으로는 그 눈빛에 눌리지 않는 태성에게 존경의 박수를 보내면서.

"어르신만큼은 아니지만, 저도 바쁜 몸입니다."

그럴 줄 알았다는 듯 노인이 콧방귀를 뀌었다. 자신을 '어르신'이라 칭하는 태성이 마음에 들지 않는 표정이었다. 조금만 사근사근하면 그 앞에 세상을 가져다줄 준비도 되어 있건만, 목석같은 녀석.

예나 지금이나 여전히 딱딱한 태성의 태도에 노인은 내심 서운했다. 하지만 겉으로 드러나는 노인의 표정에는 그 어떤 미세한 변화조차 없었다.

"네놈이 그리 나올 줄 알았다."

태성이 미심쩍은 눈빛을 던졌다. 저렇게 나오면 더 수상쩍어진다. 노여워하며 폐부에서부터 깊은 기침 소리를 내야 맞는데.

"그럼 이만 가보겠습니다."

"이렇게 보는 눈이 많은데, 날 두고 가겠다고?"

"소리라도 지르실 작정이십니까?"

"그보다 더 재밌게 해줄 수도 있지."

태성의 눈빛이 가늘어지자, 노인의 입가가 심술궂게 실룩거렸다. 저놈 데리고 놀아본 지가 언제였던가.

태성은 주위를 둘러보았다. 노인의 말대로 보는 눈들이 너무 많았다. 태성은 몰라도 H 그룹의 회장을 알아보는 이들이 있을 것이다.

대놓고 협박이었다. 그들의 관계가 알려지는 걸 질색하는 태성에게 협박을 하는 중이었다. 그럴 줄 알았다. 못마땅했지만, 지금은 노인네가 칼자루를 쥐고 있는 상황이었다.

"저녁에 오도록 해라. 그리 알고 가도록 하마."

"기다리지 마십시오."

"너무 뻗대면 후회할 일이 생긴다는 걸 기억하고 있도록 하고."

할 말은 다 했다는 듯, 노인이 발걸음을 옮겼다. 떠나는 노인의 뒷모습을 보며 호진은 비로소 허리를 빳빳이 세웠다.

"하필 딱 걸리셨습니다. 그동안 용케 잘 피해 다니셨는데요."

태성의 미간이 좁아졌다. 그동안 노인네에게 걸리지 않게 신경 쓴 게 모두 허사가 되어버렸다.

"저 노인네 주치의가 이 병원 원장이었지?"

"죄송합니다. 미처 그것까지 생각 못 하고 예약을 잡았네요."

호진답지 않은 실수였지만 태성은 별다른 이야기를 하지 않았다.

"그나저나 어디 안 좋으신 거 아니야? 집으로 주치의 불러도 되실 텐데."

"자기 몸에 관심이 많은 양반이야. 그럴 리가."

호진에게는 건조하게 내뱉으면서도 태성의 눈은 차가 사라진 방향을 향했다.

💍

"아, 정말요? 그럼 오늘 우리 못 봐요?"

전화를 받는 세나의 목소리가 어딘지 모르는 기쁜 듯했다.

[너무 좋아하는 거 아니야? '정말요?' 할 때 네 목소리 톤이 지나치게 올라가 있었어.]

세나는 고개를 흔들었다. 예리한 남자 같으니라고.

"한태성 대표님."

[왜?]

"제가 조금 전에 수업이 휴강 됐거든요? 제 기분이 어떨까요?"

태성은 잠시 말이 없었다.

"그러지 말고 이야기해 봐요. 제 기분이 어떨까요?"

[기쁘겠지.]

"그죠? 그렇게 생각하죠? 거봐요. 그거하고 똑같은 거예요."

[나랑 데이트하는 게 수업만큼 지루하다는 뜻인가?]

"대표님의 추리가 근거가 없진 않은데, 그렇게 앞서 나가지는 말자구요, 우리. 그런 거 다 알아봤자 서로 감정만 상하잖아요?"

세나는 숨죽여 웃었다. 아무래도 삐친 것 같았다. 이유라도 알려주면 좀 덜 삐치시려나?

"조금 전에 전화 왔었거든요. 알바 하는 곳인데, 오늘 추가 근무해줄 수 있냐고. 수당 더 얹어 주겠다고요. 예약 손님이 많은가 봐요. 아주 약간 뭐랄까…… 돈의 부름에 응할 수 있어서 감격한 기분이었다고나 할까."

[설명하지 마. 들을수록 기분 나쁠 것 같으니까.]

"왜요. 오늘 제가 너무 보고 싶었어요? 보고 싶어서 엄청 기대했는데 못 보게 돼서 서운하고 그런 거예요? 에이, 그런 거면 말을 하지. 그럼 제가 너무 바쁘지만, 알바가 끝나고서라도……. 응? 여보세요? 여보세요? 대표님? 한태성 대표님?"

뚜뚜뚜뚜-.

한창 떠들고 있던 전화기에서 끊긴 통화음만 흘러나왔다.

"좋은 성격은 못 된다니까."

세나가 웃음을 지으며 핸드폰을 가방 속에 넣었다.

"누구? 누가 좋은 성격이 아닌데?"

"깜짝이야. 너 언제 왔어?"

화장실에 다녀온다던 윤주가 반짝거리는 눈으로 세나를 뚫어지게 보고 있었다.

"들어가자."

"들어가기 전에, 누구냐니까?"

"아는 사람."

윤주는 고개를 저었다. 결코 속지 않겠다는 단호한 의지였다. 아는 사람? 앙큼하긴. 누굴 속이려고.

"이거 왜 이래. 나야, 나. 너의 베스트 프렌드. 아는 사람인데, 전화 받는 목소리가 그렇게 사근사근해?"

"내가 언제. 잘못 들은 거야. 얼른 가서 마저 이력서 작성하자."

"이거, 이거, 말 돌리는 게 더 수상해."

후다닥 자신의 자리로 돌아가는 세나를 보며 윤주의 미소가 짙어졌다. 꼬리가 점점 길어지고 있단 말이지. 조만간 밝히긴 된통 밝힐 듯싶었다.

윤주를 피해 황급히 휴게실로 들어온 세나는 더 이상 아무것도 묻지 않는 윤주를 보며 작게 한숨을 내쉬었다. 하필 그 타이밍에 걸려가지고. 힐끗 윤주를 쳐다보았지만, 윤주는 아무 일 없다는 듯 세나의 옆에 자리를 잡고 앉았다.

"여기서 끝이라고 생각하지 마. 오늘은 이력서 쓰는 게 바빠서 넘어가지만, 긴장하고 있는 게 좋아."

윤주의 달콤한 목소리가 세나의 귀에 저승사자처럼 들렸다.

"아무것도 아니야. 괜히 오버하지 마."

"오버는 네가 하고 있거든?"

세나는 더 이상 대꾸하지 않고 이력서 쓰는 데 집중했다. 그런 세나를 보며 피식 웃던 윤주도 이내 집중해서 이력서를 작성하기 시작했다.

조금은 섭섭해하던 태성의 목소리. 만나지 못해서, 그래도 조금은 아쉬운 걸까? 태성의 목소리가 이상하게도 세나의 기분을 상승시켰다.

데이트야 다음으로 미루면 되는 일이고, 추가 수당을 주겠다는 아르바이트 자리는 놓치기 아까웠다. ……근데 나도 지금 한태성 씨 못 본다고 조금은 섭섭해하는 건가? 섭섭할 게 뭐가 있겠어. 오늘 물어볼 게 있었는데 못 물어봐서 마음이 찜찜한 것뿐이야.

세나는 아까 윤주의 스크랩북에서 본 사진을 떠올렸다. 물어보고 싶었는데. H 그룹 한 회장님이랑 아는 사이냐고. 그 질문도 다음 기회로 미뤄야겠네.

뉴스에서 H 그룹에 관한 보도가 흘러나오고 있었다. 익숙한 기사 거리였다. 후계자 자리에 관해서는 전에도 뉴스에서 본 적이 있었다. 당장 한혁선 사장이 자리에서 물러나면, 춘추전국시대가 따로 없을 거라는 전문가의 의견이 뉴스에 올라오고 있었다. 그 때문에 회사 주가는 불안정한 상태를 유지하고 있었다.

태성은 한 손을 목에 받친 채 고개를 뒤로 젖히고는 눈을 감았다. 몸 안의 피가 바뀌지 않는 이상, 이 답답함은 평생 그를 따라다

닐 것이다. 태성의 입에서 깊은 한숨이 흘러나왔다. 결국 그는 초대
에 응하지 않았다.

분명 자신에게 칼을 갈고 있겠지. 어떻게 복수할까 즐거워하고 있
을 것이다. 태성은 한 회장에게 자신이 즐거운 유희 거리 그 이상도,
이하도 아니었으면 했다. 하지만 한 회장은 분명 그 이상을 원할 것
이다. 그런 사람이니까.

한 회장과의 만남은 분명 태성에게 충격을 주었다. 타격이 그리
크지는 않았지만 지금 태성에게는 시간이 필요했다. 조용하고 평화
로운 시간이.

그때 번개처럼 머릿속을 스치는 생각에 태성은 감았던 눈을 번쩍
떴다. 헛웃음이 절로 나왔다.

"……지금 이 상황에 왜 네가 보고 싶지?"

세나는 마지막 설거지 거리를 주방 아주머니에게 안겨주었다. 이
것만 드리고 나면, 그녀의 일은 끝이었다.

"오늘도 수고하셨습니다."

아직 11시. 서둘러 가면 막차는 놓치지 않을 것이다. 세나는 씩씩
하게 가게 문을 나섰다.

"저, 세나야……."

누군가 자신을 부르는 소리에 세나는 뒤를 돌아보았다. 같이 아
르바이트를 하는 민석이었다. 무슨 일이냐는 듯 세나가 쳐다보자
민석은 말을 잇지 못하고 잠시 머뭇거렸다.

"저기, 술 한잔할래? 내가 아는 형님이 오픈한 곳이 있거든…….
거기 같이 안 갈래?"

세나의 기준에 술 한잔하기에는 매우 늦은 시간이었다. 그래서 미
안한 듯 미소를 지으며 거절했지만, 민석은 물러설 생각이 없어 보
였다.

"나 지금 가야 집에 갈 수 있어서."

"집에 가는 것 때문이라면, 내가 데려다줄게."

"뭐? 술 한잔하러 가자며."

"그럼 술 말고 뭐 먹으러 갈래? 팥빙수 먹으러 갈래? 아니면 내가
와플 맛있게 하는 집도 아는데."

"11시에 와플을 먹으러 가자고?"

"내가 너 데려다줄게. 같이 가자."

"아, 아냐. 나는 집으로 갈게."

"오늘은 꼭 너한테 할 말도 있고. 내 부탁 들어줬으면 좋겠는데."

평소답지 않게 말이 길어지는 민석을 보며 세나는 기분이 이상했
다. 세나가 알던 민석과는 다른 모습이었다. 결심이라도 한 듯 민석
의 얼굴은 비장해 보이기까지 했다.

"미안한데, 남자 친구가 기다리고 있어서 얼른 가봐야 해. 지금쯤
올 때가 됐는데, 너와 이렇게 있는 거 오해할지도 모르겠다."

"너 남자 친구 있었어?"

"응. 얼마 되진 않았지만."

확실하게 거절할 수 있는 방법이었다. 어설픈 마음을 질질 끌어봤
자 그건 민석에게도 좋은 일은 아닐 테니까.

하지만 세나의 말에 민석은 오히려 더 표정이 비장해졌다.

"그럼 네 남자 친구 오면 아무 소리 없이 갈게."

"왜?"

"솔직히 네 말, 못 믿겠어서. 혹시 부담스러워서 거짓말하는 거면, 그러지 마. 나 오늘 큰 용기 낸 거거든. 기회를 한 번 줄 수도 있는 거잖아."

세나는 한숨을 내쉬었다. 지금이라도 미안하다고 말해야 하나? 이럴 때 한태성 씨라도 나타나 주면 얼마나 좋아.

"윤세나."

세나는 고개를 갸우뚱거렸다. 환청인가? 태성의 등장이 반갑긴 할 상황이긴 하지만, 환청이 들릴 정도로 간절한 건 아니었는데.

"윤세나."

조금 더 커진 삐딱한 목소리. 환청이 아닌 모양이었다. 민석의 얼굴도 소리가 나는 방향을 향하고 있었다.

"대표님?"

세나가 놀란 눈으로 소리가 난 방향으로 몸을 돌리자, 매끈한 자동차에 탄 채로 그녀와 민석을 뚫어져라 바라보는 태성의 얼굴이 눈에 들어왔다. 믿을 수 없는 상황이었다. 태성을 생각하자 그가 그녀의 눈앞에 나타났다.

"아는 사람?"

민석이 의심스러움 반 놀라움 반으로 세나에게 물었다.

"……저 사람이 네 남자 친구야?"

"어. 그러니까 저기…… 미안해."

단호한 의미가 담겨 있는 사과였다. 민석은 낙담한 얼굴로 세나를 바라보고는 고급 세단에 타고 있는 남자에게로 시선을 돌렸다.

많은 준비를 했었는데, 시작도 해보기 전에 거절이었다. 자신과는 게임조차 되지 않을 정도로 멋있는 남자였다. 저런 남자 친구가 있는데, 자신이 눈에 들어올 리가 없었다.

"네가 미안할 일은 아니지. 얼른 가봐. 남자 친구 기다리겠다."

씁쓸한 얼굴로 말하는 민석을 등지고 세나가 태성의 차에 올라탔다.

"타이밍 굉장하시네요."

태성의 옆자리에 앉은 세나는 안도의 한숨을 내쉬었다. 돌아서는 민석의 얼굴이 안돼 보이긴 했지만, 그런 마음은 빨리 정리될수록 좋은 일이었다. 전혀 눈치채지 못했는데 다음번 아르바이트 때는 어떤 얼굴로 봐야 하나.

"고백이라도 받은 타이밍인 건가?"

태성은 분명 우스갯소리로 던진 말이었다. 사실 두 사람의 공기가 딱 꼬집어 말할 수는 없지만, 아주 미묘하기도 했다. 하지만 세나에게는 우스갯소리가 아니었던 모양이었다. 입을 꾹 다문 세나의 얼굴을 본 순간 태성은 운전대를 잡고 있던 손에 힘을 주었다.

"뭐야, 진짜로 고백 받는 타이밍에 내가 나타난 거야?"

"고백은 아니지만, 아슬아슬하긴 했어요."

세나가 별다른 부정을 하지 않자, 태성의 눈초리가 날카로워졌다.

"밖에서 그렇게 아무 남자한테나 히죽거리고 다니나?"

"히죽거려요?"

"네가 아무것도 안 했는데 저런 녀석이 들러붙을 리는 없고."

세나는 갑자기 봉변을 당한 듯 기분이 불쾌해졌다. 들러붙긴 뭘 들러붙어.

"아무것도 안 해도 매력이 철철 넘치나 보죠."

"그 어이없는 근자감은 뭔데?"

분명 불쾌해야 할 포인트였다. 그랬는데……. 세나는 태성의 말에 자기도 모르게 웃음을 터뜨렸다.

"근자감? 대표님, 그런 말도 쓸 줄 알아요?"

호진이 자주 쓰던 말이었는데 어느새 그에게도 전염된 모양이었다.

"……품위 없는 말을 썼군."

"생각보다 늙으신 건 아닌가 봐요? 아, 늙었다는 표현은 심했네요. 사과하죠."

세나의 사과에도 태성은 찜찜했다. 사과를 받았는데, 진 것 같은 이 기분은 뭐지?

"그나저나 어떻게 된 거예요?"

"우연히 지나가다 들렀어."

"밤 11시에 제가 아르바이트하는 가게를 우연히 지나가다 들렀다구요? 말도 안 돼."

말도 안 되는 일이긴 하지. 태성은 속으로 세나의 의견에 동의했다. 하지만 네가 보고 싶어서 왔다는 건, 훨씬 더 말이 안 되는 일이었다. 이 밤에 도대체 왜 세나가 보고 싶었을까? 아직도 이해가 안 되는 일이었다.

"말하기 싫으면 안 해도 돼요. 덕분에 신세졌으니까."

"넌 늘 고맙다는 말에 인색하더군."

"고마워요."

냉큼 대답하는 세나를 태성은 못 미덥다는 듯이 쳐다보았다.

"윤세나가 이렇게 금방 고맙다고 말할 사람인가?"

"우리 이제 좀 가까워졌나 봐요? 저에 대해 잘 알고 계시네요. 이 길로 쭉 가시면, 저희 집으로 가는 길이에요. 조금 더 신세 질게요."

보육원까지 태워다 달라는 말이었다. 태성은 저절로 헛웃음이 나왔다.

"너무 뻔뻔한 거 아닌가?"

"칭찬 감사해요. 보너스나 인센티브나, 그것도 아니면 자원봉사라고 생각해주시면 안 될까요?"

상큼하게 웃는 세나를 보며 태성이 툴툴거렸다.

"난 자원봉사 같은 건 해본 적도 없는 사람이야."

"이번 기회에 좀 해봐요. 자원봉사 안 해본 게 자랑은 아니잖아요?"

세나의 집으로 향하는 도로는 한적했다. 매끈한 자동차가 그 한적한 도로를 달리고 있었다. 달린다는 표현이 무색할 만한 속도였다. 사람으로 치자면 걸음마를 하고 있을까 싶을 정도였다.

느린 속도로 달리는 태성의 차 안에서 새근새근 곤한 숨소리만 들려왔다. 조심스레 운전하는 태성의 옆자리에는 세나가 아주 편안한 자세로 숙면을 취하고 있었다.

—보너스나 인센티브나, 그것도 아니면 자원봉사라고 생각해주시면 안 될까요?

태성은 세나의 말 한마디에 이 한적한 도로를 달리고 있는 자신의 모습이 낯설었다.

11시가 훨씬 넘은 시각이었다. 내일 회사에 출근하려면 지금 윤세나를 데려다주는 일 따위는 하지 않는 게 옳았다. 게다가 이 어이없는 속도는 대체 뭐란 말인가. 윤세나가 잠든 걸 알아차린 그 순간부터, 그는 혹시라도 그녀가 깰까 봐 이 달팽이 같은 속도로 그녀의 보육원 앞까지 왔다.

불과 30분 정도 걸리는 거리를 한 시간도 넘게 운전을 해서 오다니. 목적지를 앞에 두고 차가 아주 천천히, 움직임이라고는 느껴지지 않을 만큼 조심스러운 속도로 멈춰 섰다.

"내가 뭐 하는 짓인지 모르겠군."

태성은 핸들에 기대어 세나의 잠든 얼굴 쪽으로 고개를 돌렸다. 그리고 도착했음에도 불구하고 여전히 잠에서 깨지 못하는 세나의 얼굴을 물끄러미 바라보았다. 잠든 얼굴은 또 다른 분위기였다. 눈을 뜨고 있을 때는 여전사 같더니, 눈을 감고 있을 때는 순한 어린아이가 따로 없었다.

자신의 차에서 곤하게 잠들어 있는 세나의 존재가 이상하게 느껴졌다. 아주 많이 신경 쓰였다.

"잘도 자네."

피곤했을 것이다. 학교, 아르바이트, 과제…… 게다가 자신과의 계약까지 이행해야 했다. 머리카락이 간지러운지 얼굴을 찌푸리다 다시 잠을 청하는 세나를 보며 태성은 자신도 모르게 손을 뻗을 뻔했다.

이렇게 자는 걸 보면 자신을 너무 믿는 것인지, 아니면 자신을 남자로 의식하지 않는 것인지. 그는 어느 쪽이건 달갑지가 않았다.

태성은 깊이 잠들어 있는 세나의 얼굴에서 눈을 떼지 않았다. 보고 있는 게 질리지가 않았다. 자면서 기분이 좋은지 그녀의 입술이 부드러운 곡선을 그리고 있었다.

문득 바라본 세나의 입술이 태성의 시선을 빼앗았다. 얼마 전 그랬던 것처럼. 화려한 립스틱으로 치장한 그 어떤 여자들보다도, 수수한 붉은빛의 입술이 그에게 너무 유혹적으로 다가왔다. 아주 위험하게.

키스하고 싶었다. 마음껏 그녀의 입술을 맛보고 싶었다. 그녀를 품 안에 가둬놓고 뜨거운 숨결을 나누고 싶었다.

순간 태성의 머릿속에 위험 신호가 울리고 이성의 끈이 팽팽하게 긴장되었다. 이런 그의 상태는 전혀 알지도 못한 채 세나는 태평하게 잠들어 있었다.

심술이 난 태성은 세나의 이마를 손가락으로 쿡 찔렀다. 잘도 자는 그녀가 갑자기 얄미워졌다.

"……다 왔어요? 우와, 집이다. 진짜로 데려다주실 줄은 몰랐는데……."

웅얼거리는 그녀의 목소리는 감격에 젖어 있었다.

"얼른 들어가."

"근데 가끔 종종 이용해도 돼요?"

"양심도 없군."

양심도 없는 윤세나보다 더 어이가 없는 건 '얼마든지.'라고 대답하고 싶어 근질거리는 자신의 입이었다. 태성이 입을 꾹 다문 채 있자 세나는 배시시 웃으며 자신의 가방을 챙겼다.

"오늘 감사했어요."

"그런 감사 인사는 지겨워."

"설마 돈을 받겠다는 건 아니죠?"

세나가 가방을 꼭 끌어안자 태성의 미간에 주름이 생겼다.

"설마. 내가 네 푼돈 받아서 뭐하려고?"

"피 같은 푼돈 모아서 부자 될지 어떻게 알아요?"

"돈은 많아. 그것 말고 다른 걸로 갚아."

충동적이었다. 세나의 오물거리는 입술을 보며 태성은 손가락으로 자신의 볼을 톡톡 건드렸다. 조금 전 느낀 혼자만의 욕망을 조금이라도 보상받아야 할 것 같았다. 이 정도는 괜찮겠지.

세나는 지금 자신이 저 사람의 뜻을 제대로 알아들은 건가 싶어 태성의 손가락을 뚫어져라 쳐다보았다.

"……그러니까 지금? 진짜요?"

"그럼 그냥 가려고 했어? 여기까지 내가 손수 운전해서 데려다줬는데?"

"대가가 있어야 한다는 말은 없었잖아요."

"안 물어봤잖아."

세나의 흔들리는 눈동자에 태성은 웃음이 나왔지만, 표정은 여전히 변화가 없었다. 그런 태성을 보는 세나는 당황하고 있었다. 그러니까 뽀뽀를 하란 말이지? 그의 볼에?

어떻게 해야 할지 그녀는 갈피를 잡을 수 없었다. 태성은 재촉하듯 그녀를 바라보고 있었다. 사실은 당황하는 그녀가 귀여워서 보고 있을 뿐이었지만.

잠시 고민하던 세나는 이내 결심한 듯 표정을 굳혔다. 에라, 모르겠다. 뽀뽀가 뭐 대수라고. 맨날 애들이랑도 하는데.

세나의 몸이 태성 쪽으로 기울어졌다. 예기치 못하게 세나의 숨결이 가까이에서 느껴지자, 태성의 몸이 돌처럼 굳어버리고 말았다.

달콤하고 부드러운 감촉이 그의 볼을 스치듯 지나갔다. 고작 이런 스킨십 따위에, 키스도 아닌 입술에 하는 뽀뽀도 아닌, 윤세나의 숨결이 닿은 볼 한쪽 따위에 몸이 굳어버릴 줄은 상상조차 하지 못했다.

"데려다주셔서 감사합니다."

세나는 어두워서 다행이라고 생각했다. 귀까지 빨갛게 달아오른 자신의 모습을 태성이 보지 못해서 다행이었다. 무슨 용기였을까? 그저 택시비 대신이잖아. 난 정당한 대가를 지불했을 뿐이야.

"저 분명히 드렸으니까, 이제 갈게요."

차 문을 열고 나서려는 세나의 손목을 태성이 붙잡았다. 손목을 잡힌 세나는 놀란 눈으로 태성을 바라보았다.

"윤세나. 너, 못 가."

태성의 눈빛이 깊고 어두워졌다. 남자의 눈빛이었다. 그런 태성의 눈빛에 세나의 심장이 거세게 뛰었다.

어두운 차 안, 두 사람의 시선이 엉켰다. 미묘한 기운이 그들 사이에 흐르고 있었다. 무언가 변하고 있었다. 태성의 시선이 집요하게 세나의 눈빛을 헤집고 들어왔다. 그의 눈빛에 세나의 온몸이 작게 떨려왔다. 위험해.

"저, 이미 늦어서 얼른 들어가 봐야……."

"그럼 나한테 그러지 말았어야지."

뽀뽀하라며? 택시비 내놓으라며? 하지만 세나는 아무런 말도 입

밖으로 내지 못했다. 그저 그의 눈빛에 홀린 듯 빠져서 그저 바라보는 것밖에는 아무것도 할 수가 없었다.

태성의 숨결이 서서히 세나를 향해 다가왔다. 점점 더 가까워지는 그의 뜨거운 숨결에 그녀는 자신도 모르게 눈을 질끈 감았다.

그때였다.

"그림이 아주 좋네? 이 늦은 시간에?"

심술궂은 목소리와 함께 누군가 차 문을 두드렸다. 목소리를 들은 세나는 그대로 경직되어버렸다. 그들 사이에 흐르던 마법 같은 시간이 순식간에 깨져버렸다.

세나는 작게 숨을 내뱉었다. 안심인지, 아쉬움인지 모를 그런 한숨이었다.

"……누구지?"

"그러는 그쪽은 누구십니까?"

태성에게 되묻는 목소리는 건방지고 당돌했다.

어두운 정적을 깨고 모습을 드러낸 사람은 윤성이었다.

차를 사이에 두고 태성과 윤성이 마주 섰다. 왜 하필 이런 민망한 타이밍에 윤성과 마주쳤을까? 세나는 머리를 흔들었다.

"누나가 말해봐. 이 아저씨는 누구신지."

계속해서 누구냐고 신호를 보내는 윤성에게 무언가 해명을 해줘야 했다. 아니면 아마 밤새도록 끈질기게 물고 늘어질 테지.

"아니, 이 사람은……."

딱히 뭐라 불러야 할지 애매모호해하는 세나를 향해 태성이 미간을 찌푸렸다. 뭐가 어렵다고. 태성의 입이 삐딱하게 굳어졌다.

"나는 윤세나 남자 친구지."

태성의 말에 세나가 입을 다물었다. 그렇게 정리하는 게 훨씬 간단한 일이었다. 여기서 후원 어쩌고 하는 내용이 나오면, 그 파장이 어마어마하게 커질 테니까. 여자 친구라는 명목으로 그와 함께 다니고 있는 중이니까 아예 거짓말도 아니었다.

"일단, 합격."

"뭐, 뭐가? 뭐가 합격인데."

갑작스러운 윤성의 발언에 세나가 태성을 민망한 듯 바라보았다. 그런 세나의 모습이 귀여웠는지 태성의 눈빛에 웃음이 담겼다. 어두웠지만, 윤성은 그런 태성의 시선을 놓치지 않았다.

"늦긴 했지만, 들어가서 차 한잔하실래요?"

"야, 이 늦은 시간에 들어가긴 어딜 들어가?"

세나가 당황하며 소리쳤지만, 태성은 고개를 끄덕였다.

"차 한 잔 마시고 가는 것도 괜찮을 것 같군."

황당해하는 세나를 뒤로하고, 윤성과 태성의 발걸음은 이미 집으로 향하고 있었다.

세나는 윤성을 쏘아보았다. 하지만 윤성은 자신도 모르는 일이라며 고개를 저었다. 그저 이야기를 할 요량으로 태성을 집으로 초대한 윤성이었다. 하지만 집 안으로 들어섰을 때는 그들이 생각한 대화라는 걸 할 수 있을까 의문스러운 광경이 펼쳐져 있었다.

"이런 상황은 한 번도 생각해본 적이 없어서 당황스럽군."

"그러니까요. 저도 당황스럽네요."

세나는 난처한 얼굴로 태성을 바라보다 시선을 돌렸다. 자신들의 코앞에 놓인 저 수많은 눈들을 어찌할꼬.

"그럼 저 아저씨가 누나 남자 친구야?"

"야, 그러니까 지금까지 같이 있었지."

"이렇게 늦은 시간에? 봐, 긴 바늘하고 작은 바늘이 벌써……."

"작은 바늘 아니고 짧은 바늘."

"그거나 그거나. 오빠는 꼭 이상한 걸로 뭐라고 하더라."

"원래 길다의 반대말은 짧은 거야. 내가 이상한 게 아니라."

"근데 이렇게 깜깜한데 누나는 왜 이렇게 늦게 왔지?"

태성은 터져 나오려는 웃음을 간신히 참았다. 나름대로 심각한 이 분위기에서 웃는 건 예의가 아닐 것 같았다.

"너희들, 왜 이 시간까지 안 자고 있어?"

오랜 침묵 끝에 세나의 입에서 나온 소리에 아이들이 저마다 재잘거리기 시작했다.

"승환이가 이불에 쉬를 해서 막 크게 울었거든."

"내가 승환이 이불을 걷어서 밖에 내놓고."

"나는 승환이를 안아줬는데 계속 울었어."

"바지도 갈아입혀줘야 해서 서랍을 열다가 서랍이 떨어졌어. 그래도 승환이 바지는 갈아입혀줬어."

"시끄러워서 우리가 하나둘씩 깨다 보니 다 깨버린 거야."

"세나 누나도 없고, 윤성이 형도 없고."

아직 기저귀를 완전히 떼지 못한 승환이 잠결에 쉬를 하고선 놀라서 울음을 터뜨린 모양이었다. 보통 그럴 때는 세나가 조용히 가서 달래주곤 했는데, 오늘은 세나가 아니다 보니 녀석이 진정이 되지 않았나 보다.

세나의 입에서 긴 한숨이 흘러나왔다. 누굴 탓해. 늦게까지 태성과 있었던 자신 탓이다. 하필 어머니도 지방에 내려가시고 안 계신 날이었다. 윤성이만 믿고 있어서는 안 되는 일이었는데.

"자, 그럼 이제 모두 돌아가서 자도록 해."

세나의 말에 아이들의 시선이 태성을 향했다. 초롱초롱한 눈빛들로 보건대, 아이들은 금방 잠들 생각이 없어 보였다.

"그럼 저 아저씨는 어디서 자?"

"언니하고 같이 자?"

"야, 언니는 세영이 언니랑 또 다른 언니랑 같이 자야 하잖아."

"그래도 세나 언니 남자 친군데, 세나 언니하고 같이 자야지."

"아니지, 아니지. 저 아저씨는 윤성이 형이랑 자야지. 누나는 다 큰 어른이니까 같이 자면 안 돼. 애들이 그러는데 어른들은 같이 자면 안 된대."

"왜?"

"어…… 사랑을 해서 아기 씨가 생길 수도 있대. 2학년 형아가 알려줬어."

다시 시작된 아이들의 재잘거림에 세나는 머리가 터질 지경이었다. 대체 왜 저 아이들은 태성이 여기서 자고 갈 거라고 생각하는 걸까. 그리고 저 말도 안 되는 성교육 지식들은 대체 뭔데!

"아저씨는 다시 집으로 돌아가실 거야."

세나의 말에 진심으로 깜짝 놀랐다는 듯 아이들이 세나를 쳐다보았다. 그리고 이해할 수 없다는 듯, 고개를 갸우뚱거리기 시작했다.

"진짜? 그럼 왜 왔어?"

"바보야, 깜깜해서 누나 데려다주러 온 거잖아."

"왜?"

"남자는 원래 그렇게 하는 거야. 그러면 여자한테 잘 보일 수 있거든."

"아, 그럼 그건 공작새 수컷이 암컷한테 구애하려고 날개를 펼치는 거랑 같은 거야?"

"바로 그거지."

한태성과 공작새. 동급 되시겠다. 태성은 이 상황이 그저 신기하고 재미있기만 할 뿐이었다. 하지만 세나는 더 이상은 들어줄 수가 없어 엄한 표정을 짓고 아이들을 바라보았다.

세나의 얼굴을 보고 아이들은 슬금슬금 목소리를 줄였다.

"이, 제, 모, 두, 들, 어, 가, 서, 잘, 시, 간, 인, 데?"

세나는 아이들을 쳐다보며 힘을 주어 한 글자 한 글자 또박또박 말했다. 사태 파악이 되었는지 아이들은 별 저항 없이 몸을 돌려 각자 방으로 향했다.

"누나가 헐크로 변하고 있어. 이제 들어가야 해."

"그럼 저 아저씨는 어디서 자?"

"아저씨는 집으로 돌아가실 거라니까?"

끝까지 태성을 걱정하는 아이를 향해 세나가 싸늘한 미소를 보여주자, 그 아이도 재빨리 방으로 들어가 버렸다. 태성은 아이들이 사라지는 모습을 보며 서 있었다. 아이들이 빛의 속도로 사라져버리자 거실이 조용해졌다.

이런 곳에서 자랐군, 윤세나는. 그의 예상과는 많이 다른 분위기였다. 시끌시끌, 북적북적. 분명 보육원인데, 밝고 따뜻했다. 갑자기 그가 세나를 처음 보았던 그날 그녀의 목소리가 들리는 듯했다.

─우리 아이가 울고 있어요!

애절했던 세나의 목소리가 이제는 이해가 갈 듯도 했다. 불과 얼마 전의 일인데, 아주 먼 오래전 일처럼 느껴졌다. 윤세나의 아이들은 구김살 없고 밝은 모습이었다. 사랑을 많이 받고 자란 듯했다. 아마도 그 사랑은 온전히 윤세나가 주었을 것이다.

"윤세나, 다들 널 닮았군."

"그건 칭찬인가요?"

"그런 걸로 해두지."

웃음기 서린 태성의 목소리에 세나는 기운이 쭉 빠졌다. 누군가 한 명이라도 즐거웠다면 다행이었다. 즐거운 사람이 한 명 더 있는지도 모르겠다. 고개를 돌리니 윤성 역시 태성을 보며 웃음을 참고 있었다.

"우리 누나는 잠버릇이 있는 편이에요. 너무 피곤하면 코를 골긴 하는데, 이를 갈지는 않구요. 아, 한자리에 얌전히 누워서 자기는 해요. 똑똑한 거 같아 보이지만, 은근 허당이에요. 안 그래 보이는데, 마음도 약하구요."

"……."

"평소에는 너무 쿨하고 좋은 누난데, 한 번 화가 나면 감당이 안될 만큼 무서워져요. 몇 번 보지는 못했지만. 남자 친구는 한 번도 사귀어본 적이 없어요. 제가 알기론. 그건 진짜 말도 안 되지 않아요?"

"흥미로운 사실이군."

"아, 그리고 연예인한텐 관심 없어요."

세나가 커피를 타러 간 사이, 윤성은 묻지도 않은 말을 태성에게 이야기하기 시작했다. 관심을 가질래야 가질 시간도 없겠지. 연예인의 뒤를 쫓아다니는 세나의 모습을 상상하기는 힘들었다.

"근데 딱 한 명, 누나의 마음을 사로잡은 남자 배우가 있긴 해요. 그 사람 알아요? 아뇨, 난 이름도 어렵던데. 그 뭐라더라. 무슨 바퀴벌레 약 이름 같았는데……."

"바퀴벌레 약? 외국인인가 보지?"

"컴배트, 컴퍼넌트. 이것도 아닌데…… 내가 분명히 외웠었는데. 뭐였더라."

"베네딕트 컴버배치."

"아! 맞다. 그 이름. 그 사람이에요. 컴버배치. 제가 말하려던 이름이 그거예요."

태성이 맞혀서 속이 시원하다는 듯 윤성의 표정이 후련해 보였다. 바퀴벌레 약이라.

"매력도 없던데."

"그쵸! 그쵸! 진짜 이상하게 생겼는데. 근데 여자들은 또 다른가 봐요."

"그 배우가 왜 좋다는 건데?"

"뭐라더라. 뇌가 섹시하다나 어쨌다나. 뭐, 암튼 말도 안 되는 이유이긴 했어요. 우리 누나지만 이해가 안 간다니까요."

우리 누나.

얼마나 끈끈한 정으로 뭉쳐져 있는 사이인지 굳이 설명이 필요하지 않았다. 윤성의 눈 속에 세나에 대한 깊은 애정이 담겨 있었다. 누나 이야기에 신이 난 듯한 윤성의 모습에 태성도 말리지 않았다.

알게 된 이야기들도 흥미로웠다. 뇌가 섹시한 남자를 좋아한다 이거지? 윤세나가 내가 하버드 다녔던 거 알고 있나?

"아 참, 누나 어릴 때 사진 볼래요?"

"아니, 굳이……."

"에이, 원래 여자 친구 집에 놀러오면 사진 보고 그러는 거예요."

태성의 반응과는 상관없이 윤성은 자신의 지갑을 열어 사진을 보여주었다.

"우리 누나 예뻤죠?"

윤성이 사진을 꺼내 든 순간, 태성은 사진 속의 작은 여자아이에게서 눈을 떼지 못했다. 아홉 살쯤 되었을까? 선명한 눈망울이 지금과 똑같았다. 귀여운 볼 살과 해맑은 미소는 덤이었다.

"……왜 누나 사진을 가지고 다녀?"

미묘한 감정이었다. 혹시 이 녀석 세나를? 있을 수 있는 일이었다. 보육원에서 함께 자란 두 남녀. 남자의 연정. 여자의 거절.

골치 아픈 스토리가 있는 건가?

"잘 안 보이시나 본데, 옆에 저도 있거든요."

세나에게 빼앗겼던 시선을 조금만 돌려보니, 윤성과 닮은 듯한 어린 아이도 있었다. 다행히 무슨 스토리가 더 있는 것 같지는 않았다.

윤세나의 어릴 적 사진은 많이 예쁘고 사랑스러웠다. 생각보다 훨씬 더.

이런 감정을 느끼는 자신이 너무 이상했다. 자신이 언제부터 어린

애한테 관심이 있었다고. 윤세나라서 관심이 가는 건가?

"그 사진, 나 주지?"

자신도 모르게 충동적으로 나온 말이었다. 한순간 그의 이성이 무슨 짓이냐고 말렸지만, 이내 자취를 감추고 사라져버렸다. 얼마 전에도 비슷한 일이 있었던 것 같긴 한데…….

"에이, 그건 안 되죠. 누나한테 직접 받아요. 누나 사진 많이 있으니까."

아무래도 윤세나에게 직접적인 경로로 받기에는 무리가 있었다. 태성은 고개를 흔들었다.

"설마, 쑥스러워서 그러는 거예요? 아저씨 같은 사람도 부끄럼을 다 타시네요."

"줄 거야, 안 줄 거야?"

"맨입으로는 안 되죠."

당돌하고 야무진 건 이 보육원의 내력인가. 태성이 피식 웃자, 윤성이 자신만만하게 허리를 곧게 세웠다.

"좋은 자세야. 당연히 안 되지. 하지만 지금 너에게 줄 만한 건 없는데? 돈을 원해?"

태성의 말에 윤성이 목소리를 낮췄다.

"그런 소리는 절대 누나 듣는 데서 하지 말아요. 맞아 죽을 수도 있으니까. 그리고 저 그런 놈 아니거든요? 몸에 지니고 계신 것 중에 아무거나 마음 내키는 걸 주세요. 우리들의 만남의 증표 같은 걸로 삼도록 하죠."

나름 어른스럽게 보이려 애쓰는 윤성이 귀여웠다. 몸에 있는 것 중에서……. 태성은 잠시 생각하다가 자신의 커프스 단추를 끌렀다.

"이게 뭐죠? 아무리 그래도 의리의 증거로 단추는 심하죠."

윤성의 말에 태성이 실소를 자아냈다. 자신이 지금 손에 뭘 들고 있는지 모를 테지. 보이는 부분이 모두 보석과 금으로 이루어졌다는 사실을 알면 어떤 표정을 지을까?

"줄 게 그거밖에 없어. 싫으면 말고."

윤성은 커프스 단추를 내려다보았다. 반짝거리는 게 멋있는 것 같기도 했다.

"윤세나 사진 한 장에 커프스 단추 두 개. 괜찮은 거래이지 않아?"

"제가 밑지는 장사 같기는 하지만, 뭐, 좋아요. 딜."

윤성은 선심 쓰듯 태성에게 사진을 건넸다.

"세나 누나만 보려고 저 잘라내고 그러시면 안 돼요."

"그게 싫으면 다음에는 윤세나만 있는 사진을 가져오도록 해."

"아저씨가 누나한테 하는 거 봐서요."

웃는 모양이 제법 듬직했다. 어리지만 남자라고 꽤나 세나를 생각하는 듯했다.

"요즘 사진은 없어?"

"부끄러워하지 않아도 돼요. 남녀 사이가 다 그런 거죠 뭐. 보고 있어도 또 보고 싶고, 안 보고 있을 때도 보고 싶고. 근데 우리 사진은 어릴 때만 많고, 컸을 때 사진은 거의 없어요."

"커서는 사진을 안 찍었나?"

"어릴 때는 어머니가 많이 찍어주셨어요. 그때는 지금보다 저희 집이 더 여유로웠거든요. 근데 갑자기 후원금이 거의 끊기면서 어머니가 저희를 찍어주실 여유가 없어지신 거죠."

살짝 가라앉은 듯한 윤성을 보며 태성이 주제를 돌렸다.

"이번 거래는 비밀로 하지."

"흐음, 많이 쑥스러우신가 보네. 좋아요. 비밀로 해요. 사나이는 의리죠. 저도 뭔가 받았다고 하면 누나가 가만두지는 않을 테니까."

"뭘 가만히 안 둬?"

차를 내오던 세나가 미심쩍은 표정으로 윤성을 쳐다보자 윤성이 입을 다물고 고개를 저었다. 그사이 태성은 세나의 사진을 재빨리 자신의 바지 주머니에 넣었다.

세나가 수상하다는 듯 둘을 번갈아 보았다.

"빨리 말 안 하지? 대표님, 뭐예요?"

세나가 윤성과 태성을 바라보며 다그치자, 둘 다 입을 다물고 웃을 뿐 아무런 이야기도 꺼내지 않았다. 아주 사소하지만, 그래도 진정한 남자들의 의리가 달린 문제였다.

"오늘 많이 곤란했죠?"

"아니. 괜찮았어. 덕분에 즐거웠고."

아이들이 문제가 아니었다. 잠을 자러 들어간 아이들은 오히려 조용한 편이었다. 문제는 윤성이었다.

─사업가요? 진짜 사업하는 사람이에요?

윤성은 태성에게 지대한 관심을 보였다. 누나의 남자 친구에 대한 관심이기도 했지만, 그보다는 멋진 어른에 대한 동경이 더 큰 듯했다. 평소 볼 수 없었던 윤성의 모습에 세나는 당황했지만, 정작 태성은 태연했다.

"윤성이가 오늘 무례하게 군 건 아닌지 모르겠네요."

"아니, 별로. 그 녀석은 그저 '남자 어른'이 반가웠던 거야."

남자 어른.

태성의 정확한 지적에 세나는 아무런 말도 할 수가 없었다. 그런 생각은 전혀 해본 적이 없었다. 늘 씩씩하고 어른스러웠던 녀석이긴 했지만, 그래도 낯선 사람에게 그리 살가운 편은 아니었는데. 이상하다는 생각이 들긴 했었다.

"그러니 무례는 아니었어. 신선한 반응이라 재밌었고."

태성의 말에 세나가 고개를 끄덕였다. 그랬을 것이다. 아무래도 집 근처에는 윤성에게 어른이라고 불릴 만한 남자가 없었으니. 그래서 태성에게 더욱 큰 호감을 보인 걸지도 몰랐다.

"너무 늦어져서 죄송해요."

"괜찮아. 간만에 즐거웠어."

태성의 말에 세나는 살포시 미소 지었다. 그의 말이 진심처럼 느껴졌다. 그녀도 태성과의 시간이 즐거웠다. 많이 늦은 시간이긴 했지만.

"이제 정말 보내드릴게요. 얼른 가세요. 내일 출근하시려면 힘들 거예요."

"다음부터는 데려다주는 걸 고려해봐야겠어."

"우리 그러지는 말자구요. 명색이 연인인데."

'연인'이라는 말에 태성의 심장이 간질거렸다.

세나는 태성을 배웅하고는 집으로 향했다. 자신이 가야 태성도 갈 것 같았다. 이러니까 꼭 진짜 연인 같잖아. 세나는 자신도 모르게 웃음이 나왔다.

자신을 배웅하고 돌아서는 세나의 뒷모습이 사라지자, 태성은 주머니에 손을 넣었다.

얼렁뚱땅 생겨버린 윤세나의 어린 시절 사진.

태성은 한참 동안을 움직이지 않고 그 사진 한 장을 들여다보았다. 이 사진이 왜 가지고 싶었을까?

"대답해보지, 윤세나?"

사진 속의 세나는 웃기만 할 뿐, 태성에게 아무런 말도 하지 않았다.

그 남자는 그날 밤, 왜 거기에 갔을까?

똑똑-.

노크 소리에 자신이 무엇을 하고 있었는지 깨달은 태성은 책상 위에 있던 것들을 넣고 후다닥 서랍을 닫았다. 그는 자신의 어이없는 행동에 헛웃음이 절로 나왔다. 사춘기 소년도 아니고 이게 뭐 하는 짓인지 모르겠군.

닫힌 서랍 안에는 하트 모양의 큐빅이 달린 핸드폰 줄과 세나의 어릴 적 사진이 나란히 자리하고 있었다.

노크를 한 번 더 하고 호진이 서류를 한 뭉치 들고 들어왔다.

"무슨 일이야?"

혼자만의 시간을 방해받은 태성의 입에서 말이 곱게 나갈 리 없었다. 갑작스러운 호진의 등장이 전혀 달갑지 않은 말투였다.

"지난번 대한 그룹에 관해 지시했던 사항들 보고서 작성해왔습니다. 그리고 내일 일정 미리 알려드립니다. 준비하실 서류가 있으실 것 같아서요."

호진의 보고를 들으며 태성은 고개를 뒤로 젖히고는 의자에 기댔다. 그러고는 피곤한 듯 눈을 감았다.

"많이 피곤해 보이십니다."

"안 피곤할 리가 있나."

언제 봐도 대단한 남자였다. 다 쓰러져가는 기업을 짧은 기간 동안 정상화시키다니, 한태성이 아니면 불가능한 일이었다. 이러니 사람들이 '한태성, 한태성.' 하는 거겠지. 자신의 할머니까지도. 친손자인 호진을 태성의 밑에 집어넣을 때에는 다 이유가 있는 법이다.

자신의 새끼를 절벽에서 떨어뜨리는 사자 같으신 분. 그게 바로 우리 윤옥분 여사시니까.

절로 존경심이 들게 만드는 남자였다. 여러모로 자신은 아직 태성에게 배울 점이 많았다. 단 하나, 연애만 빼고.

"쉬엄쉬엄 하십시오."

"넌 아직도 마음가짐이 부족해. 그런 정신 상태로는 윤 여사님 기대에 전혀 부응하지 못할 텐데."

"각자 인생, 각자 살아야죠."

"그럼 이제 윤 여사님 밑으로 들어가. 그럴 때도 됐잖아."

호진은 자신의 손목시계를 확인하며 딴청을 피웠다. 적어도 5년 안에 태성의 곁을 떠날 일은 없을 것이다.

"그래도 오늘 일정은 더 이상 없으니 일찍 들어가서 푹 쉬는 게 나으실 것 같습니다."

호진의 충고에 태성이 눈을 감은 채 피식 웃었다. 일정이 없다니, 그럴 리가 있나. 아직 퇴근 시간도 되지 않은 이른 저녁이었다.

"오늘 일정이 아직 끝나지 않은 건, 네가 더 잘 알고 있지 않아?"

세나와의 데이트. 태성의 입가에 살짝 미소가 머물렀다. 유일하게 그에게 힘들지 않은 일정이었다. 힘들지 않을 뿐만 아니라 기대도 되는 일정이기도 했다.

"아! 오늘 일정 말씀이시군요. 아까 회의 중이시라서 말씀을 못 드렸습니다."

호진의 입에서 짤막한 감탄사가 터져 나왔다. 그 소리를 들은 태성이 눈썹을 살짝 치켜 올렸다. 예감이 좋지 않았다.

"아까 세나 씨에게서 연락이 왔었습니다. 오늘 만남은 힘들 것 같다고."

태성과 호진 사이에 잠시 침묵이 흘렀다. 태성의 눈이 가늘어졌다.

"그걸 왜 너한테 연락해."

"대표님 핸드폰으로 연락이 안 된다던데요."

핸드폰을 어디에 두었더라. 태성은 재킷 주머니에 넣어둔 핸드폰으로 손을 뻗었다.

> 오늘은 못 만날 것 같아요. 정말 죄송합니다, 대표님.
> 다음에는 이런 일이 없도록 주의할게요.

부재중 전화 3통. 그리고 남겨진 세나의 문자에 태성의 눈빛이 날카로워졌다. 거리감이 느껴지는 세나의 문자가 신경에 거슬렸다.

태성의 기분이 다운되고 있음을 알아차린 호진은 아무런 말도 하지 않았다. 섣불리 세나의 편을 들었다가는 불똥이 자신에게로 튈 것이다.

"아직 세상 물정을 몰라서 이러는 건가? 계약이 장난이야?"

태성의 목소리가 커지기 시작했지만, 정작 본인은 아무런 생각이 없는 것 같았다.

"어쩔 수 없는 사정이 있을 수도……."

"사정? 무슨 사정?"

"바쁜 것 같았습니다만."

태성의 날카로운 눈빛에 호진이 움찔하며 입을 닫았다.

"바빠도 내가 더 바빠. 어디서 바쁜 척이야?"

태성은 자신의 감정을 알 수가 없었다. 약속이 지켜지지 않아서 화가 나는 건지, 아니면 세나를 보지 못해서 화가 나는 건지.

일정이 없어졌으면, 오히려 피곤한 몸을 이끌고 집으로 갈 수 있어서 다행이라 생각하는 게 맞았다. 그만큼 힘든 날들의 연속이었으니까. 그런데 왜 그런 생각이 들지 않는 건지.

"난처한 일이 생긴 모양이었습니다. 자세한 사정은 말하지 않았구요."

"근데 난처한 일이라는 건 무슨 근거야?"

"말투가 그랬습니다."

태성은 굳은 표정으로 호진을 쳐다보았다. 난처하다면, 나쁜 일이라도 생긴 건가?

"지금 윤세나 어디 있는지 알아내."

"네? 제가요?"

태성이 한심하다는 듯, 호진에게 차가운 시선을 던졌다.

"그럼 내가 해? 15분 줄 테니 알아와. 진짜로 난처한 일이 있는 건지, 아니면 땡땡이 치고 있는 건지."

"……네."

태성의 목소리가 어느덧 차갑게 가라앉아 있었다. 그런 모습이 더 위험스러워 보이는 건 호진만의 착각은 아닐 것이다.

부디 땡땡이는 아니기를. 호진은 심상치 않은 태성의 눈빛을 보며 세나의 안위를 걱정했다.

정확히 15분 후, 호진은 자신만만한 태도로 태성의 앞에 섰다. 짧은 시간에 생각보다 많은 것을 알아낸 자신이 대견할 정도였다.

"여기에 있다고? 가람고등학교?"

"네. 지금 세나 씨 위치가 그리로 나와 있습니다."

15분 제한 시간을 받은 호진은 세나에게 여러 차례 전화를 걸었지만, 통화음만 연결될 뿐이었다.

"알아본 바로는 그 학교에 세나 씨와 보육원에서 함께 지내는 이윤성이라는 남학생이 다니고 있습니다."

'윤성'이란 이름을 듣고 태성은 즉시 누군가를 떠올렸다. 알고 있는 이름이었다. 세나를 다정하게 '우리 누나'라고 부르던 녀석.

"혹시나 해서 학교로 연락해보니, 윤성 군의 보호자가 학교에 와 있답니다."

"그게 윤세나라고?"

"아무래도 정황상 그렇지 않을까 싶습니다. 알아낸 세나 씨의 위치도 그렇구요."

왜 윤세나가 거기에?

"고등학교에 다니는 남학생이 보호자가 필요한 상황이면, 윤성이란 녀석이 사고를 친 건가? 그 녀석, 무슨 사고를 친 거지?"

태성은 윤성에 대한 기억을 떠올렸다. 개구지게 웃는 인상이 딱히 사고를 칠 만한 아이는 아니었던 것 같은데.

"윤성이라는 학생이 절도 사건에 연루되어 있답니다. 같은 학교 친구에게서 고가의 물건을 훔친 모양인데, 그것 때문에 불려간 것 같습니다."

그럴 리가. 태성은 고개를 흔들었다. 한 번밖에 본 적 없는 아이였지만, 누군가의 물건을 훔칠 만한 인상은 아니었다.

"뭘 훔쳤는데?"

"자세한 내용은 모르겠습니다."

태성의 촉이 곤두섰다. 그와도 관계된 일이지 않을까 싶은 생각이 머릿속을 스쳐 지나갔다. 자신의 촉이 진짜인지 아닌지는 확인해보면 되는 일이었다.

"차 대기시켜. 그리로 가도록 하지."

"……네?"

난데없는 태성의 지시에 호진의 목소리에 놀라움이 묻어났다. 거길 왜 가겠다는 건지, 호진은 태성의 의도를 파악할 수가 없었다.

"차 대기시키라고."

일어서려던 태성이 문득 생각났다는 듯 호진을 향해 시선을 돌렸다. 호진을 바라보는 태성의 눈에 의구심이 있었다.

"이호진, 넌 이거 다 어떻게 알았어?"

세나의 위치 파악이며 세세한 내용까지. 결코 15분 안에 알아낼 수 있는 일들이 아니었다. 제아무리 유능한 호진이라 해도, 결코 쉬운 일은 아니었을 텐데…….

태성의 물음에 호진이 거만한 웃음을 지어 보였다. 누구나 다 할 수 있는 일이면 굳이 자신이 한태성의 비서일 필요가 없을 것이다.

'윤 여사 찬스'를 사용한 건 굳이 태성이 알 필요는 없는 일이었다.

"그건 업무상 비밀입니다."

미간을 찌푸리는 태성을 바라보는 호진의 웃음이 화사했다.

가람고등학교 상담실 안에는 윤성과 다른 남학생 한 명이 불려와 있었다. 그리고 그들 옆으로 어른들이 앉아 있었다. 그 자리에는 세나와 혜영도 같이 참석해 있었다.

"저희 윤성이는 그럴 아이가 아닙니다."

세나가 강력한 목소리로 말했지만, 담임이라는 남자의 표정에서는 윤성에 대한 의심이 지워지지 않았다.

"이러고 저러고 간에 저렇게 떡하니 물증이 있질 않습니까."

세나가 안타까운 눈길로 윤성을 바라보았다. 윤성은 절대로 물건을 훔칠 아이가 아니었다.

세나가 테이블에 놓여 있는 물건으로 시선을 옮겼다. 다시 보아도 윤성의 물건은 아닌 것 같았다. 세나는 본 적이 없는 물건이었다. 사실 어디에 쓰는 건지도 잘 모르겠는 물건이기도 했다.

하지만 윤성이 자신의 것이라고 하면 분명 윤성의 것이 맞다. 거짓말을 할 아이는 절대로 아니었다.

"이거 정말 네 거니?"

세나가 입술을 깨물며 건너편에 앉아 있는 남학생에게 물었다. 이름이 동훈이라고 했다. 테이블 위의 물건이 제 것이라는 남학생은 윤성이 자신의 물건을 훔쳐갔다고 주장하고 있었다. 동훈이 버릇없는 눈빛으로 세나를 아니꼽게 내려다보았다.

"우리 윤성이가 거짓말할 아이가 아니라서 그래."

"이 아줌마가 뭐라는 거야. 누구는 밥 잘 먹고 거짓말만 하고 사는 사람인가?"

귀찮다는 듯 귀를 후벼 파는 녀석의 행동에 윤성이 주먹을 쥐고 일어나려 했으나, 세나가 윤성의 손을 잡았다. 따뜻한 온기에 윤성이 얌전히 주먹을 풀었다.

평소 윤성을 많이 괴롭히던 아이라고 했다. 그것도 윤성의 친한 친구를 통해 들은 이야기였다.

윤성이 집에서는 내색하지 않아서 세나는 전혀 몰랐다. 그저 학교생활 잘하고 친구들과도 사이좋게 지낸다길래 그러려니 했다. 알아차렸어야 했는데…….

윤성의 학교생활이 순탄할 리 없었다. 윤성이 보육원에 산다는 사실이, 개념 없는 어느 누군가에게는 윤성의 약점으로 비칠 수도 있다는 걸 알았어야 했다. 그녀도 마찬가지였으니까. 그녀도 그런 학교생활을 겪어봤으니까. 진즉에 알았어야 했는데.

성숙하지 못한 아이들이 얼마나 잔인해질 수 있는지 세나는 알고 있었다. 그리고 그 일을 고스란히 겪었을 윤성을 생각하니 가슴이 아프고 답답해졌다.

세나는 안타까운 시선을 보내며 윤성의 손을 더욱 꼭 잡았다.

"윤성아, 이거 어디서 났는지 말해줘. 어? 그럼 누나가 다 알아서 할게."

"누나······."

입을 떼던 윤성은 세나의 얼굴을 보고 다시 입을 닫았다. 테이블 위에 올려져 있는 반짝이는 커프스 단추 한 쌍. 출처를 알 수 없는 물건이었다. 도대체 윤성이 저 물건을 어디서 가지고 온 건지 세나는 알 수가 없었다.

오죽하면 어머니가 자신에게 연락을 했겠는가? 세나가 오면 입을 열까 싶었지만, 세나의 등장에도 윤성은 여전히 묵묵부답이었다.

혜영과 세나가 한숨을 내쉬며 시선을 맞추었다. 아무래도 좋게 끝날 일이 아니겠다는 생각이 들었다.

"도저히 넘어갈 수가 없는 일입니다. 학교 내에서 절도라니요. 이건 용납할 수 없습니다."

윤성과 동훈의 담임이라는 남자의 말투가 확고했다. 본인은 공정한 척하고 있지만, 세나가 보기에는 은근 동훈의 편을 들고 있었다. 윤성의 친구 말에 의하면 동훈의 모친이 학교 내에서 강력한 치맛바람을 행사하는 육성회의 일원이라고 했다.

"아직 확실한 것도 아니잖아요. 이게 윤성이 말대로 진짜 윤성이 것일 수도 있는 거잖아요."

"그럼 우리 애가 거짓말이라도 한다는 거예요? 우리 애를 뭘로 보고."

동훈의 어머니였다. 그녀는 깐깐하고 도도해 보이는 눈초리로 세나를 째려보았다.

그럼 우리 윤성이는 어떻게 보는 건데? 세나는 숨을 깊이 들이마시며 흥분을 가라앉혔다.

"저희 윤성이도 그럴 아이가 아닙니다. 뭔가 오해가 있는 거겠죠.

비슷한 물건이거나……."

세나의 말에 여자가 코웃음을 쳤다.

"이봐요, 아가씨. 내가 시내에서 보석상 운영하는 사람이에요."

갑자기 뭔 뜬금없는 소리야. 세나가 작게 흔들리는 윤성의 손을 꼭 잡았다.

"보석은 장비가 없어서 그렇다 치지만, 세공이 싸구려가 아니라고."

"그래서요?"

"뭐 이렇게 말귀를 못 알아들어? 그쪽 애가 가지고 다닐 만한 물건이 아니라고 이게."

여자가 안경을 고쳐 썼다. 한눈에 보기에도 고가의 물건이었다. 세공이 예사롭지가 않았다. 동훈의 물건은 아니었지만, 그렇다고 여기서 자신의 아들이 기가 죽게 할 수는 없었다. 내가 이 학교에 들인 돈이 얼만데.

세나가 싸늘한 시선으로 여자를 쳐다보았다.

"우리 윤성이가 비싼 물건을 가지고 있으면 안 된다고 법이라도 정해져 있나요?"

"상식적으로 말이 안 되잖아. 딱 보기에도 비싸 보이는 물건인데, 어디서 났겠냐고. 훔친 거 아니면."

세나가 입술을 깨물었다. 그 누구도 윤성에게 도둑 취급을 할 자격 같은 건 없었다.

"그럼 증명해보세요. 아드님께서 그렇게 확실하다니까, 어머님은 아시겠네요. 어디서 난 물건인지 말씀해주세요."

세나의 요구에 여자의 눈빛이 아주 잠깐 흔들렸다. 여자는 흘낏 자신의 아들을 한 번 쳐다본 뒤, 다시 세나에게로 눈을 돌렸다.

"이거 애 아빠가 사다 준 거예요. 미국 출장 갔다 오면서."

자신의 엄마 말을 들은 아이는 의기양양한 표정을 지었다. 그러고는 '거 봐라, 이 거지 새끼야. 약 오르지?' 하며 작게 입모양으로 윤성을 향해 내뱉었다.

윤성의 표정이 삽시간에 굳어졌다.

여자의 말에 세나는 입을 다물었다. 더 이상 할 말이 없었다. 윤성을 믿고 있지만, 이런 상황에서는 할 수 있는 일이 없었다. 자신이 보기에는 분명 거짓말이었지만, 증명할 길이 없었다.

"윤성아, 너…… 뭐 할 말 없어?"

세나가 안타깝게 윤성을 쳐다보았다.

―이번 거래는 비밀로 하지.

입을 떼던 윤성의 머리에 태성의 목소리가 들려왔다. 그들만의 약속이었다. 사소하지만, 남자 대 남자로 지키기로 한 약속이었다. 윤성은 이내 고개를 흔들었다. 커프스 단추의 출처를 밝힐 수는 없었다. 하지만 그건 분명 자신의 것이었다.

"제껍니다. 제가 받은 거예요. 동훈이 녀석이 거짓말을 하는 겁니다."

윤성이 고개를 들고 자신의 담임을 쳐다보았다. 그 곧고 강렬한 눈빛에 윤성의 담임이 움찔했다. 평소 순한 놈이 화내면 더 무서운 법이다.

"그러니까 그걸 누구한테서 받았느냐고. 말을 해보라니까?"

여자의 기고만장한 목소리가 상담실 밖으로 흘러나갔다.

"선물 받은 거예요. 제 겁니다."

윤성이 분명한 목소리로 단호하게 말하며 동훈을 노려보았다. 자신을 괴롭히는 건 참을 수 있었다. 하지만 어머니와 세나 누나까지 와서 모욕을 당하는 건 참을 수 없었다. 끝까지 믿어주는 세나를 보며 윤성은 입술을 깨물었다.

"어떤 정신 나간 인간이 너한테 이렇게 비싼 물건을 주냐고. 어디, 보육원에서 후원이라도 받은 거야?"

여자의 비아냥거리는 소리에 세나가 벌떡 일어났다. 이건 도가 지나쳤다. 세나는 허리를 곧게 펴고 여자를 쏘아보았다. 옆에서 어머니가 자신의 소매를 붙잡는 것이 느껴졌지만, 세나는 도저히 참을 수가 없었다.

"이보세요, 동훈이 어머님!"

드르륵―.

그때였다. 상담실 문이 열리며 누군가가 들어섰다. 조각 같은 얼굴에 차가운 눈빛이 인상적인 모델 같은 남자. 들어서는 뜻밖의 인물에 세나는 입을 다물고 눈을 동그랗게 떴다. 대체 이게 무슨…….

사람들의 시선이 범상치 않은 기운을 발산하며 상담실 안으로 들어서는 남자를 향했다. 이 늦은 시간, 고등학교에 있을 법한 인물은 아니었다. 더군다나 이 상담실에는 볼일이 더욱 없어 보였다.

"……누구십니까?"

담임의 물음에 남자는 대답하지 않고 곧장 세나에게로 눈길을 주었다. 그의 눈길을 받은 세나는 자신도 모르게 침을 꿀꺽 삼켰다.

여긴 어떻게 온 걸까? 내가 여기 있는 걸 어떻게 알고?

세나에게 머물던 그의 시선이 윤성에게로 향했다. 그의 뜻밖의 등장에 잠시 조용했던 상담실 안에서 날카로운 여자의 목소리가 흘러나왔다. 동훈의 모친이었다.

"당신, 누군데 여기 들어와요? 누구야, 당신?"

여자의 물음에 남자의 입꼬리가 가소롭다는 듯 말려 올라갔다. 차가운 눈빛이 동훈의 모친에게로 향했다.

남자의 입꼬리가 말려 올라갔다. 나지막한 목소리가 상담실 안에 울려 퍼졌다.

"나? 정신 나간 인간."

상담실 안으로 들어선 사람은 태성이었다. 태성의 등장으로 상담실 안의 분위기가 긴장감으로 팽팽해졌다.

테이블 위에 놓여 있는 낯익은 커프스 단추 한 쌍. 윤성을 의미심장하게 바라보던 태성이 천천히 입을 열었다.

"이게 문제가 되는 물건입니까?"

"……예, 예."

태성의 물음에 담임이 기가 눌린 듯 공손히 대답했다. 윤성의 후견인 자격이라며 상담실 안으로 거침없이 들어와 자리에 앉을 때까지 그 누구도 태성에게 아무런 제지를 할 수 없었다. 어쩐지 쉽게 대하면 안 될 것 같은 분위기를 풍기는 사람이었다.

"제가 좀 봐도 되겠습니까?"

태성의 갑작스러운 등장에 세나와 윤성을 빼고는 모두 어리둥절한 눈치였다. 태성의 등장으로 윤성의 표정이 한결 밝아져 있었다. 태성은 유심히 커프스 단추을 살피다 테이블 위에 도로 내려놓았다. 자신의 것이 맞았다. 고로, 윤성이 억울한 누명을 쓰고 있는 중이란 이야기였다.

태성은 윤성에게서 시선을 떼지 않았다. 나이는 어리지만, 신의가 뭔지 아는 녀석이었다. 도대체 이 보육원은 애들을 어떻게 가르치는 거지? 태성은 절로 실소가 흘러나왔다.

제대로 된 부모 밑에서 정상적으로 사랑을 받고 자라도 이렇게 우직하게 사람에 대한 신의를 지키기는 어려운 법이다. 태성은 윤성이 마음에 들었다. 그것도 무척이나.

"역시 그렇군요."

태성의 얼음장 같은 시선이 윤성의 맞은편에 앉은 동훈에게로 향했다.

"이게 네 거라고?"

"……네."

낯선 남자의 등장에 동훈도 긴장했다. 삐딱하게 앉아서 모든 게 귀찮다는 듯 앉아 있던 동훈이 어느샌가 다리를 모으고 허리를 펴고 있었다. 태성의 시선에 한껏 주눅이 든 것 같았다.

"그래. 네 거란 말이지."

동훈을 여유롭게 바라보던 태성의 입가에 미소가 걸렸다. 그러거나 말거나, 세나는 아까부터 태성과 시선을 맞추려 계속해서 노력하고 있었지만, 태성은 세나에게 눈길조차 주지 않았다.

세나는 다른 방향으로 시선을 돌렸다.

'대체 여기 왜 온 거예요?'

세나가 같이 들어온 호진에게 눈빛으로 묻자, 호진도 난처한 듯 웃기만 했다. 여기 왜 온 건지, 상관의 의도를 알 수 없으니 호진도 세나에게 대답해줄 말이 없었다.

그때 동훈을 지켜보던 태성이 입을 열었다.

"한 번 더 묻도록 하지. 이 물건, 네 것이 맞아?"

"……네."

동훈은 알 수 없는 불안감에 심장이 뛰었다. 갑자기 등장한 낯선 남자의 태도가 동훈을 그렇게 만들었다. 태성의 말투, 손동작, 숨소리 하나까지 신경이 쓰였다.

"그런데 이게 내가 윤성이에게 준 것과 매우 흡사한 것 같아서 말이지."

태성의 말에 동훈과 동훈의 모친의 어깨가 뻣뻣하게 굳기 시작했다. 동훈의 모친은 여기서 밀리면 안 된다는 생각이었다. 이제 와서 동훈이의 물건이 아니라고 하면 애 입장이 곤란해진다.

동훈의 모친이 차분한 표정으로 말을 이었다.

"그럴 리가 없잖아요. 이건 애 아빠가 미국 출장에서 사온 겁니다. 제가 뭣하러 거짓말을……."

"이 제품은……."

당황하는 동훈 모친의 말을 태성이 단호히 끊었다.

"미국 어디에서도 팔지 않는 제품이라 살 수가 없을 텐데요. 개인적으로 선물을 받은 물건이라서요."

"똑같은 물건이야 어디서든 구할 수 있는 법 아닌가요?"

여자는 생각만큼 뻔뻔한 태도를 보였다. 태성이 다리를 꼬며 두 손을 자신의 허벅지 위에 올렸다.

윤성은 모르고 있을 테지만, 꽤 값진 물건이었다. 태성의 클라이언트였던 사람이 그의 노고를 치하하며 특별 주문해서 선물한 물건이었으므로, 구하려해도 구할 수 없는 물건이었다.

"프랑스에 있는 S사에서 주문 제작한 상품이라서, 일반 마켓에서는 살 수 없었을 텐데. 어떻게 구하셨는지 여쭤봐도 되겠습니까?"

정중하지만 날이 서 있는 목소리에 여자의 머릿속이 바빠지기 시작했다. S사? 주문 제작한 상품이야? 예사롭지 않은 세공 솜씨 같긴 했지만, 주문 제작한 거라니. 게다가 S사라면 멤버십으로 운영이 되고 있는, 유럽 쪽에서 매우 유명한 보석 회사였다. 그래서 일반 사람들은 쉽게 주문조차 넣을 수 없는 곳이었다. 남자의 말이 사실이라면…….

여자의 등 뒤로 서늘한 기운이 흘렀다. 그녀가 보기에 남자에게서 위험한 기운이 풍겨져 나왔다. 순간 그녀의 자세가 눈에 띄게 흔들리면서 목소리가 작아졌다.

"……그거야 애 아빠가 알겠죠. 저는 잘 모르겠네요……."

"그럼 남편분께 연락을 한번 해보시죠. 어디서 구입하신 건지."

"……남편은 지금 출장 중이라 연락이 잘 안 될 거예요."

태성의 등장으로 잔뜩 굳어 있던 윤성의 얼굴이 화사한 봄날처럼 풀렸다. 다행이었다.

점점 기가 죽는 모친의 목소리에 동훈도 긴장하고 있었다. 그 모습을 바라보던 태성의 입가에 실소가 흘렀다.

"안타깝게도 명확히 하셔야 할 부분인 것 같습니다. 이 커프스 단추는 제가 윤성이에게 준 것이 맞습니다. 댁의 아드님의 물건이라니. 지금부터 대답을 잘하셔야겠군요."

"……."

"제 생각에는 아마 집에 있는 물건과 착각을 하신 것 같은데, 맞습니까?"

빠져나갈 구멍을 주겠다는 제의였다. 동훈과 그의 모친의 눈빛이
재빠르고 오고 갔다.

"……제가 저희 집에 있는 거랑 착각을 했나 보네요."

"물론 그러셨으리라 생각합니다. 그렇게 결론을 내리도록 하죠."

더 이상 문제 삼지 않겠다는 태성의 태도에 동훈과 그의 모친은
안심했다. 사실 따지고 들자면, 자신의 아들이 친구의 물건을 훔친
셈이었다.

"……그럼 저희는 이만."

대화가 끝났다고 생각한 동훈의 모친이 주섬주섬 가방을 챙겨 들
었다. 그녀는 민망한 상황에서 조금이라도 일찍 벗어나고자 애쓰는
눈치였다. 하지만 태성은 그들을 그렇게 쉽게 가게 할 생각이 없었
다.

"그전에 먼저 하셔야 할 일이 있으실 것 같은데요? 사과하시죠."

"사과요?"

"어른이라도 잘못을 하셨으면 마땅히 사과를 해야 하는 게 맞습
니다. 친구는 말할 것도 없고."

태성의 눈빛이 윤성을 향했다. 태성의 말을 알아들은 동훈의 모
친이 억눌린 목소리로 윤성을 향해 말을 걸었다.

"미안……하게 됐구나. 오해를 해서……."

"괜찮습니다."

동훈은 아직도 망설이고 있었다. 하지만 태성의 차가운 눈빛이
자신을 향하자 마지못해 동훈의 입이 열렸다.

"……미안하게 됐다."

"그래."

억지이긴 했지만, 그래도 사과를 받은 윤성의 마음이 어느 정도 풀렸다. 구세주처럼 나타난 태성이 고마웠다. 태성을 바라보는 윤성의 눈빛에는 태성에 대한 존경심으로 가득 차 있었다.

"어떻게 된 거예요? 어떻게 알고 왔어요?"

태성과 둘만 남게 되자 세나가 기다렸다는 듯 물었다. 호진은 퇴근을 하겠다며 돌아간 상태였고, 윤성 역시 갑자기 등장한 태성의 정체를 궁금해하는 혜영을 끌고 집으로 돌아갔다.

"내가 어떻게 알았는지가 중요해?"

"그럼 뭐가 더 중요한데요?"

"일이 해결됐다는 게 중요한 거지."

"매우 결과 중심적인 사고방식이네요. 하지만 전 과정이 더 중요한 사람이라서요."

"과정은 이 비서에게 묻도록 해. 나는 전혀 아는 바가 없어."

태성의 말에 세나가 미심쩍은 눈길을 보냈지만, 태성은 꿈쩍도 하지 않았다. 자신의 말이 사실이니 죄책감을 느낄 일은 아니었다.

"정말 아는 바가 없다구요? 지금 이 비서님이 없다고 하는 말이 아니구요?"

"물론."

세나는 한숨을 크게 내쉬며 정면을 응시했다. 태성이 아니었다면 상황이 어떻게 흘러갔을까?

"과정이야 어찌되었든, 감사해요."

그래, 이래야 윤세나답지. 태성이 스치듯 미소를 지었다.

"감사하다는 말만 하는 것도 괜찮아."

"감사해요. 감사하긴 한데…… 윤성이한테 왜 그렇게 비싼 물건을 덥석 주셨어요?"

이번에야말로 태성의 입이 제대로 침묵했다. 딱히 대답할 수 있는 말이 없었다. '네 사진하고 바꿀 만한 게 그거밖에 없었어.'라고 할 수는 없는 노릇 아닌가?

태성의 침묵이 수상하다는 듯 세나가 더욱 집요하게 잔소리를 시작했다.

"어쩌자고 그런 걸 윤성이한테 주신 거예요. 들어보니까 무슨 프랑스 주문 어쩌고 하던데."

"그렇게 비싼 물건은 아니야."

"거짓말하지 말아요."

거짓말은 아니었다. 그렇게까지 값어치가 나가는 물건은 아니었다. 물론 태성의 기준에서였지만.

"그리고 내가 누구에게 무엇을 주건, 그건 내 마음이야."

"그건 그렇지만, 그래도 윤성이와 관계되는 일이잖아요. 덕분에 학교에서 커다란 오해도 받고."

"문제가 생긴 건 정신상태가 온전치 못한 사람들 때문이지, 내 잘못은 아니야. 그리고 내가 사소한 것 하나까지 너에게 보고해야 하는 건가?"

태성이 짐짓 차가운 목소리로 말했지만, 세나는 속아 넘어가지 않았다.

"그런 말로 빠져나갈 생각 하지 말아요. 그렇게 무섭게 목소리 내리깐다고 속을 줄 알아요?"

태성이 '끄응' 하고 작게 신음을 흘렸다.

"호진이 녀석을 괜히 일찍 보냈어."

툴툴대는 태성의 목소리가 귀엽게 들렸다. 세나는 정신을 바짝 차렸다. 여기서 웃으며 이대로 넘어갈 수는 없는 일이었다.

"어쨌든 그 뭐더라…… 그거…… 음, 그러니까……."

"커프스 단추."

쉽사리 입에 붙지 않는 단어의 이름을 말하려 하는 세나가 버거워 보이자, 태성이 정중하게 대신 말해주었다.

"네, 그거요. 윤성이에게 당장 돌려주라고 할게요. 그렇게 비싼 물건은 받을 수가 없어요."

"또 되풀이되는 이야기군. 그건 네 권한 밖의 일이야. 윤성이와 나, 둘만의 일이지."

"말도 안 돼요. 아무런 이유 없이 그런 걸 받을 수는 없어요."

고집불통이군. 태성은 작게 한숨을 내쉬며 세나를 쳐다보았다. 그가 아무리 말해봤자 세나가 집으로 돌아가자마자 윤성을 닦달할 게 뻔했다.

"그럼 이유가 있으면 상관없는 거지?"

"이유가 정당하다면요."

윤성과 태성 사이에 정당한 이유가 있을 게 뭐란 말인가.

"거래한 거야."

"거래요? 무슨 거래요?"

"그것까지는 말해줄 수 없지. 윤성이에게도 물어봐. 아마 거래가 맞다고 할 테니."

거래라……. 세나는 미심쩍은 눈길을 거둘 수가 없었지만, 딱히 할 말도 없었다. 둘이서 거래했다면, 그건 그들만의 일이었다.

"혹시 윤성이의 미래를 담보로……. 아니죠? 아무리 악덕 사업가라고 해도 미성년자한테 그런 사기를 치진 않을 거예요. 그죠?"

"시끄러워."

가라앉은 태성의 눈을 보며 세나가 키득거렸다. 한 번씩 놀리는 재미가 있다니까.

"좋아요. 이 문제는 넘어가도록 할게요."

"윤성이한테도 아무 말 없이 넘어가도록 해."

"노력해볼게요."

"노력이 아니라 확답이 필요해."

"알았어요. 더 이상 윤성이에게 아무 말 하지 않을게요. 와줘서 고마워요."

잠시 조용한 정적이 차 안에 감돌았다. 세나가 부드러운 눈길로 태성을 바라보았다.

"좋아. 이제야 진심으로 들리는군."

"그런데 진짜 왜 온 거예요?"

여기에 왜 왔을까. 태성은 머리를 쥐어짜냈다. 그럴듯한 이유가 필요했다. 세나보다는 자신을 납득시킬 만한 그런 합당한 이유가.

"윤세나가 계약을 너무 업신여겨서."

"저한테 사회생활의 무서움을 알려주시려고? 계약서에 도장 찍어 놓고 제대로 이행하지 못할 때 벌어질 일들 같은 거, 그런 거 알려주실 건가요?"

세나는 과장되게 몸을 곧추세우며 태성에게 시선을 맞추었다.

"준비됐어요. 알려주세요."

초롱초롱한 세나의 눈을 보며 태성이 픽, 하고 웃음을 터뜨렸다. 그러자 세나도 같이 씨익 웃었다.

그의 웃음을 보는 게 좋았다. 그와 있으면서 느끼는 이 기분 좋은 두근거림을 뭐라고 표현하면 좋을까? 함께 있으면서도 같이 있고 싶고, 보고 있으면서도 그가 보고 싶고, 그의 눈 속에 내가 있음에 행복해지는 이 기분을 뭐라고 표현해야 좋을까?

계약으로 묶여 있는 관계였다. 그런데 그에게 이런 감정을 느껴도 괜찮은 걸까? 세나는 순간 혼란스러웠다.

그런 세나의 마음을 아는지 모르는지 태성이 손목을 들어 값비싸 보이는 시계를 들여다보았다.

"계약을 이행할 만큼의 시간이 충분해."

"데이트하잔 이야긴가요?"

"계약을 이행하자는 이야기지."

태성의 대답에 세나가 입을 삐죽거렸다. '계약'이라는 단어가 언제부터 이렇게 듣기 싫어졌을까.

"나쁘진 않네요. 뭐 할까요?"

"글쎄."

"그런 건 대표님이 정해와야죠."

"상당히 남녀 차별적인 발언 아닌가?"

"남자 여자가 아니라, '갑'이 할 일이라고 말한 거예요."

막상 아무런 생각 없이 데이트를 하려니, 태성은 자신이 바보가 된 기분이었다.

"그럼 우리 또 야경 보러 갈까요?"

"그러든지."

무심한 그의 말투가 그녀는 더 이상 무심하게 들리지 않았다.

태성의 차가 얼마 달리지 않아 목적지에 도착했다. 창문을 열자 시원한 바람 한줄기가 태성의 얼굴을 스치고 지나갔다. 피곤했는지 그새 잠이 들어버린 세나의 얼굴을 보며 태성은 뒤로 기댔다.

"무슨 여자가 기회만 되면 잠이 들어. 겁도 없이."

태성은 중얼거리며 못마땅한 듯 미간을 찌푸렸다. 잠들었을 때만 볼 수 있는 여린 얼굴.

"피곤하겠지."

어린 동생들의 보호자 역할이라는 건, 그가 생각하는 것보다 훨씬 힘든 일일 것이다. 더군다나 세나 자신도 아직 어린 나이가 아닌가. 처음에는 종잇장처럼 가느다란 몸으로 무쇠 체력을 지닌 것마냥 이리 뛰고 저리 뛰는 모습이 씩씩하고 기특해 보였다.

그런데 지금은 아니었다. 자꾸만 마음이 갔다. 자꾸만 신경이 쓰였다. 씩씩하고 기특한 게 아니라 안쓰럽고 눈에 밟혔다.

이게 무슨 마음인 건지 깊이 생각하고 싶지 않았다. 깊은 생각을 하게 되면, 이 관계에 문제가 생길 것만 같았다. 태성은 결코 세나와의 관계에 문제가 생기는 것을 원치 않았다.

"으음……."

세나가 가느다란 신음을 내며 몸을 뒤척였다. 찡그린 얼굴이 편해 보이지 않았다. 악몽이라도 꾸는 건가? 깨우는 게 나을 듯싶었다.

"윤세나, 이제 일어나. 다 왔……."

세나를 흔들던 태성이 세나에게서 손을 뗐다. 무언가 이상했다. 원래 사람 몸이 이렇게 따뜻한 건가? 태성이 이번에는 세나의 이마에 손을 댔다. 그의 표정이 삽시간에 굳어졌다. 그의 손을 통해 타고 올라오는 체온이 생각보다 뜨거웠다.

"너, 열이……. 윤세나, 일어나봐. 윤세나."

태성이 세나를 부르며 흔들었지만, 세나는 일어날 기미를 보이지 않았다.

"윤세나! 일어나! 윤세나! 세나야!"

툭─.

태성의 부름에도 불구하고, 세나의 손이 의자 옆으로 힘없이 떨어졌다.

일 말고는 잘하는 게 없나 봐요?

태성은 걱정스러운 눈빛으로 침대에 누워 있는 세나를 내려다보았다. 그런 태성의 모습을 보고 김 박사가 입을 열었다.

"자는 거야."

태성은 신중하게 김 박사를 쳐다보았다.

"제가 잘못 들은 것 같습니다만."

태성의 눈초리에 김 박사는 웃음을 참으려는 듯 입을 씰룩거렸다.

"자는 거라고. 이 아가씨는 지금 과로와 감기 몸살이 겹쳤어. 영양실조도 조금 있고."

"영양실조요?"

"쯧쯧."

처음 보는 태성의 바보 같은 모습에 김 박사는 혀를 찼다. 태성에게 저런 모습이 있다는 것을 그 오랜 세월 모르고 있었다니. 거 참, 양파 같은 놈일세. 까면 깔수록 새로운 모습이군. 김 박사는 섣부른 판단은 뒤로 미루기로 했다.

"창피하게 여자 친구가 영양실조가 뭔가, 영양실조가. 게다가 과

로라니. 요새 청년 실업 문제가 심하다고는 하지만, 어떻게 몸이 저렇게 될 때까지 있어?"

충격이었다. 영양실조라니. 태성에게는 황당하고 어이없는 병명이었다.

"그 병……은 어떻게 하면 되는 겁니까?"

"뭘 어떡해. 며칠 푹 쉬라고 해. 수액 열심히 맞으면서."

"수액만 맞으면 되는 겁니까?"

"약도 먹일 거야. 열이 제법 있어. 저 아가씨도 어지간하구만. 저 몸을 해가지고 어째 병원 한 번을 안 가."

김 박사는 세나의 팔을 잡으며 혈관을 찾았다. 가녀린 세나의 팔이 부러질 듯 보였다.

"누워서 이거 다 맞게 해. 수액 맞으면 열도 조금 잡힐 테니까 몸이 한결 개운해질 거야."

"따로 검사는 더 필요 없는 겁니까?"

태성의 걱정스러운 목소리에 김 박사는 태성을 바라보았다. 이 밤에 갑작스러운 호출도 놀랄 일이었는데, 환자는 태성이 아니었다. 녀석에게 여자가 있다는 윤 여사의 말이 사실이었다니. 게다가 서슬이 퍼런 얼굴에 하얗게 질려 있는 모습이라니. 윤 여사와 할 이야깃거리가 생겼다.

"일단 수액 맞는 거 보고 상태를 더 지켜보자고. 먹을 거 잘 먹이고."

"감사합니다."

"됐어, 이 녀석아. 오늘은 가지만, 내일은 각오하고 있어. 윤 여사한테 미리 듣긴 했다만, 너무 어리잖냐. 무튼 환자니까 이상한 짓 하지 말고 푹 쉬게 내버려둬."

김 박사의 은밀한 미소와 의미심장한 말에 태성은 갑자기 두통이 몰려왔다.

"이상한 짓 같은 거 안 합니다."

"네놈 하얗게 질린 얼굴 봤으니 됐다. 아가씨도 이쁘고 다 좋은데 너무 어린 거 같단 말이지. 흠, 하긴 뭐 요즘 세상에 대수로운 일은 아니다만."

김 박사의 말이 길어질 것 같자 태성은 병실 밖으로 그를 배웅했다.

"얼른 가세요."

"오냐. 아가씨 잘 살피고. 진짜로 오늘은 허튼짓하지 말고, 푹 쉬게 돼야 해. 절대 안정. 알지?"

"네."

끝까지 태성에게 당부의 말을 건넨 김 박사가 드디어 병실 밖으로 나가자 태성이 한숨을 내쉬었다. 몇십 년 동안 그 까다로운 윤 여사의 주치의를 맡고 있는 의사였다. 실력만큼은 최고였지만, 나이가 들수록 오지랖이 넓어지시는 게 제2의 윤 여사 같다는 생각을 떨치기 힘들었다.

태성은 조용히 병실 문을 닫고 세나가 누워 있는 침대 옆으로 발걸음을 향했다. 커다란 병실 침대에 누워 있는 세나의 모습은 너무나 작고 연약해 보였다. 그녀는 가느다란 숨결을 내뱉으며 곤히 자고 있었다. 침대에 누워 있는 그녀의 모습이 어이없게도 그에게 유혹적으로 보였다.

"미친놈."

링거를 맞고 있는 사람에게 무슨 생각을 하고 있는 건지. 정신 차려. 윤세나는 환자야. 환자가 아니면 상관이 없는 거야? 태성은 한숨을 내쉬며 고개를 흔들었다. 아무래도 자신의 머릿속이 이상해지고 있었다.

태성은 눈을 잠시 감았다가 세나의 곁으로 다가섰다. 그러고는 흐트러진 하얀 침대 시트를 세나의 가슴 근처까지 끌어올려주었다. 시트를 올리는 그의 손길이 무척이나 조심스러웠다.

"……대표님?"

그의 움직임에 정신을 차렸는지 세나의 입에서 작은 목소리가 흘러나왔다.

"일어났어?"

눈을 떴어도 여전히 힘없고 약해 보였다. 그런 그녀의 모습에 태성의 심장 한켠이 이상해졌다.

세나의 시선이 태성과 얽혔다. 뿌연 그녀의 시야에 태성의 얼굴이 클로즈업되어 들어왔다. 선명해지는 태성의 얼굴에 자신을 걱정하는 빛이 역력했다. 저 사람, 누군가를 저런 눈빛으로 바라볼 수도 있는 사람이었구나. 왜? 어째서 나를 저런 다정스러운 눈으로 보고 있을까? 그래, 내가 아파서 헛것이 보이는 걸지도 몰라.

하지만 점점 더 선명해지는 태성의 얼굴에는 여전히 그녀를 걱정하는 빛이 역력했다.

태성은 세나의 정신이 돌아왔는지 확신이 없어 먼저 말 걸기를 망설이고 있었다.

"어떻게 된 거예요?"

"대체 그 몸으로 어떻게 돌아다닌 거야."

태성의 목소리가 화가 난 것 같기도 했고, 걱정스러운 것 같기도
했다. 세나는 힘없이 미소를 지어 보였다.

"감기 몸살 정도는 괜찮아요."

"과로에 영양실조라는군. 어떻게 그러고 다닐 생각을 해."

"영양실조라구요? 이 정도는 금방 나아요. 그나저나 여기 어디예
요? 병원이에요? 병원치고는 너무 좋아 보이는데요."

"시끄러워. 그런 거 신경 쓰지 말고 얼른 낫거나 해."

눈을 뜨긴 했지만 약기운이 도는지, 세나는 힘겨워 보였다.

"빨리 나가고 싶으면 얼른 나으라고."

"대표님은 다정한 말을, 다정하지 않게 들리게 하는 굉장한 재주
가 있으시네요."

태성은 대꾸하지 않고 간접 조명만 은은하게 켜놓고 병실의 불을
모두 껐다. 그러고는 다시 세나의 곁으로 돌아왔다.

자신을 바라보는 세나의 눈이 나른하고 몽롱해 보여 태성은 괜스
레 기분이 이상했다. 나쁜 짓을 하는 것도 아니고 할 마음도 아닌
데, 왜 자신이 이런 기분이 드는 건지 모를 일이었다. 모두 김 박사
가 이상한 소리를 해대고 간 탓이었다.

"꿈은 이루어지나 봐요."

자신을 올려다보는 세나의 눈이 여전히 몽롱해 보였다. 태성은 세
나의 머리를 짚었다. 아직 열이 제법 나고 있었다.

"간호사를 불러야겠군."

"간호사는 왜요?"

"약기운 때문에 정신없는 소리를 하는 것 같아서."

태성이 누군가를 부르려는 듯, 침대 위에 있는 스위치에 손을 가

겨가려 하자 세나는 힘겹게 팔을 들어 태성의 손을 잡아 내렸다.

"……약기운 때문에 나온 소리가 맞긴 한데, 사람을 부를 정도는 아니에요. 저 원래 오래된 소원 중의 하나가 길 가다가 쓰러져서 병원에 오는 거였거든요. 오늘 소원 성취했네요. 이걸 윤주에게 알려 줘야 하는데."

태성은 황당하다는 듯 주머니에 손을 넣고 세나를 내려다보았다. 도대체 저 작은 머릿속에 뭐가 들어 있는지 진심으로 궁금했다.

"그딴 걸 소원이라고. 아무리 그래도 그렇지, 어떻게 길에서 쓰러지는 게 소원이야?"

태성의 말에 세나가 배시시 웃었다.

"누구든지 소원은 중요한 거예요. 너무 비하하지 마세요. 며칠 아무 생각 없이 푹 쉴 수 있는 핑계가 생기는 거잖아요. 아주아주 강력한 핑계."

"여기서 푹 쉬고 가."

"그럴 수야 없죠. 제가 워낙 높은 몸값을 자랑하는지라."

"농담하는 걸 보니 기운이 나나 보군."

힘없이 웃던 세나는 무언가 생각났는지 얼굴을 찌푸렸다.

"집에 전화해야 해요. 어머니 걱정하실 텐데."

"아까 내가 통화했어. 많이 걱정하시기에 내가 안심시켜 드렸어. 오실 필요는 없다고. 열만 내리면 되는 거라고. 내가 잘 말했으니까 더 쉬어."

"고마워요. 많이 놀라셨겠다, 우리 어머니. 대표님도 걱정했어요? 내가 쓰러져서?"

태성은 아무 말도 하지 않았다.

말을 하면서도 자꾸 눈이 감기는지 세나가 힘겹게 눈을 뜨려 하자, 태성이 손을 들어 세나의 눈을 덮었다. 세나의 속눈썹이 태성의 손바닥을 간질였다. 그 야릇하고 이상한 기운에 태성은 움찔했지만, 손을 떼지는 않았다.

몇 번 눈을 깜빡이던 세나는 이내 포기한 듯, 가만히 눈을 감았다. 차가운 태성의 손길에 세나는 묘하게도 안심이 되었다.

"시원하고 기분 좋은데요."

"쓸데없는 소리 하지 말고 자."

"지금은 너무 졸려서 조금만 더 잘게요. 고마워요, 대표님. 저 열심히 일할게요."

세나의 뜬금없는 신입 사원 모드에 사람을 불러야 하는 건가 태성이 진지하게 고민하는 사이 세나의 숨결이 편안해지고 있었다. 얼마나 손을 대고 있었을까. 세나의 새근거리는 숨소리만이 방 안에 조용히 울렸다.

태성이 가만히 손을 들자 감겨진 세나의 눈이 보였다. 힘들었는지 금세 깊은 잠에 빠진 모양이었다.

태성은 병실 한쪽에 마련된 커다란 손님용 소파로 향했다.

그의 손은 세나의 몸에서 떨어졌지만, 그의 눈은 그녀에게서 떨어지지 않았다. 어둠 속에서 태성은 잠든 세나를 깊은 눈빛으로 한동안 바라보고만 있었다.

"병원에서 이런 음식이 나와요?"

"환자 특식이야."

병원에서 아침 식사로 나온 건 전복죽이었다. 그것도 전복이 아주 커다랗게 숭숭 들어가 있는. 그리고 지금 나온 점심은 장어탕이었다.

이런 것들이 정말 병원에서 나오는 게 맞아? 세나는 진심으로 이상했지만, 태성의 말이니 믿을 수밖에 없었다. 평생 VIP 룸에 있어 본 적이 없으니, 자신보다는 태성이 더 잘 알고 있을 것이다.

"이런 거 먹으면 병원비 많이 나올 텐데."

세나는 다른 것보다도 병원비가 걱정이었다. 호사를 누릴 처지가 아닌데. 게다가 음식까지 이렇게 먹어대면……. 아무리 생각해도 그녀가 감당할 수 있는 수준의 병원비가 아닐 게 뻔했다.

"병원비는 신경 쓰지 마."

"설마 대표님이 내주시려구요? 혹시라도 그런 거라면 말도 꺼내지 마세요."

세나의 고집스러운 말에 태성이 가소롭다는 듯 말했다.

"당연히 내가 내는 거지. 내가 과로로 쓰러진 여자 친구 병원비를 본인이 내게 하는 남자는 아니거든."

"저도 제 몸 아픈 걸로 남자 친구 등쳐먹는 여자는 아니거든요."

"등쳐먹어?"

"그럼 등쳐먹는 게 아니면 뭐예요. 이 비싼 병실하며, 환자식으로 나오는 음식들하며, 모르긴 몰라도 지금 맞고 있는 이 수액도 비싼 거 맞죠?"

세나는 링거 바늘이 꽂혀 있는 자신의 팔을 파닥거렸다.

"어쨌든 병원비는 내가 내는 거야. 넌 신경 쓰지 말고 빨리 낫는데 집중하도록 해."

"그건 말도 안 돼요. 왜 제 병원비를 대표님이……."

"제4조. 데이트에 관한 모든 비용은 '갑'이 부담하도록 한다. 그외, 계약을 위해 사용되는 비용 또한 '갑'이 부담하도록 한다, 라는 조항이 있지."

세나는 한 글자 한 글자 힘주어 말하는 태성을 불만스럽게 쳐다보았다. 늘 느끼는 거지만 쓸데없이 기억력이 좋다니까.

"이게 어떻게 계약을 위해 사용되는 비용이 돼요?"

"당연히 너의 컨디션을 살펴야 하는 것도 계약에 포함되는 거야. 그래야 우리 계약에 차질이 생기지 않을 거고. 네가 아프면, 우리 계약을 수행하는 능력이 떨어지게 되는 거니까. 내 돈 쓰는 게 아까우면 빨리 나아서 병실에서 나갈 궁리나 해."

억지스러우면서도 억지 같지 않은, 묘한 설득력이 있는 말이었다.

"그럼 병실이라도 바꿔줘요. 보험 처리되는 6인실 같은 데로."

"안 돼."

"도대체 되는 게 뭐예요?"

"너는 내 이미지 따위는 생각하지 않는군. 너를 6인실로 옮겼을 때 나에게 쏟아질 '고객'의 비난은 네가 책임질 거야?"

"윤 여사님도 아세요? 대표님만 말 안 하면 모르시잖아요."

"곧 아시게 되겠지. 김 박사님이 윤 여사 주치의시니."

몰랐던 사실이었다. 자신을 돌봐주시는 분이 윤 여사님과 관계가 있으실 줄이야. 윤 여사님 귀에 들어가는 건 막을 수 없을 것이다. 윤 여사의 비난도 당연히 예상됐다. 대표님이 돈이 없는 사람도 아니고 게다가 윤 여사님은 옛날 분이었다. 세나는 할 말이 없어졌다.

"난 윤 여사에게 할 말이 있어야 해."

세나의 패배였다. 입을 꾹 다문 채 반박하지 못하는 세나를 보며 태성은 만족스러웠다.

"이 일은 더 이상 논의하지 않는 걸로 하지."

"그럼 이것만 맞고 퇴원할게요."

"김 박사님 허락 떨어지면 퇴원하는 걸로 하고."

"제 맘대로 할 수 있는 게 뭐예요?"

"억울하면 아프질 말든가."

세나는 어이가 없었다. 재주가 참 많은 사람이라니까.

"눈물 나게 다정하시네요."

"그게 거부할 수 없는 나의 매력 중 하나지."

태성의 잘난 척하는 표정에 세나는 그저 웃는 수밖에 없었다.

"저에게 하실 말씀이 있으시다구요?"

태성은 시계를 보며 앞에 앉은 노 전무에게 차가운 목소리로 말했다.

세나가 잠든 사이 잠시 태성은 그녀를 혼자 두고 밖으로 나갔다. 간병인을 붙여두겠다는 그의 말을 단칼에 잘라버린 세나 덕분에 지금 그녀는 혼자 있는 상태였다. 빠르게 처리하고 병실로 돌아가고 싶어 태성은 마음이 조급해졌다.

노길웅 전무는 굳은 표정으로 태성을 바라보았다.

"이걸 전해드리려고 왔습니다."

노 전무가 건네는 서류를 받아 든 태성은 무심한 표정을 지었다. 제대로 살펴보지도 않는 듯 건성으로 넘기는 그의 손길에 노 전무는 입이 바짝 말라왔다.

"그러니까 이 서류를 결재해 달라는 말씀이십니까? 이거 직접 작성하신 겁니까?"

"그렇습니다."

태성은 고개를 갸웃거렸다. 지난번부터 이상하다는 생각이 들긴 했다. 이 노 전무라는 사람, 청솔 보육원에 필요 이상으로 지나친 애정을 가지고 있었다.

"이상하군요. 어째서 이렇게까지 신경을 쓰는 겁니까?"

태성은 읽고 있던 서류를 내려놓고 노 전무에게 시선을 맞추었다. 노 전무는 태성의 차가운 눈길을 꿋꿋이 버티며 자신의 의지를 내비쳤다.

"이건 그저 사업의 일환이 아니었습니다. 앞으로 저희 회사가 다시 예전의 상태로 회복된다면……."

"긴 사설 빼고 사실만 일목요연하게 말씀하시죠."

직접적인 태성의 말에 노 전무는 입을 다물었다. 노 전무가 가져온 서류는 회사가 정상화되자마자, 복지 사업 중 하나였던 후원을 예전처럼 계속할 수 있게 해달라는 내용이었다. 이미 노 전무 자신이 직접 발로 뛰며 임원들의 동의를 구했고, 마지막으로 태성에게 온 것이었다.

노 전무는 태성에게 설명할 수 없었다. 그가 왜 이렇게 열심히 복지 사업을 위해 애를 쓰는지. 그리고 그 중심에 어째서 청솔 보육원이 있는 건지.

"결재해 주시겠습니까?"

자못 비장하기까지 한 노 전무의 목소리에 태성은 노 전무를 바라보았다.

보육원 후원이라……. 분명 이 상태라면, 앞으로 두세 달 안에 자금 상태가 정상화되어서 무리 없이 진행될 수 있을 것이다. 그 사실을 알게 되면, 누군가가 제일 기뻐할 테지. 그리고 그렇게 된다면…….

갑자기 태성의 표정이 차갑게 굳었다.

"결재는 미루도록 하겠습니다. 아직 이런 결정을 하기에는 시기상조인 것 같군요."

"하지만 회사 사정이 이미……."

"회사 사정은 노 전무님보다 제가 더 잘 알고 있지 않겠습니까. 아직은 복지보다 중요한 일들이 많습니다."

싸늘한 태성의 말에 노 전무는 더 이상 아무런 말을 할 수 없었다. 확실히 지금의 회사 사정은 자신보다 한태성 대표가 더 잘 알고 있을 것이다.

"추후에라도 생각해주시겠습니까?"

"고려해보도록 하겠습니다."

"그럼 그 말씀 믿고 있겠습니다."

노 전무는 태성에게 고개 숙여 인사한 뒤 사장실 밖으로 나갔다.

태성은 서류를 내려다보았다. 보육원 후원을 재개하게 된다면 세나와 자신은 어떻게 되는 것일까? 과연 그 계약이 그가 원하는 대로 계속 진행될 수 있는 건가?

"네. 어머니, 걱정 마세요."

[그래도 내가 가봐야지. 아파서 누워 있는데.]

"어머니까지 오시면 아이들은 어떻게 해요."

[그래도…….]

자신을 걱정하는 원장 어머니인 혜영의 마음이 수화기 너머까지 전해졌다. 어머니의 마음. 그거면 충분했다

"어머니가 자리를 비우시면 어떻게 될지 아시잖아요. 아마 집이 사라져버리고 말 거예요. 녀석들이 말썽부려서."

혜영은 공감한다는 듯 깊은 한숨과 함께 웃음을 내뱉었다.

[괜찮은 거야? 그 사람이 전화를 해주긴 했다만.]

"그럼요. 그 사람 덕분에 편히 지내고 있어요."

[그 사람…… 아니다. 나중에 오면 이야기하자.]

묻고 싶은 말이 많은 눈치였지만, 혜영은 더 이상 말을 하지 않았다. 태성의 존재가 크게 신경 쓰이는 모양이었다.

"금방 나갈 거예요. 아시잖아요. 저 튼튼한 거."

눈을 감아도 돌아가는 상황이 머릿속에 훤히 그려졌다. 세나는 쉽사리 병문안을 오지 못하는 혜영의 심정까지 모두 헤아릴 수 있었다. 자신이 없는 빈자리만큼 어머니께서 아이들에게 더 많이 신경 쓰고 계실 테니까. 아마 딱 그만큼, 어쩌면 그것보다 더 정신이 없으실 거다.

[정말 많이 아픈 건 아닌 거지?]

"그럼요. 저 진짜 괜찮아요. 많이 아프면 연락드릴게요."

[윤성이도 간다고 그러는데.]

"윤성이 녀석 오면 제가 더 아플 것 같아요."

[후후, 그건 그렇지. 알았어. 내가 잘 이야기하마. 얼른 나아서 오고.]

"네. 그럴게요."

세나는 혜영을 안심시킨 뒤에야 한참 동안 통화하느라 뜨거워진 핸드폰을 간신히 내려놓을 수 있었다. 녀석들, 어머니 속 많이 썩이면 안 되는데. 윤성이 하나만으로는 아이들을 감당하기 버거우실 텐데. 얼른 나아서 퇴원을 하는 게 최선의 방법이었다. 내일이라도 퇴원할 수 있을까?

안 그래도 갑갑하던 차였다. 태성도 회사의 급한 일을 처리하러 자리를 비웠다. 아무도 없는 병실에 혼자 있으니 바깥바람도 쐴 겸, 산책이라도 할 겸, 세나는 김 박사를 찾으러 병실 밖으로 나섰다.

일단 찾으러 나오긴 했지만, 어디에 계신지 알 수가 없었다. 번쩍거리는 대리석들이 눈에 띄었다. 병원이라고 하기보다는 마치 호텔 같았다. 너무 크고 넓어서 어디가 어딘지 알 수가 없었다. 잘못했다가는 병실로 돌아오는 길도 잃어버릴 지경이었다. 모를 땐 물어보는 게 최고지. 세나는 데스크로 향했다.

"저기 혹시 김 박사님 뵈려면 어떻게 해야 하는지 알 수 있을까요?"

"어떤 김 박사님 말씀이세요?"

세나의 물음에 하얀색 제복을 입은 간호사가 미소를 머금고 세나를 맞이했다.

"제 이름은 윤세나구요, 저를 돌봐주시는 의사 선생님이신데, 성함은 잘 모르겠어요."

"윤세나 씨요? 1807호 환자분 맞으세요?"

"네. 맞아요."

세나를 쳐다보는 간호사의 복숭앗빛 미소가 더욱 짙어졌다.

"1807호 환자분, 궁금했는데. 남편분이 지극 정성이셔서 행복하시겠어요."

진심으로 부럽다는 미소를 보이는 간호사를 향해 세나가 얼굴이 빨개지며 손을 휘휘 저었다.

"남편 아니에요!"

"그럼 남자 친구분이세요?"

"……네. 남자 친구요."

"그러셨구나. 오늘 아침이랑 점심을 손수 준비해 오셨더라구요."

뭘 준비해 와? 세나가 무슨 소리인지 모르겠다는 표정으로 바라보자 간호사의 눈이 커다랗게 변했다.

"모르셨나 봐요? 식사로 나간 음식들 병원에서 준비한 것들이 아니었거든요."

"전복죽이 병원에서 나온 게 아니었나요? 장어탕도?"

"그거 남자 친구분이 직접 가져오셔서 그릇에 담기만 해서 드린 거예요. 사랑받고 계시네요. 부러워요."

이상하다 했어. 전복죽까지는 그렇다 쳐도, 장어탕은 이해해서는 안 되는 거였는데. 더 이상 낯간지러운 말을 듣고 있을 수가 없어 세나는 얼른 용건을 이야기했다.

"저기, 김 박사님은……."

"아 참, 김 박사님 오늘 오전에 제주도에 세미나가 있으셔서 내려

가셨구요. 저녁 회진 때는 아마 계실 거예요."

세나의 질문에 간호사가 정신을 차린 듯, 컴퓨터 키보드를 두드렸다.

"네. 감사합니다."

"언제든 필요한 거나 궁금한 게 있으면 문의해주세요."

세나는 미소를 보내는 간호사를 뒤로하고 터덜터덜 병원 밖으로 향했다. 그녀의 머릿속은 온통 태성 생각뿐이었다. 왜 그렇게까지 신경을 써주는 걸까? 대체 왜……?

병원 밖 햇살은 따사로웠다. 세나는 병원 정원 한쪽 구석에 있는 벤치로 가서 자리를 잡고 앉았다. 이 멍한 기분을 정리할 시간이 필요했다. 장어탕을 사다 줬단 말이지?

그녀를 신경 쓰고 배려해 주는 일이 태성에게는 아주 사소한 일일 수도 있었다. 고맙다고 넘기면 될 아주아주 작고 사소한 일일 것이다. 음식도 태성이 아니라 호진이 사오는 걸지도 몰랐다. 문제는 그에겐 사소한 그 일들을, 그런 행동들을 커다랗게 해석하고 싶어지는 그녀의 마음이었다.

얼마나 앉아 있었을까. 그녀의 머리 위로 커다란 그림자 하나가 생겨났다.

"세나 씨? 이런 곳에서 뵙게 될 줄은 전혀 몰랐는데요."

낯설지만 낯설지 않은 목소리에 세나는 위를 올려다보았다. 그녀의 앞에는 뜻밖의 인물이 서 있었다. 미소를 지으며 휘어지는 눈매가 여자깨나 울렸을 법했다. 세나도 그를 보며 뜻밖이라는 표정을 지었다.

"그러니까요. 이런 인연이 다 있네요. 여긴 어쩐 일이세요?"

성현은 진심으로 놀랐다. 어떻게 세나를 이런 곳에서 우연찮게 만날 수 있었을까. 고모님이 간단한 수술을 하셔서 찾아뵙고 돌아가는 길이었다.

"친척분께서 입원을 하셔서요. 병문안 왔습니다. 그러는 세나 씨는?"

성현의 눈길이 세나의 링거 바늘이 꽂힌 팔목으로 향했다. 그의 시선에 세나는 쑥스러운 듯 눈웃음을 지었다.

"별건 아니구요, 열이 나서요."

"입원할 정도로 심각했던 겁니까?"

"그런 건 아닌 것 같은데, 누구와 생각이 달라서 입원을 하고 있는 중이지요."

"아, 한태성 대표 말이군요."

뜻밖이었다. 여자 친구가 아프다고 병원에 입원을 시키나? 단지 열이 나서? 성현은 새삼 태성이 다시 보였다.

"그럼 한태성 대표도 같이 있습니까?"

"아뇨. 아까 잠깐 회사에 볼일 있다고 자리를 비웠어요."

"그전까지는 계속 같이 있었구요?"

"그랬던 것 같네요. 그러고 보니 밤새 간호를 해준 건가……."

작은 목소리로 말하는 세나를 보며 성현은 속으로 놀라움을 삼켰다. 그가 알아낸 정보에 의하면, 태성은 결코 이렇게 자상한 인물은 아니었는데. 윤세나라서 특별한 걸까?

"언제 입원하신 거예요?"

"어제 저녁에요. 아직 하루도 채 안 지났는데, 갑갑해서 죽겠어요. 저는 병원 체질은 아닌가 봐요."

"병원이라는 데가 그렇죠. 저도 건강한 세나 씨 모습이 더 보기 좋은 것 같네요."

"그러니까요. 저는 건강 **빼면** 시체인데 재산에 타격이 컸네요."

"건강 말고도 장점이 많으신 것 같은데요."

웃는 미소가, 올곧은 눈빛이 매력적인 여자였다. 성현의 눈빛이 순간 깊어졌다. 조심하지 않으면 안 될 것 같은 기분이었다.

한태성의 선택이 틀리진 않은 모양이었다. 세나는 사람에게 관심이 없는 자신에게조차 시선을 빼앗는 묘한 매력이 있었다.

"바쁜 시기에 입원하셨군요. 졸업반이라고 했던 것 같은데."

"제가 그런 이야기를 했던가요?"

"얼핏 들은 것 같아서요."

세나는 고개를 갸웃거렸지만 이내 수긍했다. 자신이 하지 않았으면 어디서 들었겠는가. 뒷조사라도 하지 않는 이상.

"제가 이러고 있을 때가 아닌데 말이죠. 얼른 학교 나가서 이력서라도 한 장 더 작성해야 하는데."

"아직 취업을 못 하신 건가요? 그럼 저희 회사로 오시는 건 어떠신가요?"

"네?"

"저희 회사에 예전에 후원 요청서를 보내신 적이 있죠? 불미스러운 일로 마무리가 되긴 했지만. 보육원 후원과 더불어 입사를 부탁드리면 어떨까요?"

세나의 눈초리가 가늘어졌다. 성현의 제안이 순수한 호의로 받아들여지지가 않았다.

"저에게 이렇게 호의적인 제안을 해주시는 건 감사합니다만, 선불리 받아들이기는 힘드네요."

"저희 회사는 복지 사업에 많은 투자를 하고 있습니다. 세나 씨가 있는 곳을 후원 대상에 넣는다는 게 그렇게 큰일은 아닙니다. 제 동생 때문에 불미스러운 일을 겪으셨겠지만, 그 후원 요청서를 제가 처리했다면 당연히 생각해봤을 만한 상황이었구요."

유림 그룹에서 복지 사업을 많이 하고 있는 건 알려진 사실이었다. 그래서 그녀가 후원 요청서를 넣기도 했고. 하지만……

"이런 제안을 해주시는 게 한태성 대표님과는 전혀 관계가 없는 일이라는 거죠?"

세나의 질문이 제법 날카로웠다. 성현의 미소가 짙어졌다. 사람을 자극하는 포인트가 있는 여자였다. 태성이 반한 부분이 어딘지 알 것도 같았다.

"물론입니다. 제 말을 믿고 안 믿고는 세나 씨의 결정이겠지만."

둘도 없는 기회였다. 딱 그녀가 꿈에 그리던 그런 조건이었다. 입사와 동시에 후원도 받을 수 있는 회사. 반면 태성과의 계약은 한시적인 것에 불과했다.

고민하는 세나의 머리 위로 날이 선 차가운 목소리가 위협적으로 들려왔다.

"윤세나, 지금 바람피워?"

무표정한 얼굴, 굳게 다문 고집스러운 입술, 깊고 까만 눈동자와 그윽한 눈매. 태성이었다. 세나는 황당했다. 도깨비처럼 난데없이 나타나 한다는 소리가 겨우…….

"회사일은 다 처리한 거예요?"

"다 처리하고 애인 만나러 오는 길."

'애인'이라는 말에 한껏 힘을 준 태성은 불쾌감을 숨기지 않고 세나의 옆자리에 앉아 그녀의 어깨에 팔을 둘렀다. 마치 내 여자라는 영역 표시라도 하듯.

태성은 성현을 노려보았다. 그 모습에 성현은 여유로운 표정을 유지했다. 눈빛 한번 살벌하군. 분명 자신을 향한 적개심이었다. 성현은 한태성이 세나에게 첫눈에 반했다는 가설이 맞는 걸지도 모르겠다는 생각이 들었다. 냉정하고 차갑기로 소문난 한태성이 질투를 하다니. 이거 홍주연이 알면 약 좀 오르겠는데?

"여기서 뭘 하고 있는 건지 물어봐도 될까요, 문성현 씨?"

성현은 쓴웃음이 절로 나왔다. 태성에게서 당장이라도 폭발할 듯한 간당간당한 자제심이 느껴졌다. 단지 세나와 같이 대화를 나누고 있었을 뿐인데, 꼭 나쁜 짓이라도 하다가 걸린 것 같았다.

태성은 세나가 성현과 다정하게 − 물론 태성의 눈에만 그렇게 보였을 뿐 그저 대화를 하고 있었던 것이었지만 − 있는 모습이 참을 수 없을 만큼 신경에 거슬렸다.

"병원에 친척분 문병 왔다가 우연히 세나 씨를 만나 이야기 중이었습니다. 더불어 취업반인 세나 씨께 입사 지원을 요청 드리는 중이었구요."

무슨 소리냐는 듯 태성이 세나를 바라보자, 세나는 어깨를 으쓱해 보였다.

"말 그대로예요. 저도 취업해야죠. 문성현 씨께서 유림 그룹을 추천해주고 계셨구요. 저 졸업반인 거 잊으신 건 아니죠?"

태성이 알 수 없는 눈빛으로 쳐다보자 그녀는 심장이 떨려왔다. 아까부터 긴장해 있던 상태인데, 어깨에 두른 그의 체온과 가까이

다가온 그의 얼굴에 그녀는 어찌할 바를 몰랐다.

하지만 태성은 그녀의 상태를 아는지 모르는지 그저 그녀를 무심히 바라보다가 성현에게로 시선을 돌렸다.

"세나는 유림 그룹에 입사하지 않을 겁니다."

"하지만, 윤세나 씨의 선택에 맡겨야 하지 않을까요?"

"아뇨. 이건 말할 필요도 없는 일입니다."

강압적인 태성의 말에 세나는 기가 찼다.

"저기요, 대표님."

"우리는 조금 이따 이야기하도록 하지. 저 남자 간 뒤에."

그리고 태성은 고개를 돌려 성현을 마주 보았다. 그 깊고 날카로운 태성의 경고를 알아듣지 못할 정도로 성현은 바보가 아니었다.

"그리고 지금이 문성현 씨가 자리를 떠야 할 시간 같군요."

세나는 믿을 수 없다는 눈빛으로 태성을 쏘아보았다. 아무리 생각해도 조금 전 성현을 위협하듯 쫓아버린 태성의 태도는 이해할수가 없었다. 세나는 자리를 떠나는 성현에게 미안하고 또 미안한표정을 지어 보여야만 했다.

"사람을 그런 식으로 보내는 법이 어디 있어요?"

도대체 무슨 무례한 짓인지. 태성은 태성대로 세나가 성현을 위해자신에게 화를 내는 모습에 속이 뒤집어졌다.

"윤세나, 확실히 하도록 하지. 다른 남자는 계약 조건에 없었어."

"그게 무슨 소리예요? 다른 남자라니요?"

"제7조. 계약 기간 동안 다른 이성의 접근은 철저히 차단한다. 혹시나 다른 이성으로 인해 계약 사항에 문제가 생길 시, 계약 위반의 근거가 된다……라고 쓰여 있지. 우리가 직접 합의해서 작성한 계약서에."

세나는 어이가 없다는 듯 태성을 바라보았다.

"지금 머리 좋다고 잘난 척하시는 거예요?"

"아니, 난 우리 계약 사항을 말해줬을 뿐이야."

세나는 태성이 그 계약서를 토씨 하나 안 틀리고 외우고 있는 게 신기했다. 문성현을 '다른 남자'로 인식하고 있는 그의 사고방식 또한 신기했고.

"대표님, 지금 꼭 진짜 애인처럼 구는 거 알고 있어요? 모르는 사람이 보면 제가 진짜로 바람피우다 걸린 줄 알겠어요. 대표님 지금 반응이."

세나의 말에 태성은 찬물이라도 한 바가지 뒤집어쓴 것처럼 흠칫 놀랐다.

"저는 대표님이 이렇게 화를 내는 이유를 정말 모르겠는데요."

태성 자신도 몰랐다. 윤세나의 옆에 그 남자가 있었다는 사실에 왜 이렇게 화가 나는 건지. 그는 그녀가 다른 남자와 만나고 있다는 사실 자체가 싫었다. 하지만 세나에게 그렇게 말할 수는 없었다. 그건 정말로 '진짜 애인'처럼 구는 짓일 테니까.

흥분을 서서히 가라앉히고 태성은 세나를 바라보았다. 어쩌면 문성현이 세나에게 입사 권유를 했다는 사실에 화가 났는지도 모를 일이었다.

"유능한 윤세나를 유림 그룹에 빼앗길까 봐 그래. 그동안 후원해준 기업에 보답할 생각은 안 하는 거야?"

세나는 말문이 막혔다. 그걸 지금 말이라고 하는 거야?

"바로 그 회사가 후원을 끊었잖아요."

태성은 이제야 이 모든 일의 정답이 보이는 듯했다. 윤세나는 보기 드물게 영특했다. 그래서 그녀를 다른 곳에 빼앗기기 싫었던 것이다. 그렇게 생각하자 지금 자신의 행동이 맞아떨어졌다.

"그 회사가 다시 후원을 해준다면?"

원래 세나의 입사는 그의 예정에 없던 일이었다. 하지만 지금 생각해보니 합리적인 일이었다. 윤세나는 자신의 회사에서 일하는 게 합당했다.

"회사로 들어오면, 후원을 해주도록 하지. 예전처럼 회사 차원에서."

"지금 대표님이 있는 그 회사로 들어오라구요? 그러면 예전처럼 다시 후원을 해주신다구요? 왜요?"

세나는 진심으로 저 남자의 머릿속에 뭐가 들어 있는지 궁금했다.

"난 네가 다른 남자와 있는 게 싫어. 인재를 다른 기업에 빼앗기고 싶지도 않고. 넌 요즘 보기 드물게 유능한 여자잖아?"

태성은 자신의 결론이 만족스러웠다. 마음 속 깊은 곳 어디선가 '이건 아니지 않나?'라는 찜찜함이 스멀스멀 피어올랐지만, 바로 묻어버렸다.

그런 태성을 보는 세나는 말을 잇지 못했다. 지금 자신이 무슨 말을 한 건지 알기는 할까? 표정으로 보건대, 한태성 저 남자는 지금 자신이 사랑 고백을 했다는 사실을 전혀 모르고 있다에 내 전 재산과 오른팔을 걸겠어.

세나의 입에서 길고 긴 한숨이 흘러나왔다.

"대표님은 일 말고 잘하는 게 없나 봐요?"

태성의 폭탄선언을 들은 후 세나는 홀로 병실에서 자신의 노트북에 포털 사이트 검색창을 띄워놓고 멍하니 앉아 있었다. 그러다 이내 무언가를 결심한 듯 손을 자판에 얹었다. 그러고는 다시 기운 빠진 얼굴로 손을 내려놓았다. 생전 해보지 않던 짓을 하려니 어색하고 이상했다.

"내가 미치지 않고서야……. 그래도 나오지 않을까. 이렇게 쏟아지는 지식들이 많은 세상에. 혼자 이렇게 고민할 바에야 어디에라도 물어보는 게 낫지."

이윽고 결심한 듯 세나는 자판을 두드리기 시작했다.

남자가 여자에게 호감이 있을 때

연애라는 감정을, 이 낯선 감정을 접해볼 수 없었던 세나가 그에 관한 지식을 얻을 수 있는 방법은 그리 많지 않았다. 지식 검색이야 말로 그녀가 할 수 있는 몇 안 되는 방법이었다.

조금 더 시간이 걸리긴 하지만, 연애 칼럼 같은 걸 읽는 것도 도움이 될 테지. 연애나 남녀 관계에 관한 책들도 이미 인터넷으로 학교 도서관에 미리 대출 신청을 해둔 상태였다.

혼란스러운데, 딱히 물어볼 곳이 없었다. 태성의 말을 듣고 제어가 안 되는 자신의 심장을 누군가 속 시원하게 이야기해주었으면 좋으련만 안타깝게도 그녀의 주위에는 윤주 말고는 딱히 없었다. 그렇다고 윤주에게 이런 이야기를 했다간 아마…….

세나는 절레절레 고개를 흔들었다. 윤주는 최후의 보루였다. 윤주에게 가기 전에, 인터넷이라는 유용한 방법을 사용해보기로 했다. 검색창에 뜨는 글들을 보며 그녀의 눈이 휘둥그레졌다.

이렇게 많은 글들이 올라와 있을 줄이야. 세상에는 자신 같은 사람들이 제법 있는 모양이었다.

늘 경제 기사만 검색해보던 세나에게는 신세계가 펼쳐지고 있었다. 몇 페이지나 되는 글을 읽어보자 대부분의 의견은 하나로 모아지고 있었다.

남자는 관심이 없는 여자에게 돈과 시간을 쏟지 않습니다. 당신에게 연락을 자주 하고 거침없이 돈을 쓴다면, 그건 당신에게 호감이 있다는 뜻이죠.

세나는 생각에 잠겼다. 태성이 그녀에게 돈과 시간을 쓰는 건 그들의 계약 조건에 있던 일을 행하는 것뿐이었다. 그 정도의 정보로는 태성이 그녀에게 무슨 감정을 가지고 있다고 단정 지을 수 없었다. 조금 더 맞춤형 고민 상담이 필요한 시점이었다.

그때 윤주가 자주 들여다보던 사이트가 생각났다. 그녀의 기억이 맞다면, 그곳은 남녀 관계에 대한 고민 상담을 올리는 게시판이었고, 글을 읽은 사람들이 댓글을 달아놓는 형식으로 되어 있었다. 지금 세나에게 가장 유용하게 사용될 게시판이 분명했다.

세나는 윤주가 사용하던 사이트를 찾는 데 성공했다. 글쓰기 버튼을 누르고 한참을 고민하며 쓰고 지우기를 반복하던 그녀는 저장 버튼을 클릭했다.

그 사람이 저에게 남자로서 관심이 있는 건지, 궁금합니다. 답변 부탁드릴게요.

최대한 객관적인 내용을 써놓았다. 태성과의 관계를 간략하게 일로 엮여 있는 사이라고 설명해놓고 그동안 그가 그녀에게 보였던 호의들을 조금씩 적어놓았다. 특히 얼마 전 던져놓고 간 태성의 충격적인 멘트는 그대로 옮겨 적어놓았다.

난 네가 다른 남자와 있는 게 싫어. 인재를 다른 기업에 빼앗기고 싶지도 않고. 넌 요즘 보기 드물게 유능한 여자잖아?

이런 말을 듣고 설레는 자신이 문제가 있는 건지, 아니면 저런 말을 아무렇지 않게 내뱉고 간 태성에게 문제가 있는 건지. 일단 문제를 정확하게 인지해야 제대로 된 해답을 찾을 수 있는 법이니까.
그녀의 글에 댓글이 달리기 시작했다. 제일 처음 올라온 댓글을 읽은 세나는 '풋' 하고 웃음을 터뜨리고야 말았다.

└남자가 연애 고자입니다. 당신에게 관심이 있다는 적극적인 표현인데 스스로 모르고 있을 뿐입니다.

한태성이 연애 고자라고? 정말?

ㄴ정말로 님이 유능한 여자라서 그런 건 아닐까요?
ㄴ말도 안 돼. 그 남자 진짜 XX.

여러 가지 댓글이 이어서 달렸다. 윤주가 왜 그렇게 이 사이트를 열심히 보는지 이유를 알 것도 같았다. 보는 재미가 쏠쏠하네. 짧은 시간 동안 꽤 많은 댓글이 달렸지만, 다들 의견이 분분했다.

계속해서 읽어내려 가던 세나가 더욱더 헷갈릴 때쯤, 누군가 쓴 댓글이 세나의 눈길을 사로잡았다.

ㄴ당신의 마음은 어떠신가요?

며칠 만에 학교에서 윤주의 얼굴을 보게 된 세나는 오전 내내 그녀에게 시달려야만 했다. 어디에 있었냐, 어떻게 연락 한 번을 안 하냐, 네가 병원에 있는데 내가 못 가보는 게 말이 되느냐 등등등.

애정이 너무도 듬뿍 담긴 윤주의 잔소리에 세나는 윤주에게 다신 그러지 않겠노라는 맹세 아닌 맹세를 해야만 했다. 같은 상황이 와도 아마 윤주에게는 연락하지 못하겠지. 떡하니 버티고 있는 태성의 존재를 설명할 길이 없으니까.

지금은 윤주 말고 다른 생각만으로도 그녀의 머릿속이 터질 지경이었다.

└당신의 마음은 어떠신가요?

세나의 가슴을 울렸던, 머릿속을 멍하게 만들었던 그 질문에 대답을 하는 게 최선이었다. 지금 상태에서 그의 마음보다 중요한 건 자신의 마음이었다.

―생각해볼게요.

그때 그녀가 태성에게 할 수 있는 최선의 대답이었다. 그때는 그랬다. 뜨겁다 못해 활활 타버릴 것만 같은 그런 고백을 받고 제정신이었다면 그게 비정상이지.

자신을 바라보던 그 눈빛이 잊히지 않았다. 그런 눈빛을 받으며 고백 받은 여자는 지금 반쯤 정신이 나간 상태였다.

―빠른 시일 내에 결정하도록 해. 기대하고 있지.

한태성. 도대체 그 남자, 뭐냔 말이지. 세나에게서 한숨이 끊이지 않고 새어 나왔다.

대체 그 말도 안 되는 고백은 뭘까? 누가 들어도 고백이었는데, 정작 고백한 사람은 아무런 감흥이 없는 그런 고백이었다. 고백이 맞기는 한 걸까? 그 고백 같지도 않은 고백을 받고 심장이 터져버릴 듯 설레었던 자신도 문제였다.

당연히 두근거리고 설레지. 누가 들어도 절절한 사랑 고백인데 어떻게 심장이 두근거리지 않을 수가 있겠어. 대놓고 한 사랑 고백인데 정작 고백한 사람은 전혀 알지 못하는 그런 사랑 고백이었다. 기가 막혔다. 겪으면 겪을수록 한태성이라는 남자는 그녀에게 총체적 난국이었다.

"너 무슨 일 있지? 단순히 입원만 했던 게 아니야. 뭔데?"

눈치는 정말 엄청 빠르다니까. 세나는 고개를 저으며 부정했지만, 윤주는 입가에 미소를 지었다. 절대 속아 넘어가지 않겠다는 결연한 의지였다.

시시각각으로 얼굴빛이 변하는 세나를 보며 윤주의 궁금증은 더욱 커져만 갔다. 도대체 무슨 일이 있었길래 자신의 절친인 윤세나가 똥 마려운 강아지마냥 저러고 있는 건지.

"빨리 불어, 너. 뭐야."

윤주가 볼펜으로 세나의 옆구리를 쿡쿡 찔렀다. 하지만 세나는 꿋꿋이 이겨냈다. 윤주의 눈만 쳐다보지 않으면 된다.

"아무 일도 아니야."

세나는 책을 보는 데 집중하는 척했다. 도서관에서 오랜만에 찾은 흥미로운 책이었다. 내용도 괜찮았다. 단지 지금 그녀의 머릿속에 들어올 자리가 없을 뿐이다.

"진짜 아무 일도 아닌 거야? 누가 봐도 무슨 일이 있는 이 상황에 아무 일도 아니라 이거지?"

심상치 않은 윤주의 목소리에 세나는 움찔했다.

"그래, 알았어. 우리 사이가 이 정도였다 이거지?"

체념하는 윤주의 목소리에 세나는 결국 백기를 들고 말았다. 보통 200번은 물어봐야 직성이 풀리는 윤주가 이렇게 나올 때는 진심으로 마음이 상했다는 이야기다.

하지만 세나는 쉽게 입을 떼지 못했다. 그런 세나의 앞에 윤주가 가방에서 책 뭉치를 꺼내 내려놓았다.

그 남자의 마음을 사로잡아라!

믿고 보는 연애백서

연애를 글로 배웠어요

현명하고 똑똑한 여자의 남자 사용법

무슨 내용인가 싶어 한 권 한 권 책을 들춰보던 세나의 낯빛이 하얗게 질려가고 있었다. 자신이 학교 도서관에 대출을 신청해놓은 책들이었다.

윤주가 음흉한 미소를 지었다.

"정혜가 학교 도서관에서 대출 업무 보고 있더라고. 네가 빌린 거 맞냐고 묻더라. 가는 길에 전해주라고."

세나의 입에서 깊은 한숨이 흘러나왔다. 결국은 이렇게 들키고 마는 것인가.

"자, 이제 이 언니한테 다 털어놓으란 말이지. 네 입장에서 보면 아무짝에도 쓸모없을 이 책들을 네가 왜 대출 신청했을까? 너 만나러 오는 동안 궁금해서 피가 말랐어, 내가."

쉽게 빠져 나갈 수 있을 것 같지 않았다. 세나는 체념하는 얼굴로 윤주를 마주 보고 앉았다. 윤주는 초롱초롱 눈을 빛내며 세나를 쳐다보고 있었다.

'너의 어떤 이야기라도 내가 다 들어주겠어.'라는 결의에 찬 윤주를 바라보니 세나는 웃음이 나왔다. 그래, 내가 너 아니면 누구한테 내 심각한 고민을 이야기하겠니. 세나는 크게 심호흡을 했다. 마음의 준비가 필요했다.

"어떤 남자가 있어."

세나의 입에서 단지 세 마디가 흘러나왔을 뿐인데, 윤주의 눈이 놀라움으로 가득 찼다.

"윤세나 입에서 남자라는 단어가 튀어나온 거야, 지금? 이 흥미진진한 전개는 뭔데?"

"이야기 계속할까?"

윤주는 입에 지퍼 채우는 시늉을 하며 두 손을 앞으로 가지런히 모았다.

"그래, 알았어. 어떤 남자가 있어. 멀쩡하긴 한 거지?"

"멀쩡해. 지나치게. 그런데 그 남자가 나한테 반했거든?"

"……뭐?"

간만에 듣는 세나의 돌직구에 윤주는 어안이 벙벙해졌다. 대박 사건이었다. 어떤 남자가 윤세나한테 반해? 그런데 그걸 세나가 지금 자기 입으로 직접 말한 거야?

윤주가 옆에서 지켜본 바로는 세나는 충분히 매력적이고 예쁜 친구였다. 그녀에게 용감하게 고백한 사람들이 더러 있긴 했지만, 결국 모두 거절당했었다. 그 어떤 감미로운 고백과 이벤트일지라도 세나는 입에 올리는 법이 없었다. 그게 그녀에게 용기를 내어 고백한 사람들에 대한 윤세나 식 예의였다.

그런데 그런 세나의 입에서 '남자가 나한테 반했어.'라는 이야기가 나오니 윤주의 가슴이 터질 것 같았다.

"계속해봐. 그 남자가 너한테 반했어. 그리고?"

"근데 그 남자가 나한테 반한 걸 눈치를 못 채. 나 어떡하지?"

머릿속에 맴돌던 생각을 윤주에게 뱉어내자 조금은 속이 후련해지는 것 같았다.

세나는 둔한 편이 아니었다. 오히려 눈치가 빠른 편이었다. 그런 자신이 보기에 한태성이라는 남자는 분명 그녀에게 호감이 있는 것 같았다. 그리고 그가 그 사실을 전혀 인식하지 못하고 있다는 게 그녀의 결론이었다.

"진짜 그런 남자가 있긴 한 거야?"

윤주가 의구심을 가지고 세나를 바라보자, 세나는 고개를 끄덕였다. 그런 남자가 있다. 세나의 심장에 나비를 몇 마리 풀어놓은 듯 가슴 속이 간질거리도록 만드는 그런 남자가.

"있어. 존재하고 있지. 설마 내 상상일까 봐 그래?"

"아니, 아니. 그 남자 실체 말고, 자기가 고백한 걸 모르는 남자가 존재하는 거냐고. 누구야? 내가 아는 사람이야?"

윤주의 입이 귀에 걸렸다. 그녀의 눈에서는 레이저가 뿜어 나올 듯했다. 세나는 그런 윤주의 반응이 살짝 부담스러웠다.

"정체는 나중에 말해줄게."

"뭐야, 뭐야. 진짜 내가 아는 사람이야? 누구? 우리 과? 선배? 후배? 아니면 동기?"

"학교 사람이 아니야. 그리고 그게 중요한 게 아니고……."

"네가 어떻게 해야 할지 모르겠다는 말이지?"

세나가 가볍게 고개를 끄덕이자, 윤주의 입에서 피식 하고 웃음이 새어 나왔다.

"이미 답이 나와 있는데 뭘 망설여. 그 남자만 둔한 게 아니네."

윤주는 세나의 눈동자를 똑바로 바라보았다.

"나도 둔하단 소리야?"

"아이고, 똑똑하다, 우리 세나. 일단 네 입에서 그 남자 이야기를 나한테 했을 때부터 너도 이미 흔들리고 있다는 이야기잖아."

윤주의 말에 세나는 아무런 말도 할 수 없었다. 흔들리지 않는다면, 거짓말이다.

"너도 그 남자한테 마음이 있는 거지?"

"사실 잘 모르겠어. 자꾸 생각이 나긴 해."

"그럼 뭐가 문제야?"

그 남자가 한태성인 게 문제였다. 그 남자 앞에 따라붙는 그 많은 수식어들은 둘째치고서라도, 보육원 후원을 책임져줄 사람이고 나이도 많고 그 많은 나이임에도 불구하고 지나치게 매력적인 게 또 문제였다.

"이런 건 의외로 답이 간단해. 확 꼬셔버려. 너한테 푹 빠질 만큼."

윤주의 자신만만한 대답에 세나는 기운이 빠졌다. 그 사람을 꼬셔? 차라리 악어 우리에서 악어들 이빨 닦아주는 아르바이트를 하라고 하지.

그녀는 태성에게 유혹의 손길을 뻗치는 자신의 모습을 도저히 상상할 수가 없었다.

섣불리 그런 짓을 했다간 간신히 자리 잡은 이 기분 좋은 관계마저도 깨어질 수 있었다. 그렇게 되면 그때는 후원자로서도 그의 얼굴을 볼 수 없을지도 모른다.

"모르겠어."

세나는 힘들다는 듯 팔을 베고 탁자에 누워버렸다. 너무 짧은 시간 동안 그녀의 인생에 낯선 남자 하나가 발을 들여놓았다. 그래 놓고서는 '난 아무것도 몰라요.' 하고 있는 그 남자를 어떻게 하면 좋을까?

밤에는 차가워도 아직 낮에는 제법 따뜻한 바람이 불어왔다. 그 바람이 너무 부드럽고 따뜻해서 세나는 눈을 감았다. 잠깐이나마 혼란스러운 마음이 진정되는 것 같았다.

"내 마음이 그 사람을 남자로 좋아하는 건지, 아니면 단순한 동경인 건지."

세나의 넋두리에 윤주는 그저 가만히 들어주었다. 그래, 동경일 수도 있을 것이다. 그녀가 원하는 위치에 혼자 힘으로 우뚝 선 사람에 대한 동경. 그가 우상처럼 보이는 마음을 혼동하는 걸 수도 있다. 그런데 정말 그게 다라고 말할 수 있어?

"내가 누군가를 좋아해도 될 상황도 아니고, 좋아하는 게 너무 힘들 수도 있고. 아직 확실하지 않은 게 너무 많아서……."

"세나야."

윤주가 가만가만 세나의 눈을 들여다보았다.

"우린 아직 어려. 세상을 많이 경험해봐야 할 나이라고. 그리고 사람이 사람을 좋아하는 건, 더군다나 남자와 여자가 서로에게 호감을 느끼는 건, 너무 당연한 일이야. 그렇지?"

윤주의 말에 세나는 혼란스러운 마음을 조금씩 가라앉히고 있었다. 섣불리 덤빌 수 있는 감정은 아니었다. 아직 자신에 대한 확신도 서지 않은 상태였으니까. 하지만 확실한 것 하나는 태성은 다른 남자들과는 다르다는 거였다.

"무슨 생각해?"

"그 남자 생각."

윤주의 입가에 엄마 같은 미소가 걸렸다. 사랑스러운 자신의 친구에게 드디어 사랑이 시작되려나 보다.

"어떤 사람이야?"

그는 딱히 정의할 수 있는 말이 없는 남자였다.

"차가운데 따뜻하고, 무심한데 다정하고, 어른인데 아이처럼 구는 사람. 그래서 계속 보고 있고 싶은 사람."

너무 바쁘게만 살아온 세나를 누구보다 잘 아는 윤주였다. 이렇게 예쁜데, 이렇게 반짝반짝 빛이 나는데. 그래서 안타깝기만 했는데 드디어 내 친구에게도 봄날이 찾아오는가 보다.

"윤주야, 난 어떻게 해야 할까?"

한 번 떠오른 태성 생각이 그녀의 머릿속에서 멈춰지지 않았다.

"그건 네 심장에 대고 물어봐야지. 어떡할 거야? 내 말대로 확 꼬시려고?"

윤주의 물음에 세나는 눈을 감았다 떴다. 세나의 눈이 더할 나위 없이 진지하게 빛나고 있었다.

"그 남자, 내가 가져도 될까?"

"그 남자한테 물어봐. 당신, 내가 가져도 되냐고."

윤주의 대답에 세나와 윤주는 마주 보며 웃었다.

캄캄한 서재 안, 유일하게 켜져 있는 간접 등 하나가 남자의 얼굴에 실루엣을 만들어내고 있었다. 의자에 기댄 채 생각에 잠긴 남자의 눈이 날카롭게 빛났다.

윤세나. 그녀가 의외로 그의 신경을 많이 빼앗고 있었다. 웃음기를 거둬들인 성현의 얼굴에 차가움이 감돌았다.

우연히 만난 세나는 성현의 눈길을 끌기에 충분했다. 멀리 있었는데도 그는 그녀를 알아볼 수 있었다. 그는 그 많은 사람 중에 윤세나가 한눈에 들어왔다는 사실에, 자신의 그런 모습에 놀라고 있는 중이었다.

평범하게 환자복을 입고 있었는데도 윤세나는 성현에게 평범해 보이지 않았다. 한태성도 이런 기분을 느끼고 있는 걸까?

한태성을 생각하면 윤세나에게 손가락 하나라도 잘못 놀릴 시에는 그야말로 핵폭탄을 건드리는 꼴이 될 것이다. 그렇다면 얌전히 꼬리를 내리고 쥐 죽은 듯이 처박혀 있어야 하는 게 맞는데, 어째서 자꾸 윤세나를 건드려보고 싶은 건지.

여느 여자들과 달라서 그런 건지, 아니면 한태성의 여자라서 더욱 신경이 쓰이는 건지. 사실 한태성의 여자라고 해서 그가 특별히 신경 쓸 이유는 없었다. 흥미가 생길 수는 있는 일이지만 그게 다였다.

가족도 친구도 심지어 여자에게도 별다른 흥미가 없던 그였는데. 그런 그에게 세나에 대한 강렬한 호기심이 마구마구 생겨나고 있었다.

경계심 어린 태도, 나이답지 않은 성숙함, 숨길 수 없는 영민함.

"이상하게 생각이 나네. 사람 곤란하게."

윤세나에게 관심을 가져봤자 좋을 일은 하나도 없었다. 자신의 사업에 도움이 되는 여자도 아니었고, 윤세나에게 접근할 경우 한

태성에게 호의적인 반응을 얻을 수도 없었다. 그럼에도 불구하고 성현은 세나가 매우 흥미로웠다. 윤세나의 얼굴이 떠오르자 차갑기만 하던 성현의 얼굴에 짧은 미소가 번져 나가기 시작했다.

모니터 화면의 커서가 깜박거리며 태성의 손길을 기다리고 있었다. 태성은 다시 한 번 신중히 생각했다. 수신자에 자신의 상관인 제임스의 메일 주소가 쓰여 있었다.

시장 반응도 그렇고 업체 쪽에서도 긍정적인 편입니다.

호진의 보고서에도 그렇게 적혀 있었고, 자신의 회사에서도 호의적인 반응이었다. 지금 망설이고 있는 건 태성뿐이었다.

태성이 회사를 인수받은 이후로 회사는 가파른 속도로 안정을 찾아가고 있었다. 이런 추세라면 남아서 회사를 운영하는 편이 태성에게도 태성이 속해 있는 회사에게도 이익인 게 틀림없는 상황이었다. 하지만 그의 손은 여전히 결정을 내리지 못한 채 망설이고 있었다.

그의 메일에는 제임스가 숙제로 내준 회사의 운명에 관한 보고서가 담겨 있었다.

망설임. 그의 인생에서는 찾아볼 수 없는 단어였다. 한국을 떠날 때도, 난생처음으로 그의 손으로 맺은 계약을 진행할 때도 그는 늘 거침없었다. 신중한 편이긴 했어도 하고자 하는 바가 있으면 행동은 신속했고, 그건 망설임과 거리가 멀었다.

이번에도 그의 동물적인 감각이 그에게 말하고 있었다. 분명 성공할 수 있다고. 하지만 그 동물적인 감각은 사업 쪽에만 발달해 있었다. 알 수 없는 다른 무언가가 그를 망설이게 만들고 있었다.

충동적으로 윤세나에게 내뱉었던 말이 계속해서 그의 머릿속을 맴돌았다. 그는 느끼고 있었다. 이 모든 망설임의 이유에 윤세나가 조금은 관계되어 있는 거라고. 그건 스스로를 속일 필요도 없는 명확한 사실이었다. 태성은 그런 자신의 마음을 부정할 생각은 전혀 없었다.

"유능해서 곁에 두고 싶다는 게 잘못된 건 아니지."

스스로 혼잣말을 하던 태성은 헛웃음을 터뜨렸다. 곁에 두고 싶다는 건 부정할 수 없는 마음이었다. 하지만 그녀가 유능해서라는 이유는 타당한 걸까?

유능한 걸로 치자면 그의 주변에는 언제든지 그의 부름에 응할 인재들이 가득 있었다. 경력도 실력도 햇병아리인 윤세나와는 비교도 안 될 만큼 뛰어난 인재들이 있었다. 그렇다면 유능해서라는 이유는…… 당분간 보류.

세나만 생각하면 그의 심장에 따스한 바람이 불어왔다. 심장 어딘가에 구멍이라도 뚫린 듯 간질거리는 따스함이 스며들었다. 그런 그의 심장에 그의 냉철한 이성이 빨간 불을 켜대고 있었다.

빨간 불이 켜졌더라도 그게 뭐 대수인가?

그는 사업가였다. 이익이 될 수 있는 일이라면 당연히 그 이익을 좇아야 하는 게 맞다. 그는 큰 그림을 볼 수 있는 눈을 가진 사람이었고, 그래서 성공했다.

그의 머릿속에 이 회사가 장차 뻗어 나갈 수 있는 커다란 그림이 그려졌다. 그렇다면 다른 곳에 팔아넘길 게 아니라 당연히 회사를 인수해서 그가 경영하는 게 맞는 것이다.

그럼 윤세나는? 태성의 속에서 자신도 모르는 질문이 튀어나왔다.

"……여기서 윤세나가 무슨 상관이야."

윤세나는 씩씩하고 총명해서 정이 가는, 그가 후원하는 보육원생일 뿐이었다. 단지 그뿐이었다.

그는 모니터 화면에 떠 있는 메일을 발송했다.

"생각은 해본 건가?"

회사까지 직접 찾아온 세나에게 안부도 묻지 않고 바로 질문을 던지는 태성을 보고 호진은 아주 작게 고개를 흔들었다. 세나가 병원에서 퇴원하고 처음으로 마주하는 자리였다. 여자 대하는 법에 대해 상관에게 강의라도 해야 하는 건가? 반가운 척이라도 하고 묻던가.

세나는 자신이 온 것은 본척만척하며 용건만 묻는 태성에게 서운했다.

"숨 좀 돌리시죠. 뭐가 그렇게 바빠요?"

"세나 씨, 차 한 잔 드릴까요?"

호진의 물음에 세나가 싱긋 웃었다. 역시 상관보나는 센스가 있는 사람이다. 비서라면 당연히 해야 할 일이지만 센스가 떨어지는 상관 옆에 있는 비서라면 훨씬 더 빛나 보이는 법이다. 이래서 환경이 중요하다지.

"네. 따뜻한 걸로 부탁드려요. 햇볕이 따뜻하긴 한데 바람이 많이 차네요."

"홍차 괜찮으세요? 이번에 출장 다녀오면서 사온 게 있거든요. 세나 씨 입에 잘 맞을 것 같은데."

"좋아해요. 가져다주시면 감사히 먹을게요."

"그럼 숙녀분께 어울리는 홍차 한 잔 올리겠습니다. 잠시 기다려 주세요."

호진은 살짝 고개 숙여 인사하고는 대표실 밖으로 나섰다.

태성은 실실 웃으며 뒤로 물러나는 호진의 모습을 못마땅하게 바라보았다.

"바쁘다길래 회사까지 왔는데 물도 한 잔 안 주고 사람을 닦달해요?"

"물어본 거야."

세나는 태성을 물끄러미 바라보다 시선을 돌렸다. 확실히 그날 이후로, 정확히는 그 '고백'을 받은 이후로 태성이 많이 달라 보였다.

태성과 눈도 제대로 마주치지 못하고 테이블만 보는 자신의 꼴이 우스워질 지경이었다. 정신 차리자, 윤세나. 아직 자신의 마음도, 태성의 마음도 그 무엇 하나 확실하지 않은 이 상황에 부끄럼이 웬 말인가! 게다가 태성은 그녀를 보고도 아무런 감흥도 없어 보였다. 혼자서만 난리를 치는 것 같아 세나는 마음을 차분히 가라앉혔다.

"아직 생각 중이에요."

"생각할 게 뭐가 있지?"

태성은 자신이 원하는 대답이 나오지 않자 심통이 난 듯 미간을 찌푸렸다. 대체 생각할 필요가 있기는 한 일인가 싶었다.

"뭐가 문제지?"

'한태성 씨요.' 세나는 자신의 생각이 뇌에서 직접 태성에게 전달되기를 원하지 않았다.

"대표님과 같이 일하는 거 별로예요."

"내가 어때서? 나와 직접 일하는 것도 아닌데."

세나의 대답에 그가 한쪽 눈썹을 치켜 올렸다. 세나는 태성의 표정을 바라보며 생각했다.

'그러니까요. 같이 일해보고 싶은데 일을 못 해서 같이 일하기 싫다구요. 대표님 때문에 망설이는 거예요. 다른 이유는 없어요.'

"유림 쪽 조건도 좋아서요. 쉽게 결정하기 어려워요."

세나는 한심한 핑계라고 생각했지만 태성은 그렇게 생각하지 않는 듯했다.

"그럴 수도 있겠군. 회사에서 곧 공채가 있을 거야."

뜻밖의 소리에 세나의 눈이 동그랗게 떠졌다.

"회사 사정이 많이 나아진 건가요?"

"별로."

태성은 평소보다 빨리 나온 자신의 대답에 당황했다. 회사 사정이라면 확실히 나아졌다. 지난번 노 전무가 제안했던 후원에 관한 제안은 다음 달이면 실행이 가능할 수도 있었다.

"이번 공채 기획한 사람이 노 전무야."

"노길웅 전무님 말인가요?"

세나의 물음에 태성은 고개를 끄덕였다. 공채는 정해진 수순이었고, 그걸 총괄하는 사람이 노 전무였다.

"노 전무님한테 많은 도움을 받았으니 너도 도움을 드리는 편이 좋지 않겠어?"

"당연히 그래야죠. 도움을 드리지 못한 건 제가 해드릴 수 있는 게 없어서였어요."

노 전무라는 말에 세나는 가슴이 따뜻해져왔다. 처음부터 그녀의 보육원을 후원해주셨고, 지금도 끊임없이 그녀가 사는 곳에 작은 도움이라도 주려고 노력하는 분이었다. 지난번 아이들 간식이며 옷가지들도 노 전무님이 개인 사비로 사 오셨다는 이야기를 어머니를 통해 들었다.

따뜻한 분이셨다. 어머니도 힘들 때 의지가 되시는 듯했고. 자신이 워낙 바쁘게 지내는 터라 노 전무님께 제대로 인사도 드리지 못해서 죄송했었다.

자신의 입사가 그에게 도움이 될지도 모른다는 생각에 세나는 마음이 흔들렸다. '좋아할지도 모르는 남자와 같이 일을 하는 게 괜찮을까?'라는 생각으로 마음을 정하지 못한 채 태성을 만나러 왔다.

고민하는 세나의 모습을 보며 미소 짓던 태성은 재빨리 표정을 감추었다. 때마침 호진이 세나에게 줄 홍차를 들고 들어오고 있었다.

"노 전무가 회사 내에서 입지가 좋지 못해. 힘이 되어 줄 누군가가 없다면…… 곧 퇴직하셔야 하겠지."

'퇴직'이라는 말에 세나가 고개를 번쩍 들어 태성의 눈을 바라보았다. 그의 의중을 읽을 수가 없어 세나는 답답했다.

반면 호진은 찻잔을 놓칠 뻔했다. 노 전무라면, 자신이 알고 있는 그 노 전무님이신가?

정년이 다 되어가는 나이에도 회사에 대한 열정으로 아직도 실무에서 열심히 일을 하고 계시는 그 노 전무님? 다른 임원들은 몰라도 회사를 위한다면 절대로 회사 밖으로 내쳐져서는 안 된다는 평을 듣는 그 노 전무님? 본사 쪽에서도 계속 같이 일을 하기 원하는 그 노 전무님?

호진의 입에서 백만 가지 질문이 맴돌았지만, 유능한 비서답게 그는 속으로 말을 삼켰다.

세나의 모습에 태성은 터져 나오려는 웃음을 속으로 삼켰다. 똘똘한 척은 혼자 다 하더니, 저런 어리숙한 모습은 또 뭐냔 말이지.

신입 사원이 힘이 되면 얼마나 될 것이며, 무슨 도움을 줄 수 있단 말인가. 영민하고 똘똘하다 해도 아직 사회에서는 애송이일 뿐이었다.

태성은 세나를 속이고 있다는 사실에 전혀 죄책감이 들지 않았다. 이건 윤세나에게 분명 도움이 되는 일일 테니까.

"노 전무님이 힘든 상황이신가요? 제가 입사를 하면 그분께 도움이 될 수 있을까요?"

"곁에 아무도 없는 것보다는 낫겠지."

고민을 할 가치가 없는 일이었다. 그녀가 조금이라도 힘이 될 수 있다면 당연히 도움을 드리는 게 마땅했다. 게다가 최상의 조건이었다. 그녀의 작은 감정 따위가 개입해서 그르칠 일이 아니었다.

"원서 접수는 언제부터인가요?"

태성은 회심의 미소를 지으며 세나 앞에 입사 지원서를 내밀었다.

슬그머니 호진이 들어오는 소리가 들렸지만 태성은 눈길조차 주지 않았다.

"제가 아까 대표님의 사기 현장을 목격했는데 말입니다. 사람이 그렇게 눈썹 하나 까딱하지 않고 거짓말을⋯⋯."

능글거리는 호진의 목소리에 태성은 고개도 돌리지 않고 손을 들어 나가라는 시늉을 해 보였다. 하지만 호진은 나가지 않고 계속 말을 이었다.

"시끄러워."

딱 잘라 말하는 태성에게 호진은 능글거리는 미소를 감추지 않고 계속 자리를 지켰다.

"노 전무님, 곧 퇴직하십니까? 본사에서도 꼭 붙잡고 있으라고 신신당부하고 있는 그 노 전무님은 아니시겠죠? 에이, 설마 그 노 전무님이시려구요. 제가 아마도 잘못 들었나 봅니다. 그렇죠?"

호진의 빈정거림이 끝날 기미가 보이지 않자 태성은 작게 한숨을 쉬며 대꾸했다.

"때가 되면 퇴직을 하실 수도 있지."

"아, 그래요? 벌써 퇴직을 준비하신다구요? 회사가 기사회생하는 이 마당에? 큰 힘이 되어주실 이 타이밍에?"

"시끄럽고. 나가."

태성은 호진에게 눈길도 주지 않은 채 명령했다.

"무슨 사기를 그렇게 거창하게 쳐? 아무 상관도 없는 노 전무님까지 들먹여 가며. 제대로 된 설명을 듣기 원합니다, 대표님. 저 끈질긴 거 아시죠?"

호진은 쉽게 물러날 생각이 없어 보였다. 태성은 귀찮다는 듯이 호진을 한 번 노려보고는 이내 서류로 다시 고개를 돌렸다.

"윤세나가 회사에 안 들어오려고 하잖아."

호진의 눈이 심상치 않게 빛났다. 오호라. 윤세나란 말이지? 본인이 알고 있는지는 모르겠지만 호진이 보기에 태성은 요즘 윤세나라는 이름을 입에 달고 사는 중이었다.

"세나 씨가 회사에 들어오는 게 중요한 일이야?"

"쓸 만한 사람을 회사로 끌어들이는 거야 당연한 거지."

"네, 네, 그렇죠. 한태성 대표님 생각에는 윤세나가 그렇게 쓸 만한 인재란 말씀인 거죠?"

'제 눈에는 그게 다가 아닌 것 같아 보이지만 말입니다.' 호진은 뒷말을 삼켰다. 지난 몇 년간 태성의 밑에서 호되게 일을 배우면서 이번처럼 재미있기는 처음이었다.

호진이 아무런 말도 없이 바라보고 있자, 태성은 호진을 날카롭게 쳐다보았다. 호진의 시선에 태성은 기분이 상했다. 호진은 뭔가를 더 알고 있다는 표정을 짓고 있었다. 건방지게.

"뭐, 더 할 말 있어?"

"아닙니다."

사람이라면 적절한 때를 잘 알아야 하는 법. 아직 섣불리 호진이 나설 때가 아니었다.

"적당히 하고 들어가십쇼. 먼저 퇴근합니다."

호진은 과장되게 인사를 한 뒤, 대표실 밖으로 나섰다.

"여전히 고민 중이야? 대체 뭐가 문제야?"

윤주가 세나의 곁에 털썩 주저 앉았다. 세나는 말없이 그저 윤주를 보며 웃어 보였다.

"말했잖아. 서툰 감정으로 망치기엔 너무 중요한 관계라서 쉽게 나올 답은 아니야."

신중해도 너무 신중한 세나의 태도에 윤주는 조금 답답해졌다. 자신이 보기엔 확실한데, 세나에게는 더욱 확실한 그 무언가가 필요한 모양이었다.

그 남자, 진짜 궁금하네. 어떤 남자길래 세나를 이렇게까지 만드는 거야, 도대체.

이리저리 세나를 살피던 윤주가 입을 열었다.

"공부 잘하고 예쁘면 뭘 하나. 인생을 헛살았는데."

"싸우자는 거지?"

윤주와 세나는 마주 보며 '풋' 하고 웃음을 터뜨렸다.

"우리 일단 문제를 파악해보자. 너의 고민은 지금 너의 감정들이 그 사람에 대한 동경인지, 아니면 정말 좋아하고 있는 건지 먼저 알아야 하는 거잖아? 네가 동경하는 사람들 다 말해봐. 존경하고 있는 너의 롤 모델들 다."

세나는 자신이 존경하는 사람들을 읊기 시작했다.

"워렌 버핏. 스티브 잡스. 빌 게이츠. 테레사 수녀."

"그만. 거기까지. 그 사람들도 하루 종일 생각해? 사랑인지 아닌지 막 고민하면서?"

윤주의 발언에 세나가 피식 웃음을 터뜨렸다. 그 사람들하고 태성이 같을 리는 없지. 절대로.

"관점이 새롭긴 하네. 그치만 내가 말한 사람들은 말 그대로 위인

전에 나올 법한 사람들이고. 위인과 사랑에 빠졌을까 봐 고민하는 사람은 없어."

세나의 반박에 윤주가 손가락을 들어 턱을 쓸어내렸다. 그렇단 말이지.

"좋아, 그럼 다른 방법. 이건 내가 자주 쓰는 방법이야."

"네가 자주 쓰는 방법 별론데. 사양해도 돼?"

윤주는 세나의 말을 무시했다.

"내가 어떤 남자랑 사귀기 전에 먼저 시뮬레이션해보는 거야. 그 남자와의 스킨십이 가능한가를 먼저 생각해야 해. 플라토닉이고 지랄이고 그런 거 말고 육체적으로 확 끌리는 그런 스킨십. 혹시 그 남자랑 키스해봤어?"

윤주의 갑작스러운 질문에 세나는 당황했다. 키스는 못 해봤지만, 그 남자의 입술이 내 목에 닿았던 적은 있다고 말할 수는 없었다.

"반응 보니 키스 근처에는 가보지도 못한 모양이고."

"좋아하지도 않는데 키스를 어떻게 해."

"키스해보고 좋아질 수도 있는 거지."

"사귀기 전에 키스를 해?"

윤주는 '저 순진한 년을 어떻게 하나.' 하는 표정으로 세나를 쳐다본 뒤 이내 시선을 거두었다.

"암튼 그건 중요한 게 아니고. 그럼 데이트를 하면서 스킨십을 시도해봐. 손이라도 잡았는데 전기가 찌릿하면 좋아하는 거, 무덤덤하면 안 좋아하는 거."

"난 못 해."

세나는 태성에게 자신의 마음을 들키지 않을 자신이 없었다. 어설픈 스킨십을 시도했다가는……. 상상도 하기 싫었다.

"할 수 없지. 그럼 마지막 방법. 눈을 감아."

"왜?"

"아, 글쎄 눈 감으라고."

윤주의 반 협박조에 세나는 어쩔 수 없다는 듯 눈을 감았다.

"네가 생각하는 예쁜 여배우 하나를 떠올려봐."

"예쁜 배우라……. 스칼렛 요한슨?"

"그래. 그 여자 좋다. 이제 스칼렛 요한슨이랑 그 남자랑 둘이 팔짱을 끼고 있는 상상을 해봐. 기분이 어때?"

스칼렛 요한슨과 한태성이 팔짱을 낀 모습이 뭐가 어때……서가 아니라, 기분이 나빴다. 진심으로. 게다가 상상 속에서 스칼렛 요한슨과 한태성은 매우 잘 어울리는 모습이었다. 자신이 옆에 서 있는 것보다 훨씬 더.

……그런데 이 솟구치는 분노는 뭐지?

"자, 이제 그 여자가 그 남자하고 키스하는 상상을 해봐."

윤주의 말이 끝나자마자 세나는 눈을 뜨고 윤주를 쳐다보았다. 그 억눌린 분노의 눈빛에 윤주는 숨죽여 웃었다.

"절대 싫어."

세나를 알고 지낸 이후로 전혀 들어본 적 없는 단호한 목소리였다. 윤주는 세나의 어깨에 손을 올렸다.

"내 방법이 효과가 있었어? 쓸 만해?"

"매우 쓸 만해."

태성의 옆에 있는 건 그 어떤 여자라도 싫었다. 세나는 그 사실 하나만으로도 자신의 감정을 충분히 깨달을 수 있었다.

"그래서 너의 결론은?"

군이 묻는다면 대답해주는 게 인지상정이었다. 윤주의 물음에 세
나는 망설임 없이 대답할 수 있었다.

"나, 그 남자 좋아하는 게 확실하네."

달콤하고, 또 달콤하게

> **저녁에 과 모임이 있을 예정입니다. 졸업 전
> 마지막 모임이니 모두들 참석 부탁드립니다.**

세나는 강의실 화이트보드에 적혀 있는 글을 보고는 생각에 잠겼
다.

과 모임. 거의 나가본 적이 없었다. 그래서 친구도 윤주 아니면 없
는 편이었고. 아르바이트는 둘째 치더라도 사람들끼리 많이 모여 서
로 마음에도 없는 이야기를 나누는 걸 그녀는 그다지 좋아하지 않
았다.

처음에 몇 번, 그러니까 신입생 시절 밝은 에너지로 가득 찬 캠퍼
스의 낭만을 느껴보고 싶어서 참석한 적도 있었다. 하지만 그런 자
리에 참여할수록 느껴지는 건 공허함이었다.

흥청망청 술 마시며 떠드는 누군가의 험담과 연애담 따위는 세나
의 관심사가 되지 못했다. 게다가 그런 자리에 참석하는 날이면 집
에서 자신의 손길을 기다리고 있을 아이들 생각에 즐겁게 어울릴

수도 없었다.

세나의 행복과 다른 이들의 행복은 달랐다. 그래서 세나는 다른 사람들의 관심사에 공감하지 못해 늘 겉돌았다. 이번이라고 다를까? 그런 세나의 표정을 보고 윤주가 날카롭게 말을 던졌다.

"설마 마지막 과 모임인데 저기도 참석하지 않겠다는 건 아니겠지? 마지막이잖아. 우리 오늘만 가서 재밌게 노는 건 어떨까?"

"내키지가 않네."

"가자, 가자. 응? 재밌을 거야. 우리가 언제 이렇게 모여서 놀아보겠어."

윤주의 초롱초롱한 눈방울을 보며 세나는 애써 미소 지었다. 미안하지만 오늘 저녁은 정말 시간이 나지 않았다.

"저녁에 아르바이트가 있어. 미리 알았으면 좋았을 텐데."

태성과 만나기로 한 날이었다. 미리 공지를 했더라면 약속을 다른 날로 잡을 수도 있었겠지만, 과 대표의 갑작스러운 공지에 시간이 곤란한 사람은 세나뿐인 것 같았다.

"세나야, 저녁에 올 거지? 요 앞에 '도서관' 빌려놨어. 너만 오면 전원 참석이야."

윤주와 나란히 서 있는 모습을 보고 과 대표가 반가운 듯 세나 곁으로 다가서며 말을 걸었다. 호리호리한 몸매에 짧은 헤어스타일이 말해주듯 제대한 지 얼마 안 돼 보이는 강한 인상이었지만, 그는 생긴 것과는 다르게 세심하고 꼼꼼해서 과 내에서나 교수들에게 평판이 좋은 사람이었다.

학교 정문 앞에 위치한 술집 '도서관'. 가본 적은 없지만 워낙 독특한 이름으로 유명세를 떨치고 있는 곳이라 세나도 익히 들어 알고 있었다.

"잘 모르겠어요."

"세나 너는 모임에서 거의 본 적이 없어. 이번에는 같이 어울리면 좋겠는데. 같은 과인데 사회에 나가면 이렇게 같이 모일 기회가 전혀 없을 것 같아서 그래. 나라가 뒤숭숭해서 우리 이번에 졸업 여행도 못 갔잖아. 겸사겸사 졸업 여행 대신 모이는 거니까 오늘은 꼭 참석했으면 좋겠다."

평소 그렇게 세나에게 말을 많이 걸던 사람은 아니었다. 세나보다 두 살 많은 복학생으로, 그녀와 그렇게 친하게 지내던 것도 아니었는데, 이렇게까지 말을 하는 것을 보니 준비를 많이 한 모양이었다.

옆에서 윤주가 세나의 옆구리를 작게 쿡 찔렀다. 흔치않은 과 대표와의 긴 대화에 예의상 뭐라고 답을 줘야 할 것 같았다.

"알바 시간 조정할 수 있는지 알아볼게요."

"그럼 오늘 올 수 있는 거지? 그렇게 알고 있을게. 저녁에 꼭 보자."

윤주의 얼굴과 과 대표의 설득이 세나의 마음을 약하게 만들었다. 참석했다가 나중에 소리 없이 빠져나와야겠다.

"윤세나랑 술 한 잔 제대로 먹을 수 있는 날이 오긴 오는구나. 너, 중간에 도망갈 생각 하지 마."

세나의 속셈이 보이기라도 했는지 윤주가 미리 엄포를 놓았다. 세나의 팔짱을 끼며 엄한 표정을 지어 보이는 윤주를 보며 세나는 미소 지어 보였다.

"얼른 빨리 알바 사장님한테 전화해봐. 너 시간 비울 수 있는지."

윤주의 재촉에 세나는 자신의 핸드폰을 바라보았다. 아르바이트 사장님이 어떻게 나올지 알 수 없는 일이었다.

"……설마 화내는 건 아니겠지?"

늘 설마가 사람을 잡는 법이다. 태성은 화를 내고 있었다. 오늘은 분명 자신과 약속을 한 날이었다. 계약이건 아르바이트건 뭐라 부르건 그들은 분명 약속을 했다.

"오늘 못 만난다고?"

[오늘만 부탁드릴게요. 마지막 과 모임이래요.]

"너 이거 계약 위반이야."

[그래서 부탁하잖아요.]

조심스러운 세나의 목소리에 태성은 차분히 마음을 가라앉혔다. 과 모임? 술 마시며 남녀가 어울리는 그 과 모임?

"과 모임이 나보다 중요해?"

세나는 아주 경건한 목소리로 태성의 물음에 답했다.

[물론 대표님이 훨씬, 아주 훨씬 더 중요하죠.]

세나는 '훨씬'이라는 단어를 강조했다. 진심인지 그녀의 목소리에 가식은 없었다.

"많이 늦나?"

[오늘은 보기 힘들 거예요.]

"남자들도 있는 건가?"

[여대가 아니니까요. 그리고 아실지 모르겠지만 경영학부는 거의

비율이 반반이에요. 우리 과도 예외는 아니구요.]

남자가 있다는 소리에 태성은 기분이 상했다. 물론 여대가 아니고 경영학부이다 보니 남자들이 있겠지. 그 사실이 태성의 심기를 슬슬 건드리기 시작했다.

"어디서 모이는데?"

[도서관이요.]

"과 모임을 도서관에서 해?"

태성은 믿을 수 없다는 듯 물었다.

[도서관이 확실해요.]

"네가 그런 거면 그렇겠지. 세상이 많이 변했군. 도서관에서 과 모임이라니. 언제부터 한국의 대학교가 그렇게 건전해진 거지?"

[아무튼 나중에 연락할게요. 오늘은 미안해요.]

과 대표가 술잔을 높이 쳐들고 크고 낭랑한 목소리로 건배를 했다.

"치열한 사회에 나가서 개고생을 해야 할 우리 젊은 청춘들을 위하여!"

"위하여!"

세나는 과에 사람들이 이렇게 많은 줄은 처음 알았다. 심지어 같은 과가 아닌 줄 알았던 사람도 섞여 있었다.

"우리 과에 사람이 이렇게 많았었나?"

"회비 공짜라니까 학교에 잘 안 나오던 사람들도 술 마시려고 나온 모양이야."

"근데 회비가 왜 없어?"

"모르겠어. 졸업한 선배들이 지원해준다고 하는 것 같던데?"

윤주가 세나의 잔에 맥주를 가득 따랐다. 주위에서 세나와 윤주를 힐끔거리는 시선들이 많았지만 세나는 전혀 의식하지 못했다.

"너랑 가볍게 먹어본 적은 있지만, 진탕 취해본 적은 없는데. 오늘이 그날이야?"

윤주가 작정을 하고 온 모양이었다. 세나는 고개를 흔들었다.

"진탕 취하는 건 조금 더 나중에 하자. 난 차 끊기기 전에 가야지."

"차 끊기기 전에 진탕 취하는 건 어때?"

윤주가 잔을 들어 세나의 잔에 '짠' 하고 부딪쳤다.

"설마 고고하신 윤세나께서 취하시겠어?"

평화로울 리가 없는 술자리였다. 세나는 자신을 눈엣가시처럼 생각하는 사람이 있다는 사실을 깜빡하고 있었다. 앙칼진 목소리에 윤주와 세나의 시선이 소리 나는 쪽으로 향했다.

세나와 윤주의 앞에 '경영대 퀸'이라 불리는 다혜가 모습을 드러냈다. 어느새 바로 앞에 자리를 잡고 앉은 다혜는 작정한 듯 불쾌감을 여지없이 드러내고 있었다.

"즐거운 자리에 왔으면 곱게 마시고 가라, 연다혜."

윤주의 입에서 조금 격앙된 목소리가 흘러나오자 세나가 윤주의 손을 잡으며 그만하라는 눈빛을 보냈다.

"네가 참석하는 줄 알았으면, 난 안 왔을 텐데."

세나와는 다르게 다혜는 그만둘 생각이 없었다. 즐겁자고 온 자리에 아니꼬운 기분으로 계속 앉아 있을 수는 없으니까.

"다른 데 가서 앉지 그래?"

"왜, 여기가 재밌어 보이는데. 얼굴값 비싼 윤세나도 있고 말이야."

세나는 아무 말 없이 다혜를 바라보았다. 굳이 왜 쫓아와서 자신을 괴롭히는 건지.

"우리랑 재미게 놀려면, 그 배알 꼴린 속부터 좀 풀고 오지 그래. 그런 싸가지로는 이 테이블에 앉아서 놀 수가 없거든."

거침없는 윤주의 말에도 다혜는 눈 하나 깜빡하지 않았다.

"꼴린 배알 풀려고 이 테이블에 온 건데. 한번 풀어줘 봐, 네가."

대놓고 싸우자는 격이었다. 보아하니 이미 한 잔 거하게 하고 행패를 부리러 온 모양이었다.

윤주가 손에 힘을 한 번 꽉 쥐더니 힘을 풀었다. 그러고는 여유로운 얼굴로 다혜를 바라보았다.

"이제 적당히 하지 그래. 세나랑 형진 선배랑 사귄 것도 아니고, 형진 선배 혼자 쫓아다니다가 차인 건데."

"무, 무슨 소리야? 여기서 형진 선배 이야기가 왜 나오는 건데."

윤주의 핵폭탄 발언에 사람들의 시선이 다혜에게로 몰렸다. 다혜는 얼굴이 하얗게 질려 있었다.

"너 형진 선배한테 완전 꽂혀 있었는데 형진 선배가 세나한테 고백해서 열 받은 거잖아. 그때부터 세나만 보면 못 잡아먹어서 안달이고. 아니야?"

"헛소리하지 마. 형진 선배는 아무 상관없어. 그저 윤세나가 재수 없을 뿐이거든?"

"웃기시네. 형진 선배가 혼자 멋대로 세나 좋아한 건데 왜 애꿎은 세나한테 맨날 지랄이야, 지랄이. 술을 먹으려면 곱게 드시던가. 이제 그만하고 가지?"

윤주가 여유롭게 맥주를 들이켰다. 순식간에 자신에게로 쏠린 질타 어린 시선이 부담스러웠는지 다혜의 얼굴이 더욱 하얗게 질려 있었다.

"그만해, 윤주야."

보다 못한 세나가 중재에 나서자 윤주가 한마디 더 하려다 입을 다물었다. 하얗게 질린 다혜의 얼굴을 보아하니 이만해도 충분할 것 같았다.

"즐겁게 놀다 가. 나는 먼저 일어설게."

역시나, 이렇게 불편하게 만들어질 자리였나 보다. 세나는 가방을 챙겨 일어섰다.

"이 시간에도 아르바이트 가니? 보육원 아이들 밥값 벌러?"

"연다혜, 너 진짜 쓰레기같이 굴래?"

윤주가 참을 수 없다는 듯 다혜를 쏘아보았다. 일어서는 세나에게 끝까지 빈정거리는 다혜의 못마땅한 시선이 날아들었다.

세나는 작게 한숨을 쉬고 다혜의 눈을 똑바로 쳐다보았다. 세나의 눈길에 다혜가 약간 움찔하는 듯하더니, 이내 앙칼진 눈빛을 돌려보냈다.

"아르바이트 가는 거 아니야. 선약이 있어서."

다혜는 저 눈빛이 싫었다. 가진 것도 없으면서, 자신보다 잘난 것 하나 없으면서 늘 거만하고 도도해 보이는 저 눈빛이 그녀는 미치도록 싫었다. 대체 형진 선배는 저런 계집애가 뭐가 좋다고!

"아르바이트가 아니면 데이트라도 하시게?"

데이트라……. 이런 자리에 오느니 태성과의 데이트가 훨씬 더 재밌고 행복했을 것이다. 다혜의 말에 세나는 침묵했다.

그 의미 있는 침묵에 시끌벅적하던 술자리가 어느새 조용해지면서 대다수의 시선이 모두 세나에게로 향했다.

조용한 침묵 속에서 세나의 입술이 열렸다.

"그래. 데이트가 있어."

늦은 시간이었지만 도서관은 불이 환하게 켜져 있었다.

취업 전쟁이라더니, 꽤 늦은 시간임에도 불구하고 도서관 안에는 많은 학생들이 자리 잡고 있었다. 하지만 그 어디에도 세나의 모습은 보이지 않았다. 과 모임이라더니, 이렇게 조용한 곳에서 어떻게 과 모임을 한단 말인가. 태성은 넓고 환한 도서관 한쪽 구석에 자리 잡고 분노하고 있었다.

"윤세나, 거짓말을 했다 이거지."

태성은 홀로 분노를 삼켰다. 그리고 웃었다. 그 웃음이 몹시도 환해서 세나가 앞에 있었다면 분명 한기를 느낄 정도였다.

누굴 탓하겠는가. 자신이 미친놈이었다. 대체 이 늦은 시간에 왜 남의 학교 도서관에 와서 이러고 있는 건지.

오늘 세나와 만날 수 없다는 사실에 그는 집으로 가기 싫었다. 그래서 무작정 온 곳이 세나가 다니는 학교였다. 학교 안에 들어오니 정중앙에 위치한 도서관이 너무 잘 보였다. 그래서 들어왔건만 도서관 어디에도 윤세나는 보이지 않았다.

"도서관은 여기 한 곳뿐인가요?"

자신이 착각하고 있는 걸 수도 있었다. 도서관이 이곳에만 있으라는 법은 없으니까.

마침 태성 곁을 지나던 여학생 한 명이 놀란 듯 눈을 크게 뜨고 자리에서 멈춰 섰다.

'신이시여. 이 사람이 우리 학교 학생이라고 말해주세요. 학생이 아니라면 교수님도 괜찮고, 교수님이 아니라면 도서관 경비라도 괜찮습니다. 우리 학교에 다니면 만날 수 있는 사람이라고 말해주세요. 제발요.'

속으로 짧은 기도를 끝낸 여학생은 태성의 물음에 대한 대답으로 고개를 끄덕였다. 최소한 도서관 경비는 아닌 것 같았다. 그럼 도서관이 어딘지 묻지는 않았을 테니까.

그녀의 대답에 남자의 얼굴에 실망이 어리자, 조금이라도 남자의 얼굴을 놓치기 싫었던 여학생의 입에서 지체 없이 다른 말이 튀어나왔다.

"학교 밖에 '도서관'이 또 있긴 한데요."

"굳이 너희가 내 남자 친구를 볼 필요는 없을 것 같은데."

세나는 상황이 이상하게 흘러가기 시작하자 당황했다. 말려야 할 윤주조차 흥미로운 눈으로 그저 지켜보고만 있었다.

"뭐가 그렇게 비싸? 남자 친구 얼굴 한 번 보자는데. 이리로 불러."

다혜를 타박하던 눈길들이 홍미를 보이기 시작했다.

"바쁜 사람이야."

"아무리 바빠도 여자 친구가 부르는데 오겠지. 안 그래? 너랑 약속이 되어 있다면서. 약속 장소만 이리로 바꾸면 되는 거 아니야? 설마 남자 친구도 없으면서 있는 척 거짓말하는 거 아니야?"

"거짓말 아니야."

"그러니까 불러 보라고. 그 남자 친구분을. 진짜로 있으면 오겠지. 안 그래?"

태성을 부를 수는 없는 일이었다. 한태성을 이런 자리에 어떻게 부른단 말인가. 그는 바쁜 사람이었다. 그리고 이런 모임 따위는 한가하고 따분하게 여길 게 분명했다.

그를 부를 수 없는 가장 큰 이유는 바로 그가 '한태성'이기 때문이었다. 만에 하나라도 과 사람들이 그를 알아본다면, 그녀의 이후 사생활이 어떻게 될지는 안 봐도 뻔한 일이었다.

세나는 도움을 요청하는 눈길로 윤주를 바라보았다. 하지만 윤주는 난처한 미소만 지을 뿐이었다.

"나도 좀 궁금하기는 해서. 한 번 부르고 이 사태를 끝내자, 세나야."

믿었던 윤주마저 자신을 외면하자 세나는 미칠 지경이었다. 입이 방정이지. 데이트 이야기는 왜 꺼내가지고. 이쯤에서 이야기를 접어야 했다. 아니면 정말로 태성을 불러야 할 상황까지 갈 수도 있을 것 같았다.

"그 사람을 부르는 건……."

"와우."

세나의 말이 채 끝나기도 전에 누군가의 입에서 감탄사가 흘러나왔다. 소리를 따라 사람들의 눈이 움직였다.

"맙소사. 누구지? 연예인인가?"

"대박. 저 남자 완전 대박이다."

여자들의 시선이 가게 문으로 향했다. 그 시선 끝에 가게로 들어서는 한 남자가 보였다. 그리고 그 남자를 바라보는 세나의 눈이 더이상 커질 수 없을 만큼 동그랗게 변했다.

세나는 눈을 꼭 감았다 다시 떴다. 몇 번이고 감았다가 다시 떴다. 하지만 눈앞의 광경은 무슨 짓을 해도 변하지 않았다. 한태성, 그가 그녀의 시야에 보이기 시작했다.

살다보면 믿을 수 없는 일이 일어날 때도 있는 법이다. 그리고 그녀는 지금 그 일을 경험하고 있는 중이었다.

도대체 어떻게 한태성이 그녀의 눈에 보일 수 있는 건지. 세나는 이 상황이 믿을 수가 없었다.

가게 안을 둘러보던 태성은 한눈에 세나를 찾을 수 있었다. 세나와 태성의 시선이 마주치며 엉키자 태성은 세나에게 시선을 떼지 않고 그녀를 향해 한 걸음씩 다가갔다.

태성이 발걸음을 옮길 때마다 여자들의 옅은 숨소리도 같이 들려왔다. 서두르지 않으면서도 결코 느리지 않은 속도로 그는 세나가 있는 쪽으로 다가갔다.

그런 태성에게 세나가 눈빛으로 말했다. 아주 강렬하게.

'오지 말아요. 내가 나갈게요. 제발. 제발. 제발.'

세나의 눈빛을 받은 태성이 히죽 웃었다. 그 웃음이 불길했다. 그의 눈빛이 말했다.

'싫은데.'

술집 안 모든 여자의 시선이 태성을 향했다. 그리고 남자의 목적지를 깨달은 경영학과 학생들의 눈이 믿을 수 없다는 듯 커졌다.

"여기 있는 줄도 모르고 '도서관' 한참 찾았네."

외모만큼이나 기대를 저버리지 않는 낮고 허스키한 목소리에 옆에 있던 윤주마저 넋이 나갔다.

다정히 자신의 어깨를 감싸는 태성의 손길에 세나의 온몸은 돌처럼 굳어버렸다.

"데리러 왔어."

해맑게 웃는 태성의 미소에 세나는 웃을 수도 울 수도 없었다.

"세나 남친, 완전 대박."

연예인보다 훨씬 더 연예인 같은 남자 친구를 세나가 데리고 사라지자 '도서관' 안은 세나의 이야기로 한참 열을 올렸다.

"뭐 하는 사람이지?"

"나이는 좀 있어 보이는데 그럼에도 불구하고 입이 안 다물어지더라."

"그런 건 나이가 있는 게 아니라 성숙미가 있다고 하는 거지. 완전 섹시, 우와…… 진짜."

"여기 모인 애들을 완전히 애송이같이 만들어버리는……"

"소개 좀 해주고 가지. 그렇게 쌩 내빼냐."

"야, 야. 나라도 저런 남친이면 얼른 데리고 나가겠다. 잡아먹힐 일 있냐?"

"그 남자가 누구한테 잡아먹힐 사람은 아닌 것 같던데? 잡아먹었으면 잡아먹었지."

윤세나 남친의 등장으로 다혜는 똥 씹은 표정을 지울 수가 없었다. 공부와 아르바이트 빼면 할 수 있는 게 없는 범생인 줄 알았더니 언제 저런 남자를 만난 거야?

"봤어? 그 남자 대충 걸치고 있는데도 몸매가 아주……"

"그러게. 계집애. 맨날 바쁜 것 같더니 언제 시간을 낸 거지?"

"바빠도 저런 남자면 시간을 쪼개고 또 쪼개서 만나야지."

"근데 그 남자 어디서 본 것 같지 않아?"

"나도 그 생각했는데. 연예인 누구 닮았는데 생각이 안 나는 거 아니야?"

"그럴지도 모르지. 암튼 대박이야."

"세나는 어떻게 만났지, 그 사람?"

누군가의 질문에 세나가 떠나간 자리에 홀로 남은 윤주에게 시선이 모아졌다. 갑자기 주목을 받은 윤주가 헛기침을 했다.

"나도 오늘 처음 봤어. 만난 지 얼마 안 된 것 같던데."

윤주는 거들먹거리는 표정으로 다혜를 바라보며 맥주를 한 모금 들이켰다. 하지만 그녀의 속은 참을 수 없을 만큼 기대로 가득했다. 남자라니. 그것도 잘생겼다는 표현만으로는 한참 부족할 만큼 미친 존재감이 있는 남자라니.

윤주와 눈이 마주친 다혜는 짜증 난다는 듯 고개를 돌리고는 다른 테이블로 가버렸다. 그 모습을 보고 윤주는 웃으며 남아 있는 맥주를 원샷했다.

"세나 덕분에 뭔가 통쾌하네."

윤주는 음흉하게 웃음을 지었다. 그 사람이 세나의 잔잔한 심장에 바위를 던져버린 남자라 그거지? 빨리 내일이 왔으면. 졸업을 앞두고 학교 가는 날이 즐거운 윤주였다.

그 시각, 세나의 등에 한줄기 한기가 스치고 지나갔다. 아직도 등 뒤로 쏟아지던 시선들이 느껴지는 것 같았다.

위기에서 자신을 구해준 건지 아니면 위기에 더욱 깊게 빠뜨린 건지, 어느 쪽이건 간에 태성의 등장은 세나를 기쁘게 했다. 그가 눈앞에 나타난 것 자체만으로도 기뻤다.

태성의 손을 잡고 나올 때 세나는 윤주의 눈빛을 읽었다. '오늘은 곱게 보내주겠지만 내일은 어림도 없어'라는 윤주의 웃음이 걱정되었지만, 닥쳐올 위기는 잠시 뒤로 미뤄두기로 했다.

"어떻게 된 거예요?"

"도서관에 있다길래 와봤는데 네가 있었던 거지."

세나는 기쁘기도 하고, 난감하기도 한 이 복잡한 심경을 뭐라 말로 표현할 길이 없었다. 어떤 대답을 해야 할지, 어떤 말을 이어 나가야 할지 알 수가 없었다.

기대하지도 않았는데 세나를 찾아낸 태성은 좀 전의 분노를 모두 잊어버렸다. 휘황찬란한 대학교 유흥가 한가운데서 찾아낸 '도서관' 간판을 본 순간 그는 바람 빠진 웃음만 나왔더랬다.

"진짜 도서관에 있을 줄이야."

빈정거림과 웃음기가 공존하는 태성의 말투에 세나는 조금 난처한 웃음을 지어 보였다. 대놓고 속이려던 건 아니었는데. 이건 순진하게 넘어가버린 태성의 잘못이었다.

"웃기죠? 술집 이름. 우리 학교 명물이에요. 일부러 많이들 가요."

"술집 이름이 도서관이면 웃기지 않나?"

"전혀요. 술 마시다가 전화가 오면 편하대요. '도서관'이라고 하면 대부분 부모님들은 걱정을 안 하시니까."

"아아, 대놓고 대학생들이 탈선하는 장소로군."

세나는 이 밤, 이 거리를 한태성과 함께 걷고 있다는 사실이 여전히 믿기지 않았다. 웃는 태성의 얼굴도 낯설지가 않았다. 이 남자가 언제부터 이렇게 잘 웃었더라?

"그나저나 진짜 어떻게 온 거예요?"

"차 타고 달리다 보니 여기까지 왔지."

"그래요?"

"윤세나가 보고 싶었나 봐."

태성의 장난스러운 대답에, 세나의 심장이 '쿵' 소리를 내며 떨어졌다.

집에 가기 전 잠시 커피 한잔하자는 태성의 말에 세나는 순순히 그러겠노라 대답했다. 별처럼 빛나는 불빛들이 형형색색 자태를 뽐내고 있는 전망 좋은 곳에 차가 멈춰 섰다.

"여기 좋네요."

"가끔 한국에 와서 답답할 때 왔다 가곤 하지."

"저랑 있는 게 답답하신가 봐요."

웃자고 한 세나의 말에 태성은 아무런 말도 없이 커피만 들이켰다. 답답한 건 아니었지만 적어도 이상하긴 했다. 약속도 취소된 마당에 이 밤에 세나를 보겠다고 그녀를 찾아간 것부터가 이상한 일이었다.

윤세나의 무엇이 자꾸만 그를 건드리고 있는 건지. 오늘따라 세나는 더 여성스러워 보였다. 항상 민낯에 질끈 묶은 머리만 고수하던 그녀가 오늘처럼 옅게 화장하고 있는 모습은 의외였다. 이렇게 가까이에서 오랜 시간 그녀의 얼굴을 본 적도 거의 없었다.

숨결이 느껴질 만큼 가까운 거리에 윤세나가 있었다.

커피를 들고 신기한 듯 눈을 반짝이며 바깥 구경을 하고 있는 그녀의 모습이 예뻤다. 긴 속눈썹, 살짝 올라간 눈꼬리, 올망졸망 귀여운 코, 붉은 자태를 우아하게 뽐내고 있는 입술까지. 이 어린 꼬맹이가 여자로 보일 만큼 예쁜 모습이었다.

"그렇게 쳐다보시면 제 예쁜 얼굴이 뚫어질 텐데요."

세나가 시선을 돌리지 않고 태성을 향해 말하자 태성은 황급히 시선을 돌렸다. 자신도 모르게 넋이 나간 채 세나를 바라보고 있었다니. 확실히 그녀에게는 무언가가 있었다.

"너, 안 예쁘거든."

태성의 무심한 말에 세나가 웃었다.

"그럴 리가요. 예쁠 텐데요. 그것도 엄청."

세나가 고개를 갸우뚱하며 태성 쪽으로 시선을 돌리자 그녀의 어깨 위로 부드러운 머리카락이 찰랑거렸다. 그 찰랑거림을 따라 오늘따라 향기로운 세나의 체취가 태성의 신경을 자극했다.

"하나도 안 예뻐."

세나에게 하는 말인지 자신에게 하는 말인지 모를 소리였다. 그는 애써 담담한 척 내뱉었다. 그의 말이 진심으로 들리기를 바라면서.

그의 말에 세나가 고개를 들어 태성과 시선을 마주했다. 그녀의 맑고 장난스러운 눈빛이 곧장 그에게로 다가왔다. 그 눈빛에 담긴 다정함과 사랑스러움이 그의 심장을 두근거리게 만들었다.

세나가 태성을 향해 얼굴을 조금 더 가까이 가져갔다. 그녀의 숨결이 바로 코끝에서 느껴지자 그의 심장이 순간 숨 쉬는 법을 잊은 듯 굳어버렸다.

"진짜로 나 안 예뻐요?"

나지막이 속삭이는 세나의 목소리에 그는 정신을 차릴 수가 없었다. 고개를 돌리려 해도 홀린 것처럼 그녀에게서 시선을 뗄 수가 없었다. 마치 매혹적인 목소리로 노래를 부르며 남자를 유혹하는 세이렌처럼.

윤세나라는 여자는 바로 지금 태성에게 유혹 그 자체였다.

"아니. 예뻐."

태성의 진지한 말에 세나의 심장이 갈 곳을 잃었다. 이런 전개를 원했던 건 아니었다. 반쯤은 장난이었다. 예쁘다는 말이 듣고 싶기도 했고, 조금 더 가까이에서 태성의 얼굴을 보고 싶기도 했다.

방금 전까지, 적어도 그녀에게는 분명 장난스러운 분위기였는데 태성의 눈빛이 위험한 분위기를 만들자, 갑자기 차 안의 공기가 바

뛰었다.

이 커다란 차 안에 한태성이라는 남자가 꽉 차 있는 듯한 기분에 세나는 숨이 막힐 지경이었다. 위험하게 다가오는 그가 '남자'로 느껴졌다.

세나가 먼저 눈을 돌리고 마시던 커피를 두 손으로 꼭 쥐었다. 그 모습이 스스로 생각하기에도 어색했지만 태성과 계속 눈을 마주치고 있을 수도 없는 노릇이었다. 위험스럽게 변한 것 같은 태성의 눈빛이 세나를 더 잡아두기 전에, 집으로 돌아가야 할 것 같았다.

"저…… 늦었는데 우리 이만 갈까요? 내일 출근하셔야 하는데 제가 너무 오래 붙잡고 있는 것 같아서요."

"괜찮아."

"회사 바쁘시잖아요."

"이제 바쁘지 않아."

"저, 저도 이제 가서 자고 내일 학교에 가야 해서……."

오전 수업도 없는 날이었다. 졸업이 얼마 남지 않은 대학생이 학교생활이 바쁘면 얼마나 바쁘겠는가.

어색하게 말을 마친 세나가 계속 고개를 돌리고 태성과 눈을 마주치지 않으려 하자 태성의 손이 천천히 그녀의 얼굴로 향했다. 그의 손길을 느낀 세나가 움찔 놀라며 몸을 뒤로 뺐지만, 태성이 조금 더 빨랐다.

도망갈 곳도 없는 그녀의 팔을 꼭 붙든 그의 손에서 강한 힘이 느껴졌다.

"멀어지지 마."

태성의 낮고 허스키한 목소리가 세나를 붙잡았다. 그의 얼굴이,

그의 숨결이 더욱 가까워졌다. 그의 강한 체취가, 넘치는 페로몬이 그녀를 혼란스럽게 만들었다. 이 상황, 엄청 위험한데…… 세나의 온 신경이 빨간색 경고등을 켜고 소란스럽게 울려댔지만 그녀는 손가락 하나 까딱할 수가 없었다. 그저 그가 바라보는 것뿐이었는데도 홀린 듯이 그녀의 온몸에서 힘이 빠져나가는 듯했다.

100m를 질주한 듯이 그녀의 심장이 세차게 뛰었다. 그녀는 태성에게서 눈을 뗄 수가 없었다. 그녀를 바라보는 그의 눈빛이 너무 매혹적이라서 그 눈빛에 갇힌 채 빠져나올 수가 없었다.

태성이 천천히 그녀의 얼굴을 매만졌다. 뺨을 따라 턱 선을 내려오던 그의 차가운 손가락 끝이 그녀의 입술에 머물렀다. 그의 손가락에 그녀의 온몸이 떨렸다.

그녀는 이런 상황을 한 번도 겪어본 적이 없었다. 아무런 생각도 할 수 없는 하얀 백지 같은 상태였다. 무기력한 자신이 이상했다. 그저 그를 쳐다보는 것밖에 아무것도 할 수가 없었다.

세나의 입술을 매만지던 그의 손가락이 세나의 턱밑으로 내려와 그녀의 고개를 살짝 들어 올렸다. 빨갛고 작은 입술이 그를 유혹했다. 거절할 수 없을 만큼 탐이 나는 그 유혹을 그는 거부할 생각이 없었다.

그를 올려다보는 세나의 눈빛이 그를 더욱 타오르게 만들었다. 늘 당당하고 거침없던 그녀의 눈에는 혼란스러움이 가득했다.

"그런 눈으로 쳐다보지 마."

"무슨 눈이요?"

"남자를 유혹하는 눈. 그런 눈으로 쳐다보면 참을 수가 없어."

태성의 말에 세나는 꿀 먹은 벙어리처럼 아무런 말도 할 수 없었다. 유혹하는 눈? 지금 이 상황에서 그런 건 꿈도 꿀 수 없었다. 숨 쉬기도 힘든데 누가 누굴 유혹할 수 있단 말인가. 내가 한태성을?

―확 꼬셔버려. 너한테 푹 빠질 만큼.

윤주의 파이팅 넘치는 당부가 있었지만, 그녀는 아직 준비가 되어 있지 않았다. 내가 한태성을 꼬시다니. 말도 안 돼. 그 남자가 한태성이라는 사실을 윤주가 알았다면, 무언가 다른 이야기를 해주었을까?

"……저는 아무것도 안 했는데요……."

떠엄떠엄 내뱉는 세나의 말을 들은 태성이 한쪽 입꼬리를 말아 올리고 웃었다. 시니컬한 웃음조차 섹시한 이 남자를 어떡하면 좋을까. 지금 이런 남자와 단둘이 있는 이 상황은……. 윤세나, 너 지금 대단히 위험해.

"아무것도 안 했다……라."

태성은 세나의 말에 동의할 수가 없었다. 윤세나가 그의 차에 탄 것부터가 무언가를 한 것이다. 그의 차에 타지 말았어야 했다. 아니, 그전부터일지도 몰랐다. 호텔 밖에서 그를 그렇게 오랫동안 기다리고 있지 말았어야 했다. 비에 젖어 그에게 연약하고 가여운 모습을 보여줘서도 안 되었고, 더운 여름 저녁 그와 즐거운 듯 공원에 있지 말았어야 했다. 그의 앞에서 예쁘게 웃는 모습을 보여서도 안 되는 거였고, 재치 있고 총명한 모습은 무슨 수를 써서라도 감추고 있었어야 했다.

그리고 그의 눈에, 그의 머릿속에, 그의 심장에 들어오지 말았어야 했다. 그게 그녀가 했어야 할 일들이었다.

분명 무언가가 그들 사이에 흐르고 있었다. 태성이 결코 바라지 않는, 인정할 수 없는 감정의 실체가.

태성은 생각하고 또 생각했다. 여자가 아니라, 그가 후원해야 하는 어린애일 뿐이라고. 유능해서 곁에 두고 싶은 것뿐이라고. 그리고 줄곧 그런 줄로만 알았다. 하지만 이내 깨달았다. 그가 그녀에게 느끼는 감정은 그뿐만이 아니었다. 그 감정의 실체가 그의 앞에 조금씩 드러나고 있었다.

윤세나를 여자로 느끼면 안 되는 이유는 수백 가지는 더 만들어낼 수 있었다. 아무 소용없는 핑계 거리들뿐이겠지만.

그는 그녀를 원하고 있다. 그가 깨달은 것은 그뿐이었다.

세나와 가까워질수록 그의 깊은 본능이 말하던 것이 바로 이것이었다. 네가 위험해질 거라고. 윤세나를 가까이 하지 말라고. 후회할 거라고. 하지만 그는 멀리하기는커녕 그녀를 더욱 가까이에서 느끼고 싶었다. 앞에 보이지 않으면 보고 싶었다. 그래서 그녀를 보기 위해 달려와야 했던 것이다.

"아무것도 안 했다고? 웃기지 마, 윤세나."

"……"

"이건 네가 먼저 유혹한 거야."

말을 마친 태성의 입술이 곧장 세나의 입술을 덮었다. 차갑고 부드러운 그의 입술 감촉에 세나는 눈을 감았다. 자신의 턱을 감싸고 있는 차가운 손끝. 그게 한태성이라서 기쁜 걸까?

피할 수 있었지만 그녀는 그렇게 하지 않았다. 아니, 피할 수가 없었다. 온몸에 기운이 다 빠져나가 손가락 하나 까딱할 수 없는 상태였다. 움직일 수 있었다면 그를 피했을까? 아니, 난 피하지 않았을 거야.

그녀의 입술 위로 내려앉은 그가 너무 달콤했다. 눈물이 날 만큼 감미롭고 짜릿했다. 그녀의 두 팔이 그의 목을 감았다. 그의 팔이 그녀의 허리를 감싸 안았다. 단단한 그의 팔이 그녀를 더욱 그의 품 안으로 밀착시켰다. 그의 입술 사이로 만족스러운 숨결이 흘러나왔다.

어쩌면 그는 오늘 이 시간을 후회할지도 모른다. 아마도 후회할 것이다. 하지만 그럼에도 불구하고 세나에게 키스하지 않을 수가 없었다. 이 작고 여린 여자를 자신의 품으로 끌어오는 것을 그는 멈출 수가 없었다. 그녀의 입술이 너무 달콤해서 그는 그녀를 더욱더 품 속으로 끌어안았다.

깊어가는 밤, 반짝이는 별빛 가득한 어둠 속에서 시간이 멈춘 듯 느껴지는 그곳에서, 그들은 오래도록 깊고 달콤한 키스를 나누었다.

클럽 나이트메어

캄캄하고 적막한 방 안, 침대에 누워 있는 태성의 입에서 가느다란 신음이 흘러나왔다. 깨고 싶어도 깰 수 없는 악몽 속에서 그는 헤어나지 못하고 있었다.

낯선 듯 익숙한 여자의 목소리가 들렸다.

—여자를 믿니?
—어머, 진짜로?
—얘가 생각보다 순진하네?
—설마 사랑 같은 거, 그런 것도 믿는 거니?

여자의 웃음소리가 기괴하게 울려 퍼졌다.

—여자는 믿는 게 아니야. 특히나 예쁜 여자는 더욱 조심해야 해.

여자의 손이 그의 머리를 건조하게 매만졌다. 그의 머리를 쓰다듬고 있었지만 태성은 그 어떤 온기도 느낄 수 없었다. 차라리 만지지 말았으면 했지만 여자는 여전히 그의 머리를 매만졌다. 마치 털끝만큼의 애정은 있다는 걸 보여주려는 듯이.

─좋아하는 건 괜찮아. 사랑하는 게 아니라면.
─세상에는 사랑 같은 건 없어.

기괴한 웃음소리가 또다시 그의 귓가에 메아리쳤다. 여자의 목소리는 슬프고, 건조하고, 처량했다.

─내가 살아보니 없더라고. 누가 그런 꿈같은 이야기 하면 한 번 웃고 말아.

말을 마친 여자의 얼굴이 일그러지기 시작했다. 그리고 서서히 검은 연기처럼 변해가고 있었다. 그녀에게서 비롯된 검은 연기는 태성의 온몸을 감쌌다. 그 연기가 점차 죄어오자 그는 숨이 막혀 빠져나오려고 애를 썼다.

한없이 깊은 어둠 속으로 빨려 들어가는 그의 손을 아무도 잡아주지 않았다.

끝없이 나락으로 떨어지는 꿈이었다.

태성은 있는 힘을 다해 벌떡 일어나 앉았다. 그리고 거친 숨을 내뱉었다. 그의 온몸이 땀에 흠뻑 젖었다.

밖은 아직도 깜깜했다. 오랜만에 꾸는 악몽이었다. 몇 년 잠잠했던 악몽을 다시 꾸는 이유가 뭘까?

꿈속에서 맡았던 짙은 향수 냄새가 아직도 그의 코끝에 남아 있는 듯했다. 지독한 냄새였다. 태성은 그 냄새를 지워내려는 듯 크게 심호흡을 했다. 몇 년이 지나고 몇십 년이 지나도 이 지긋지긋한 악몽은 없어지지 않을 것 같았다.

—네가 사랑할 자격이 있다고 생각하니? 너 같은 게?

꿈꾸지 않아도 들리는 여자의 비웃는 목소리……. 극복했다고 생각했는데.

—잊지 마. 넌 내 아들이야. 그런데 네가 행복해질 것 같아?

어둠 속에서 태성은 주먹을 쥐었다. 끔찍한 밤이었다.

태성은 계약서를 훑어보았다. 다시 살펴보니 쓸데없는 계약이었다. 이 말도 안 되는 계약은 이제 해지다.

세나를 사무실로 부른 태성의 얼굴은 지극히 사무적이었다.

탁-.

태성은 말없이 마주 앉은 세나 앞에 하얀 봉투를 던졌다. 세나의 시선이 심상치 않은 하얀 봉투에서 떨어지지 않았다. 불길한 기운이 그녀의 주위를 감쌌다.

"이게 뭐죠?"

"위약금."

세나의 물음에 태성이 건조한 목소리로 대답했다.

"무슨 위약금이요?"

"우리 계약은 이제 해지야. 이제 볼 일 없었으면 좋겠군."

뜬금없는 태성의 말에 세나가 이해할 수 없다는 표정을 지었다.

태성이 내린 결론은 하나였다. 윤세나를 그의 인생에서 없애버리는 것. 그럼 그 빌어먹을 악몽을 더 이상은 꾸지 않아도 되겠지. 간단한 일이었다.

태성의 태도에 세나는 말없이 앉아 있었다. 상황을 정리할 시간이 필요했다. 왜 갑자기 자신과의 계약이 필요 없게 된 건지 알 수가 없었다.

"혹시 윤 여사님께 무슨 일 있으신가요?"

"아니."

모든 계약은 윤 여사님 때문에 이루어진 일이었다. 무언가 일이 생기지 않았다면 그들의 상황이 특별히 바뀔 일은 없어야 했다. 그게 아니라면…… 세나의 머릿속에 단 한 가지 일이 떠올랐다.

"혹시 지난번 일 때문인가요?"

태성도 세나도 굳이 상세히 언급하지 않아도 지난번에 어떤 일이 있었는지 선명하게 기억하고 있었다.

"그날 일은 실수한 거야. 잊어버려."

태성의 무미건조한 목소리에 세나는 멈칫했다. 실수라…….

세나는 고개를 들고 태성을 바라보았다. 아무렇지도 않은 듯 서류를 넘기며 커피를 마시는 그의 모습이 눈에 들어왔다. 자신과 눈을 마주치지 않는 태성을 보며 그녀는 이상하다는 생각을 했다.

태성의 말투는 냉랭하고 차가웠다. 그렇게 달콤했었는데. 그렇게 부드러웠는데. 갑자기 무슨 심경의 변화가 생겨버린 걸까?

"……실수요? 잊어버려요?"

"그래."

세나가 이해가 가지 않는다는 듯이 고개를 갸우뚱거렸다.

"하룻밤 불장난까지는 아닌 것 같고, 저 농락당한 건가요?"

태성이 세나의 눈을 똑바로 쳐다보았다. 시리도록 차가운 그의 눈빛이 그녀의 심장에 파고들었다. 심장이 바늘에 찔린 듯이 따끔거렸다.

"다 큰 성인 남녀 둘이서 키스 한 번 한 것 가지고 농락일 것까지야 있나."

키스 한 번. 그렇게 간단한 일이었다. 한태성이라는 남자에게는. 그 짧은 시간 동안 그에게 무슨 일이 있었던 걸까? 세나는 지금 이 상황을 믿을 수가 없었다.

"그래서 이렇게 끝나는 건가요? 이대로?"

"말 그대로. 이제 아웃이야, 윤세나."

"지난번 말씀하셨던 서류들입니다."

한 비서가 윤 여사의 책상 위에 서류 봉투 하나를 내려놓았다. 서류를 받아 든 윤 여사의 얼굴에 의아함과 만족감이 함께 드러났다.

"호진이 놈이 순순히 내어준 건 아닐 테고, 호진이 놈 책상이라도 털었냐?"

"잠시 들여다본 겁니다."

"허락을 받진 않은 거제?"

"주인이 없어서요."

한 비서의 대답에 윤 여사는 실소를 머금었다.

"주인이 없을 때 들어간 모양이구먼."

한 비서가 살짝 웃어 보였다. 윤 여사의 밑에서 일한 지 벌써 3년 이었다. 햇수로만 보면 햇병아리에 불과했지만 한 비서는 비서진 중에서 윤 여사의 신망이 꽤 두터운 편에 속했다. 그 이유는 단 하나, 한 번도 윤 여사를 실망시킨 적이 없기 때문이었다.

"그 나사 풀린 놈은 아직도 멀었구먼. 지가 당하는지도 모르고 너를 홀랑 구워삶았다고 생각할 거 아니냐."

"당분간은 그렇게 생각해도 나쁠 건 없을 것 같습니다."

"그놈한테 진짜로 정 준 건 아니제?"

"진심이 없는 남자는 흥미가 없습니다."

한 비서의 단호박 같은 대답에 윤 여사는 흡족하다는 듯 고개를 끄덕였다. 호진이 녀석, 나름 머리 쓴다고 제일 신참을 공략한 모양인데, 헛짚었다. 윤 여사의 비서 자리는 호락호락 아무나 들어올 수 있는 게 아니었다.

아마 호진의 눈에는 한 비서가 제일 만만했을 것이다. 어리고 순한 얼굴에 껌뻑 속아 넘어갔을 테지. 하지만 속아 넘어간 쪽은 호진이었다. 한 비서는 그동안 데리고 있었던 그 어떤 비서보다 영특했다.

"말씀하신 대로 뒤에 모종의 거래가 있었습니다."

윤 여사는 손에 '연애 계약서'라고 적힌 종이가 들려 있었다. 아무래도 영 이상하다 했다. 아무리 애가 참하고 괜찮아도 태성이 놈이 한눈에 반하기에는 무리가 있었다. 아니나 다를까, 호진이 놈을 뒤져보니 재미있는 게 따라 나왔다.

"재밌는 계약서고만. 살다 살다 이런 계약서는 처음이네잉."

"저도 처음 보고 좀 당황스러웠습니다."

"아주 깜찍한 짓을 해놨구먼, 태성이 놈이."

윤 여사가 시크한 표정으로 안경을 벗어 내려놓자 한 비서가 그녀의 안경을 다시 제자리에 돌려놓았다. 윤 여사의 얼굴에 비밀스러운 미소가 지어졌다. 여자를 소개해줄 때마다 몸서리치게 싫어하면서도 자신에 대한 애정으로 꿋꿋이 자리를 지키던 녀석이었다. 이 계약서는 그래서 작성되었겠지, 아마도.

"어떻게 하실 겁니까?"

"글쎄다. 워떡할까나잉."

자신을 보던 세나의 눈빛, 태성의 모습……. 그 모든 것은 이런 종이 쪼가리 한 장으로는 설명할 수 없었다. 계약서를 들여다보는 윤 여사의 눈빛이 날카롭게 빛났다.

세나의 굳은 표정은 풀리지 않았다. 사실 어떤 표정을 짓고 있어야 할지 모르겠다는 표현이 더 적합할 듯했다.

"갑자기 무슨 심경의 변화이신지 모르겠군요."

낯선 모습은 아니었다. 오랜만에 봐서 낯설게 느껴질 뿐, 그들이 처음 만났을 때 태성의 모습을 보는 것 같았다. 자신 외엔 그 어떤 것에도 관심 없어 보이는 태도, 그녀는 아무것도 아니라는 듯 내려다보는 그의 표정과 말투, 그리고 숨소리마저 얼어붙을 듯한 차가운 눈동자.

태성은 냉기가 뚝뚝 떨어질 만큼 차가운 목소리로 그녀에게 모욕감을 주었다.

"지루해졌을 뿐이야."

"윤 여사님이 이제는 안중에 없을 만큼?"

이상했다. 그를 매우 잘 안다고 생각하는 건 아니었지만 이건 그의 방식이 아니었다. 이렇게 아무 이유 없이 갑자기 계약을 해지한다고? 세나는 자신도 모르게 웃음이 나왔다. 이 상황에 웃음이라니.

그녀의 웃음에 태성의 눈빛이 살짝 흔들렸다. 윤세나가 웃음 짓는 건 그의 예상 밖이었다. 하긴 윤세나가 언제 그의 예상대로 흘러가는 여자였던가?

키스 한 번.

그들이 나눈 키스 한 번은 그 이상의 의미가 있었지만 태성은 그어떤 의미도 부여하려 하지 않았다.

"재밌네요."

세나는 진심으로 재미있어지려 했다. 고슴도치처럼 자신을 날카롭게 보호하는 방어 기제라. 대체 뭐가 그렇게 그를 꽁꽁 둘러싸도록 하는 걸까? 사람에게 마음을 여는 게 태성에게는 왜 그렇게 힘든 일인 걸까?

"뭐가 그렇게 재미있는지 모르겠군."

"재밌잖아요, 이 상황. 대표님이 하는 말들, 지금 저더러 알아서 떨어져 나가라 그런 말씀이신 거잖아요?"

세나가 깊은 눈빛으로 태성을 응시했다.

그들이 키스를 하고 난 뒤 무언가가 변했다. 태성의 깊은 곳에 있던 그 무언가를 자신이 건드린 것이다. 세나는 알 수 있었다. 흔치는 않았지만 보육원에도 그런 아이들이 있었다. 사람과의 관계를 어려워하고 낯선 감정에 곁을 잘 내어주지 않으려는 고집불통인 아이들. 그런 아이들의 이유는 거의 비슷했다.

상처받기 싫어서 혼자 있기를 택하는 것이었다. 그런 아이들은 자신들의 영역에 그 누구라도 들어서는 걸 용납하지 못했다. 저 남자의 모습이 그 아이들과 겹쳐 보이는 건 우연일까?

가능성이 적더라도 그녀의 짐작이 맞다면…… 그는 아마도 두려워하고 있는 게 아닐까? 스스로는 그렇게 생각하고 있지 않을 테지만.

세나는 앞으로 팔짱을 끼고 태성을 도전적으로 쳐다보았다.

"겁쟁이."

태성은 지금 자신이 무슨 소리를 들은 건지 알 수 없었다.

"뭐라고?"

"겁쟁이라구요. 보기보다 겁이 많으시네요. 게다가 굉장히 유치하고 비겁하시기까지."

난생처음 들어보는 소리였다. 겁쟁이라니, 누가? 하지만 세나의 시니컬한 발언은 거기서 끝나지 않았다.

"유치하고 비겁하다? 무슨 소린지 전혀 모르겠군."

세나의 말에 태성은 발끈하려다 참았다. 세나에게 말려들지 말아야 했다.

"여기까지가 내 선이니까 더 이상 넘어오지 마! 그거잖아요, 지금. 요새 초등학생들도 그런 거 안 해요. 유치해서."

세나의 말에 태성은 정곡이 찔려서 아무런 말도 할 수 없었다. 한

치의 오차도 없었다. 젠장, 윤세나.

세나와 태성의 시선이 얽혔다. 전혀 양보하지 않는 두 사람의 시선이 서로에게서 떨어질 줄 몰랐다. 팽팽한 긴장감과 함께 얼마간의 시간이 흘렀다.

"네가 뭐라고 하건 상관없어. 우리 계약은 이걸로 끝이야."

차가운 말투와는 달리, 그의 눈빛은 흔들리고 있었다.

태성의 말에 세나는 실소가 나왔다. 웃게 해주면 좋은 남자라던데. 그런 면에서 보면 한태성은 좋은 남자일지도 몰랐다. 아니면 바보인 건가?

그녀의 짐작이 맞았다. 그녀의 존재가 그에게는 혼란스러운 모양이었다. 태성과 세나는 그렇게 한참 동안을 서로 응시한 채 아무런 말도 꺼내지 않았다.

그는 분명 그녀에게 끌리고 있지만 그건 그에게는 그저 불편하고 낯선 감정일 뿐인 것이다. 그걸 인정하는 일이 그에게는 결코 쉬운 일이 아닐 것이다. 이제 어떻게 해야 할까?

세나는 스스로 해야 할 일을 잘 알고, 주어진 일이나 원하는 일에도 최선을 다하는 사람이었다. 그러니 지금 자신이 해야 할 일은 하나뿐이었다.

최선을 다해서 한태성에게 다가가 온 마음과 정성을 다해서 저 남자를 가질 것.

그녀가 원하는 방향으로 흘러가지 않을 수도 있었다. 그가 끝내 그녀에게 오지 않을 수도 있으니까. 하지만 그건 그때 가서 생각할 일이었다. 생각보다 자신이 저 남자를 많이 좋아하나 보다. 그건 그녀 자신도 몰랐던 마음이었다.

이대로 저 남자에게, 상처 입은 커다란 야수 같은 남자에게 최선을 다해야 나중에 후회도 미련도 남지 않을 것 같았다.

"후원금은 다시 회사 차원에서 지급될 거야."

"대표님이 아니구요?"

"난 이 위약금만 지불하면 너와는 더 이상 볼 일이 없을 거고."

태성은 눈짓으로 테이블 위의 봉투를 가리켰다.

"받고 싶지 않은데요."

"받든 말든 그건 네가 알아서 할 일이고. 이걸로 우리 계약은 끝인 거지."

태성은 진심이었다.

저 남자는 진심으로 자신을 밀어낼 생각이었다.

"그러니 이제 그만 나가."

"진심이에요? 정말 나가요?"

단호하고 날 선 태성의 말에 세나는 그를 바라보다 이내 미소를 머금었다. 태성은 그 미소가 심히 거슬렸다. 내 눈앞에서, 내 인생에서 사라져버려.

"오늘은 그만 갈게요."

"앞으로 이제 볼 일 없었으면 좋겠군."

"우린 다시 볼 거예요. 대표님도 너무 장담하지 마세요. 사람 일이라는 게 원래 모르는 거니까."

세나가 뒤돌아서 사라지자 태성은 의자에 주저앉았다. 드디어 윤세나를 자신의 인생에서 치웠다. 다시 볼 거라 장담하던 세나의 말이 마음에 걸리긴 했지만, 그녀가 할 수 있는 일은 아무것도 없을 것이다.

세나가 떠난 문을 바라보며, 태성은 눈을 감고 미간을 찌푸렸다. 조금 전까지 자신의 앞에 서서 당당하게 마주 보던 세나의 눈빛이 잊히지 않았다. 그리고 이내 그 눈빛을 다시 볼 수 없다는 사실을 깨달아버렸다. 그가 원했던 대로.

"빌어먹을!"

세나를 두 번 다시 볼 수 없는 게 정말 그가 원했던 일이었는지, 그는 확신할 수 없었다.

미소를 짓고는 있지만 그녀의 손이 떨리고 있었다. 태성을 두고 걸어 나와 회사가 보이지 않을 때까지, 세나는 자신의 양손을 꼭 붙잡았다.

끝까지 그에게 당당한 모습을 보여야 했다. 그녀는 한 번도 뒤를 돌아보지 않았다. 혹시라도 그녀가 웃고 있는 게, 웃고 있는 게 아니라는 사실을 태성이 알아차릴까 봐.

빠르지 않고 결코 느리지도 않은 걸음으로 지하철역에 들어서자, 그녀는 온몸에서 힘이 빠져 계단에 털썩 주저앉아버렸다. 사람들이 힐끔거렸지만 그녀는 그런 것에 신경 쓸 겨를이 없었다.

계약 해지를 통보받고 차가운 눈총을 받으며 쫓겨나다시피 한 이 마당에…… 그녀의 머릿속은 온통 이 믿기지 않는 일과 태성뿐이었다. 큰 소리를 치고 나오기는 했지만 그녀의 심장은 주체할 수 없이 떨려왔다.

"하아, 이제 어쩐다."

한숨이 절로 나왔다. 그가 아웃시키기로 결정했다면 그녀가 할 수 있는 일은 없을 것이다. 나는 왜 하필 그런 남자에게 마음을 주고 있었을까?

툭―.

세나의 주머니에서 핸드폰이 빠져나와 바닥으로 떨어졌다. 그러자 그녀의 눈에 핸드폰 줄에 달린 하트 모양의 큐빅이 들어왔다.

그녀는 손을 뻗어 핸드폰을 들어 올렸다. 비록 태성과 하나씩 나눠 갖지는 못했지만 그와의 추억을 떠올릴 수 있는 하트 큐빅이 그녀의 시선을 사로잡았다.

"네 짝꿍은 지금 어디서 살고 있다니? 소식은 좀 들었어?"

핸드폰 줄이 대답할 리 없었다.

그가 보고 싶었다. 방금 보고 나왔는데 그가 다시 보고 싶었다.

―보고 싶으면 보면 되지, 뭐가 걱정이야?

세나의 마음속에서 불쑥 다른 목소리가 들려왔다. 보고 싶으면 보면 된다고? 그래도 되는 걸까?

큐빅 하트가 반짝반짝 빛났다. 마치 그녀에게 허락이라도 하듯, 마음껏 해보라고 격려라도 해주듯이.

그녀는 깊게 심호흡을 한 뒤 자리에서 일어나 엉덩이를 툭툭 털었다. 어려울 건 없었다. 언제나 그랬던 것처럼 하면 된다. 목표를 향해 최선을 다하면, 그뿐이었다. 언제부터 자신이 다른 사람 말을 그렇게 잘 들었다고.

자리에서 일어선 세나는 주먹을 불끈 쥐었다.

"이대로 아웃되기는 힘들겠네요, 한태성 씨."

굳게 닫히는 문을 보며 세나는 절로 한숨이 나왔다.

"하긴 세상일이 그리 호락호락하지만은 않지. 새삼스럽게 뭘 실망해."

세나는 스스로를 다독였다. 하지만 실망한 그녀의 눈빛은 좀처럼 돌아오지 않았다.

벌써 5번째였다. 태성을 보기 위해 발걸음을 한 회사 건물 앞에서 그의 털끝 하나 볼 수가 없었다. 건물 안에 윤세나라는 이름으로 지명 수배 명단이라도 붙은 건지, 그녀는 건물 입구는 고사하고 주차장조차 통과할 수 없었다.

보고 싶으면 보면 된다고 그렇게 생각했을 뿐인데…… 생각을 잘못했다. 그는 보고 싶다고 마음대로 볼 수 있는 사람이 아니었다.

그녀는 터벅터벅 발걸음을 돌렸다. 그러고는 태성이 있을 법한 건물 높이로 시선을 들어 올렸다. 아마 저쪽에서 한태성 씨가 일하고 있을 텐데.

"일 열심히 해요, 한태성 씨. 우리나라 경제 발전을 위해서. 오늘 못 보면 내일 보면 되지."

고작 몇 번으로 지칠 일이었으면 시작도 하지 않았다. 세나는 팔을 들어 올리며 기지개를 켰다. 태성에게 축 처진 어깨를 보여주긴 싫었다.

어쩐지 오기가 생겼다. 터벅터벅 걷던 그녀의 발걸음이 점차 가벼워지기 시작했다.

　세나가 보고 있던 건물의 유리창으로 하얀 셔츠를 팔뚝까지 걷어
올린 채 주머니에 손을 넣고 있는 남자의 실루엣이 비치고 있었다.
유리창에 비치는 무표정한 남자의 굳게 다문 입술이 그의 심기가
편치만은 않음을 알려주었다.
　"저 고집불통."
　태성이 못마땅한 눈으로 작아지는 세나의 뒷모습을 바라보고 있
었다. 벌써 오늘까지 몇 번을 찾아온 건지. 한 번 해서 안 되면 찾아
오질 말든가, 왜 여기까지 와서 헛걸음을 한단 말인가?
　"내가 신경 쓸 일은 아니지."
　하지만 태성은 입에서 나오는 말과는 달리 세나의 뒷모습에서 시
선을 떼지 못하고 있었다. 오늘도 여전히 씩씩한 걸음걸이였다. 수
많은 사람들이 지나다니는 거리였지만 그중에서도 세나의 뒷모습
은 작은데도 어찌나 그의 눈에 잘 띄는지.
　그는 계속해서 시선을 돌리지 못한 채, 세나의 모습이 사라질 때
까지 한참 동안 창밖을 보고 있었다.

　"들었어? 오늘 휴강이래."
　윤주가 날다람쥐처럼 재빠른 몸놀림으로 세나의 옆으로 다가와

앉았다. 요즘 들어 휴강이 잦은 편이었다. 취업을 해야 하는 시기여서 그런지 교수들도 학생들에게 시간을 많이 내주는 듯했다.

대답하는 세나의 시큰둥한 모습이 마음에 들지 않은 듯 윤주는 미간을 찌푸렸다.

"휴강이라니까?"

"응. 들었어."

언제 어디서나 해야 할 일이 있는 세나였다. 그런데 이런 기운 빠진 모습이라니. 섹시한 남자 친구까지 있는 주제에.

"휴강인데 남친 보러 안 가?"

"내가 보고 싶다고 볼 수 있는 사람은 아니지."

말을 뱉고 나니 세나는 스스로가 더 처량해졌다. 아, 이런 기분 진짜 싫은데.

"뭐야, 남친이랑 싸웠어?"

윤주의 물음에 세나는 피식 웃었다. 이런 것도 싸웠다고 할 수 있는 건가? 그래도 차마 자신의 입으로 '헤어지고 있는 것 같아. 어쩌면 이미 헤어졌을 수도.'라고 말하기는 싫었다. 아니다. 우리는 헤어진 게 아니라 계약이 끝난 거였지?

세나는 속으로 윤주에게 들려줄 말을 최대한 객관적으로 읊어보았다. '한태성이라는 남자와 계약 연애를 하다가 계약 해지 통보를 받아서 이제 그 사람 얼굴도 못 봐. 오늘도 갔다가 그 사람 머리카락 한 올 못 보고 왔어.' 정리하고 보니 어쩐지 더 비참했다. 기운 빠지지 말자 다짐을 했건만.

세나가 아무 말 없이 그저 한쪽 팔을 책상에 쭉 뻗은 채 고개를 대고 있자, 윤주가 눈치챘다는 듯 미소 지었다.

"계집애, 진짜 연애를 하긴 하네. 그치? 이제 열나게 싸워야지. 그래야 있는 정 없는 정 더 들지."

'그게 보통 연애라면 그렇겠지. 계약서가 작성되어 있는 연애에도 통하는 건지는 잘 모르겠다.' 세나는 윤주에게 대답할 말을 차마 입 밖으로 내뱉지 못하고 속으로 삼켜야 했다.

생각해보니 억울했다. 계약이긴 했지만 자신은 어느 순간부터 연애였는데, 한태성은 연애이긴 하지만 계약이었던 모양이다. 하긴 그러니 그렇게 모질게 내치지. 찾아가도 얼굴 한 번 볼 수도 없고.

시간이 지날수록 그녀는 자신감이 없어졌다. 그와 그녀, 무언가가 있다고 그렇게 혼자서 착각하고 있는 건 아닐까? 그는 정말 이 모든 게 지겨워져서 그만두고 싶은 것뿐인데. 그때 그 달콤했던 키스는 진짜 그에게는 아무런 의미가 없는 일이었을까?

"모르겠다, 진짜. 그 남자 마음을."

자신도 모르게 속마음이 밖으로 튀어나왔다. 윤주가 듣고 있었지만 신경 쓰이지 않았다. 별 다른 내용도 아니고, 윤주 앞인데 뭐.

"네 애인이 뭐라는데?"

그 남자가 뭐라고 했더라?

─지루해졌을 뿐이야.

잊히지 않는 태성의 목소리였다.

"지루하대."

"뭐? 벌써 네가 지루하다고? 정말 그렇게 말했단 말이야?"

징조가 좋지 않았다. 남자 입에서 지루하다는 소리가 나온 거면 게임 오버인데. 윤주는 혹시나 하는 마음으로 세나에게 물었다.

"너, 설마 헤어진 건 아니지?"

세나는 대답할 수 없었다. 헤어진 게 맞는 것 같기도 하고 아닌 것 같기도 하고.

"그 남자가 헤어지재? 너 혼자 못 헤어지고 있는 거야, 지금?"

"그런가 봐."

윤주의 말이 정확한지도 몰랐다. 혼자만 헤어지지 못하는 여자? 이거, 무슨 노래 가사인가?

윤주의 눈에서 분노의 불꽃이 일었다.

"세나, 너 일어나. 내가 오늘 기분 확실하게 풀어줄게."

"무슨 기분을 풀어줘?"

"그깟 남자가 뭐 대수냐. 널린 게 남잔데."

윤주가 답답하다는 듯 세나를 붙잡고 열변을 토하기 시작했다.

"이게 다 네가 경험이 부족하기 때문이야. 알아? 이런 남자 저런 남자 다 만나보고 밀당도 해보고 불같은 연애도 해봤어야 하는데, 네가 숙맥처럼 구니까 남자가 지루하다는 막말을 내뱉지."

윤주의 말이 옳았다. 내가 너무 아무것도 몰라서 그 남자가 지루하게 느껴졌을지도 몰랐다. 그래서 그나마 명목상 유지하던 계약마저 해지한 걸까?

"……그런 거야?"

윤주의 말에 그나마 붙잡고 있었던 약간의 희망마저 사라져버렸다. 그럼 지금까지 나 싫다는 남자에게 계속해서 찾아가서 만나자고 조른 거야? 그런 줄도 모르고……. 세나의 표정에 자책이 서렸다. 그걸 본 윤주가 세나의 팔을 잡고 끌었다.

"그런 거야. 일어서, 얼른. 이 언니가 너의 그 꿀꿀한 기분을 날려 줄게."

"어디 갈 건데?"

윤주가 위험스러운 미소를 지어 보였다.

"경험 쌓으러."

세나는 눈을 가늘게 떴다. 청담동에 위치한 고급 미용실이었다. 예전에도 비슷한 일이 있었던 것 같은데? 그땐 태성의 비서인 호진 과 함께였지만.

"여기 우리 사촌언니가 하는 가게야. 미용실이긴 한데 메이크업이 랑 옷도 빌려주고 다 하는 데야. 우리 오늘 예쁘게 하고 신 나게 놀 자."

"비싸지 않을까?"

세나가 걱정스러운 말투로 말하자 윤주가 안심하라는 듯 어깨를 두드렸다.

"나 여기 VIP 손님이야. 내가 여기 데리고 온 손님이 몇 명인데. 우리는 공짜로 할 수 있어."

"그래도."

그때야 돈을 지불하는 누군가가 있었으니 마음 놓고 들어갔었다. 또 그 사람 생각이라니……. 오늘 하루 한태성 생각은 하지 않기로 했는데 쉽지가 않았다.

"그리고 나 이번에 용돈 받았어. 조금이긴 하지만 지난번 알바비도 들어와 있고. 오늘 너랑 같이 놀 자금은 충분해. 나만 믿어."

가슴을 탕탕 치는 윤주를 보며 세나가 미소를 지었다. 마음은 고맙지만 한눈에 보기에도 비싸 보이는데 그냥 들어갈 수는 없었다. 그래도 근심을 풀지 못하는 세나의 뒤로 카랑카랑한 목소리가 들려왔다.

"난 예쁜 애들은 공짜로 해줘. 걱정하지 마."

"어, 언니?"

뒤를 돌아다보니 시원시원하게 생긴 미녀가 세나를 위아래로 훑어보고 있었다. 세나가 황급히 고개를 숙여 인사했다. 그 예의 바른 모습이 마음에 든 듯 여자의 얼굴에 미소가 번졌다.

"인사성도 좋고. 네 친구 중에 이런 애가 있었어? 맨날 버르장머리 없는 클럽 죽순이들하고만 어울리더니."

"얘가 내 베스트거든?"

윤주가 세나의 손을 잡아끌었다.

"들어가자. 우리 언니가 성격은 까칠해도 실력은 괜찮아."

쭈뼛대는 세나를 보며 여자가 시니컬한 미소를 지었다. 그리고 성공한 여자의 자신감이 묻어나는 포즈로 세나를 향해 고개를 까딱거리며 들어오라고 표시했다. 허락의 뜻을 알아들은 윤주는 지체없이 세나의 손을 잡아끌고 안으로 들어섰다.

윤주는 연신 감탄사를 내뱉었다. 자신의 사촌언니는 프로가 맞다. 뭘 한 것 같지는 않은데, 세나는 몰라보게 달라져 있었다.

"세나 너, 진짜 예쁘다."

윤주가 만족스러운 듯 세나를 위아래로 쳐다봤다.

"……예뻐?"

"어. 진짜 예뻐. 역시 사람은 꾸미기 나름이라니까. 우리 졸업반 인데 인간적으로 청바지에 캔버스화는 이제 정리하자. 제발."

세나는 윤주에게 웃음을 지어 보였다. 윤주가 예쁘다고 하면 정 말 예쁜 거다. 생전 입어본 적 없던 짧은 치마 때문에 거울에 비쳐 진 모습이 어색하긴 했지만.

예전에도 한 번 화려한 드레스 차림으로 그 남자 옆에서 즐거운 시간을 보내던 때가 있었다. 그날, 좋았었는데.

갑자기 그날의 기억이 떠올랐다.

불어오던 바람결에 스며들던 태성의 체취, 자신을 잡아주던 커다 란 손, 두근거렸던 그녀의 심장.

이렇게 생생하게 기억날 수가 있나? 세나는 어이가 없어 웃음이 나왔다.

자신의 뇌에 특별한 구역이 있나 보다. 태성에 관해서는 그 어떤 것도, 사소한 것 하나라도 잊어버리지 못하게 하는 그런 곳이.

계속되는 태성 생각에 세나는 고개를 흔들었다. 오늘은 다 잊고 윤주와 즐겁게 놀아야 했다. 그게 윤주에 대한 예의이기도 했고.

"오늘은 남친이고 뭐고 신 나게 노는 거야."

윤주가 다짐이라도 받으려는 듯 세나의 손을 꼭 쥐었다. 그 단호 하고 강력한 의지를 담은 눈빛에 세나는 웃음이 나왔다.

"그래. 오늘 신 나게 놀자."

"까짓 거, 남자가 그 사람 하나도 아니고. 그치? 오늘 나랑 밤을 하얗게 불태워보자, 한번."

"불태워?"

"수위는 조절해줄게."

대화 내용이 이상했다. 그리고 싱글거리는 윤주의 태도가 수상했
다.

"느낌이 되게 쌔……한데."

"넌 이 언니만 믿으면 돼."

세나는 윤주의 웃음을 보면서 점점 불안감이 쌓여가고 있었다.

"퇴근 안 하십니까?"

호진은 충성스러운 비서의 탈을 쓰고 태성 앞에 섰다. 벌써 8시
가 넘은 시각이었다. 한동안 잠잠하던 일중독이 다시 시작된 모양
이었다.

저 인간을 끌고 병원엘 가야 하나. 제발 아랫사람들 괴롭히지 말
고 세나 씨나 만나라고 하면…… 사무실에서 화려한 불꽃놀이가
연출될 수도 있겠지. 한태성의 눈에서 뿜어져 나오는 레이저로 쇼
가 펼쳐질 수도 있고.

"아직 퇴근들 안 했나?"

'당신이 퇴근하라고 말 안 했거든요.' 호진은 웃으며 목까지 차오
른 말을 넘겼다. 대체 일중독 사장 때문에 비서실의 몇 명이 손해를
봐야 하는 것인가?

"말씀을 안 하셔서 퇴근해도 되는지 몰랐습니다."

태성은 힐끗 시계를 쳐다보았다. 그러고는 호진을 향해 귀찮다는 듯 손짓으로 나가라는 시늉을 했다.

"그만 퇴근해."

호진의 뒷모습을 보며 태성이 고개를 의자 뒤로 기대었다.

시간이 벌써 이렇게 된 줄 몰랐다. 아까 확인했을 때는 분명 3시 정도였는데.

"일이 재미있어 죽을 지경이군."

자신의 귀에도 어처구니없게 들릴 만큼 영혼 없는 목소리였다. 똑같은 일상 속에 그저 세나가 없을 뿐인데, 왜 기분이 이렇게 이상한 상태인지 알 수가 없었다.

윤세나 때문일 리는 없다. 그 작은 여자애가 뭐라고 자신의 기분에 영향을 준단 말인가? 분명 다른 이유가 있을 텐데 찾을 수 없는 것뿐이었다. 아니면 몸이 안 좋은 걸 수도 있고.

잠시 눈을 감고 의자에 기대어 있던 태성은 재킷을 들고 자리에서 일어섰다.

이런 기분을 날려버릴 수 있는 곳이 있었다. 태성은 그곳으로 발걸음을 옮겼다.

한참을 달리던 택시가 윤주와 세나를 내려놓고 다시 복잡하고 어지러운 도로 속으로 사라졌다.

윤주가 택시비를 계산하는 동안 세나는 주위를 살펴보았다.

"여기 처음 오지?"

"세나 네가 오며 가며 들를 수 있는 곳이 아니야. 여긴 찾아야 올 수 있는 골목이거든. 클럽에 목숨 거는 고수들만이 아는 그런 비밀스러운 곳이란 말이지."

분명 처음 오는 곳 같은데 익숙한 이 기분은 뭐지? ……모르는 곳이 맞나?

윤주가 세나의 팔짱을 끼고 경쾌하게 발걸음을 옮겼다. 그리고 잠시 후 한 건물 앞에 멈춰 섰다.

"자, 이곳이 오늘 우리가 밤을 하얗게 태울 곳이야. 여기 지난번에 아까 그 사촌언니랑 왔었거든. 촌스럽게 어린 애들 춤추고 노는데보다는 훨씬 고급스럽지."

"……."

"너, 특별히 내가 데려온 거야. 여기서 일하는 바텐더들이 장난 아니야. 전부 얼굴 보고 뽑았나 봐. 나이는 있어 보이지만 사장도 되게 멋져. 바텐더들 아니더라도 괜찮은 남자들이 어마어마하게 몰려오는 곳이지. 그러니까 오늘은 남친 생각 따위는 떠올리지도 말고 나랑 신 나게 놀자."

"……."

"세나야, 너 듣고 있어?"

대답이 없는 세나가 이상한 듯 윤주가 세나의 어깨를 툭 쳤다. 세나는 초점 없는 눈으로 깊은 한숨을 쉬며 윤주를 잠시 바라보다가 다시 시선을 돌렸다.

"왜 그래? 벌써부터 피곤해? 그럼 안 되는데?"

"윤주야, 오늘 놀자며. 남친 생각 따위는 떠올리지 말라며."

"어. 근데 왜?"

"근데 여길 데려오면 어떡하니……."

"응? 여기가 왜? 아는 데야?"

화려한 간판 조명이 유혹하듯 반짝거리고 있었다.

세나는 입술을 굳게 다물고 간판을 노려보았다. 여기가 거기가 맞을까? 지난번 왔었던 거기? 유쾌하지는 않지만 한태성 씨와의 기억이 있었던 그곳?

세나가 아무 말도 없이 간판과 한판 붙을 것처럼 노려보고 있자, 윤주가 세나의 눈앞에 자신의 손바닥을 보이며 흔들었다.

"왜 그래? 너 여기 와봤어?"

확실치는 않았다. 그때는 태성이 위험하다는 전화에 워낙 정신이 없었다. 그저 문을 열고 들어갔을 뿐이었다. 그런데 저 강렬한 간판만큼은 뇌리에 박힐 만큼 인상적이었다.

"와본 것 같아. 너무 익숙하네, 저 간판."

윤주는 깜짝 놀랐다. 순딩이 내 친구가 여길 와본 것 같다고? 클럽 죽순이 3년 차 정도는 되어야 아는 이곳을?

"진짜?"

오늘 무슨 날인가? 세나의 입가에 시니컬한 미소가 걸렸다. 한태성은 잊고 한번 놀자고 온 곳이 하필 한태성의 아지트라 이거지? 세나는 오늘 자신이 여기에 온 것이 무슨 계시라도 되는 것처럼 느껴졌다.

"벌써부터 기대된다, 윤주야."

세나는 허리를 쭉 펴고 문을 열고 들어섰다. 윤주는 영문을 모르겠다는 표정으로 세나의 뒤를 따라 들어섰다.

클럽 안의 풍경은 익숙했다. 스테이지에 놓여 있는 드럼, 요란하지는 않지만 즐기는 데 적당한 조명과 낯익은 인테리어.

"보여? 저 사람이 사장이야. 저쪽 뒤에서 정리하고 있는 사람."

윤주가 클럽에 들어서자마자 누군가를 가리켰다. 세나의 시선도 같은 곳으로 향했다. 그 남자가 맞았다.

태성의 친구처럼 보이던 남자. 그녀를 그날 이곳까지 오게 만들었던 장본인.

역시, 여기가 맞네. 같은 곳임을 확신한 세나는 주위를 두리번거렸다. 혹시나 하는 마음이었다. 운명이라면 여기서 짠 하고 마주쳐야 하는데. 하지만 그 어디에도 태성의 모습은 보이지 않았다.

세나는 한숨을 내쉬었다. 그게 안도의 한숨인지 아쉬움의 한숨인지는 알 수 없었다.

"다행이지 뭐. 재밌게 놀려고 온 건데."

"응? 뭐가 다행인데? 너 아까부터 자꾸 모를 소리만 할래?"

"아냐. 재밌게 놀자. 뭐부터 하면 돼?"

윤주가 즐거운 듯 앞장서서 테이블에 자리를 잡았다. 조명이 가장 화려한 곳 아래에 당당하게 자리 잡은 윤주가 세나를 향해 손짓했다.

회원제로 운영되는 클럽이라고 했다. 남자들에 한해서만. 여자들은 자유로이 입장이 가능하지만, 남자들은 멤버십으로 이루어지는 곳이라서 아무 남자나 들어올 수는 없는 곳이라고 윤주가 열변을 토했다.

"그러니까 결론은, 여기 잘나가는 남자들만 들어올 수 있는 곳이다, 이거지."

"그렇구나. 신기하네."

"자, 여기서 네 남친보다 더 잘난 남자를 찾아보는 거야. 할 수 있지?"

윤주가 주먹을 꽉 쥐며 파이팅을 해 보이자, 세나는 웃음이 났다. 한태성보다 잘난 남자라……. 그런 남자가 어디 찾기 쉬운가? 오늘은 그 남자 잊고 놀기로 했으니까 그 남자 생각하면 안 돼.

제법 비싸 보이는 양주를 시킨 윤주가 세나의 잔에 가득 술을 따랐다. 세나도 윤주의 잔에 술을 가득 채웠다.

"자, 한 잔 마셔. 길고 긴 밤을 위하여!"

"위하여!"

세나와 윤주의 잔이 소리를 내며 부딪쳤다. 그리고 이내 독한 술이 세나의 목을 타고 넘어갔다. 처음 먹어보는 양주 맛에 그녀의 눈이 동그랗게 떠졌다.

"윤주야, 이거……."

"왜? 너무 독해? 처음부터 너무 독한 걸 시켰나?"

"아니, 아니, 그게 아니라…… 이거 완전 맛있어. 내 스타일인데? 우리 한 잔 더 할까?"

세나의 반응에 윤주가 어이없다는 표정을 짓다가 이내 웃음을 터뜨렸다.

"너 의외의 재능을 발견한 거 아닐까?"

"무슨 재능?"

"술 마시는 재능."

"그런 것도 재능 취급해주는 거야?"

"야, 이 시대에 가장 필요한 재능 중 하나야, 그거. 귀한 재능이다. 오늘 너의 재능을 확인할 수 있는 기회가 되겠어."

"그러게. 재능이 있는지 없는지 한번 볼까?"

윤주와 세나는 서로 마주 보며 다시 술잔을 채우기 시작했다. 두 사람의 밝고 상쾌한 웃음소리에 주위 테이블에서 그녀들에게 관심을 보이기 시작했다.

"오늘은 왜 이리 잠잠해? 스틱 한번 잡아야지."

재혁이 태성의 잔에 술을 따랐다. 누가 봐도 기분이 다운인 것 같은데 정작 본인은 괜찮다고 우기는 중이었다. 오자마자 계속 술만 들이켜는 태성이 이상해 보여 재혁이 계속해서 그의 곁을 지켰다.

"네가 스테이지에 한번 올라가야 우리 가게 매출이 올라가지."

재혁이 장난처럼 던진 말에 태성이 힐끗 쳐다보더니 웃으며 다시 얼음이 가득 찬 위스키를 입술로 가져갔다.

"맞아요. 지난번에 공연하셨을 때 장난 아니었거든요."

바텐더 하나가 씩 웃으며 그들 곁을 지나가며 말을 흘렸다.

"요새 불경기라더니, 자영업자들 많이 힘드냐?"

"말도 마라. 너도 사업하는 놈이니 알 거 아냐."

태성이 주위를 살펴보았다. 그러고는 피식 웃음을 터뜨렸다.

"불경기인 곳이 이 정도야?"

테이블은 이미 만석이었고 VIP 룸 몇 곳을 제외하고는 이미 꽉 찬 상태였다. 태성의 말을 듣고 자신의 가게를 둘러보던 재혁이 멋쩍은 듯 웃었다.

"다 힘들어서 우리 가게로 오는 거지. 술도 있고 음악도 있고."

"정 힘들면 말해. 그때 올라갈 테니까."

"네, 네. 그래 주십시오. 제발."

재혁이 웃으며 다시 태성의 잔에 술을 따랐다. 무슨 일인지는 모르겠지만 태성에게 분명 무언가가 있다. 비록 자신에게 속 시원히 말을 꺼내지는 않지만.

재혁은 태성의 안색을 자세히 살폈다. 늘 가족 문제로 찾아오는 것과는 다른 분위기였다.

언젠가 자신의 전화를 받고 클럽으로 찾아온 예쁘장한 여자의 얼굴이 떠올랐다. 태성이 녀석이 재밌는 반응을 보이던 여자였다. 좀처럼 감정을 드러내는 녀석이 아니었는데, 그 여자에게만큼은 예외였다. 여자라고 부를 수도 없을 만큼 앳된 얼굴이었는데.

궁금증을 참을 수 없던 재혁은 넌지시 태성에게 미끼를 던졌다.

"그 예쁜 애인하고는 끝났어?"

아무렇지도 않게 던진 말이었는데 태성은 술잔을 입으로 가져가다가 멈칫했다. 분명 알아들었을 텐데 모르는 척하는 태성의 태도가 더 수상했다.

"왜, 지난번에 술잔 집어던지고 난리 피웠잖아, 네가."

"애인, 아니야."

"그럴 리가. 왜, 잘 안 됐냐? 아깝네. 어리긴 해도 예쁘던데."

"너무 어렸지."

"어린 건 흠이 아니야. 너에겐 복이지."

태성이 말도 안 된다는 듯 고개를 흔들었다. 윤세나가 복이라고? 그럴 리가. 그 여자는 골칫덩이일 뿐이었다.

독한 위스키가 그의 식도를 타고 넘어갔다. 윤세나 생각만 하면 왜 이렇게 속이 쓰린지 모를 일이었다.

"뭐, 끝났다면 할 수 없지만. 이상하네."

순간 재혁의 시선이 한곳을 향했다 돌아왔다. 그러고는 그의 고개가 갸웃거렸다.

"뭐가?"

"아니. 아무것도 아니야."

재혁은 태성의 잔에 술잔을 부딪치고는 자신도 한 모금 들이켰다. 그러고는 시선을 돌리다 멈췄다.

그는 다른 건 몰라도 눈썰미 하나는 자신 있었다. 한 번 본 얼굴은 잊어버리는 법이 없는 그의 눈에 재미있는 광경이 목격되었다.

우아하고 고급스러운 화장에 절제되어 있지만 포인트로 화려하게 치장된 짧은 원피스를 입고 높은 구두 굽이 조금쯤은 불편해 보이는 여자.

굉장히 낯이 익은 얼굴이었다. 이거 일이 재밌어지는데?

"너 정말 그 아가씨랑 끝난 거 맞아?"

"그래. 그 이야긴 그만하지 그래?""

"흐음, 그렇단 말이지? 그럼 '엑스 걸프렌드'가 된 건가?"

재혁이 집게손가락으로 턱을 쓰다듬며 흥미롭다는 표정을 지었다.

"시끄럽다고."

"뭘 그렇게 까칠하게 반응하고 그래. 궁금해서 물어본 건데. 알았어. 오케이, 접수했다고. 이미 끝난 사이라는 거 확인했어."

다른 사람의 입을 통해 '끝'이라는 말을 들으니 태성은 기분이 더 욱더러워졌다. 알 수 없는 마음에 그는 애꿎은 술잔만 노려보았다.

"이미 끝났다는데 내가 상관할 바는 아니지. 그 아가씨가 다른 남자랑 시시덕거리든 말든."

재혁은 태연하게 잔을 들어 술을 한 모금 들이켰지만 그의 온 신경은 사실 태성에게 향해 있었다.

태성이 술잔을 집어 올리던 손길을 멈추고 재혁을 바라보자, 재혁은 아무 일도 없다는 듯 그저 자신의 잔에 입을 대고 있을 뿐이었다.

재혁의 말을 들은 태성은 태연할 수가 없었다. 지금 자신이 무슨 소리를 들은 건지 확실하지 않았다.

재혁은 태성의 눈에서 뿜어져 나오는 한기가 자신에게 향해 있는 것을 느끼며 입가에 보일 듯 말 듯 미소를 지었다.

"너, 다시 말해봐. 지금 윤세나가 뭐라고?"

"아하, 그 예쁜 아가씨 이름이 윤세나였어?"

"헛소리 집어치우고 방금 한 말 다시 해보라고."

"저쪽에 니의 그 '옛 애인'인 윤세나 씨가 남자하고 술 마시고 있던데?"

재혁이 손가락으로 한쪽 방향을 가리키자, 그 방향을 따라 태성의 시선이 천천히 옮겨졌다.

"이건 정말 뜻밖의 인연이군요."

윤주는 낯선 남자의 등장에 속으로 놀라움을 금치 못했다. 한 남자가 세나의 곁에 서서 진심으로 반가워하는 미소를 보이고 있었다. 순딩이인 줄로만 알았는데 대체 어디서 저런 남자들이 튀어나오는 거야? 오늘 세나에게 다가온 남자는 눈길이 저절로 갈 만큼 핸섬한 외모를 자랑했다. 비록 세나의 구남친만큼은 아니었지만.

"이런 곳에서 다 뵙네요?"

세나가 조금은 높아진 목소리 톤으로 남자를 맞이했다.

"친구분하고 놀러 오셨나 봐요?"

"네, 여기가 좋은 곳이라길래요. 그러는 성현 씨도 친구분하고?"

세나의 입에서 '성현 씨'라는 호칭이 흘러나오자 성현은 기분이 묘했다.

"아뇨, 전 혼자 왔습니다. 가끔 들르는 곳이거든요."

성현은 자연스럽게 세나의 옆에 자리를 잡고 앉았다. 처음에 세나의 등장에 눈을 의심해야 했다. 이런 곳에서 윤세나와 만날 거라고는 전혀 상상하지 못했으니까.

조사한 바에 따르면, 그저 보육원과 학교, 아르바이트만 열심히 하는 걸로 되어 있던데. 이런 차림으로 이런 곳에 출입을 한다는 게 의외였다. 하지만 옆에 있는 친구를 보아하니 이해가 될 것 같았다.

"윤주야, 인사해. 문성현 씨라고…… 음…… 뭐라고 설명을 해야 하지?"

남자 친구와 알고 지내는 사람? 유림 그룹에 다니는 로열패밀리?

윤주에게 딱히 성현을 소개할 말을 찾지 못하자 성현이 웃으며 세나의 말을 받았다.

"세나 씨 친구입니다. 반가워요."

"세나한테 이렇게 멋진 남사친이 있는 줄은 몰랐네요."

"그거 칭찬인가요?"

"그럼요, 물론이죠. 같이 한잔하실래요? 세나 친구면 저하고도 친구 하셔도 되는데요."

윤주가 호감 가득한 목소리로 성현에게 술잔을 건네자 그가 젠틀한 미소로 윤주에게 화답했다.

"세나 씨 친구면 언제든 환영입니다."

태성의 눈에서 레이저가 나오고 있었다. 오전에는 자신을 찾아 오더니, 밤이 되니까 다른 남자랑 희희덕거리고 있어?

"어? 저 남자."

재혁이 세나와 합석한 남자를 아는 체하자 태성의 날카로운 눈빛이 재혁을 향했다.

"너 몰라? 왜, 문성현이라고 유림 그룹……."

"문성현?"

재혁의 말이 채 끝나기도 전에 태성의 눈이 다시 남자에게로 향했다. 자신의 위치에서는 남자의 뒷모습만 보일 뿐, 얼굴은 전혀 보이지 않는 상태였다.

"아까 나한테 인사하고 갔거든. 단골이야, 여기."

"언제부터?"

"벌써 몇 년 됐지. 너 미국으로 가고 나서 오기 시작했던 것 같은데."

"기분 좋은 인연은 아니군."

"사랑의 라이벌?"

태성의 목소리에 불쾌감이 서린 걸 알아차린 재혁은 슬쩍 태성을 떠봤다. 태성은 이죽거리는 재혁을 날카롭게 쏘아본 뒤, 다시 자신의 술잔으로 시선을 돌렸다. 술잔을 움켜쥔 그의 손은 하얗게 변해 있었다.

"안 가봐도 돼?"

"안 가."

태성은 술잔에 남아 있는 독한 위스키를 입안에 털어 넣었다. 태성의 꽉 쥔 주먹이 재혁의 눈에 들어왔다. 부글부글 끓어오르는 속이 가라앉지 않자 태성은 자신의 잔에 또다시 술을 채워 넣었다.

자신이 곁에 있을 때에도 세나에게 호감을 보이던 남자였다. 그 남자가 지금 또다시 그녀의 곁에 접근해 있었다. 더군다나 지금은 그녀의 곁에 자신이 없는 상태였다. 세나 옆에서 문성현이 이제 어떻게 할까? 상상만으로도 속이 뒤집어졌다.

"어어, 저 남자가 세나 씨한테 술 따라준다. 머리카락에 뭐 붙은 것도 떼어주네."

"……."

"이야, 저 매너 봐라. 세나 씨 치마가 짧다고 재킷으로 다리를 가려주네."

쾅―.

재혁의 중계에 태성은 술잔을 소리가 나도록 테이블 위에 내려놓
았다.

"망할 자식."

태성은 자신을 보며 웃고 있는 재혁을 노려보았다. 그러고는 세나
가 있는 테이블 쪽으로 발걸음을 옮기기 시작했다.

사랑도, 키스도 연습이 필요해

성현은 입가에 술잔을 가져가며 조용히 앞에 앉은 여자들을 살폈다. 나른하게 풀린 눈동자, 그리고 경쾌한 목소리. 세나는 취해 있었다.

"그래서 말인데요, 저 차인 거 맞죠?"

"한태성 대표하고 헤어지신 건가요?"

이건 뜻밖의 정보였다. 성현은 세나의 잔에 다시 술을 따라주었다. 그녀들이 시킨 독한 위스키는 이미 바닥을 드러내고 있었다. 저걸 저만큼 마시고도 안 취했으면 그것도 이상한 일이었다.

세나의 친구는 이미 테이블에 엎어져 잠들어 있었고, 그 옆에서 세나는 손으로 턱을 받치고 성현에게 하소연을 하는 중이었다.

"그걸 모르겠다니까요? 그 사람은 끝이라고 하는데 전 아직 끝이 아닌 것 같거든요."

"한 대표가 끝내자고 한 거군요."

"네, 네. 그 사람이 그랬죠. 근데 분명히 그 사람도 저한테 마음이 있었는데."

"너무 단정 짓지는 말아요. 사람 마음은 모르는 거니까."

"아니에요. 그 사람, 저 좋아했다니까요?"

빨갛게 달아오른 볼이 제법 귀여웠다. 정확하게 말하려고 애쓰고 있지만 성공적이지는 못한 어눌한 발음도 싫지 않았다. 다른 여자가 저런 모습으로 자신에게 말을 걸어왔다면 질색했을 텐데, 윤세나는 달랐다.

성현은 자신이 세나에게 지나친 관심을 가지고 있다는 사실을 이제는 인정해야 할 때라고 생각했다.

"그 사람이 절 안 좋아했을까요?"

"남자 마음은 단순한 편이에요. 좋아하면 계속 보고 싶은 거고, 그게 아니라면 안 보면 되는 거고. 한태성 같은 사람이 끝이라고 했다면 정말 끝인 거 아닐까요?"

세나는 깨달음을 얻었다는 듯 감탄사르 내뱉었다. 그러고는 이내 시무룩한 표정으로 성현을 바라보았다.

"그럼 차인 게 맞네요. 바보같이 아직 저만 모르고 있었나 봐요."

슬픈 목소리의 세나를 보며 성현은 순간 안아주고 싶다는 생각이 들었다. 어이없는 일이었다. 다른 남자 이야기를 하며 하소연하는 여자를 안아주고 싶다니.

"어떻게 하고 싶으세요?"

세나가 활짝 웃었다.

"그 사람, 보고 싶어요. 이렇게 술에 취해서라도요."

귀여운 투정이었다. 성현은 웃음이 나왔다.

"술을 더 마셔야 할까 봐요. 그러면 그 사람이 계속 보일까요?"

"제가 한 잔 더 사드릴까요?"

빈병을 보며 아쉬워하는 세나를 향해 성현이 제안하자, 세나가 고개를 가로저었다.

"성현 씨랑 술 마시면 저 사람이 싫어할 거 같은데요? 봐요. 지금도 눈 요렇게 뜨고 노려보고 있잖아요. 치, 누가 겁먹을 줄 알고."

세나가 두 손가락을 들어 자신의 눈꼬리를 잡아당겼다. 그러고는 성현의 뒤쪽 너머에 시선을 맞추었다.

"누가 있어요?"

세나는 대답하지 못한 채 테이블에 머리를 기대고 누웠다. 취기가 오를 대로 오른 모양이었다.

성현은 세나가 가리킨 방향으로 고개를 돌렸다. 누가 있다는 거지? 고개를 돌린 성현은 자신도 모르게 헛웃음이 났다. 그곳에는 자신을 잡아먹을 듯 노려보는 태성이 서 있었다.

태성은 못마땅한 눈빛으로 세나를 바라보았다.

거의 비워져 있는 술병. 인사불성이 되도록 취한 세나.

"어떻게 같이…… 아니, 그보다도 도대체 얼마나 먹인 겁니까?"

태성의 날 선 시선이 자신에게로 향하자 성현은 그저 미소를 지어 보였다. 태성을 만난 게 전혀 놀랍지 않다는 태도였다. 마치 이곳이 태성이 자주 오는 곳이라는 걸 알기라도 하듯이.

"이미 많이 취해 있던 상태였습니다."

태성은 냉랭한 표정을 지어 보였다.

"그랬으면 술을 그만 마시게 해야 하는 거 아닙니까?"

'제가 왜요?' 하는 성현의 얼굴을 보고 태성은 입을 일자로 굳게 다물었다.

"이만 돌아가시는 게 좋을 것 같군요. 윤세나, 일어나봐."

태성이 세나의 곁으로 다가섰다. 그러고는 세나를 흔들기 시작했다. 하지만 태성의 노력에도 불구하고 그녀는 정신을 차리지 못하고 있었다.

"세나 씨를 챙기시려는 겁니까?"

"챙기면 안 된다는 말투로 들리는군요."

태성의 대답에 성현이 웃음을 흘렸다.

"헤어지셨다고 들었습니다만?"

태성의 눈썹이 하늘로 치켜 올라갔다. 술에 취한 윤세나가 별 이야기를 다 한 모양이었다. 못마땅한 표정으로 세나를 잠시 바라보던 태성이 이내 성현에게 경고의 눈빛을 보냈다.

"그건 문성현 씨가 상관할 일이 아닙니다."

태성이 성현에게 선을 긋자, 그의 얼굴에서 웃음이 사라졌다.

"아뇨. 상관을 해야겠는데요."

"당신이 왜."

왜라……. 태성의 질문에 떠오르는 답은 하나뿐이었다.

"윤세나니까."

성현의 도발에 태성의 얼굴이 무섭도록 굳어졌다. 헤어졌다는 말을 듣자마자 세나에게 관심이 있다는 걸 숨기지 않았다.

"세나 근처에 얼씬도 하지 마."

"내가 왜 그래야 하지? 헤어졌으면 그걸로 끝이지. 헤어진 여자한테 너무 미련을 갖는 거 아닌가?"

"분명히 말했을 텐데. 상관할 일이 아니라고. 이건 경고야."

"윤세나에게 관심이 있는 남자로서 상관을 안 할 수가 있어야지."

"네가 네 동생과 다른 놈인지 어떻게 알지?"

태성이 자신의 쓰레기 같은 동생을 언급하자 성현의 얼굴도 이내 차가워졌다.

"내가 어떤 놈인지는 윤세나가 확인하면 되는 거야. 이제는 자격이 없는 당신이 아니라."

태성과 성현의 주변 공기가 팽팽한 긴장감으로 무거워졌다. 태성은 분했지만, 성현의 말이 맞다는 걸 인정할 수밖에 없었다.

"헤어진 남자보다는, 그녀에게 관심 있는 남자가 그녀를 챙기는 게 맞지 않나?"

"네가 무슨 짓을 할 줄 알고."

"그럼 당신이 무슨 짓을 할 줄 알고 세나 씨를 넘기지?"

"듣기에 따라선 상당히 거북한 말이군."

그때였다. 부스스 일어난 세나가 성현을 바라보다 태성에게 시선을 돌리며 함박웃음을 지어 보였다.

"아직 있었네요? 난 또 나 싫어서 가버린 줄 알았지. 가지 마요. 나 깰 때까지 있어요."

"너……."

세나의 손이 태성의 손가락에 닿았다. 태성은 흠칫 놀랐지만 손을 뿌리치지는 않았다. 태성의 손을 찾아 헤매던 세나는 손으로 그의 손을 감싸며 깍지를 끼우곤 만족했다는 듯 태성의 팔에 머리를 기대고 눈을 감았다.

"이렇게 잡고 있으면 못 가겠죠? 가지 마요."

그 모습을 본 성현의 눈빛이 무겁게 가라앉았다. 편안하게 태성에게 머리를 기대는 세나의 모습을 보며 그는 아무런 말도 할 수 없었다.

"이젠 내가 챙길 이유, 충분하겠지."

잠시 태성과 세나가 잡은 손에 눈길을 주던 성현은 이내 고개를 돌렸다.

"……오늘은 그런 걸로 하죠."

세나와 태성을 번갈아보던 성현이 테이블에서 사라지자 태성은 자신의 손으로 눈을 돌렸다. 자신에게 기댄 세나의 온기가 따뜻했다.

"술주정뱅이 같으니라고."

자신의 손을 꼭 잡은 채 놓지 않는 세나를 보며 태성의 심장이 뻐근하게 조여왔다.

"정신 차려봐, 윤세나."

아까 얼핏 태성의 얼굴이 스치고 지나간 듯싶었는데, 이제는 목소리까지 들려온다. 이래서 사람들이 취하는가 보네. 자신의 볼에 닿는 차가운 감촉이 그녀는 기분 좋았다.

눈을 뜨기 싫다는 듯 칭얼거렸지만, 집요하게 자신을 깨우는 손길에 그녀는 깜빡거리던 눈을 떴다.

세나는 자신이 누군가의 어깨에 기대어 있다는 사실을 깨달았다. 몇 번 눈을 끔뻑거리며 옆을 돌아보자 뜻밖의 얼굴이 보였다.

"어? 한태성이다."

"한태성이다?"

늘 '대표님'이라고 불렀는데 이제는 이름까지 부르며 반말이었다. 취했다 그건가? 자신을 보며 배시시 웃는 세나를 태성은 차가운 눈빛으로 바라보았다.

"만나서 반가워요."

"난 네가 전혀 안 반가운데."

태성의 냉랭한 말투에도 세나는 여전히 웃는 낯이었다. 저 남자가 좀 못되게 굴면 어때? 어차피 꿈인데. 보고 싶었던 얼굴인데.

"그렇게 보고 싶을 때는 안 나타나더니, 이런 데서 다 만나네요."

"원했던 만남은 아니었어."

그에게는 어떻게든 세나와 마주치지 않는 게 유리한 일이었다.

"나도 알아요. 그렇겠죠. 내가 얼마나 지겨웠겠어요. 오늘에서야 깨달았네요. 제가 얼마나 당신을 귀찮게 했는지."

배시시 웃으며 이야기하는 세나의 모습에 태성의 얼굴에 미묘한 변화가 생겼다. 상상해본 적도 없는 세나의 주사였다.

"지금도 빨리 깨달았으면 좋겠군. 네가 나를 얼마나 혹사시키고 있는지를. 너 때문에 어깨가 마비가 될 지경이거든."

태성의 냉랭한 표정에 세나가 이상하다는 듯 고개를 갸우뚱거렸다. 그녀는 태성의 어깨에서 얼굴을 떼고 허리를 곧추세웠다. 그리고 주위를 두리번거렸다. 클럽 안은 여전히 시끄러웠다.

"……한태성 씨?"

세나가 손가락을 들어 태성의 얼굴을 찔러보았다. 취해서 보이는 영상치고는 뭔가 너무 생생한데?

"손 치우지?"

세나의 눈이 동그랗게 떠졌다. 우와, 원래 취하면 4D처럼 느껴지는 모양이었다. 아니면 양주를 먹어서 그런가? 비싼 술 마셔서?

"여기서 뭐 하세요?"

"그건 내가 묻고 싶은 말이군. 도대체 여기서 뭘 하고 있었던 거지?"

"뭘 하긴요, 술집에서 술 마시고 있었죠."

세나가 또 웃었다. 여전히 취해 있는 모양이었다. 태성은 그런 세나의 모습을 가만히 지켜보고 있었다.

"근데 제 친구 보셨어요? 오늘 여기에 데리고 와준 고마운 친군데……."

"사람 불러서 데려다주도록 했어. 그 친구도 너무 취해서 인사불성이더군. 겁도 없이 그 술을 다 마시고 멀쩡할 거라고 생각했나?"

태성의 말에 세나가 무슨 소리냐는 듯 태성을 쳐다보았다.

"저 안 취했는데요. 기분이 좋을 뿐이에요."

아직도 어눌한 발음으로 자신의 결백을 주장하는 세나를 보며 태성은 헛웃음이 나왔다.

"그게 취한 건 아니고?"

"……한태성 씨가 있는 걸 보니 취한 거 같긴 한데, 그래도 저 멀쩡한데요?"

태성은 무어라 한마디 더 하려다 관두었다. 취한 사람이 취했다고 말하는 법은 없으니까.

갑자기 세나가 비틀거리는 상체를 숙이고 태성에게 꾸벅 인사를 해 보였다. 환영이건 뭐건 간에 고맙다는 인사는 해야 했다. 자신의 옆에 있어 주고 윤주까지 챙겨줬으니 이 얼마나 고마운 일이던가.

"어쨌든 고맙습니다."

"너한테 감사 인사 받자고 한 일은 아니야."

"언제는 제가 감사 인사에 너무 인색하다면서요."

언젠가 자신이 그런 말을 하긴 했다. 태성의 눈빛이 짙어졌다. 예전 일을 생각하는 건 현명하지 못한 일이었다.

"일어나. 차 태워줄게. 집에서 걱정하셔."

"싫어요. 더 있다 갈 거예요. 늦은 게 뭐 대수라고. 오늘 친구랑 놀다가 늦을 거라고 미리 연락드렸어요."

태성의 심기가 불편해졌다. 치밀한 계획까지 세워놓고 클럽에 왔던 모양이었다.

"그보다도, 내가 한태성 씨 몇 번이나 찾아갔었는지 알아요?"

"그런 걸 알 만큼 한가하지 않아."

"봐봐, 저렇게 무심하다니까."

웃는 세나의 얼굴이 서글퍼 보였다. 역시, 아까 성현 씨 말이 맞나 보다.

"문성현 씨가 그랬어요. 남자들은 보고 싶으면 보고, 안 보고 싶으면 안 보고. 그렇게 단순하다면서요."

문성현이란 이름에 태성의 이마에 미미한 주름이 잡혔다.

"저 안 보고 싶었어요?"

태성은 아무 말도 하지 않았다. 보고 싶었다고, 너무 보고 싶어 하는 자신의 모습을 인정할 수가 없어서 너를 볼 수 없었다고 차마 말할 수는 없었다. 세나에게 그건 궤변일 뿐일 테니까.

태성의 대답이 없자 세나는 고개를 푹 숙였다.

"꿈인데…… 환영인데…… 다정하게 대해주면 어때서. 치, 끝까지 냉정하긴."

투덜거리는 세나를 보며 태성은 심난한 마음을 감출 길이 없었다. 태성이 말없이 팔을 뻗어 부축하려 하자 세나가 태성의 손을 거절했다.

"혼자 갈 수 있어요. 환영 따위에게 도움 받지는 않겠어요."

세나는 손바닥을 펴서 자신의 가슴 앞에 가져가며 한 번 더 거절 의사를 밝혔다. 자신의 손바닥이 왔다 갔다 중심을 잡지 못하고 있는 건 신경 쓰지 않는 눈치였다.

"쓸데없는 고집은 부리지 않는 게 좋아."

"저 술 안 취했어요. 자, 봐요."

세나가 기세 좋게 일어서 걸으려 했지만 익숙지 않은 하이힐 때문에 뜻대로 되지는 않았다.

비틀거리는 세나를 태성이 재빠르게 부축했다. 순간 느껴지는 세나의 작고 부드러운 몸이 제자리를 찾은 것처럼 태성의 품에 쏙 들어왔다.

갑작스러운 상황에 태성은 입술을 일자로 굳게 다물었다. 그가 원하는 상황은 결코 아니었다.

"어, 미안해요."

"정신 좀 차리지 그래."

자신은 취하지 않았는데, 땅이 비틀거렸다. 세나는 잘 이해가 되지 않는다는 눈빛으로 땅을 내려다보다가, 이내 고개를 끄덕였다. 범인은 이 안에 있었다. 너구나, 범인.

"잠깐만 이야기 좀 하고 갈게요."

세나가 손을 들어 머리를 뒤로 우아하게 쓸어 넘겼다. 그러고는 단호하게 집게손가락을 들고 하이힐을 가리켰다.

"너 때문에 넘어질 뻔했잖아. 경고는 한 번뿐이야. 너 나한테 이러면 아웃이라고, 아웃. 아웃이 뭔지 알아?"

그 모습에 태성은 기가 차서 말도 나오지 않았다. 신발하고 대화하는 여자라니.

하이힐을 향해 훈계를 끝낸 세나는 태성을 바라보며 기다리게 해서 미안하다는 듯 배시시 웃었다.

"저 갈게요. 얘도 이제 제 말 잘 들을 수 있대요."

윤세나는 아직도 취해 있었다. 그것도 아주 제대로 확실하게.

"미치겠군."

자신도 세나만큼이나 취한 것 같았다. 저런 어이없는 윤세나의 모습이 예쁜 걸 보면.

하이힐과의 협상은 그리 성공적이지 못했던 모양이었다. 계단을 오르는 세나의 발걸음이 불안불안해 보였다.

부축을 해야 하나 말아야 하나 고민하는 태성은 안중에도 없다는 듯, 세나는 성큼성큼 휘청휘청한 발목을 간신히 유지하며 앞으로 나아가고 있었다.

씩씩하게 똑바로 걷고 있다고 생각하겠지만, 높은 하이힐 때문에 비틀비틀 위태로워 보이는 세나의 뒷모습을 보며 태성은 다시 한 번 한숨을 내쉬었다.

그냥 두면 구두나 윤세나의 발목 중 하나는 오늘 성치 못할 듯싶었다. 태성은 세나의 발목 쪽에 더 높은 점수를 주었다.

"잡아주지."

"아뇨. 괜찮아요. 전 혼자 걸을 수 있답니다."

바닥이 흔들리는 건 자신의 의지가 아니었다.

"말과 행동이 일치하지는 않는군."

"제가 그런 사람은 아닌데 말이죠……. 얘가 말을 잘 안 듣네
요."

세나가 손가락으로 자신의 구두를 가리키며 탓하자, 태성의 무심
한 눈길이 그쪽으로 향했다.

"말을 안 듣는 것들 투성이군. 처음부터 대화가 통할 상대와 말
을 했어야지."

"그래도 누구보다는 대화가 잘 통하던데요."

"그 누구는 혹시 난가?"

"그 질문에는 노코멘트 하겠어요."

아무렇지도 않게 내뱉는 세나의 말에 태성의 눈동자가 미세하게
흔들렸다.

태성의 반응은 상관없다는 듯 세나가 고개를 두리번거렸다. 어디
적당한 데가 없나?

"뭘 찾고 있어?"

"앉을 곳이요. 어, 저기 있다."

세나가 벤치를 발견하고 그쪽으로 향했다. 그러고는 홀가분하게
신발을 벗어 자신의 옆자리에 곱게 모셨다.

"오늘 고생했어. 쉬게 해줄게."

"네가 아니라 구두가 고생을 해서 쉬게 해주는 건가?"

세나는 고개를 단호하게 끄덕였다.

"우리 둘 다 고생했으니 같이 쉬게 해줘야죠. 우린 서로에게 약간의 시간이 필요할 뿐이에요."

그런 것도 모르냐는 듯 세나가 집게손가락을 하나 펴고, 태성에게 훈계하듯 말했다.

"너뿐만 아니라 구두도 고생을 했다? 알 수 없는 논리군."

"모르시나 봐요? 어떤 사이든지 시간은 필요해요."

벤치에 앉은 세나의 몸이 자꾸 흔들거렸다. 가을에도 태풍이 오나? 바람이 거센 모양이네. 몸이 이렇게 흔들리는 걸 보면.

"대체 무슨 시간이 필요하다는 거지? 고작 구두 따위에게?"

"서로를 이해할 수 있고 익숙해질 수 있는, 그런 시간이 필요한 법이죠. 고작 구두 따위뿐만 아니라 그 어떤 것에도."

"넌 구두와는 궁합이 안 맞아."

태성은 예전에도 세나가 하이힐을 신고 무척 힘들어했던 모습을 떠올렸다. 그는 여전히 이해할 수 없다는 듯 무표정한 얼굴로 세나를 내려다보았다.

"이 구두 정말 예쁘죠?"

검은색 끈이 발목을 감아올리고 한쪽 끝에 리본이 달려 있는 구두는 신었을 때 섹시하기도 하면서 한편으로 부담스러워 보이지 않는 디자인이었다.

"예쁜가?"

여자 구두 따위는 아무래도 좋았다.

"네. 예쁘죠. 그런데 그게 문제인 거예요. 그리고 마음에 들었던 게 문제죠. 처음에는 별로였어요. 나한테는 어울리는 신발이 아닌 것 같아서. 그런데 보다 보니까 계속 눈에 들어오더라고요."

세나의 길고 하얀 손가락이 구두의 곡선을 따라 배회했다.

"예쁘고 제 마음에 드는데, 이 구두가 그리 만만하지는 않아요. 보시다시피 아직 길들여지지 않은 가죽으로 만들어진 새 구두이고, 굽도 제법 높아요. 전 이런 구두를 신어본 적이 없거든요. 아, 전에 한 번 누구 덕에 신어본 적이 있긴 했죠."

"그래서?"

"그래서 시간이 필요한 거죠. 내가 이 구두에게 익숙해질 시간, 이 구두가 나에게 익숙해질 시간."

아직은 어눌한 말투, 담담한 목소리였다. 단지 구두에 관한 이야기만은 아닌 듯싶었다. 태성은 한쪽 눈썹을 치켜 올리고 재미있다는 표정으로 세나를 응시했다.

"우리가 구두 이야기를 하고 있는 게 맞나?"

"다른 이야기로 들리세요? 그럼 제대로 들으셨네요."

세나가 배시시 태성을 향해 웃었다. 그러고는 자신의 옆자리를 손으로 탕탕 쳤다.

"나, 목 아파요. 한태성 씨 키 큰 거 안다구요. 와서 앉아요."

태성은 세나를 향해 발걸음을 떼었다. 태성이 옆에 와서 앉자 세나가 만족한 듯 다시 그를 향해 웃어 보였다. 그러고는 이내 고개를 돌리고 눈을 감았다.

불어오는 밤공기가 제법 쌀쌀했지만, 취기가 오른 세나에게는 시원했던 모양이었다. 바람결에 살짝 흩날리는 세나의 머리카락이 태성의 볼을 간질였다.

바람을 타고 세나의 체취가 태성의 코끝을 맴돌았다. 태성의 눈이 짙은 색을 띠며 가라앉고 있었다.

"우리는 왜 서로 그런 시간도 없이 끝나야 하는 건지 잘 모르겠어요. 그 시간이 충분하지 않았어요, 우리는. 그래서 자꾸 한태성 씨에게 귀찮게 구는 건가 봐요."

"이제 귀찮게 굴지 마."

"우리 이런 우울한 이야기 말고, 술이나 한잔하러 갈까요? 사주시면 더 좋구요."

겁도 없이 남자한테 술을 사달라고 한다. 저 상태를 해가지고.

"남자한테, 이 시간에, 게다가 그 상태로 술을 사달라는 게 무슨 의미인지는 아나?"

세나가 고개를 갸우뚱거렸다.

"모르겠는데요. 그런데 바람직한 일은 아닌가 봐요? 그럼 술 안 마실 테니까 밤새 나랑 같이 있을래요?"

태성의 눈빛이 다른 의미로 짙어졌다. 정작 본인은 아무 의미 없는 소리였겠지만, 그렇다고 남자 앞에서 함부로 내뱉을 소리도 아니었다.

"윤세나, 다른 사람 앞에서는 밤새 함께 있고 싶다는 그런 말은 안 하는 게 좋겠군."

"네? 왜요?"

"남자들이 다른 뜻으로 받아들일 수도 있거든."

"……아."

세나의 볼이 빨갛게 달아올랐다. 당황하는 세나의 모습을 보며 태성의 입가에 희미한 미소가 스쳤다.

"아니면 내가 제대로 알아들은 건가?"

"아니, 그런 게 아니라 제가 말한 건 다른 일은 아니고……"

버벅대는 세나의 모습에 태성의 미소가 짙어졌다.

"밤새 다른 할 일도 없이 뭘 하면서 같이 보내지?"

'다른 할 일'이란 말에 힘을 주는 태성의 짓궂은 목소리에 세나의 얼굴이 더욱 빨갛게 달아올랐지만, 그녀는 아무렇지 않은 척하려 애썼다.

"밤새 이야기나 하죠. 같이."

"우리가 밤새 나눌 만한 이야기가 있나?"

태성의 물음에 세나가 기다렸다는 듯이 말을 이었다. 밤새 나눌 만한 이야기라면 얼마든지 있지.

"이를 테면, 갑작스러운 계약 파기라든지. 아니면 털끝 하나 볼 수 없는 한태성 씨 모습이라든지, 뭐 그런 거요?"

느닷없이 본론으로 들어가버리는 세나였다. 취한 게 맞나 의심스러워졌지만, 풀린 눈이 여전히 그녀가 취해 있음을 알려주고 있었다.

계약 파기에 관한 건 그가 말하고 싶은 주제는 아니었다. 태성의 입이 고집스럽게 일자로 다물어졌다.

차가워지는 태성의 얼굴을 보며 세나는 속으로 한숨을 삼켰다. 태성은 순순히 대답해줄 마음이 없어 보였다.

"끝난 계약에 대해 할 말이 뭐가 있지?"

"그랬죠. 계약이 끝났죠. 한태성 씨의 일방적인 통보로."

"일방적이었건 어쨌건 간에 끝난 계약이지. 그러니 우리는 거기에 대해서 말할 이유가 없어."

"전 있어요."

"도대체 무슨 이유가 있다는 거지?"

세나는 숨을 크게 들이 쉬었다 내뱉었다. 이유라면 있다. 그 무엇보다 중요한 단 한 가지 이유가.

"제가 한태성 씨 보고 싶으니까요."

세나의 눈빛이 곧장 태성에게로 향했다. 태성은 그런 세나에게 아무런 말도 하지 못한 채 그저 바라만 볼 뿐이었다. 방금 무슨 말을 들었는지 전혀 알지 못한다는 듯.

"그러니까 계약 해지 철회, 뭐 그런 거 안 돼요?"

"내가 왜 그래야 하지?"

"한태성 씨는 저 안 보고 싶었어요?"

궁금했다. 그도 자신처럼 보고 싶어 했을까? 지금까지의 정황상 그랬을 것 같지는 않지만. 그래도 세나는 작은 희망이라도 가져보고 싶었다.

"황당하군. 무슨 근거로 내가 너를 보고 싶어 할 거라고 생각하는 거지?"

"그런 거 없는데요. 내가 안 보고 싶었다는 말처럼 들리네요?"

"보고 싶어 할 리가 없잖아?"

세나가 코끝을 찡긋거렸다. 보고 싶어 하지 않았다니, 조금 실망이긴 하지만 어쩔 수 없지. 보고 싶은 건 자신의 마음이니 다른 사람에게 강요할 수는 없었다. 지금까지 안 보고 싶었으면 이제부터 보고 싶게 만들면 되는 거 아냐? 비싼 술을 먹어서 그런가, 머리가 좋아지고 있는 중이었다.

"그럼 이제 보고 싶게 만들어 드릴게요."

"그럴······."

태성은 말을 다 잇지 못하고 그대로 굳어버려야 했다. 그의 입술에서 무언가 다른 감촉이 느껴졌다. 그의 것이 아닌 다른 촉촉하고 달콤한 그 무언가가 자신의 입술에 닿아 있었다.

충동적인 스킨십. 세나는 그의 입술에 재빨리 입을 맞추고 원래 자리로 돌아왔다. 이러면 날 보고 싶어 하려나?

"이제 제가 보고 싶어질 것 같지 않아요?"

무슨 짓을 한 건지 알고는 있는 걸까? 태성의 표정이 무섭도록 차가워졌다. 깊고 탁하게 가라앉은 그의 눈빛이 세나를 향했다.

너무 빨리 사라진 그녀의 향기가 그를 더욱 목마르게 만들었다. 부족했다. 그녀를 품에 안고서 만족할 때까지 그녀의 입술을 맛보고 싶었다. 이런 어린애 장난 같은 키스로는 만족할 수가 없었다. 하지만 그럴 수는 없는 노릇이었다.

그가 왜 계약을 파기했는지, 그 자신이 제일 잘 알고 있는 일이었다. 다시 손을 뻗어 그녀를 안는다면, 아마 돌이킬 수 없을 것 같았다.

오늘의 만남은 순전히 우연이었다. 그리고 우연인 채로 끝내야 했다. 이대로. 이렇게. 세나에게 손을 뻗지 않기 위해서 태성은 주먹을 꽉 쥐었다.

"다시는 이러지 마. 이런 어린애 장난 같은 짓은 이제 그만하도록 해. 봐주는 건 여기까지야."

시리도록 차가운 목소리에 세나의 표정이 어두워졌다. 술기운에 괜한 용기를 낸 건가?

태성은 고개를 숙이는 세나를 보며 안아주고 싶은 마음을 가까스로 참았다. 그리고 그녀에게 닿지 않기 위해 주머니에 두 손을 넣었다.

"일어서. 데려다주지."

태성은 세나와 더 이상 같이 있을 수가 없었다. 같이 있어서는 안 될 것 같았다.

"싫어요. 안 갈래요. 제가 키스해서 기분이 나빠졌어요?"

조심스러운 세나의 말에 태성은 움찔했지만, 이내 추스르고 세나에게 코웃음을 쳤다.

"그것도 키스라고 부를 수 있는 건가?"

키스가 마음에 안 들었다는 이야기였다. 스킬이 부족해서 그런 건가?

"그럼 연습해 올까요?"

태성은 주머니 안에 넣은 손이 하얗게 되도록 주먹을 꽉 쥐었다. 연습을 해와? 어디 가서? 하지만 표정으로 드러내지는 않았다. 대답할 가치도 없다는 듯 그는 아무런 말도 하지 않았지만 속이 편치 않았다.

"아무것도 하지 마."

"저도 그럴 수 있었으면 좋겠네요."

세나는 태성에게 들리지 않게 작은 소리로 웅얼거렸다. 뭐든 해야 했다. 그를 좋아하는 마음을 멈추든지, 아니면 태성의 마음을 자신에게로 돌리든지. 환영한테도 차이다니. 뒷모습마저 차가워 보이는 태성의 태도에 세나는 깊은 한숨만 내쉬었다.

"네. 수고하셨습니다."

집으로 돌아온 태성은 짧은 통화를 끝내고 쓰러지듯 침대에 누웠다. 몸은 피곤했지만 정신은 멀쩡했다. 세나가 집에 무사히 도착했다는 전화였다. 그녀와 같이 있고 싶었지만, 그녀를 혼자 보냈다. 이 무슨 아이러니란 말인가.

세나와의 우연한 만남, 자신은 생각보다 훨씬 더 그녀를 보고 싶어 했다. 직접 보고 나니 더욱 실감이 났다. 그래서 그녀와 더 같이 있으면 안 될 것 같았다.

거침없는 그녀의 고백이 그를 뒤흔들어 놓았다.

─제가 한태성 씨 보고 싶으니까요.

그녀의 고백에 그의 심장이 제일 먼저 반응했다. 그녀가 너무 사랑스러워서 그대로 품에 안고 싶은 것을 참느라 힘들었다.

수줍고 강렬했던 그녀의 입맞춤.

태성은 자신의 입술을 매만졌다. 아직도 그녀의 감촉이 남아 있는 듯했다. 달콤했지만 너무 짧았던 입맞춤에 그는 깊은 절망을 느꼈다.

그녀가 보고 싶었다. 미치도록.

─다시 보면 되잖아? 안 될 건 뭐야?

태성의 마음 한구석에서 그를 유혹하는 작은 속삭임이 들려왔다. 통제되지 않을 것이다. 자신이. 일상이. 자신을 둘러싼 모든 것이.

그렇게 둘 수는 없었다. 윤세나라는 여자 하나 때문에 자신의 인생이 흔들릴 수는 없었다. 지금도 이렇게 흔들리는데, 한 번 빠지면 헤어 나오지 못할 것이다.

─겁쟁이.

언젠가 그녀가 그에게 한 말이 맞았다. 그는 겁쟁이였고, 흔들리는 걸 참을 수가 없었다. 그녀는 그에게 너무 큰 영향을 미치고 있었다. 곁에 있는 순간에도, 곁에 없는 순간에도.

자신은 행복해질 수 있는 사람이 아니었다. 그러니 누군가를 행복하게 해줄 수도 없었다. 세나는 자격이 있다. 자기 같은 사람이 아니라 더 좋은 남자를 만날 자격이. 행복하게 해줄 수 있는 사람을 만날 자격이.

태성의 입가에 쓸쓸한 미소가 지어졌다.

"놔주는 게 맞겠지."

지워지지 않는 세나의 모습에 태성은 눈을 감은 채 미동도 없이 누워 있었다.

세나는 머리를 쥐어뜯었다. 눈을 뜨자마자 '세상이 망했으면 좋겠다.'라는 생각뿐이었다.

어디 땅이라도 파고 들어가야 하나? 중간중간 떠오르는 기억들이 아침부터 세나의 정신 상태를 온전치 못하게 만들고 있었다. 미쳤지. 미쳤어. 내가 진짜 미쳤어!

취했으면 까맣게 기억에서 지워져도 될 일이건만, 어째서 그 일만
은 이렇게 또렷이 생각나는 건지.

—그것도 키스라고 부를 수 있는 건가?

태성의 냉정한 말투도 같이 떠올라버렸다. 마지막에 키스는 하지
말 걸 그랬나? 그래, 그게 마음에 안 들었던 거야. 보고 싶었다는 말
만 했어야 했는데.

술기운에 무슨 용기였는지 그를 덮친 꼴이 되었다. 게다가 결과도
매우 안 좋게 흘러갔고. 내가 두 번 다시 술을 마시나 봐라.

후회했지만 이미 지나가버린 일이었다. 냉랭했던 태성의 얼굴을
떠올리며 세나는 다시 베개에 얼굴을 파묻었다.

게다가 '연습하고 올까요?'라니. 그런 멍청한 말이 세상에 어디에
있어? 난 도대체 무슨 생각이었을까? 생각할수록 후회스러웠다. 키
스를 하지 말걸. 절대로 하지 말걸.

너무 어설퍼서 태성이 실망한 게 틀림없었다. 하려면 제대로 잘하
든가. 그것도 아니면서 사고만 쳐놓은 자신이 너무 한심하고 또 한
심해서 견딜 수가 없었다.

"누나 오늘 안 나가? 얼른 나와. 국 퍼놨어."

윤성이 밖에서 부르고 있었다. 시계는 어느덧 오전 8시를 가리키
고 있었다. 하긴 어제 그렇게 술을 마셨는데, 일찍 일어나는 것도
이상하지. 그나마 오전에 수업이 없는 게 다행이었다.

간단히 대답을 끝낸 세나가 주섬주섬 옷을 챙겼다. 하루 종일 해
야 할 일 투성이였지만, 머릿속은 온통 한태성에 대한 생각뿐이었

다. 두 번 다시 안 만나줄 것처럼 가버린 그의 모습에 세나는 기운이 빠졌다.

"어떡해야 한다……."

일단은 몸을 움직이는 게 먼저였다. 아르바이트를 하면서 하루 종일 방법을 강구해봐야 할 듯했다. 하지만 별 뾰족한 수가 생각나지는 않을 것 같았다.

"모르겠다, 나도."

호진은 회의실 분위기가 묘하게 긴장되어 있음을 온몸으로 느낄 수 있었다. 그리고 그 분위기를 느끼고 있는 건 자신뿐만이 아닌 듯했다.

양측 회사 대표로 나와 있는 사람들 모두 그걸 느끼고 있었다.

"이건 너무 일방적으로 유림 그룹 쪽에 좋은 조건으로만 되어 있군요."

태성이 냉랭한 목소리로 성현을 향해 말문을 열었다.

'그렇게 일방적이지만은 않습니다만.' 호진은 그렇게 말하고 싶었지만 아무런 말도 하지 않고 눈치만 보고 있었다.

표정들을 보아하니 다들 자신과 비슷한 생각을 하고 있는 듯했다. 비록 그 말을 한태성 대표 앞에서 직접적으로 할 수 있는 사람은 없어 보였지만.

"그렇게 생각하신다면 유감입니다."

하지만 말과는 달리 성현의 목소리는 유감스러워하지 않는 듯했다.

"심사숙고해서 작성해온 계약서입니까?"

"물론 저희 쪽에서도 충분히 검토하고 가지고 온 계약서입니다. 서로 의견 조율이 필요하겠군요."

태성이 코웃음을 쳤다. 의견 조율 같은 소리 하네.

"의견 조율이 아니라 계약서를 다시 작성해 오는 건 어떻겠습니까?"

이번에는 성현에게서 미약한 코웃음 소리가 흘러나왔다.

"그럴 수야 없죠. 뭐가 문제인지 말씀해보시죠."

성현이 아무런 감정 없이 담백한 목소리로 태성을 향해 말했다. 하지만 태성을 향한 눈빛에는 명백한 적의가 담겨 있었다.

"우리 쪽에서 투자하는 자금에 비하면, 이익 배분이 너무 적습니다."

"투자는 S&C에서 하고 계시지만, 기술력은 유림 그룹 쪽에서 제공하는 거니까요. 저희 기업이 오랜 세월 공들여 개발한 기술력이니 그렇게 나쁜 조건은 아니라고 생각합니다."

"아무리 쓸 만한 기술이라도 자금이 없으면 세상에 나올 수조차 없지 않습니까?"

"돈이 아무리 많아도 쓸 만한 기술이 없으면 무용지물이지요."

태성과 성현의 눈빛이 서로를 향해 날카롭게 빛났다. 그 말도 안 되는 기싸움에 옆에 앉은 사람들만 죽어날 지경이었다.

'왜들 저러는 건데?'

'젊은 사람들끼리 힘겨루기를 하고 있는 건가?'

'아무래도 서로 만만하게 보이지 않으려고 그러는 것 같긴 한데.'

'자네 생각도 그래? 그래도 적당히 하고 넘어가면 괜찮은데, 벌써 몇 시간째야.'

'한태성 대표야 원래 소문난 사람이지만, 유림 그룹 본부장은 왜 저러는 건데?'

적당히 하고 계약서에 사인하면 서로 좋은 투자 협력 관계가 될 게 확실한데, 도대체 왜 저러고 있는 건지 알 수 없다는 표정들이었다.

'작작하고 이제 사인 좀 하라고!'

표정으로만 외쳐지는 소리 없는 절규가 이곳저곳에서 흘러나왔지만 태성과 성현은 관심도 없었다.

오로지 서로를 향한 적의만이 가득한 방 안에서 끝나지 않는 회의가 지속되었다.

세나 옆으로 다가온 윤주가 쓰러질 듯 의자에 주저앉았다. 낮인데도 불구하고 바람이 싸늘했다. 이제 곧 겨울이 다가올 모양이었다.

"너 괜찮아?"

윤주가 세나를 걱정스러운 눈빛으로 바라보며 말했다.

"응? 뭐가?"

"뭐가라니. 어제 네 남친 왔었던 거잖아. 정확히는, 구남친."

"아아, 그거."

"아아, 그거? 그게 끝이야?"

윤주의 물음에 세나는 달리 해줄 말이 없었다. 키스를 못해서 완전히 헤어졌어. 이렇게 말하면, 윤주는 뭐라고 할까?

"헤어진 애인에 대한 배려인 거야? 거긴 어떻게 온 거래?"

"거기 원래 그 사람이 다니던 곳이거든."

더 이상 그 이야기는 하고 싶지 않았다. 생각할수록 악몽이었다. 세나가 어두운 얼굴로 고개를 흔들자 윤주는 태성의 이야기를 묻는 것을 그만두었다.

다른 이야기로 화제를 돌려야 할 것 같았다.

"근데 넌 왜 이렇게 멀쩡한 건데? 어제 술을 그렇게 마셨는데, 숙취 없어?"

아직까지도 하얗게 질린 얼굴로 윤주가 세나에게 물었다. 윤주의 아픈 낯빛은 숙취 탓인 모양이었다.

"역시 재능이 탁월하네. 그 독한 술 잘도 먹더니만."

"그러게. 새로운 재능 하나 발견했다. 네 덕에."

세나의 너스레에 윤주가 진심으로 부럽다는 표정으로 세나를 쳐다보았다.

"완전 부러워. 난 지금도 죽을 것 같은데."

"그래 보여."

근래 본 적 없는 윤주의 초췌한 몰골이었다. 그래도 그 정신에, 그 몸 상태로 학교에 나온 게 용했다.

"아침에 해장했는데도 속이 아직도 울렁거려. 오늘은 하루 종일 누워 있어야겠다."

"좋겠다. 나도 차라리 너처럼 정신이 하나도 없이 아팠으면 좋겠어."

진심이었다. 차라리 머리가 깨질 듯이 아픈 상태라면, 어제의 그 낯 뜨거운 생각이 머릿속에 떠오르지 않을 것 같았다. 잊고 싶은 기억들이 계속해서 무한 반복되고 있었다.

윤주가 알겠다는 듯 음흉한 미소를 지으며 고개를 끄덕였다.

"어제 구남친과 뭔 일이 있었나 보네? 그래, 술을 마셔야 역사가 일어나긴 하지. 그래서 무슨 일이 있었던 건데? 구남친이 다시 현남친으로 돌아왔어?"

"그런 거 아니야."

무언가 더 말하려고 세나에게 다가가려던 윤주가 다시 머리를 붙잡고 책상에 누웠다.

"내 상태가 이렇지만 않았어도 이렇게 순순히 끝내지는 않았어."

"알지. 얼른 쉬고 낫기나 하셔."

"아깝다."

"아깝긴 뭐가 아까워."

세나가 웃으며 윤주에게서 고개를 돌렸다. 그 집요함으로 공부를 했으면, 과 톱은 문제없었을 텐데.

드르르륵—.

세나의 핸드폰이 책상 위에서 진동으로 울려댔다. 처음 보는 번호였다. 윤주가 힐끔 쳐다보더니 이내 고개를 숙이고 다시 누웠다.

"모르는 번호면 받지 마. 요새 광고도 070 뭐 이런 거 아니고 일반 전화번호로 오더라고."

"그래? 그럼 받지 말아야겠다."

세나가 핸드폰을 손에 들고 번호를 내려다보았다. 아무리 보아도 전혀 기억에 없는 번호였다. 세나의 손에서 한참을 울려대던 핸드폰이 잠잠해졌다. 그러다 다시 울려댔다. 같은 번호였다.

"그거 몇 번 올 거야. 지난번에 나한테도 그랬거든. 필요 없다는

데 막 대출해준다고……."

윤주의 말을 들은 세나가 핸드폰을 무음으로 변경시키고 책상에
가지런히 놓았다. 이상한 기분이 들었지만 이내 무시하고 그녀는 책
으로 눈길을 돌렸다. 안 받으면 그만하겠지.

차라리 전화를 받는 게 나았을까? 그랬다면 이런 예기치 못한 만
남은 어떻게든 피할 수 있었을지도 모르는데. 어제 오늘 후회할 일
투성이었다.

전혀 상상치도 못했던 뜻밖의 만남은 학교 앞에서 이루어졌다.
한 남자가 세나를 기다리고 있었다. 낯익은 남자의 얼굴을 보기만
했을 뿐인데도 세나는 온몸에 소름이 돋았다. 몸이 굳어진 채, 잘
움직여지지 않았다. 돌아서서 달려가고 싶었지만 그렇게 순순히 자
신을 놓아줄 사람이 아니었다.

"이야, 많이 컸네. 네가 진짜 세나야? 얼굴이 어릴 적 그대로이긴
하다. 그때도 그렇게 어린 건 아니었지만."

하얀 이를 드러내며 웃는 남자에게 세나는 속아 넘어가지 않았
다. 차가운 표정으로 그저 남자를 쳐다보았다.

절대로, 결코 원치 않은 만남이었다.

"무슨 용건이시죠?"

"오랜만에 만났는데 무슨 용건이야. 안부 차 얼굴 보러 왔지."

구역질이 날 것 같았다. 안부 같은 소리 하고 있네.

"여기는 어떻게 아셨어요?"

"내가 모를 수가 있나. 그리고 그게 뭐가 중요하겠어. 우리가 이렇게 오랜만에 봐서 인사를 하고 있는 게 중요하지."

"저랑 그쪽, 이렇게 마주 보고 인사할 만큼 가까운 사이였던가요?"

세나의 말에 남자가 히죽 웃었다. 그 미소가 섬뜩해서 세나는 정신을 바짝 차려야만 했다.

김정수. 한때 그녀의 오빠였던 사람은 키만 조금 더 자랐을 뿐, 변한 게 하나도 없었다.

"이거 섭섭하네. 그래도 한때는 가족이었는데 말이야. 그쪽은 심했다."

"그 한때라도 없었어야 하는 건데 말이죠."

"그 한때가 우리를 이어주는 연결 고린데 없었으면 쓰나."

"연결 고리 따위, 있을 리가 없잖아요."

김정수는 말 그대로 뜬금없이 나타났다. 세나와 그는 세나가 그 잘난 집에서 파양된 뒤로는 단 한 번도 마주친 적이 없는 사이였다.

"지난번에 한성 호텔에서 너 비슷한 사람 봤거든. 그거 너 맞지? 아닌가? 아무튼 그 덕에 네 생각이 번쩍하고 났지. 아, 내가 우리 세나한테 너무 무심했구나. 연락을 한번 해볼걸. 막 후회가 되더라고."

차라리 입양되지 않았더라면, 그랬더라면 자신의 보육원이 이렇게까지 힘들게 생활하지 않아도 되었을 텐데. 모든 게 자신의 탓이었다. 그리고 모든 게 앞에 앉아 있는 저 사람의 탓이었고.

"아버지 돌아가시고 계속 외국에 있는 외삼촌 집에 있었어. 그 일 때문에."

아버지. 세나는 그분을 떠올렸다. 살얼음 같은 집에서 유일하게 진심으로 그녀를 향해 웃어주던 한 사람.

하지만 모두 다 지난 기억의 한 조각일 뿐이었다.

"당신이 어떻게 지냈는지 따위는 궁금하지 않아."

"나 이제 곧 병원도 물려받으려고. 외삼촌 집에 있으면서 네 생각도 종종 했어. 사실은 외삼촌 집 옆에 있는 병원에 있었지만, 그런 거야 아무려면 어때."

여전했다. 세나의 말 같은 건 무시한 채 자신의 할 말만 내뱉는 버릇까지.

"우리 이제 자주 보자고."

마주 보는 두 눈이 예전과 다를 게 없었다. 제멋대로 구는 건 여전했다.

"두 번 다시 마주치지 말죠. 이렇게 봐서 좋을 거 없는 사이잖아요."

"그러지 마. 나는 너 봐서 좋은데 왜 이렇게 차갑게 굴어."

자신의 말을 제대로 듣지 않는다며 키우던 개를 때리던 그의 잔인한 모습이 아직도 세나의 눈에 선했다. 그에겐 사람이건 동물이건, 큰 상관은 없었다.

아마도 여전히 그럴 테지. 그의 뜻대로 되지 않으면 누구건 간에 그의 화풀이 대상이 되곤 했다. 어린 시절을 세나는 기억하고 싶지 않았다. 절대로.

"제 뜻 분명히 전했으니, 할 말 없으시면 이제 비켜주시죠."

"그러지 말고, 세나야."

그를 지나쳐서 가려는 세나의 앞길을 정수가 가로막았다. 세나는 가만히 서서 그를 노려보았다.

자신보다 키도 덩치도 훨씬 큰 그를 뚫고 나가기란 쉽지 않아 보였다.

"이렇게 헤어지기 아쉬워서 그래."

"저는 전혀 아쉽지 않은데요."

"오랜만에 만났는데 그동안의 회포도 풀 겸……."

"전 할 말이 없다니까요?"

"난 할 말 많아. 우리 못 본 세월이 너무 길잖아?"

정수가 히죽 웃자 세나는 그를 노려보았다. 어떻게 해야 하나 고민하고 있는데 그녀의 등 뒤로 누군가의 목소리가 들려왔다.

"숙녀분께서 할 말이 없다는데요."

불현듯 나타난 남자가 세나의 앞을 막아서며 정수로부터 그녀를 가려주었다.

"당신 뭔데?"

갑자기 나타난 남자가 불쾌하다는 듯 정수의 표정이 사납게 변했지만 남자는 꿈쩍도 하지 않았다.

"먼저 선약되어 있는 사람, 정도로 설명을 하지."

"그래? 그래도 내가 먼저 왔는데?"

"약속하고 온 건가?"

"그런 게 필요한 사이가 아니라서."

"그건 혼자만의 생각인 것 같군."

남자가 물러설 기미가 없어 보이자 정수는 표정을 한 번 찡그리더니 이내 웃었다.

"방해꾼이 생겼네. 뭐, 일단은 사라져 드리죠. 약속 없이 왔으니."

정수는 남자의 등 뒤에 숨은 세나를 힐끔 쳐다보았다.

"나 이제 계속 한국에 있을 거야. 그러니까 오늘 말고 다음에 다시 올게, 세나야. 잘 지내고 있어."

확실히 아직도 제정신은 아닌 모양이었다. 그다지 멀리 주차되어 있지 않은 차에 올라타고 그가 사라졌다. 물론 정수는 차에 타기 전, 세나를 향해 눈빛을 보내는 것도 잊지 않았다.

정수가 떠난 것을 확인한 세나는 지친다는 듯 의자에 털썩 주저앉았다. 잠깐의 만남으로 온몸의 기운이 다 빠져나갔다. 한 번 악연은 영원한 악연인 걸까? 지독했다.

세나가 고개를 들어 자신을 바라보고 있는 남자와 시선을 맞추었다. 갑자기 어디서 나온 걸까?

보호자를 자처하고 나섰던 남자도 세나의 맞은편에 앉아 그녀를 바라보고 있었다. 세나의 미간이 내천 자를 그리며 남자의 이름을 조심스레 내뱉었다.

"여긴 어쩐 일이세요? 문성현 씨."

자신의 이름을 말하는 세나의 모습이 만족스러운 듯 성현이 미소로 답했다.

회의가 끝난 지 꽤 오랜 시간이 지났지만 호진의 잔소리는 끊이지 않았다.

"도대체 뭔데? 어? 나 모르는 뭐가 있어?"

"아무것도 없어."

"그럼 대체 왜 그러는 건데."

호진의 속사포 같은 투정에 태성이 무슨 소리냐는 듯 쳐다봤지만, 호진은 속아 넘어가지 않았다.

"됐어. 그런 눈으로 모르는 척하지 말라고. 도대체 그 간단한 사인 하나 가지고 몇 시간을 회의를 한 건데?"

"필요한 일이었어."

"필요한 일 같은 소리 하네. 단언컨대 절대로, 결코 필요 없는 일이었습니다."

호진이 단호하게 손을 저으며 거부하자 태성이 작게 한숨을 내쉬었다. 자신도 알고 있다. 얼마나 유치하고 어리석은 싸움이었는지. 하지만 그도, 성현도 그만둘 생각이 없었던 싸움이었다.

"뭐야? 사랑싸움을 하려면 둘이 나가서 하든가. 아주 치열하더구만? 불꽃이 장난이 아니야."

"그 유림 그룹 애송이가 자꾸 기어오르잖아."

"그 유림 그룹 애송이가 앞으로 우리 회사 주력 상품 기술 협력 프로젝트팀 팀장으로 올 그 사람입니까?"

"사인을 너무 일찍 했어."

그게 지금 할 소리야? 호진은 주먹을 꽉 쥐며 목까지 차오른 화를 꾹꾹 눌러 참았다. 아침부터 아무것도 먹지 못해서 더 민감해진 자신의 상태를 알았기에 망정이지. 진짜 대표만 아니면.

"대표님, 오늘 그 같잖은 회의 덕분에 옆에 계시던 차 부장님 쓰러지실 뻔한 거 못 보셨습니까?"

"체력이 그렇게 약해서야."

"체력 문제가 아니라 분위기가 문제였잖습니까. 도대체 두 분, 왜 그렇게 서로 못 잡아먹어서 안달이셨던 겁니까?"

"회의한 거야."

"웃기지 마십쇼. 제 눈은 못 속입니다."

호진이 어림도 없는 소리 말라는 듯, 한쪽 입술을 비틀어 올렸다. 태성의 눈에 못마땅한 기색이 역력했다.

"여기 회사야. 너 말투가 지나치게 불손한 거 알아?"

"그깟 말투 따위, 회의 하느라 정신이 나가서 그렇습니다. 아니, 10분이면 되는 일을 몇 시간이나 끌어놓고는 뭘 잘했다고 큰소리십니까?"

태성이 눈을 가늘게 뜨고 호진을 노려보았다.

"너, 지금……."

"그래, 나 배고파서 그런다. 도대체 사람 밥은 먹여가며 일을 해야 될 거 아냐?"

역시, 호진이 저렇게 언성을 높여서 반말 섞어가며 대드는 것이…… 배가 많이 고픈 모양이었다. 식사 때가 지나도 한참 지난 시간이긴 했다.

"가서 밥 먹고 와. 고생했다."

"네, 네. 안 그래도 나갈 겁니다. 누구 덕에 밥도 못 먹고 이게 무슨 고생인지. 법인 카드 가지고 회의실에 있던 사람 다 데리고 호텔 뷔페 갈 거야. 그런 줄 알아."

"그러든가."

"아주 감사히 잘 먹겠습니다, 대표님."

호진은 뒤도 돌아보지 않고는 밖으로 휑하니 나가버렸다. 혼자 남은 태성은 깊은 한숨을 내쉬었다.

자금이나 기술에는 아무런 문제가 없었다. 태성이 지적질을 멈추지 않긴 했지만, 문성현이 작성해온 계약서는 문제가 될 게 없었다. 그들 사이에 문제가 되는 건, 오로지 세나뿐이었다. 그녀 때문에 기 싸움이 몇 시간의 회의로 이어진 것이다.

그걸 성현도, 태성 자신도 알고 있었다.

"그래도 투자 협력 말고 건진 게 하나 있군."

세나가 그의 곁에 있든지 없든지 간에, 그녀의 존재는 그에게 계속해서 두고두고 영향을 끼칠 거라는 것. 그것만큼은 이제 의심할 여지가 없었다. 그게 언제까지일까?

태성의 머릿속이 복잡해져만 갔다. 그리고 머릿속이 한없이 복잡한 지금 이 순간에도, 그는 세나가 보고 싶었다.

입에서 미소가 끊이지 않는 남자였다. 누구와는 매우 다른 느낌인 사람. 웃는 게 평소 습관인 듯 세나를 보는 눈빛도 따뜻했다.

원래 이런 사람인가 보다. 누구에게나 다정하고 친절한 사람. 돈 많은 사람치고는 보기 드문 사람이네. 처음과는 아무래도 많이 달라진 이미지였다.

진심으로 배가 고픈 듯, 제육볶음밥을 맛있게 먹는 성현의 모습은 의외였다. 제육볶음밥과 재벌 2세. 어울리는 조합은 아닌데. 학교 앞 식당에서 하는 밥이 그리 입에 맞을 것 같지 않은데도, 그는 의외로 소탈한 면이 있었다.

"이 시간까지 식사도 못 하셨던 거예요?"

"악덕 업주를 만나서요."

성현이 생각만 해도 치가 떨린다는 듯 얼굴을 구겼다. 그 모습이 웃기다는 듯 세나가 미소를 띠며 다시 물었다.

"본인이 대기업 다니시면서, 악덕 업주가 있어요?"

지나치게 적의를 보이던 태성의 모습은 악덕 중에서도 최악이었다. 아마도 앞에 있는 이 여자의 영향이 크겠지. 이 작은 여자 하나 때문에 시간 낭비라는 걸 뻔히 알고서도 그 유치한 회의를 멈추지 못했다.

"그럼요. 식사 때가 지나도록 회의를 진행하는 악덕 업주."

"결국 밥 때문에 악덕 업주가 되었군요."

"그런 셈이죠. 근데 회의, 여러 명이서 같이하신 거 아니에요?"

"네, 저를 비롯해서 몇몇 분들이 계셨죠."

"그럼 같이 회의를 하셨으니 똑같이 악덕 업주 노릇 하셨네요. 아래 분들은 밥도 못 먹게."

확실히 태성 혼자 떠들어댄 게 아닌 이상, 같이 회의를 한 게 맞다. 같이 회의를 한 사람들의 얼굴은 미처 신경 쓸 생각을 못 했다. 한태성과 말싸움하는 데 집중했을 뿐이었다.

성현이 찔린다는 듯한 표정을 지으며 멋쩍은 웃음을 지어 보였다.

"그나저나 학생한테 밥을 얻어먹으려니 너무 미안한데요?"

한 끼에 사천 원짜리 밥을 사주면서 생색내기에는 세나가 받은 도움이 훨씬 컸다. 성현이 아니었다면, 그 끈질기고 집요한 인간이 그리 쉽게 떨어져 나갔을 리 없었다.

벌써 오래전 일이라고 생각했는데 좋지 않은 기억은 쉽게 잊히지 않는 모양이었다. 그녀는 오늘 성현이 고마웠고, 보답할 수 있는 거라곤 배고픈 그에게 밥 한 끼 사는 것뿐이었다.

"그렇게 비싸고 좋은 밥도 아닌데요 뭘. 게다가 도움도 받았고."

"역시 학교 앞 밥이 맛있어요."

어느새 반찬까지 싹싹 비운 성현이 배가 부른 듯 만족스러운 미소를 지었다.

"그리고 도움이 되었다니 다행입니다."

성현의 인사치레에 세나도 웃어 보였다. 그녀를 보는 성현의 얼굴이 부드러웠다.

까맣고 곧은 눈썹, 오똑하고 앙증맞은 콧날과 화장기 하나 없이 티 없이 맑은 피부. 이 정도 여자는 주위에 널리고 널렸는데, 그는 이 여자가, 윤세나가 보고 싶었다.

"그런데 아까 그 사람 누군지 물어봐도 될까요?"

이미 한 번 봤던 사람이었다. 그때 파티장에서 세나를 언급했던 그 남자였다. 성현이 최 비서에게 알아보라고 지시했던 그 남자. 알아보라고 지시만 하고는 바빠서 보고는 미처 받지 못했었지만.

확실히 알 수 있는 건 세나가 그 남자를 치를 떨 만큼 싫어한다는 것.

도대체 무슨 인연일까?

"아뇨. 물어보지 마세요. 딱히 소개할 수 있는 말도 없는 사람이니까."

세나가 단호히 성현의 질문을 거절했다. 떠올리기조차 싫다는 듯 몸서리치는 세나에게 그는 더 이상 물을 수 없었다.

"그렇군요."

더 묻는다고 대답해줄 것 같지도 않고. 저녁에 최 비서에게 관련 자료 모두 가져오라고 해야겠군.

"이제 제가 하나 물어봐도 돼요?"

"네. 얼마든지요."

생각에 잠겨 있는 성현을 보고 세나가 아까부터 궁금했던 것을 물었다.

"여긴 어쩐 일로 오신 거예요?"

세나의 질문에 성현이 깜짝 놀랐다는 표정을 지어 보였다. 마치 자신이 말하지 않았냐는 듯이.

"저야 도움을 받아서 감사하긴 한데, 우리 우연이 너무 잦은 것 같은데요."

의외의 곳에서 세나를 자주 보는 편이긴 했다. 하지만 오늘은 아니었다.

"오늘은 우연 아닌데요."

"네? ……그럼?"

"오늘은 세나 씨 보러 왔어요."

세나는 긴장했다. 불현듯 클럽에서 함께 술을 마시고 있던 성현의 모습이 떠올랐다. 기억이 조작된 게 아니라면, 꿈을 꾼 게 아니라면, 태성뿐만 아니라 성현도 같이 있었던 건데……. 어제 무슨 일이 있었던 건지 상세히 기억이 났으면 좋겠다.

제발. 이상한 것만 ― 예를 들어, 어설프기 짝이 없던 키스라든지 ― 계속 기억나지 말고.

웃기만 하는 성현을 보고 세나는 불안감에 눈이 동그랗게 떠졌다. 나 진짜 사고 친 거 아냐? 기억아, 떠올라라. 하지만 그녀의 머릿속에는 그저 같이 잔을 기울이는 성현의 모습만 있을 뿐, 다른 기억은 떠오르지 않았다.

이리저리 눈을 굴리며 불안해하는 세나를 보고 성현이 웃음을 터뜨렸다. 너무 귀여운데? 성현의 입가가 부드럽게 휘어졌다.

"어제 그렇게 헤어진 게 아쉬워서요."

"……저 실수했어요?"

"아뇨. 그런 건 없는데요."

"그럼 저를 왜?"

"보고 싶어서요."

잠시 정적이 흘렀다. 세나가 고개를 갸우뚱거렸다. 의사 전달에 무언가 문제가 있는 것 같은데…….

"세나 씨 보고 싶어서 왔어요."

문성현이 다시, 좀 더 정확한 어휘로 세나에게 말했다.

세나는 그의 말에 얼떨떨한 기분으로 생각했다. 청력에는 문제가 없으니, 의도를 해석하는 자신의 능력에 문제가 생긴 건가?

"제가 보고 싶어서 오셨다구요? 왜요?"

"여러 가지 이유가 있을 법도 한데 결론은 하나더라구요."

세나의 표정이 살짝 굳어졌다. 들으면 안 될 것 같은데.

"제가 윤세나 씨에게 호감이 있는 것 같아요."

성현의 느닷없는 고백에 세나는 아무런 말도 하지 못한 채 그저 성현을 바라볼 뿐이었다.

조용한 사무실, 날카로운 인상의 남자가 의자에 앉은 남자를 향해 꾸벅 인사했다. 성현은 귀에 꽂고 있던 이어폰을 빼고 남자에게

주의를 기울였다.

"보고 하십시오."

"네, 본부장님."

최 비서는 안경을 고쳐 썼다. 그리고 허리를 곧게 편 뒤, 조사한 내용을 자신의 상관에게 브리핑하기 시작했다.

"지난번에 보신 나이가 있는 여성은 도담 병원 이사장인 박지원 여사였습니다."

도담 병원이라면 국내 최고의 암 권위자들이 모여 있는 대형 병원 중 하나였다. 겉으로 드러나 있는 소문은 없지만 깨끗하게 운영되고 있는 병원은 아니었다.

성현은 계속해보라는 듯 최 비서에게 눈길을 주었다. 최 비서가 목소리를 가다듬었다.

"그리고 곁에 있던 젊은 남자는 아들 김정수였습니다. 이사장 밑에서 후계자 수업 중이라고는 하는데 부모 덕에 먹고 노는 건달 이미지가 더 강하다고 보시면 됩니다."

아들이라……. 성현은 한눈에 알아볼 수 있었다. 자신의 동생과 같은 냄새가 났던 남자였다. 절제되지 못한 폭력성, 찾을 수 없는 인내심, 그리고 덜떨어진 정신머리까지. 부모가 힘이 있다는 것도 공통점이었다.

"부모 속을 어지간히 썩이겠군."

"네, 맞습니다. 특이사항으로는 중학교 때부터 쭉 암암리에 정신과 치료를 받고 있다고 합니다."

"정신과 치료를 아무도 모르게 받고 있다? 하긴 겉으로 드러내고 받을 수야 있나. 어머니들이란 원래 욕심이 많은 사람들이니."

그 욕심 많은 어머니들 중에는 성현의 어머니도 속해 있었다. 그래서 자신의 동생은 더욱더 쓰레기가 되어가고 있는 중이었고.

"상태가 괜찮을 때는 한국에 있다가 정도가 심해지면 스위스에 있는 요양 병원에서 머물렀답니다. 물론 유학 중이라는 명목하에 출국했었습니다. 국내에서 덮어진 사건만 벌써 여러 차례라고 하더군요."

"그것도 누구랑 비슷하군요. 제 동생과 아는 사이라는 정보는 없나요?"

이죽거리는 성현의 말투에 최 비서는 입을 다물었다. 맞장구를 쳐줄 수는 없지만 부정하기도 힘들 만큼 닮아 있는 사람들이었다. 최 비서는 다른 사항을 읊어대기 시작했다.

"최근에 있을 주주총회 때문에 한국에 귀국한 모양입니다. 조금씩 입지를 다져놓으려는 것 같습니다. 그래서 필사적으로 주주들에게 김정수의 정신 감정 내역은 숨기고 있구요."

"그런 아들을 자신의 후계자로 내세울 수는 없겠지."

철저하게 비밀로 숨겼을 것이다. 하지만 숨길 수 없는 폭력성이 그 남자의 눈빛에서 여실히 드러나 있었다.

"그래서, 윤세나와의 관계는 어떻게 되는 겁니까?"

"그 부분에 사연이 좀 있습니다."

조용한 방 안에 최 비서의 서류 넘기는 소리만 들려왔다.

"박지원 여사 남편, 그러니까 그 병원 의사였던 김원재가 윤세나의 입양을 강력히 추진했다고 합니다."

성현의 눈꼬리가 치켜 올라갔다.

"입양? 어떻게 알게 된 거죠?"

"기록에 남아 있지는 않습니다만 김원재가 청솔 보육원 원장과 친분이 있었던 것 같습니다. 자주 의료 봉사 차원에서 왕래하다가 윤세나 양이 마음에 들어 입양을 추진했구요. 하지만 무슨 일인지 입양한 지 두 달 만에 파양되어 다시 보육원으로 돌아갔고, 그 뒤부터 쭉 보육원에서 살고 있습니다."

성현은 생각에 잠겼다. 입양된 지 두 달 만에 파양이라? 도대체 무슨 일이 있었던 걸까?

"김원재라는 남자는 뭘 하고 있습니까? 아직도 의사입니까?"

"아닙니다. 윤세나 양이 파양되고 한 달인가 두 달 뒤에 교통사고로 죽었습니다. 그리고 그 뒤 청솔 보육원은 국가에서 나오는 보조금만으로 유지가 되어 재정 상태가 좀 어려워졌다고 합니다."

"왜 그렇죠?"

"김원재가 죽고 나자 박지원이 후원을 끊었답니다. 제법 여러 군데에서 후원금이 들어오던 보육원이었는데, 도담 병원 후원이 끊기고 나서 나머지도 모두 끊어졌구요."

"후원금이 다 끊긴 게 우연일까요?"

"그런 것 같지는 않습니다."

우연의 일치일 수도 있겠지만 모두 다 우연일 리는 없었다. 의도적인 음모의 냄새가 지독하게 풍겼다. 누군가 압력을 넣지 않고서야 가능한 일은 아니었다.

"알겠습니다. 고생하셨습니다. 이만 나가보세요."

최 비서가 공손히 고개를 숙여 인사한 뒤 문을 나섰다. 홀로 남은 성현의 머릿속에 여러 가지 생각들이 떠올랐다.

윤세나. 생각보다 더 힘든 삶을 살아온 여자였다. 처음에는 도대체 왜 이렇게 자신이 세나에게 관심을 기울이고 있는지 알 수가 없었다. 고작 한태성과 연관된 여자 하나에게.

분명 시작은 한태성이었다. 하지만 지금 성현의 초점은 오로지 윤세나에게 맞춰져 있었다. 그 여자가 계속해서 그의 신경을 건드렸다.

보고 싶어서 찾아왔다는 자신을 보고 당황하며 어쩔 줄 몰라 하던 세나의 모습이 떠올랐다. 서둘러 자리를 뜨던 뒷모습도.

한태성과 헤어졌다면 자신에게도 기회가 생긴 셈이었다. 그러나 어제 클럽에서 보았던 둘의 모습은 여전히 보이지 않는 그 무언가로 연결되어 있었다. 자신이 그들 사이에 끼어들 수 없는 그 무언가가 있었다.

시작해보기도 전에 패배한 기분이었지만 끝까지 가보고 싶었다. 그 상대가 윤세나라면.

"……아무래도 내가 제대로 반한 모양이군."

호진이 나가고 나서도 한참 동안 의자에 기대어 앉아 미동조차 없던 태성이 눈을 감았다. 얼마 동안이나 그러고 있었을까? 도대체 자신이 어떻게 하고 싶은 건지 갈피가 잡히지 않았다. 세나에게 곁을 주면 안 된다고 생각하면서도 정작 세나의 옆에서 떠나지 못하는 건, 그 자신이었다.

인정하고 싶지 않았다. 아니, 인정할 수 없었다. 고작 여자 하나에게 너무 많은 감정을 내주었다는 사실과 그 감정을 이제는 돌이킬 수조차 없다는 사실을.

언제든지 마음만 먹으면 자신이 원하는 대로 할 수 있다고 그렇게 생각했었다.

문성현, 그 남자가 태성의 심기를 불편하게 만들고 온 신경을 긁어댔다. 얼마든지 멈출 수 있었던 싸움이었다. 하지만 멈출 의지가 없었다. 문성현도 자신도.

결국 윤세나 때문이었다. 여자 하나 때문에 남자 둘이서, 그것도 기업 대표로 만난 사람들끼리 싸워대는 꼴이라니.

상상 속에서라도 세나 곁에 문성현이 있는 모습은 치가 떨리게 싫었다. 태성은 여자 하나 때문에 이렇게 변해버린 자신을 인정하기 힘들었다. 미쳐가고 있는 것 같았다. 아니, 벌써 미쳐버렸는지도 몰랐다.

태성이 몸을 책상 쪽으로 천천히 돌렸다. 그러고는 잠시 망설이다가 조심스러운 손놀림으로 책상 한쪽에 자리 잡고 있는 상자를 꺼냈다. 작은 상자 안에 자리 잡고 있는 물건들을 보는 태성의 눈빛이 깊어졌다.

어린 세나의 사진, 그리고 그 옆에 나란히 자리 잡고 있는 반짝이는 핸드폰 줄.

사진 속의 세나가 자신을 향해 해맑게 웃고 있었다.

윤세나, 윤세나, 윤세나……..

―연습하고 올까요?

그녀의 목소리가 들려오는 듯했다. 그리고 기꺼이 그녀의 연습 상대가 되어줄 남자, 문성현의 얼굴이 그녀의 곁을 맴돌고 있었다.

툭—.

순간 태성의 머릿속에서 간당간당 유지되고 있던 그 무언가가 끊어져버렸다. 문성현뿐만 아니라 그 어떤 남자도 세나의 곁에 있는 걸 참을 수 없을 것 같았다.

"젠장!"

태성은 더 이상 참지 못하고 차 키를 집어 들고 밖으로 나섰다.

〈2권에 계속〉

나에겐 100퍼센트 1

초판 1쇄 인쇄 2016년 3월 17일
초판 1쇄 발행 2016년 3월 30일

지은이 강리은 ㅣ 펴낸이 강성욱 ㅣ 책임 기획 전주예 ㅣ 기획 디자인 이선영 ㅣ 기획 편집 송진아 김혜정
마케팅 손주영 ㅣ 로고 김미현 ㅣ 교정 류혜선
펴낸곳 테라스북 ㅣ 등록 제381-2003-000040호
주소 (134-826) 서울특별시 강동구 동남로 65길 13 2층
전화 070-4794-5826 ㅣ 팩스 0505-911-5826
블로그 http://terracebook.blog.me ㅣ 전자우편 terracebook@naver.com
ISBN 978-89-94300-58-0 (04810)
ISBN 978-89-94300-57-3 (전2권)

테라스북은 오름미디어의 임프린트 브랜드입니다.

이 도서의 국립중앙도서관 출판시도서목록(CIP)은 서지정보유통지원시스템 홈페이지(http://www.seoji.nl.go.kr)와
국가자료공동목록시스템(http://www.nl.go.kr/kolisnet)에서 이용하실 수 있습니다. (CIP제어번호 : CIP2016006330)